HANNES NYGAARD

Niedersachsen Mafia

NIEDERSACHSEN KRIMI

emons:

MIX
Papier aus verantwortungsvollen Quellen
FSC® C083411
FSC www.fsc.org

Umschlagzeichnung: Heribert Stragholz
Umschlaggestaltung: Tobias Doetsch, Berlin
Druck und Bindung: CPI – Clausen & Bosse, Leck
Printed in Germany 2010
ISBN 978-3-89705-751-7
Niedersachsen Krimi
Originalausgabe

Dieser Roman wurde vermittelt durch die Agentur
EDITIO DIALOG, Dr. Michael Wenzel, Lille, Frankreich
(www.editio-dialog.com)

Für Conny, Achim und Ann-Kathrin

Einer neuen Wahrheit ist nichts schädlicher als ein alter Irrtum.

Johann Wolfgang von Goethe

EINS

Wie auf Kommando erstarb die Geräuschkulisse, als der Pianist eintrat. Er verharrte einen Moment am Flügel und verneigte sich, um den Beifall der Gäste über sich ergehen zu lassen. Dann setzte er sich an das Instrument, ließ dreimal in der Luft seine Hände über die Tastatur gleiten, schüttelte seine Finger demonstrativ aus, schlug mit dem rechten Fuß zweimal auf den Fußboden, murmelte dabei sicht-, aber unhörbar: »Drei – vier«, und hämmerte ansatzlos in atemberaubender Geschwindigkeit in die Tasten.

Frauke Dobermann war sprachlos. Es war faszinierend, in welchem Tempo der Künstler »Boogie Woogie with me« intonierte. Ein Lächeln erschien auf seinem sonst konzentriert wirkenden Gesicht, als mitten im Stück Beifall aufbrandete.

Auch Frauke spendete Applaus. Den hatte sich der Mann redlich verdient. Es folgte der »Swanee River Boogie«, und beim »Powerhouse Boogie-Woogie« gab es kein Halten mehr unter den Zuschauern. Der Pianist hatte sie alle in seinen Bann gezogen.

Frauke war überrascht, überwältigt und begeistert. *Das* hätte sie Nathan Madsack nicht zugetraut. Der korpulente Hauptkommissar und neben Putensenf zweite Mitarbeiter ihres Teams war ein außergewöhnlicher Pianist.

In einer Pause zwischen zwei Stücken beugte Putensenf sich zu ihr herüber. »Na? Zu viel versprochen?«

Sie wollte antworten, konnte aber nur nicken, weil die Worte in den ersten Tönen des nächsten Stücks untergegangen wären.

Madsack hatte sich den tosenden Applaus und die Pause verdient.

»Ich kümmere mich um den Getränkenachschub«, sagte Putensenf und wurde kurz abgelenkt, als Fraukes Handy klingelte.

Böse Blicke und launische Kommentare von anderen Tischen straften sie dafür ab, dass sie vergessen hatte, das Telefon auszuschalten.

»Dobermann«, sprach sie leise in das Gerät und deckte das Telefon mit der flachen Hand ab.

»Sie haben einen Fehler gemacht«, sagte eine fremdländisch klingende Männerstimme. »Sie werden sterben.«

Dann hatte der Teilnehmer aufgelegt.

Nachdenklich starrte Frauke auf ihr Telefon. Warum hatte sie vergessen, das Gerät abzuschalten? Nach ihrem turbulenten Einstand beim Landeskriminalamt in Hannover war es der erste Abend, an dem sie es für ein paar Stunden vergessen hatte: den unfreiwilligen Wechsel von der Leitung der Flensburger Mordkommission in die Niedersachsen-Metropole, die niederträchtigen Intrigen und Verleumdungen, die der Anlass gewesen waren, das Hineingestürztwerden in die Ermittlungsgruppe für organisierte Kriminalität und der erste Fall in Hannover, der an Dramatik kaum zu überbieten war und an dessen Ende sie die Leitung der Gruppe übertragen bekommen hatte.

»Ist was?«, fragte Jakob Putensenf und reichte ihr ein Glas Rotwein.

Frauke staunte über die charmante Art des Kriminalhauptmeisters. Putensenf hatte ihr mit seinem Machogehabe viele Steine in den Weg gelegt, als sie zu der männerdominierten Ermittlungsgruppe gestoßen war. Er machte keinen Hehl aus seiner Überzeugung, Frauen würden nicht in den Polizeidienst gehören, schon gar nicht zur Kriminalpolizei. Tatsächlich traf man in den sogenannten »harten Sachgebieten« Frauen nur in geringer Zahl an. Jetzt war sie seine Vorgesetzte.

»Ich habe vergessen, mein Handy auszuschalten«, sagte Frauke.

Doch Putensenf musterte sie argwöhnisch.

»Privaten Ärger?«, fragte er leise und war erst beruhigt, als Frauke nickte.

Es hatte sich herumgesprochen, dass sie verheiratet war, aber Herr Dobermann in Flensburg residierte und das offensichtlich Beste an dieser Ehe das beiderseitige Schweigen war.

Frauke prostete dem Kriminalhauptmeister zu, dann erhob sie das Glas in Richtung seiner Frau. Anschließend nippte sie am Rotwein. Es war eine gute Idee von Putensenf gewesen, sie hierher in den Jazzclub zu entführen, zum ersten ruhigen Abend seit ihrer Ankunft an der Leine. Und dass das dritte Mitglied ihres Teams, der schwergewichtige Hauptkommissar Nathan Madsack, der bei jeder Bewegung ins Schnaufen kam, hier als fetziger Boogie-Woogie-Pianist auftrat, war eine besondere Überraschung gewesen. Das hätte sie dem korpulenten Mann nicht zugetraut.

Erneut nippte sie am Weinglas und sah sich um. Geschwätziges Treiben herrschte in den Katakomben des Clubs, der in Hannover Kult war. Im Publikum fehlten die ganz jungen Leute, die offenbar keinen Bezug zu dieser Musik hatten. Dafür fanden sich hier Damen und Herren, denen man getrost das Attribut »betagt« zusprechen konnte, bewusst lässig gekleidete »Silveragers«, wie die Generation der Fünfzig- bis Sechzigjährigen genannt wurde, ein paar auf jugendlich getrimmte Oberstudienräte und andere, die mit ein wenig Glück nicht zum Schaulaufen hier waren, sondern weil sie Gefallen an dieser Musik fanden. Sicher gehörten auch Jakob Putensenf und seine Frau dazu.

Frauke lächelte ihn an und musterte das zerfurchte Gesicht mit den grauen Haaren, dem gepflegten Bart, der Oberlippe und Kinn zierte und in dem das Weiß dominierte. Ob es Putensenf in diesem Moment schwerfiel, auf seine geliebten Zigarillos zu verzichten?, dachte Frauke. Kriminalhauptmeister – einer der wenigen Beamten, die noch zum mittleren Dienst gehörten, da der Einstieg in die Polizeilaufbahn heute beim Kommissar begann. Putensenf, so hatte Kriminaloberrat Ehlers ihn damals vorgestellt, war ein altgedienter Haudegen, dessen Lebensweg ihn irgendwann vom gelernten Handwerker zur Kriminalpolizei geführt hatte, eine Karriere, die heute undenkbar war. Damit verzichtete man aber auf Menschen, die auf andere Art schon Einblicke in »das Leben« genommen hatten, dachte Frauke.

Sie zuckte unmerklich zusammen, als ihre Gedanken zu dem Anruf zurückkehrten. Man hatte ihr eine Todesdrohung zukommen lassen. Natürlich war die Ermittlungsgruppe für organisierte Kriminalität etwas anderes als das Aufklären von Einbrüchen in Gartenlauben. Trotzdem kam es selten vor, dass Polizeibeamte mit Mord bedroht wurden. Irgendwie schien Frauke in ein Wespennest gestochen zu haben, als sie die drei Morde und die Zusammenhänge zwischen diesen Tötungsdelikten aufgeklärt hatte. Täter und Motive waren ermittelt. Doch die auf ihren Prozess wartenden Mörder waren nur Handlanger gewesen. Die Auftraggeber, die hinter diesen Taten standen, liefen noch frei herum. Und diese Freiheit wollten sie sich bewahren. Deshalb schreckten diese Leute nicht davor zurück, der Ermittlungsleiterin die Drohung zukommen zu lassen: »Wir werden Sie töten!«

ZWEI

Während das Wochenende für die meisten Menschen Entspannung und Ausgleich bedeutete, hatte Frauke dem Montag entgegengefiebert. Der Sonntag verhieß Untätigkeit. Sie kannte niemanden in der Stadt, und der kurze Spaziergang am Sonntagnachmittag hatte ihr auch nicht die Zerstreuung gebracht, die sie sich erhofft hatte. Im engen Hotelzimmer fühlte sie sich nicht zu Hause, und die Möglichkeiten der Beschäftigung reduzierten sich auf Lesen und Fernsehen. Nach einer unruhigen Nacht war sie schon früh ins Landeskriminalamt gefahren.

Sie gestand sich ungern ein, dass die Drohung vom vergangenen Samstag sie mehr beschäftigte, als ihr lieb war. In Flensburg hätte sie das K1 auf die weiteren Ermittlungen angesetzt. Hier galt es, Kriminaloberrat Ehlers zu überzeugen, dass die Mordserie noch nicht abgeschlossen war. Es fehlten noch die Hintermänner. Zudem konnte sie die Ernsthaftigkeit der Drohung nicht einschätzen. Es gab immer wieder überführte Straftäter, die im Zorn Drohungen gegen die Beamten oder die Strafverfolgungsbehörden ausstießen. Das war meistens nicht ernst zu nehmen. In diesem Fall waren es aber nicht die überführten Täter, sondern unbekannte Dritte.

Frauke hatte sich in ihr Büro zurückgezogen und studierte noch einmal die Akten des Falls, auch wenn der Abschlussbericht noch nicht erstellt war. Sie fand keinen Ansatz für weitere Verdächtigte. Das musste folglich den Verhören von Bernd Richter und Simone Bassetti vorbehalten bleiben. Sie schreckte hoch, als von der offenen Flurtür Nathan Madsacks Stimme erklang.

»Guten Morgen, Frau Dobermann. Hatten Sie ein schönes Wochenende?«, fragte der Hauptkommissar.

Frauke erwiderte den Gruß. »Danke. Leider zu kurz«, log sie und betrachtete Madsack, der sich stets mit »nicht verwandt und nicht verschwägert« vorstellte und damit ausdrücken wollte, dass es keine verwandtschaftlichen Beziehungen zur bekannten Verlegerfamilie der Landeshauptstadt gab. Sie betrachtete den Hauptkommissar.

Er ging auf die vierzig zu. Die gescheitelten dunkelblonden Haare, das runde Gesicht mit den buschigen Augenbrauen und den Pausbacken, die fleischige Nase und das mächtige Doppelkinn machten den Mann nicht zu einer attraktiven Erscheinung. Da half auch die stets korrekte Kleidung nicht. Heute trug Madsack einen dunkelbraunen Anzug und ein roséfarbenes Hemd, das sich über den mächtigen Bauch wölbte. Die dezent gemusterte Krawatte war vortrefflich darauf abgestimmt.

»Haben wir heute Vormittag Termine?«, fragte Madsack.

Frauke tippte auf die Unterlagen auf ihrem Schreibtisch. »Ich würde gern die Ermittlungsakte besprechen. Außerdem müssen wir noch den Abschlussbericht erstellen. Und die beiden Beschuldigten verhören.«

»Wenn es Ihnen recht ist«, bot der Hauptkommissar an, »dann kümmere ich mich um den Bericht.«

Frauke nickte. »Danke.«

»Bis später«, verabschiedete sich Madsack und ging weiter in Richtung seines Büros.

Kurz darauf sah Frauke aus den Augenwinkeln, wie Jakob Putensenf an ihrem Zimmer vorbeiging. Der Kriminalhauptmeister vermied es aber, ihr einen guten Morgen zu wünschen.

Sie vertiefte sich wieder in die Akten, machte sich Notizen und notierte sich Fragen, die sie den beiden Inhaftierten stellen wollte, als Uschi Westerwelle-Schönbuch, die Schreibkraft des Leiters der Abteilung, ihren blonden Haarschopf zur Tür hereinsteckte.

»Guten Morgen, Frau Dobermann. Herr Ehlers bittet Sie in den Besprechungsraum.« Frau Westerwelle zog eine der sorgfältig gezupften Augenbrauen in die Höhe. »In fünf Minuten?«

Frauke nickte, nutzte die Zeit, um noch einmal die Waschräume aufzusuchen, und ging anschließend in den Raum am Ende des Ganges, der eine Renovierung dringend nötig gehabt hätte. Sie setzte sich neben Nathan Madsack, der auf einen zweiten Kaffeebecher wies, den er neben sich auf den Tisch gestellt hatte.

»Für Sie.«

Frauke bedankte sich. Kurz darauf erschien Putensenf, knurrte etwas Unverständliches in seinen Bart und nahm auf der gegenüberliegenden Seite des Tisches Platz.

Frauke wunderte sich. So charmant und zugänglich sich der Kriminalhauptmeister am vergangenen Samstag auch gezeigt hatte, so verschlossen und brummig trat er im Dienst auf.

Kurz darauf betraten Kriminaloberrat Michael Ehlers und Frau Westerwelle den Raum, gefolgt von einem jüngeren Mann, der die Aufmerksamkeit aller auf sich zog.

»Guten Morgen, meine Damen. Die Herren.« Ehlers nickte allen freundlich zu. Dann zeigte er auf den Stuhl zu seiner Linken. »Bitte.« Sein Begleiter nahm Platz.

»Das waren turbulente Tage«, begann der Kriminaloberrat. »Ich hoffe, Sie haben die Aufregung gut überstanden. Das soll nicht bedeuten, dass wir mit dem Fall durch sind. Es gibt noch genug Arbeit. Nachdem wir zwei Mitarbeiter verloren haben«, dabei senkte Ehlers die Stimme, und alle Anwesenden dachten automatisch an den jungen Kollegen Lars von Wedell, der kaltblütig beim Einsatz auf dem Messegelände ermordet worden war, »müssen wir das Team wieder aufstocken.« Ehlers streckte seine Finger von sich. Dann fuhr er sich mit der rechten Hand durch den Haarkranz, der seine Glatze umrankte. Anschließend schob er seine randlose Brille auf der Nase ein Stück in die Höhe. »Sie wissen um die personelle Situation. In diesen Zeiten wird überall gespart. Davon bleiben auch wir nicht verschont. Deshalb werden die beiden ausgeschiedenen Kollegen …«

»Nur einer davon war ein Kollege. Der andere ein Schwein«, fiel ihm Jakob Putensenf ins Wort.

Der Kriminaloberrat strafte Putensenf mit einem Blick ab. »Deshalb werden die beiden Beamten durch einen neuen Kollegen ersetzt.« Ehlers sah zur Seite und nickte seinem Nachbarn zu. »Das ist Ihr neues Teammitglied. Kommissar Thomas Schwarczer.«

»Wie war der Name?«, fragte Putensenf.

»Schwarczer«, wiederholte der Kriminaloberrat, »aber anders geschrieben als Sie glauben. S-c-h-w-a-r-c-z-e-r.«

»Na ja, wer's haben muss«, brummte Putensenf. »Was qualifiziert ihn denn für …«

Mit einer Handbewegung gebot ihm Ehlers zu schweigen. »Herr Schwarczer ist sechsundzwanzig Jahre jung.«

»Kinder an die Front«, sagte Putensenf dazwischen.

Frauke wurde es zu bunt. »Nirgendwo steht geschrieben, dass dieses Ermittlungsteam ein Seniorenclub ist.«

Putensenf zog verächtlich die Nase hoch. »Seitdem Sie dabei sind, ist der Altersdurchschnitt kräftig in die Höhe geschossen.«

Ehlers klopfte mit der Spitze seines Kugelschreibers auf die Tischplatte. »Sie vermitteln Herrn Schwarczer gleich den richtigen Eindruck von seinem neuen Team.«

»Wir haben uns alle lieb ...«, grinste Putensenf.

Frauke betrachtete Thomas Schwarczer. Er hatte eine sportlich-muskulöse Figur. Sie schätzte ihn auf eine Größe zwischen einem Meter achtzig und einem Meter neunzig. Er trug eine Jeans, in der ein tailliert anliegendes T-Shirt steckte, unter dem sich jeder Muskel seines Sixpack-Bauches abzeichnete. Wenn er sich bewegte, spannte am Oberkörper das T-Shirt, und die Brustmuskeln spielten mit dem Stoff. Die Lederjacke hatte er lässig über die Schulter geworfen. Wenn man Schwarczer als markante Erscheinung bezeichnen wollte, lag das aber an seinem Kopf. Das bartlose längliche Gesicht war durch einen schmalen Mund und eine schmale Nase gekennzeichnet. Über den hohen Wangenknochen saßen zwei graugrüne Augen, die mit einem fast stechenden Blick jeden Einzelnen in der Runde musterten. Im linken Ohrläppchen baumelte ein goldener Ring. Am meisten beeindruckte aber der kahl geschorene Schädel.

Putensenf massierte demonstrativ mit Daumen und Zeigefinger sein Ohrläppchen, während sein Blick an Schwarczers Ohrring hängen blieb. »Dann ist Frau Dobermann ja nicht mehr das einzige weibliche Wesen in unserem Team.«

»Gibt es noch Fragen?« Ehlers sah alle Teammitglieder der Reihe nach an.

»Ich würde Sie gern unter vier Augen sprechen«, sagte Frauke.

»Gut.« Dann zeigte der Kriminaloberrat mit der Spitze seines Kugelschreibers auf Jakob Putensenf. »Und Sie möchte ich auch sprechen.«

Der Kriminalhauptmeister grinste verlegen. »Oh – oh«, sagte er leise.

Frauke erinnerte sich, wie schwer es ihr vor wenigen Tagen gemacht worden war, als *sie* neu in dieses Team gekommen war. Man hatte ihr deutlich zu verstehen gegeben, dass sie nicht willkommen war. Jetzt verlangte ihre neue Rolle als Leiterin Einfühlungsvermögen. Trotzdem …! Sie musterte noch einmal Thomas Schwarczer, der ihrem Blick standhielt. Merkwürdig, dachte sie, der Kommissar hatte während der ganzen Vorstellungsprozedur kein einziges Wort gesagt, weder gegrüßt noch seinen Namen genannt.

Ehlers war aufgestanden. »Kommen Sie gleich mit«, forderte er Frauke auf. Im Hinausgehen sah er Nathan Madsack an. »Kümmern Sie sich in der Zwischenzeit um Herrn Schwarczer.«

Frauke folgte dem Kriminaloberrat in dessen Arbeitszimmer und nahm an seinem Schreibtisch Platz.

»Ihre Vorgehensweise überrascht mich«, ging sie sofort in die Offensive. »Ich hätte mir gewünscht, dass Sie mich zuvor gefragt hätten, wenn Sie mir neue Mitarbeiter zuweisen.«

Ehlers legte die Fingerspitzen zu einem Dach zusammen und lehnte sich zurück. »Ich kenne die Gebräuche an Ihrem ehemaligen Dienstsitz in Flensburg nicht. Bei uns bitte ich Sie, Entscheidungen der Vorgesetzten zu akzeptieren. Die Versetzung von Herrn Schwarczer zur Ermittlungsgruppe organisierte Kriminalität erfolgt unter zwei Aspekten. Zum einen verfügen wir nicht über ein unbegrenztes Reservoir an Kapazitäten, schon gar nicht an für diese Spezialaufgabe geeigneten Bewerbern. Zum anderen haben Sie mit Thomas Schwarczer sicher eine gute Ergänzung erhalten.«

Frauke unterdrückte ein zynisches Lachen. Nathan Madsack war stets korrekt und hilfsbereit. An Gutwilligkeit mangelte es dem Hauptkommissar sicher nicht. Aber wegen seiner Leibesfülle war der Aktionsradius des Beamten erheblich eingeschränkt. Madsack begann schon beim Gehen in der Ebene zu schnaufen, Treppensteigen war für ihn eine Belastung. Diesen Mitarbeiter konnte Frauke nicht als »beweglich« beurteilen. Jakob Putensenf mochte ein verdienter Polizist sein. Für diesen Bereich war er langsam zu alt. Abgesehen davon störten sein ewiges Quengeln und sein Machogehabe. Hätte man Frauke gefragt, hätte sie sich zur Verstärkung einen wendigen und erfahrenen Polizisten gewünscht, aber keinen, der vom äußeren Erscheinungsbild höchstens als Türsteher in einer zweitklassigen Disco taugen würde.

»Welche – angeblichen – Qualitäten zeichnen Herrn Schwarczer aus?«, fragte Frauke.

»Hier.« Der Kriminaloberrat holte einen Aktendeckel aus seiner Schublade und reichte ihn Frauke. »Ich hätte die Personalie mit Ihnen besprochen«, fügte Ehlers in versöhnlicher Tonlage an. »Aber wann? Sie sind seit Samstag mit der Leitung betraut. Da war es eine logistische Meisterleistung, dass ich Ihnen bereits heute einen neuen Mitarbeiter abstellen kann.«

»Woher haben Sie ihn so schnell aus dem Hut gezaubert?« Obwohl sie sich bemühte, konnte sie die Skepsis in ihrer Stimme nicht unterdrücken.

»Kommissar Schwarczer war bis vorhin beim SEK. Es hat mich einiges gekostet, die Versetzung so zügig zu arrangieren. Wie schwierig manchmal die Entscheidungswege in einer großen Administration sind, haben Sie am eigenen Leib erfahren müssen.« Ehlers spielte darauf an, dass Frauke nach ihrer Ankunft in Hannover lange auf einen eigenen Arbeitsplatz, auf Dienstausweis und Dienstwaffe hatte warten müssen. »Werfen Sie einen Blick in die Personalakte.«

»Schön«, sagte Frauke und wollte aufstehen, doch Ehlers hielt sie zurück.

»Lesen Sie die Unterlagen bitte hier.«

»Vertrauen Sie mir nicht?«

Statt einer Antwort lächelte der Kriminaloberrat sie an und zeigte mit ausgestreckter Hand auf den Stuhl, auf dem sie saß.

Hier in Hannover war offenbar alles anders, dachte Frauke. Im heimischen Flensburg ging man nicht so miteinander um. Das half aber nichts. Sie musste sich den Gegebenheiten fügen, nahm die Akte zur Hand und überflog den Inhalt.

Thomas Schwarczer war in Hannover geboren. Er war sechsundzwanzig Jahre jung. Nach dem Abitur hatte er sich bei der Polizei beworben. Frauke warf einen kurzen Blick auf die Noten. In Sport hatte Schwarczer eine Eins, die naturwissenschaftlichen Fächer schienen ihm allerdings weniger gelegen zu haben. Für seinen späteren Beruf war es sicher auch unerheblich, dass es ihm in den musischen Fächern zur Gänze an Begabung gemangelt hatte.

Nach seiner Ausbildung an der Polizeiakademie in Hannoversch Münden und einem Jahr bei der Landesbereitschaftspolizei war Schwarczer für zwölf Monate im Wach- und Wechseldienst beim Polizeikommissariat Seelze eingesetzt gewesen, bevor er zur Kriminalpolizei wechselte und hier in das Dezernat 27 des Landeskriminalamts, das Spezialeinsatzkommando – SEK –, übernommen wurde. Schwarczer schien seinen Beruf mit Begeisterung und Sorgfalt auszuüben. Er hatte durchweg positive bis gute Beurteilungen. Fraukes Finger blieb beim Durchblättern an den Bestätigungen über erfolgreiche Kursteilnahmen und Fortbildungen haften. Immerhin schien der Kommissar ein besonderes Talent beim Schießen zu haben, eine Gabe, die Frauke nicht als oberstes Kriterium bei Polizeibeamten schätzte. Daneben hatte er eine Reihe von Spezialausbildungen besucht, die typisch für die Verwendung in Spezialeinheiten wie dem SEK waren.

»Interessanter Werdegang«, warf Ehlers ein, der Frauke über den Rand seiner Brille beobachtet hatte.

»Mir fehlen Erfahrungen im Alltagsgeschäft«, sagte Frauke. »Unsere Aufgabe ist das Ermitteln, das Erkennen von Zusammenhängen, das Spüren, das Bauchgefühl, aber auch die zwingende Logik hinter den Verbrechen. All das fehlt.«

»Dafür steht Ihre Erfahrung und die der beiden anderen Kollegen«, erwiderte der Kriminaloberrat.

Frauke wollte etwas entgegnen, verzichtete aber darauf. Die Entscheidung war ohne ihr Zutun gefallen. Sie hatte sich damit abzufinden und blätterte stattdessen noch einmal in der Akte zurück. Schwarczer hatte dort neben den Namen seiner Eltern auch deren Geburtsorte angeben. Sein Vater, Schweißer von Beruf, war in Akmolinsk geboren, die Mutter stammte aus Almaty, das früher unter dem Namen Alma-Ata Hauptstadt Kasachstans war.

»Akmolinsk heißt heute Astana und ist die neue Hauptstadt Kasachstans«, erklärte Ehlers. Ein Lächeln zeigte sich auf seinem Gesicht. »Man sagt, dass es nach Ulan-Bator die zweitkälteste Hauptstadt der Welt sei.«

»Wie kommen die Eltern nach Deutschland?«

»In Kasachstan leben heute noch etwa dreihunderttausend Deutsche, überwiegend ehemalige Russlanddeutsche, die nach 1920 in die kasachische Steppe umgesiedelt wurden. Manche machen wegen der unwirtlichen Lebensverhältnisse von ihrem Recht Gebrauch und kehren nach Deutschland zurück. Aber Herr Schwarczer ist hier geboren.«

Ein Migrant der zweiten Generation, dachte Frauke. Vieles am neuen Teammitglied schien ihr suspekt. Sie musste an den ermordeten Lars von Wedell denken, der sich mit so immenser Begeisterung den neuen Aufgaben im Dezernat für organisierte Kriminalität widmen wollte.

Ehlers sah demonstrativ auf seine Armbanduhr und streckte die Hand aus. »Falls Sie noch Fragen haben, können Sie mich jederzeit ansprechen. Würden Sie mir jetzt bitte Herrn Putensenf hereinschicken?«

Frauke stand auf, nickte dem Kriminaloberrat zu und kehrte in ihr Büro zurück. Unterwegs sah sie in das Zimmer des Kriminalhauptmeisters.

»Putensenf«, sagte sie betont. »Herr Ehlers erwartet Sie.«

»*Herr* Putensenf heißt das«, knurrte der Senior. Seine Angriffslust schien aber in Erwartung des Gesprächs beim Vorgesetzten merklich gelitten zu haben.

Frauke nahm erneut das Studium der Akten auf, bis sie von Madsack unterbrochen wurde, der Schwarczer im Gefolge hatte.

»Wenn es Ihnen recht ist, kümmere ich mich um das Administrative«, sagte der schwergewichtige Hauptkommissar.

Frauke nickte, während der Neue schweigend neben Madsack stand. Frauke betrachtete ihn noch einmal und versuchte in seinen Gesichtszügen zu lesen. Wenn man die Vita des Mannes kannte, konnte man mit ein wenig Phantasie Ansätze mongolischer Züge erkennen.

* * *

Die Kunststoffleuchte über dem Spiegel hatte auf der Oberseite braune Flecken, die von der jahrelangen Wärmeabstrahlung der Glühbirnen herrührten. Die dunkelblauen Badezimmerfliesen entstammten einer Zeit, in der dieses Dekor als chic galt. Sie mussten in den sechziger Jahren angebracht worden sein.

Kurt Buggenthin blinzelte in den Spiegel mit den blinden Stellen am Rand, bleckte die Zähne, nickte sich zufrieden zu und füllte Brillantine in die Handflächen, bevor er sich die Haare an den Kopf strich. »Mist«, fluchte er, als er sah, dass seine brennende Zigarette einen Brandfleck auf dem Kunststoffregal verursachte, einen weiteren zu den zahlreichen Vorgängern.

Buggenthin nahm die Zigarette zwischen Daumen und Zeigefinger, sog zweimal hastig daran und warf die Kippe in die Toilette, deren Deckel offen stand.

Seine Hand kreiste über die Sammlung von Töpfchen und Tiegeln auf dem Regal, blieb über einer Spraydose mit Deodorant stehen, nahm das Gefäß auf und sprühte jeweils einen kräftigen Stoß in die Achselhöhlen. Mit der flachen Hand fuhr er sich über die Haare und wischte die fettige Hand auf seiner Hüfte mit dem leichten Fettansatz ab, bevor er das Bad verließ und sich ins Schlafzimmer zum Ankleiden begab. Achtlos warf er die Unterhose auf einen Stapel schmutziger Wäsche in der Zimmerecke, zog aus einem Stapel zusammengelegter Hosen eine neue heraus, betrachtete sie kritisch und entschied sich für eine andere mit einem springenden Tiger neben dem Hosenschlitz. Zwischen Unterhemd und Leinenhemd zündete er sich eine neue Zigarette an, nahm die Hose mit dem breiten Schlag und den zahlreichen aufgenähten Taschen und zog die Camel-Boots über. Nachdem er sich die Lederjacke übergeworfen hatte, verstaute er Portemonnaie, Feuerzeug, Zigaretten und Brieftasche in den Tiefen der Jacke, ließ den Schlüsselring um den Zeigefinger kreisen und griff sich mit einem zufriedenen Grinsen die zweifarbige Tablettenschachtel. Er ließ sie in der Seitentasche seiner Lederjacke verschwinden. Dann trank er in hastigen Schlucken den großen Becher schwarzen Kaffee aus. Sein Arzt hatte ihm empfohlen, ein wenig auf den Blutdruck zu achten und Genussmittel maßvoll einzusetzen. Wenn man danach ginge, dachte Buggenthin, wäre vieles verboten, was das Leben bereichert und Spaß macht. Mit einem letzten Blick in den Garderobenspiegel verließ er seine Wohnung in der Georg-Böhm-Straße, setzte sich in seinen elf Jahre alten Opel Astra und reihte sich auf der Bleckeder Landstraße in den fließenden Verkehr ein. Der Weg führte bergab Richtung Innenstadt. Er unterquerte die beiden Eisenbahnbrücken am Bahnhof und fand sich kurz darauf in der Schlange der

Linksabbieger wieder, die in die Schießgrabenstraße einbiegen wollten.

Mit der rechten Hand suchte er einen Sender, der dröhnende Popmusik für junge Leute ausstrahlte. Da fühlte er sich zugehörig. Das war entscheidend, nicht die dreiundfünfzig Jahre, die in seinem Ausweis standen.

Buggenthin hatte kein schlechtes Gewissen, weil er sich am frühen Morgen bei seinem Arbeitgeber krankgemeldet hatte. Man würde einen Tag auf seine Anwesenheit im Lager des Versandzentrums verzichten können. Aber er konnte, nein, er wollte nicht verzichten und fuhr sich mit der linken Hand über seinen Schritt. Da konnte man stolz drauf sein. Nicht jeder Geschlechtsgenosse war, seiner Meinung nach, so attraktiv von der Natur beschenkt worden wie er. Das würde auch Elke anerkennen. Im Stillen freute er sich auf das verblüffte Gesicht der pummeligen Bäckereiverkäuferin mit den frischen Wangen und den Sommersprossen.

An der roten Ampel schloss er für einen kurzen Moment die Augen und stellte sich Elkes üppige Oberweite vor, die er bisher nur hinter der Bluse und der Schürze hatte wahrnehmen dürfen, die die Angestellten der Kette trugen. Natürlich glaubte er gesehen zu haben, wie sich unter der Berufskleidung die aufragenden Brustwarzen abzeichneten, wenn er den Laden betrat. Elke war scharf auf ihn. Ob sie wusste, dass er fünfzehn Jahre älter war? Sie wirkte schüchtern und hatte ihm keine Fragen gestellt, sodass er von sich aus sein Alter nicht preisgeben musste. Er war stolz, dass er noch so gut in Form war, dass Elke ihm offenbar die zehn Jahre nicht anmerkte, die er dabei unterschlagen hatte. Kurt Buggenthin war immer schon ein Frauentyp gewesen. Und wenn es doch nicht so viele gewesen waren, wie er in seinen Berichten vorgab, so lag es nur an der mangelnden Freizeit, sagte er sich. Aber heute hatte er sich die Stunden freigenommen, nachdem ihn Elke, die heute ihren freien Tag hatte, endlich zu sich zum Frühstück eingeladen hatte.

Ihm ging es viel zu langsam voran. Endlos schien die Schlange zu sein, die sich die Willy-Brandt-Straße entlangquälte, an der abseits des Zentrums gelegenen Post vorbei, am Kreisel beim Spaßbad SaLü, der Salztherme Lüneburg, in die Soltauer Straße abbog und bedächtig durch die ruhigere Vorstadt kroch. Hinter der Häuserfront zur Linken verbarg sich der Lüneburger Kurpark.

Kurz darauf hatte Buggenthin sein Ziel erreicht. Den Hasenburger Berg hatte Elke ihm als Anschrift genannt. Die Dreißigerzone und das Einbahnstraßenschild bekundeten die Ruhe der Wohnstraße mit dem leichten Linksbogen. Die älteren uniformen Rotklinkerhäuser im einheitlichen Stil erinnerten Buggenthin an Wohnanlagen, wie sie früher oft von Baugenossenschaften errichtet wurden. Doch Schlichtheit schloss Behaglichkeit nicht unbedingt aus.

Langsam rollte er an den Häusern vorbei, bis er die gesuchte Hausnummer fand und seinen Opel Astra auf dem Parkstreifen abstellte. Er ließ seinen Blick an der Fassade entlanggleiten. Die Fenster waren mit sauberen Gardinen versehen, hinter vielen schmückten Blumentöpfe die Fensterbänke.

Unweit ihrer Wohnung hatte Buggenthin die Frau kennengelernt, in der Bäckereifiliale an der Soltauer Straße Ecke Heidkamp.

Buggenthin öffnete die schlichte Holztür mit den kleinformatigen Glasscheiben und erklomm die Treppe.

»Hallo, Elkeschatz«, stieß Kurt Buggenthin kurzatmig hervor, als er die zweite Etage, das Dachgeschoss, erreichte, wo Elke im Türspalt auf ihn wartete.

»Guten Morgen«, erwiderte die Frau schüchtern.

»Ich bin die Treppe hinaufgerannt«, hechelte Buggenthin und hoffte, dass Elke nicht mitbekommen hatte, dass es um seine Kondition nicht zum Besten bestellt war. »Sie müssen etwas gegen den Bluthochdruck unternehmen«, hatte sein Arzt ihn mehrfach zu einer vernünftigeren Lebensweise aufgefordert. »Trinken Sie weniger und hören Sie mit dem Rauchen auf. Sonst kann es Sie eines Tages schlimm erwischen.« Buggenthin hoffte, dass Elke über seinen knallroten Kopf hinwegsah.

Er blieb vor der Frau stehen, beugte sich zu ihr hinab und versuchte, ihr einen Kuss auf den Mund zu geben. Ich mag Frauen, die sich erobern lassen wollen, dachte er bei sich, als Elke den Kopf wegdrehte und seine Lippen kurz vor dem Ohr auf die Wange trafen.

»Schön, dass Sie da sind«, sagte Elke mit leiser Stimme.

»Sie?«, fragte Buggenthin und folgte ihr in die kleine Küche, aus der es herrlich nach frisch aufgebrühtem Kaffee und knusprigen Brötchen duftete. »Ich bin doch der Kurt, mein Zuckerpüppchen.« Wie zufällig strich seine Hand dabei über den wohlproportionierten Po der Frau. Sexy, der Hintern, dachte Buggenthin. Und wenn erst einmal die Hülle gefallen war ...

Elke hatte sich mit dem Frühstückstisch viel Mühe gegeben. »Hahn und Henne« hieß die Geschirrserie, die sie eingedeckt hatte. Akkurat gefaltete Papierservietten lagen auf den Tellern, über die Eierbecher waren selbst gestrickte Wärmer gestülpt. Honig, Marmelade, ein Teller mit Aufschnitt und das große Glas mit dem brennenden Teelicht ... All das war mit Liebe hergerichtet.

»Wollen Sie ... äh du hier sitzen?«, fragte Elke schüchtern und wies auf den Stuhl am Fenster.

»Ha! Ich möchte auf dir hocken.«

Elke drehte sich rasch um, nahm die Glaskanne von der Kaffeemaschine, hielt sie vor ihrem Bauch und sagte: »Vorsicht. Heiß.«

Es hatte plötzlich nicht mehr den Anschein, als wäre sie glücklich über die Einladung zum Frühstück.

»Mir knurrt der Magen. Ich habe noch nichts gegessen«, ergänzte sie.

Buggenthin ließ sich ächzend auf den Holzstuhl fallen. »Man kann auch von Luft und Liebe leben«, sagte er vieldeutig. Dann strich er sich über seinen Bauch. »Das hält schlank.« Es folgte ein verunglücktes Augenzwinkern. Er zeichnete mit beiden Händen die Konturen einer Frau in die Luft. »Ich mag keine Hungerhaken. An einer Frau muss was dran sein. Man will ja was in Händen halten.« Dabei deutete er die Wölbung einer weiblichen Brust an.

Elke hatte Kaffee eingeschenkt und sah sich um. »Fehlt noch etwas?«, fragte sie mehr zu sich selbst.

Buggenthin lüpfte den gestrickten Eierwärmer und klopfte mit dem Teelöffel auf das Ei.

»Nee. Du hast an alles gedacht. Fehlt nur noch der Selleriesalat.«

Er ließ seiner Feststellung ein dröhnendes Lachen folgen. Auf Ei und Sellerie kann ich verzichten, dachte er, griff in die Tasche seiner Lederjacke, öffnete die Medikamentenschachtel und drückte aus der Blisterpackung eine der rautenförmigen Tabletten heraus. Vorsichtig ließ er die blaue Pille im Mund verschwinden und spülte sie mit einem Schluck Kaffee hinunter.

Das habe ich gar nicht nötig, dachte er. Elke wirkte nicht so, als wäre sie von Männern verwöhnt worden. Mit ihm hatte sie eine außergewöhnlich gute Wahl getroffen. Davon würde sie noch lange schwärmen und mit Sicherheit um weitere Treffen bitten. Oder sogar betteln? Ein Grinsen zog über Buggenthins Antlitz. Der Nachtisch, dabei ließ er seinen Blick über den Tisch gleiten, der würde alles in den Schatten stellen. Das Dessert war Kurt Buggenthin. Rasch griff er zur Aufschnittplatte, nahm mit bloßen Fingern zwei Scheiben Schinken und stopfte sie sich in den Mund.

»Nicht schlecht«, sagte er während des Kauens. »So lasse ich mir das Vorspiel gefallen.«

Elke griff zur Kaffeetasse, hob sie an und deutete ein »Prost« an. Dann nippte sie am Trinkgefäß.

Buggenthin trank in großen, hastigen Schlucken. Als er die Tasse absetzte, spürte er ein Rauschen im Ohr. Er spürte eine Wärme über seine Wangen streichen. Langsam kommt das Blut in Wallung, freute er sich. Donnerwetter. Die Pille wirkte aber rasch. Sie mussten sich mit dem läppischen Frühstück beeilen. Gleichzeitig durchfuhr ihn ein Schreck. War er wirklich rot geworden? Er hatte den Eindruck, dass seine Wangen glühten.

Unter der Tischkante strich seine Hand über seinen Schoß. Noch war nichts zu spüren. Aber der Kreislauf begann sich zu regen. Vielleicht war es nicht gut, so viel starken Kaffee zu trinken. Oder war es die Aufregung? Du bist ein erfahrener Mann, versuchte er sich selbst zu beruhigen, und kein Teenager vor dem ersten Rendezvous. Die kleine Bäckereiverkäuferin ist etwas zum Vernaschen. Hopp. Einmal drüber weg. Wenn es geklappt hat, warum solltest du dir diese Annehmlichkeit nicht auch ein weiteres Mal leisten. Mal sehen, wie sie ist.

Kurt Buggenthin musterte Elke, die ihm gegenübersaß und einen fast ängstlichen Eindruck machte. Gibt die sich nur schüchtern? Oder will sie dich aus der Reserve locken und erobert werden, dachte Buggenthin.

»Du wirst überrascht sein«, entfuhr es ihm, und er erschrak über sich selbst, dass seine Gedanken sich zu einer Aussage formuliert hatten, ohne dass er es gewollt hatte. Ihm wurde siedend heiß. Er zerrte am Kragen seines Leinenhemds. »Warm hast du es hier. Bist du auch so heiß? Äh ... Ich meine, ist dir auch so heiß?«

»Soll ich das Fenster öffnen?«, fragte Elke schüchtern und wollte aufstehen.

»Lass mal«, antwortete Buggenthin und fasste sich verstohlen ans Herz, das heftig schlug. Nicht jetzt, schoss es ihm durch den Kopf. Du kannst das Herzrasen nicht gebrauchen. Was soll Elke denken? Du machst schon vorher schlapp. Dabei spürst du jetzt die Wirkung der kleinen blauen Pille in deiner Hose. Verdammt. Du bist aus einem einzigen Grund hierhergekommen. Und nun rast deine Pumpe. Was geschieht mit deinem besten Freund, wenn du *es* nicht zu Ende führst? Elke wird möglicherweise auch verstimmt sein. »Der kann nicht«, wird sie ihrer besten Freundin anvertrauen, dabei hast du extra die blaue Pille geschluckt.

Buggenthin spürte Ärger in sich aufkeimen. Dadurch wurde sein Blutdruck weiter beschleunigt. Sein Herz hämmerte von innen gegen die Rippen. Die Frau musste es auch bemerkt haben. Sie hatte sich auf dem Küchenstuhl zusammengekauert und die Hände schützend vor ihre Brust gelegt.

Warum musste die Frau auch die Heizung so weit aufdrehen?, durchfuhr es Buggenthin. Mit dem Frühstück hatte sie auf ihre Weise ein »Vorspiel« bereitet. Da war er sich sicher. Sie wartete nur darauf, von ihm befriedigt zu werden. Und jetzt klopfte sein Herz, sein Puls raste. »Stress ist nicht gut für Ihre Angina pectoris«, hatte Dr. Hetzel gesagt.

»So ein Blödsinn. Angina. Das ist doch eine Art Erkältung. Dicker Hals und so. Mir bleibt die Luft weg. Hier. Auf der Brust.«

»Angina pectoris nennt der Laie auch Herzenge«, hatte sein Hausarzt erklärt und ihm ein Nitrolingual-Spray verschrieben. »Das ist eine Durchblutungsstörung des Herzens, meistens verursacht durch eine Stenose, also eine Verengung der Herzkranzgefäße.«

Das kann nicht sein, dachte Buggenthin. Die blaue Wunderpille sollte doch eine bessere Blutversorgung bewirken.

Der Schmerz in der Brust wurde immer heftiger.

»Luft«, japste Buggenthin und versuchte die kleine Spraydose zu fassen zu bekommen, die er in der Innentasche seiner Lederjacke mit sich führte. Nun war ihm alles egal. Elke interessierte ihn im Augenblick nicht, wenn nicht gleichzeitig die Befürchtung in ihm keimen würde, dass er sich unsterblich bei den Frauen in seinem Stadtviertel blamieren würde. Was wäre, wenn die kleine Schlampe überall herumposaunen würde, dass Kurt Buggenthin ein Maulheld war und kurz vor dem Bett schlappmachte? Der Gedanke daran regte ihn noch mehr auf. Verdammt. Das Herz schmerzte. So heftig hatte er die Anfälle selten erlebt. Endlich bekam er die kleine Spraydose zu fassen, führte sie an die Lippen und betätigte den Druckknopf. Mit einem Zischen entwich das Medikament. Gierig inhalierte Buggenthin das Spray. Er wusste, dass die Wirkung schnell eintrat.

Wie durch einen Schleier sah er Elke auf der anderen Seite des Küchentischs sitzen. Bewegungslos. Mit geöffnetem Mund starrte sie ihn an.

»Ich bin erkältet«, versuchte Buggenthin zu stammeln. »Geht gleich wieder. Vergiss das hier. Du wirst sehen … So etwas hast du noch nie erlebt.«

Er spürte, wie der Druck in seiner Brust nachließ. Dafür drückte die Erektion kräftig gegen das Innenfutter seiner Hose. Die Lust flammte in ihm auf. Wenn dieses verdammte Herz nicht so heftig rasen würde, dann hätte er Elke jetzt an die Hand genommen und wäre mit ihr ins Schlafzimmer gestürmt. Ihr gespieltes Zieren reizte ihn umso mehr.

Gott sei Dank, dachte er. Die Hitze weicht aus deinem Gesicht. Jetzt normalisiert sich alles. Auch die Wärme in der Haut ließ nach. Buggenthin atmete tief durch.

»Bist du fertig mit dem Frühstück?«, fragte er.

Die junge Frau nickte. »Hat es Ihnen geschmeckt? Möchten Sie noch einen Kaffee?«

Er winkte ab. »Danke. Die Aufregung soll ja nicht durch Koffein kommen.«

»Ich finde es schön, dass Sie zum Frühstück gekommen sind und wir ein bisschen klönen können.«

»Klönen?« Buggenthin lachte. »Eine nette Umschreibung.«

Dann schüttelte er sich. Ein leichter Kälteschauer kroch ihm den

Rücken herauf, breitete sich über die Schultern aus und wanderte die Arme bis zu den Fingerspitzen hinab. Instinktiv sah er auf seine Hände. Sie waren schneeweiß. Jetzt spürte er die Kälte auch im Gesicht. Vorsichtig bewegte er den Kopf, versuchte ihn zu schütteln, um das taube Gefühl im Nacken loszuwerden. In seinem Kopf schien sich ein Druck zu entwickeln, gleichzeitig entstand eine Leere, obwohl beides im Widerspruch zueinander stand. Buggenthin spürte, wie sein Herz stolperte, so als würde es schlagen, ohne Blut zu pumpen. Ihm war plötzlich kalt. Er fror. Seine Zähne schlugen aufeinander. Er zitterte am ganzen Körper.

»Ich friere fürchterlich«, stieß er hervor.

»Ja, aber eben haben Sie noch gesagt, es wäre so warm«, stammelte Elke verwirrt. »Ist Ihnen nicht gut? Sie sind ganz blass geworden.«

»Es ist gleich vorüber«, sagte Buggenthin mit schwacher Stimme. Er kämpfte verzweifelt gegen die Schwärze an, die sich vor seinen Augen ausbreitete. Er spürte, wie er das Gleichgewicht verlor, und versuchte im Unterbewusstsein, sich an der Tischkante festzuklammern.

Elke war aufgesprungen.

»Herr Buggenthin!«, rief sie mit erstickender Stimme. »Was ist mit Ihnen? Ist Ihnen nicht gut? Hallo!«

Sie schaffte es, Kurt Buggenthin aufzufangen und gegen ihren Bauch zu lehnen. Erschrocken wich sie ein paar Zentimeter zurück, als sein Kopf gegen ihre Brüste sackte. Ratlos hielt sie ihn umklammert.

»Was soll ich machen? Hallo, Herr Buggenthin«, wiederholte sie. Hilflos sah sie sich in ihrer kleinen Küche um, als könne sie von irgendwoher Hilfe erwarten.

Der Mann rührte sich nicht.

»Kommen Sie wieder zu sich. Nun sagen Sie doch was!« Sie hatte lauter gesprochen. Doch Buggenthin rührte sich nicht. »Mensch. Ich kann doch nicht ewig hier stehen.« Eine Spur Zorn schwang in ihrer Stimme mit.

Sie rüttelte an seinen Schultern, aber Buggenthin reagierte nicht. Dann versuchte sie, den Mann auf den Stuhl zurückzudrücken. Es gelang nicht. Der Körper sackte in sich zusammen und begann, vom Stuhl zu rutschen. Soweit es ihr möglich war, fing sie Buggenthin auf und ließ ihn auf die Fliesen gleiten. Dann sah sie auf den reglos daliegenden Mann.

»Herr Buggenthin?«, rief sie ihn.

Erschrocken hielt sie die Hände vors Gesicht. »Was mach ich bloß?« Für einen Moment war sie starr vor Schreck. Dann gab sie sich einen Ruck und wählte mit zittrigen Fingern die Eins-eins-zwei.

***

Frauke hatte sich noch einmal die Protokolle zu den Morden an Lars von Wedell, Marcello Manfredi und Manuela Tuchtenhagen vorgenommen. Die mutmaßlichen Mörder waren verhaftet worden. Nun galt es, die Protokolle zu vervollständigen, die Indizien und Ergebnisse der kriminaltechnischen Untersuchungen zu ordnen und die Befunde der Rechtsmedizin einzubringen. Mit der Verhaftung des Täters, des »mutmaßlichen«, wie man bis zur Feststellung der Schuld durch das Gericht zu sagen hatte, war der Fall noch nicht abgeschlossen. Bis die Ermittlungsakte der Staatsanwaltschaft übergeben werden konnte, damit diese die Anklage erheben konnte, gab es noch viel Arbeit.

Simone Bassetti, dem vorgeworfen wurde, den Italiener Manfredi und dessen Sekretärin Manuela Tuchtenhagen ermordet zu haben, hatte die Taten nach Rücksprache mit seinem Anwalt eingeräumt. Dottore Alberto Carretta erwies sich dabei als ebenso gewiefter wie kluger Rechtsvertreter. Der unscheinbare alte Mann kannte sich nicht nur hervorragend im deutschen Strafrecht aus und nutzte alle vermeintlichen Lücken für sich und seinen Mandanten, er trat in den Verhören auch wie ein lauerndes Raubtier auf, das geduldig auf der Pirsch war und beim kleinsten Fehler seines Gegners aufsprang und erbarmungslos zuschlug. Die Begegnungen mit ihm erforderten von Frauke ein Höchstmaß an Konzentration.

Der kleine Mann wirkte höflich und bescheiden, fast ein wenig zerstreut. Man war geneigt, ihn zu unterschätzen. Plötzlich verbiss er sich aber in ein Detail, verhakte sich in einer Winzigkeit und versuchte, die Polizei in Widersprüche zu verstricken.

Frauke sah in Carretta nicht den böswilligen Gegner, sondern einen Anwalt, der versuchte, alles für seinen Mandanten herauszuholen. Deshalb war sie auch überrascht gewesen, als Bassetti nach Rücksprache mit seinem Anwalt die Taten eingeräumt hatte.

»Das macht keinen Sinn«, hatte sie Nathan Madsack gesagt, dem Einzigen, mit dem sie ihre Gedanken und Zweifel austauschen konnte. Putensenf war aus ihrer Sicht kein Gesprächspartner. Das lag nicht daran, dass der Kriminalhauptmeister kein tüchtiger Polizist war. Aufgrund seiner ewigen Nörgelei, der Stichelei gegen sie, weil sie eine Frau war, und seiner abfälligen Kommentare gegenüber allem und jedem konnte sie Putensenf nicht einschätzen. Und deshalb vertraute sie ihm nicht.

Außerdem hatte der Kriminalhauptmeister auf das falsche Pferd gesetzt, als Frauke neu zu diesem Team gestoßen war. Er hatte sich eifrig am Mobbing gegen Frauke beteiligt und ihren Vorgänger, Hauptkommissar Bernd Richter, unterstützt. Natürlich hatte Putensenf nicht wissen können, dass Richter bestochen worden war und ihren gemeinsamen Kollegen, Kommissar Lars von Wedell, kaltblütig während eines Einsatzes auf dem Gelände der Hannover Messe erschossen hatte.

Jetzt saß Richter in Untersuchungshaft und schwieg beharrlich. Bisher hatte er sich weder zur Tat noch zum Motiv, schon gar nicht zu den Auftraggebern geäußert. Und die liefen immer noch frei herum.

»Was macht keinen Sinn?«, hatte Madsack gefragt.

»Dass Bassetti die Taten einräumt. Er weiß, dass er dafür bestraft wird. Dass es sich um Mord und nicht um Totschlag handelt, dürfte ihm auch Dottore Carretta verständlich gemacht haben. Das Strafmaß dafür ist ›lebenslänglich‹. Selbst bei guter Führung könnte Bassetti frühestens nach fünfzehn Jahren entlassen werden. Und wenn das Gericht die besondere Schwere der Schuld feststellt, dann ist ihm selbst diese Chance verwehrt. Warum nimmt der junge Mann die Schuld freiwillig auf sich?«

»Ich könnte es mir vorstellen«, hatte Madsack geantwortet.

»Ich auch. Mit seinem Schuldanerkenntnis hoffen die Hintermänner, dass wir von der Suche nach ihnen Abstand nehmen. Sind die wirklich so naiv?«

»Nach seinem anfänglichen harten Leugnen trat bei Bassetti der Gesinnungswandel ein, nachdem er mit seinem Anwalt gesprochen hatte.«

»Was mag ihm Dottore Carretta zugeflüstert haben?«, hatte Frauke überlegt. Zu einem Ergebnis waren sie und Madsack nicht gekommen.

Es hatte keinen Sinn, Bassetti erneut zu vernehmen, wenn sie ihn nicht mit weiteren Beweisen konfrontieren konnten, überlegte Frauke. Deshalb wollte sie Bernd Richter verhören, der den Mord an von Wedell hartnäckig bestritt. Sie rief in der Bereitschaft an und ließ den ehemaligen Hauptkommissar in den Verhörraum bringen. Dann suchte sie Madsacks Büro auf. Der Neue saß dem schwergewichtigen Hauptkommissar gegenüber und hörte aufmerksam zu, während Madsack einen kurzen Überblick über den aktuellen Fall, das Team und dessen Arbeitsweise gab.

»Schwarczer«, sagte Frauke betont knapp. »Ich will, dass Sie mich zu einem Verhör begleiten.«

Ohne ein Wort zu sagen, stand der neue Mitarbeiter auf, blieb zwei Schritte vor Frauke stehen und sah ihr in die Augen. Er hielt ihrem Blick stand, bis Frauke sich abwandte.

»Gehen wir.«

Sie wechselten kein Wort, bis sie den Verhörraum erreicht hatten.

Bernd Richter sah auf, als die beiden Beamten eintraten. Er saß am Tisch, hatte die Hände gefaltet und auf die Platte gelegt. Seine Augen lagen tief in den Höhlen. Schwarze Schatten umspielten sie. Die Haare wirkten ungewaschen, das Gesicht grau. Um die Mundwinkel zuckte es nervös.

Frauke schaltete das Aufnahmegerät ein, nannte Datum und Uhrzeit, erwähnte die Anwesenden und begann zu fragen. »Herr Richter. Ihnen wird zur Last gelegt, den Polizeibeamten Lars von Wedell bei einem Einsatz, den Sie geleitet haben, auf dem Gelände der Hannover Messe heimtückisch von hinten erschossen zu haben. Trifft das zu?«

»Blödsinn«, quetschte Richter zwischen den Zähnen hervor. Er öffnete dabei kaum die Lippen.

»Warum haben Sie von Wedell ermordet?«

»So ein Quatsch. Wie kommen Sie dazu, solche Behauptungen aufzustellen?«

»Wir haben Ihnen die Gründe, auf denen unser Verdacht beruht, ausführlich dargelegt. Außerdem haben Sie es selbst zugegeben.«

»Das ist nicht wahr. Ihre ganze Argumentation beruht einzig darauf, dass Sie auf meinen Job scharf waren. Jetzt haben Sie es erreicht. Aber mit welcher Niedertracht. Dass Sie sogar einen Kollegen falscher Verdächtigungen unterziehen ... So viel Fiesheit hätte ich nicht erwartet.«

Frauke reagierte nicht auf die Anfeindungen. Aus den Augenwinkeln nahm sie wahr, dass Schwarczer ebenfalls ohne jede Regung neben ihr saß und die Augen leicht zusammengekniffen hatte.

»Wer ist das?«, fragte Richter und zeigte mit den gefalteten Händen auf den Kommissar.

»Herr Schwarczer. Er ist neu im Ermittlungsteam organisierte Kriminalität.«

Richter beugte sich in Richtung des Kommissars.

»Hat man Sie gewarnt? Die Frau ist unberechenbar. Nicht nur karriere-, sondern auch sonst geil.«

»Herr Richter! Mäßigen Sie sich in Ihrem Ton!«, fuhr Frauke dazwischen.

Doch der ehemalige Hauptkommissar ließ sich nicht beruhigen. Seine Stimme vibrierte. »Die geht über Leichen. Wer sagt denn, dass Sie nicht selbst zur Waffe gegriffen haben, um mich auf diese Weise loszuwerden?«

Frauke ging nicht auf die Provokation ein. Sie verzichtete auf jede Verteidigungsrede. Richter selbst hatte als Teamleiter dafür gesorgt, dass Frauke weder einen Arbeitsplatz noch einen Dienstausweis, geschweige denn eine Waffe erhalten hatte. Er hatte geblockt und sie gemobbt.

»Nennen Sie uns Ihre Auftraggeber und das Motiv. Weshalb musste Lars von Wedell sterben?«

Für einen kurzen Moment schweiften Fraukes Gedanken ab. Vor ihrem inneren Auge tauchte der fröhliche, unbekümmerte junge

Polizist auf. Er hatte sie nach Dienstschluss bis zum Kröpcke verfolgt. Dort hatte er ihr gestanden, wie aufgeregt er vor seinem ersten großen Fall war. Er hatte ihr geschmeichelt und seine Bewunderung ihrer Erfahrung und ihres Wissens kundgetan.

»Mensch! Wie oft soll ich das noch sagen. Es gibt kein Motiv und keine geheimnisvollen Hintermänner. Ich habe niemanden erschossen. Das ist doch hirnrissig.«

Schwarczer saß unbeweglich neben Frauke. Er hatte seine Hände auf die Oberschenkel gelegt und musterte ihr Gegenüber.

»Ich muss Ihnen nicht erklären, dass ein Geständnis einen positiven Eindruck auf das Gericht machen würde.«

»Sie sind doch total plemplem.« Richter tippte sich an die Stirn. »Jemand, der wirklich so etwas getan hat wie das, was Sie hier blödsinnigerweise vorbringen, wird doch wegen Heimtücke belangt. Der kommt nie wieder aus dem Bau.«

»Erleichtern Sie Ihr Gewissen. Sie haben oft genug erlebt, wie bedrückend eine solche Schuld auf einem Menschen liegen kann.«

Richter hatte mit der flachen Hand auf den Tisch geschlagen. »Hören Sie doch auf mit dieser Psychoscheiße.«

Der ehemalige Hauptkommissar verhielt sich nicht anders als alle anderen Verdächtigen, denen Frauke oft genug gegenübergesessen hatte. Manche waren gleich zusammengebrochen und froh, über ihre Tat sprechen zu können. Das Reden befreite sie von einer zentnerschweren Last. Andere versuchten zu leugnen, ihre Unschuld zu beteuern. Unter Druck standen sie alle. Auch Richter, der Profi. Frauke erkannte es an seinem Verhalten, an seiner Mimik und seinen Gebärden, vor allem aber an seiner Sprache. Sie war fast ins Vulgäre abgeglitten. So hatte er nicht gesprochen, als er noch ihr Teamleiter war. Für sie gab es keinen Zweifel an Richters Schuld. Aber für die Beweisführung vor Gericht bedurfte es noch weiterer Argumente. Ein guter Anwalt würde das, was die Polizei bisher zusammengetragen hatte, zu zerpflücken suchen.

»Wer vertritt Sie rechtlich?«, fragte Frauke unvermittelt.

»Verdammte Scheiße. Ich brauche keinen Anwalt. Ich habe nichts getan!«

»Warum hat man Sie beauftragt, Lars von Wedell zu töten?«, wiederholte Frauke beharrlich.

Richter schüttelte verächtlich den Kopf und gab einen undefinierbaren Zischlaut von sich. Dabei floss etwas Speichel aus seinem Mundwinkel. Er wischte ihn mit dem Handrücken ab. Leichte Schweißperlen zeigten sich auf seiner Stirn. Es waren die Reaktionen, die man in Amerika mit dem Lügendetektor nachweisen konnte.

»Machen Sie es sich und uns einfacher. Nennen Sie uns den Namen Ihres Auftraggebers. Sie kennen die Prozedur. Wir werden Ihre Telefonkontakte prüfen und nachvollziehen, alle Kontenbewegungen kontrollieren, uns in Ihrem sozialen Umfeld umhören. Natürlich dauert es etwas länger. Herausbekommen werden wir es bestimmt.«

An seinem Mienenspiel erkannte Frauke, dass Richter ihr folgen konnte. Natürlich weiß er, wie seine Chancen stehen, dachte Frauke. Schließlich ist er Insider. Mit gleichförmiger, fast monotoner Stimme hakte sie deshalb nach.

»Herr Richter, es bringt Sie nicht weiter. Letztlich quälen Sie sich nur.«

Der ehemalige Polizeibeamte nagte an seiner Unterlippe. Er schien mit sich zu ringen, sein weiteres Verhalten abzuwägen. Dann schüttelte er den Kopf, als hätte er für sich selbst eine Entscheidung getroffen.

Frauke lehnte sich zurück.

»Nun – gut. Sie wissen, wie erfolgreich dieses Team arbeitet.« Sie streckte den Zeigefinger aus und wies auf Richter. »Sie haben in dem Augenblick verloren, als Sie den Abzug betätigten und den jungen Kollegen niederstreckten.« Sie schwieg einen Moment. »Hmh«, überlegte sie dann laut. »Wie schlecht fühlt man sich eigentlich, wenn man sein Herzblut in den Beruf Polizist gelegt hat und dann zum Mörder wird? Beruf kommt von Berufung. Oder war das für Sie nur Mittel zum Zweck? Haben Sie über diesen Weg Zugang zu kriminellen Kreisen gesucht? War das Geld verlockend? Oder hat man Sie erpresst?«

Frauke baute ihm damit eine Brücke. Aber Richter ging nicht darauf ein. Sie musterte ihn eine Weile, bevor sie sich entschloss, ihn weiter zu provozieren.

»Wie schmeckt der Rotwein, den Sie sich vom Blutgeld gekauft haben? Können Sie noch ins Glas schauen? Oder sehen Sie darin das Blut, das Sie vergossen haben?«

Richter sprang auf. »Hören Sie auf!«, schrie er und hielt sich demonstrativ die Ohren zu.

»Sie sehen blass aus, Richter.« Frauke machte mit dem Zeigefinger eine drehende Bewegung, als würde sie damit in seinen Eingeweiden bohren. »Das drückt auf die Psyche. Was meinen Sie, wie lange Sie das durchhalten? Sie können nachts nicht schlafen, schrecken auf. Das Essen bekommt Ihnen nicht. Sie werden elendig vor die Hunde gehen. Immerzu wird Sie Ihr Gewissen daran erinnern, dass Sie einen Menschen getötet haben.«

Plötzlich sprang Richter in die Höhe, beugte sich über den Tisch und versuchte, Frauke zu fassen zu bekommen. Sie hatte ebenso schnell reagiert und sich zurückgelehnt. Noch schneller war Thomas Schwarczer. Aus dem Stand heraus schnellte er hoch, packte Richter am Kragen und zog ihn auf den Tisch. Dabei drehte er den überraschten Mann auf die Seite und drückte mit dem Ellenbogen auf das Jochbein, dass Richters Gesicht auf der Tischplatte zum Liegen kam. Schwarczer winkelte den Arm etwas an, sodass die Spitze seines Ellenbogens noch kräftiger drückte.

Frauke glaubte, ein leichtes Knacken zu hören. Sie war im Begriff, Schwarczer zurückzurufen, bevor er dem Inhaftierten einen Knochen brechen würde. Es war nicht nur das Wissen, dass Gewalt gegen in Gewahrsam genommene Personen die eigene Position erheblich schwächen würde. Frauke empfand eine tiefe Abneigung gegen Gewalt, selbst wenn sie sich gegen einen heimtückischen Mörder wie Richter wandte.

Da Schwarczer gleichzeitig Richters Schulter nach hinten drückte, musste das an mehreren Stellen höllische Schmerzen bereiten.

Richter schrie auf. Als der junge Kommissar seinen Griff etwas löste, stöhnte der ehemalige Polizist.

»Das werden Sie teuer zu spüren bekommen«, drohte Richter, während Speichel aus seinem Mundwinkel auf die Tischplatte lief. »Sie werden das nicht überleben.« Dabei versuchte er, Frauke anzusehen. Prompt fiel ihr wieder die Todesdrohung ein, die sie erhalten hatte. Wusste Richter davon? Oder war es eine leere Phrase?

»Und dem glatzköpfigen Knochenbrecher wird es nicht besser ergehen«, schob Richter hinterher.

Schwarczer hatte sich nur kurz bewegt. Urplötzlich stieß Richter erneut einen Schmerzensschrei aus. Frauke hatte nicht sehen können, was der Kommissar getan hatte. Ihr missfiel das. Sie wollte ihn aber nicht in Richters Gegenwart maßregeln. Deshalb nickte sie Schwarczer unmerklich zu, sodass er Richter freigab.

Hasserfüllt sah der ehemalige Polizist die beiden Beamten an, während er sich abwechselnd das Jochbein und die Schulter rieb. Dann ließ er sich widerstandslos abführen.

Frauke schaltete das Aufnahmegerät aus, bevor sie Schwarczer anfuhr. »Das machen Sie nicht noch einmal. Ist das klar? So etwas gibt es nicht bei mir. Sonst sind Sie die längste Zeit Polizist gewesen.«

Thomas Schwarczer hielt ihrem Blick stand. In seinem Gesicht zuckte kein einziger Muskel. Weder kommentierte er Fraukes Rüge, noch bestätigte er durch eine Geste, dass er den Vorwurf akzeptierte.

Ohne ihn eines weiteren Blickes zu würdigen, verließ Frauke den Verhörraum. Auf dem Flur schüttelte sie den Kopf und dachte voller Wehmut an Flensburg, an das dortige Kommissariat 1, dessen Leiterin sie gewesen war, und an den Respekt und die Wertschätzung, die man ihr bei der Landespolizei Schleswig-Holstein entgegengebracht hatte. Hannover – noch konnte sie sich mit Niedersachsens Landeshauptstadt nicht anfreunden. Das lag nicht nur an ihren drei Mitarbeitern, von denen keiner ihren Vorstellungen von einem Polizisten gerecht wurde, sondern auch daran, dass sie immer noch in einem kargen Hotelzimmer lebte und kein Zuhause hatte. Sie musste sich dringend nach einer Wohnung umsehen, beschloss sie, erschrak aber gleichzeitig bei dem Gedanken. Mit einer Wohnung in Hannover würde sie sich fester an diese Stadt binden. Dagegen sträubte sich ihr Inneres, obwohl sie gar keine andere Alternative hatte.

In ihrem Büro ließ sie das Verhör noch einmal Revue passieren. Mit Sicherheit gab es Verbindungen zu den Hintermännern, die auch den Mord an Manfredi beauftragt hatten. Die Polizei hatte den Faden zu einer kriminellen Vereinigung geknüpft, die lukrative Geschäfte abwickelte und das Geld durch legale Transaktionen wusch. Hätte Manfredi nicht versucht, Privatgeschäfte zu betreiben, würde möglicherweise der einträgliche Handel mit den gefälschten Lebensmitteln nach Saudi-Arabien und dem Rauschgift weiter florieren. Es tat der Organisation sicher weh, diesen profitablen Weg verloren zu haben. Es musste eine große und mächtige Organisation mit weitreichendem Einfluss sein, dass es ihr gelungen war, einen Polizisten als Mörder zu dingen und Simone Bassetti so unter Druck zu setzen, dass er die beiden Morde bereitwillig auf sich nahm, auch wenn es ihn lange Jahre ins Gefängnis bringen würde.

Dass die Polizei nach den Morden ermitteln würde, musste auch den Paten im Hintergrund klar sein, überlegte Frauke. Deutschland war nicht Italien, wo möglicherweise Ermittlungen verhindert werden konnten. Es gehörte zum Risiko der Organisation, dass ein Geschäftszweig aufflog. Daraus entstand kein persönlicher Hass gegen die mit der Aufklärung befassten Polizisten. Es musste etwas anderes sein, weshalb man sie persönlich mit dem Tod bedrohte.

Sie sah auf die Uhr. Es war Zeit, zu Mittag zu essen. Das Frühstück im Hotel war nicht schlecht, aber es wiederholte sich jeden Morgen. Sie wollte nicht in der Kantine des Landeskriminalamts essen. Sie würde allein an einem Tisch sitzen und möglicherweise Mitarbeitern ihres Teams begegnen.

Team! Sie lachte bitter auf. Ein Team waren sie nicht.

Es war ein angenehmer Herbsttag. Am Himmel standen leichte Schleierwolken, so als hätte jemand mit einem breiten Pinsel und zu wenig wässriger Farbe probeweise über das Firmament gestrichen. Dazwischen lachte ein blassblauer Himmel. Frauke hatte sich eine leichte Jacke übergezogen und war an der Schule am Welfenplatz vorbei bis zur futuristisch anmutenden Tankstelle an der Ecke Celler Straße marschiert. Unterwegs waren ihr zwei Mütter mit Kinderkarren begegnet, die ihre Töchter hätten sein können. War mein Engagement für den Beruf wirklich so wichtig für mich, dass ich darauf verzichtet habe?, fragte sie sich.

Sie überquerte die Celler Straße, passierte den kleinen Platz mit den Bäumen und der Litfaßsäule und bog in die kleine Grünfläche mit dem Kinderspielplatz ein, die von Wohnblocks gesäumt wurde. Im Hintergrund überragte der Fernmeldeturm mit der unübersehbaren Werbung für die Wolfsburger Autoschmiede an der Spitze alles. Von hier waren es nur noch wenige Schritte bis zur lebhaften Hamburger Allee mit ihren acht Fahrbahnen.

Frauke wartete einen günstigen Moment ab und hastete bis zum Mittelstreifen, um anschließend die zweite Straßenhälfte zu überqueren. Zwischen dem Einkaufszentrum und dem Fuß des Turms zweigte sie Richtung Bahnhof ab, um kurz darauf den rückwärtigen Eingang am Raschplatz zu erreichen. Mittlerweile hatte sie sich daran gewöhnt, dass hier die Gestrandeten der Großstadt lagerten, Alkohol tranken, rauchten oder einfach nur mit ihren Hunden im Arm die Zeit vergehen ließen.

Im Hauptbahnhof herrschte die gewohnte Betriebsamkeit. Menschen hasteten mit ihrem Gepäck an der Hand von einem Bahnsteig zum nächsten, andere verharrten unschlüssig und sahen sich orientierungslos um. Dazwischen wuselten Beschäftigte, die wie sie auf dem Weg zu Besorgungen in der Mittagspause waren.

Auf dem Weg kaufte sie im Bahnhof im Zeitungsladen am Aufgang zum Bahnsteig 9 eine Hannoversche Allgemeine, in der Hoffnung, Immobilienanzeigen zu finden.

Als sie die Buchhandlung verließ, sah sie einen hochgewachsenen, sportlichen Mann. Er war braun gebrannt, hatte ein markant geschnittenes Gesicht mit dunklen Augen und schwarzen Haaren, in die er lässig eine Sonnenbrille hochgeschoben hatte. Zur weißen Jeans trug er ein Poloshirt. Den rechten Zeigefinger hatte er hinter den Aufhänger einen leichten Sommerjacke geklemmt, die er leger über die Schulter geworfen hatte. Für einen Moment trafen sich ihre Blicke. Der Mann, Frauke schätzte ihn auf Mitte bis Ende dreißig, verzog sein Gesicht zu einem Lächeln und zeigte dabei zwei Reihen weißer Zähne, die auf attraktive Weise zu seinem gebräunten Gesicht in Kontrast standen. Er war ein mediterraner Typ, bei dem sicher manche Frau auch einen zweiten Blick riskierte.

Frauke erwiderte das Lächeln, klemmte sich ihre Zeitung unter den Arm und verließ die Bahnhofshalle Richtung Innenstadt.

Es überraschte sie nicht, dass sich »unterm Schwanz« wieder eine Reihe von Menschen fanden, die dort offensichtlich auf jemanden warteten. Sie hatte gelernt, dass man sich in Hannover kurz und bündig »unterm Schwanz« verabredete und damit den weit ausladenden Schweif des Pferdes meinte, auf dem König Ernst August von Hannover saß.

Sie musste einen Moment warten, weil Straßenbahnen aus beiden Richtungen kreuzten. Dann überquerte sie den Platz und folgte der Bahnhofstraße bis zum Kröpcke. Der zentrale Platz in der Innenstadt war nach einem seit dem neunzehnten Jahrhundert sich dort befindenden Café benannt, an dem sich die Hauptwege der weiträumigen Fußgängerzone kreuzten. Markant ragte der historische Uhrenturm heraus, obwohl es sich nur um eine vereinfachte Rekonstruktion aus den siebziger Jahren des vergangenen Jahrhunderts handelte. Anstelle des ursprünglichen Cafés trug heute ein moderner Nachbau einer Schweizer Gastronomie- und Hotelkette den Namen. Blank gescheuerte Holzbänke und Tische sowie einzelne Tische mit bunten Stühlen unter weit ausladenden Sonnenschirmen füllten den Platz.

Bei diesem Wetter waren freie Plätze im Außenbereich rar. Frauke hatte Glück. Ein Paar war im Begriff zu gehen, und sie steuerte den Tisch an. Sie hatte kaum Platz genommen, als eine Bedienung nach ihren Wünschen fragte. Frauke warf einen kurzen Blick auf die Karte und bestellte einen Barista Special und ein Mineralwasser. Sie schlug die Zeitung auf und war enttäuscht darüber, dass sie keine Immobilienanzeigen fand. Sie hatte im Stillen gehofft, dass in einer großen Stadt wie Hannover anders als im heimischen Flensburg täglich Wohnraumanzeigen erscheinen würden. Sie überflog den Inhalt der Zeitung, ließ den umfangreichen Sportteil großzügig außer Acht und las den Rest der Zeitung quer. Als die Bedienung ihre Getränke brachte, sah Frauke auf. Dabei bemerkte sie den Mann, der sie schon im Bahnhof angestarrt hatte. Er saß zwei Tische weiter und beobachtete sie unablässig. Als sich ihre Blicke begegneten, zeigte er erneut sein Lächeln, das sie schon bei der ersten Begegnung irritiert hatte. Sie unterdrückte ein Antwortlächeln und aß ihr Gericht. Dabei bemühte sie sich, nicht in die Richtung des Fremden zu sehen. Fast hastig schlang sie das Essen hinunter, rief nach der Bedienung, zahlte und stand auf. Automatisch sah sie zu dem Unbekannten hinüber. Der musste sie die ganze Zeit beobachtet haben. Jedenfalls zeigte er erneut sein durchaus anziehendes Lächeln, wie Frauke sich eingestehen musste. Ein merkwürdiges

Kribbeln durchzog sie, obwohl alle Vernunft dagegen sprach. Der Mann war sicher zehn Jahre jünger als sie.

Sie nahm die freitragende Treppe mit dem gläsernen Geländer zur Niki-de-Saint-Phalle-Promenade, wie die vom Kröpcke bis unter die Bahnhofshalle führende Passage zu Ehren der Schöpferin der berühmten Nana-Figuren und Hannoveraner Ehrenbürgerin hieß, die von manch älterem Einheimischen immer noch kurz und bündig mit ihrem früheren Namen »Passerelle« bezeichnet wurde. Vor einem Geschäft mit flippiger Bekleidung, die gar nicht zu ihr passen würde, blieb Frauke stehen und tat, als würde sie sich für die schreiend bunten T-Shirts und Jeans interessieren. Dabei warf sie einen Blick zurück. Von dem Mann war nichts zu sehen. Offenbar hatte er sein Interesse an ihr aufgegeben. Vielleicht war er ins Basement des gegenüberliegenden Kaufhauses verschwunden.

Frauke kehrte ins Landeskriminalamt zurück. Auf dem Flur begegnete ihr Putensenf.

»Gesteht Ihr Dienstvertrag Ihnen extralange Pausen zu?«, fragte er.

»Bin ich Ihnen Rechtfertigung schuldig?«

»Ja«, sagte der Kriminalhauptmeister kess. »Als Steuerzahler. In dieser Eigenschaft finanziere ich Ihr Nichtstun.«

»Ich gebe Ihnen eine zweistündige Auszeit«, erwiderte Frauke scharf. »Die sollten Sie nutzen, um sich einen neuen Job zu suchen.«

Putensenf grinste sie an. »Sind wir hier bei ›Wünsch dir was‹? Sie sind nicht Dieter Bohlen und können sich Ihr Dreamteam nicht selbst basteln.« Er wartete Fraukes Antwort nicht ab, sondern verschwand eilig Richtung Treppenhaus.

Frauke hatte immer noch Putensenfs Grinsen vor Augen, als sie in ihr Büro zurückkehrte. Welten lagen zwischen den verzerrten Mundwinkeln des verbiesterten älteren Kollegen und dem Lächeln des attraktiven Mannes aus der Mittagspause, dachte sie und nahm die Arbeit an ihren Papieren wieder auf. Andere hätten nicht die Geduld gehabt, immer wieder die Protokolle zu lesen, Aussagen zu vergleichen, nach Ungereimtheiten zu suchen und sich Notizen zu machen, um daraus einen Fragenkatalog für die nächsten Verhöre von Bassetti und Richter zu erstellen. Es dürfte schwierig werden, dem ehemaligen Hauptkommissar ein Geständnis abzuringen. Und über die Auftraggeber würden beide nichts verlauten lassen. In die Strukturen der organisierten Kriminalität hatte sich eine eherne Gesetzmäßigkeit eingeschlichen. Nur wer schwieg, hatte eine Chance zu überleben. Da nahm man eine langjährige Freiheitsstrafe in Kauf. Und bei entsprechendem Wohlverhalten reichten die Arme der Organisation bis hinter die Gefängnismauern, um dort im angemessenen Rahmen Wohltaten zu verbreiten. Oder zu strafen, wenn man die Gesetze der Familie verletzte.

Frauke wusste, es würde schwierig werden, hinter die Kulissen zu blicken. Nicht umsonst hatte man sie mit dem Tod bedroht.

Sie arbeitete zwei Stunden intensiv, bis sie sich eine kleine Pause zur Auffrischung der Konzentration gönnte. Mit einem neuen Becher Kaffee gestärkt, setzte sie sich wieder an ihren Arbeitsplatz und rief im Internet verschiedene Immobilienportale auf. Frauke war über das vielfältige Angebot überrascht. Neugierig blätterte sie durch die Angebote und notierte sich drei Adressen. Eine Offerte weckte ihr besonderes Interesse. Die Wohnung in der Lister Meile war citynah und lag in einem ausgesprochen urbanen Viertel. Sie rief beim Vermieter an und vereinbarte noch für denselben Abend einen Besichtigungstermin.

Frauke sah auf, als sie Madsacks Stimme von der Tür hörte.

»Hallo. Darf ich Sie stören?«

Sie nickte in Richtung der Besucherstühle vor ihrem Schreibtisch.

Der Hauptkommissar nahm ächzend Platz und legte einen Computerausdruck auf den Tisch, während er weitere Blätter in der Hand behielt.

»Dieser Vorgang ist uns von der Polizeidirektion Lüneburg mit der Bitte um Kenntnisnahme zugesandt worden. Ich habe bereits mit den Kollegen gesprochen.« Dabei wedelte er mit den Papieren. »Es geht um einen Todesfall. Kurt Buggenthin, dreiundfünfzig. Geschieden. Er war bei einer«, Madsack warf einen Blick auf seine Notizen, »Elke Findeisen zum Frühstück eingeladen. Während des Essens ist er plötzlich zusammengesackt. Der herbeigerufene Notarzt konnte nur noch den Tod feststellen.«

»Das klingt nicht sehr spektakulär«, warf Frauke ein.

»Der Arzt hat eindeutige Anzeichen für Herzversagen festgestellt.«

»Das ist ein finaler Zustand, aber keine Todesursache«, sagte Frauke und zehrte von ihrer langjährigen Erfahrung als Leiterin des K1 in Flensburg, das im Volksmund als »Mordkommission« bezeichnet wird. »Was hat zum Herzstillstand geführt? Das ist die entscheidende Frage.«

»Buggenthin litt offensichtlich unter einer Herzerkrankung, einer Stenose. Darauf deutet das Nitrolingual-Spray hin, das man bei ihm gefunden hat. Nach Aussage von Frau Findeisen ging es ihm vor seinem plötzlichen Herztod nicht gut. Er hat behauptet, er sei erkältet. Damit hat er sein Unwohlsein und die abwechselnden Hitzewallungen und Kälteschauder begründet.«

»Kommen Sie zum Punkt, Madsack«, sagte Frauke ungeduldig. »Das klingt nicht wie etwas, mit dem wir uns beschäftigen müssen.«

Der Hauptkommissar wackelte ein wenig unruhig auf dem Stuhl hin und her. »Buggenthin war wohl in Erwartung eines amourösen Abenteuers zu Elke Findeisen gekommen, obwohl die Frau gegenüber der Streife mehrfach ausdrücklich betonte, dass sie ihn nur zu einem kleinen Frühstück eingeladen hatte. Sie ist alleinstehend und hatte sich auf eine nette Plauderei gefreut.«

»Ist er handgreiflich geworden? Hat sie ihn daraufhin niedergeschlagen?«

»Nichts dergleichen. Buggenthin wies keine äußeren Verletzungen auf.«

»Was denn?«

»Auch kein Gift. Das ist zumindest der aktuelle Stand. Näheres wird die Obduktion ergeben.«

»Nun machen Sie es nicht so spannend.« Frauke zeigte auf ihren Schreibtisch. »Wir haben genug anderes zu erledigen.«

»Man hat bei Buggenthin noch ein anderes Medikament gefunden. Viagra.«

»Das erklärt einiges«, stimmte Frauke zu. »Das ist kontraindiziert zum Nitro-Spray. Aber das weiß man doch.«

»Man vielleicht schon, aber Kurt Buggenthin nicht. Vermutlich hat er in Erwartung des sexuellen Kontakts Viagra geschluckt. Wenn das ein Missverständnis war und Elke Findeisen das zurückgewiesen hat, könnte sich Buggenthin aufgeregt haben. Aus der Stresssituation ist ein Angina-pectoris-Anfall erwachsen, den der Mann mit dem Nitro-Spray bekämpft hat. Die Kombination mit Viagra war tödlich, da es zu einem lebensbedrohlichen Blutdruckabfall gekommen ist. Leider kam jede ärztliche Hilfe zu spät. Das ist auch nicht verwunderlich, da Buggenthins Herz vorgeschädigt war.«

»Das ist alles sehr bedauerlich, aber ich sehe immer noch keinen Ansatzpunkt für ein Interesse unsererseits.«

Madsack lächelte und senkte seinen Kopf, dass sein Doppelkinn auf dem Kragen auflag und den korrekt gebundenen Krawattenknoten nahezu verdeckte, während er in seiner Sakkotasche kramte.

»Hier«, sagte er und legte eine kleine Plastiktüte auf den Tisch. »Das ist das Medikament.«

Frauke betrachtete die Schachtel. Drei Viertel der Packung waren weiß. Oben stand der Name des Präparats in Großbuchstaben: VIAGRA. Daneben war ein hellblaues Rechteck aufgedruckt. Unten rechts prangte das Logo des Herstellers. Der amerikanische Pharmakonzern »Pfizer« war mit Viagra weltberühmt geworden, als er das Medikament mit dem Wirkstoff Sildenafil 1998 auf den Markt gebracht hatte.

»Was ist damit?«

Madsack zog einen Montblanc-Kugelschreiber aus seiner Sakkotasche und tippte damit auf das linke Viertel der Verpackung.

»Das ist der entscheidende Punkt.«

Frauke konnte nichts entdecken. Der Hauptkommissar ließ die Spitze des Kugelschreibers über die Packung wandern. Er wies auf eine weiße Raute im dunkelblau bedruckten linken Teil.

»Pfizer«, las Frauke.

»Die Kollegen haben den Strichcode geprüft. Der ist okay.« Dabei zeigte Madsack auf den Balkencode. »Entscheidend ist aber ein Fehler.«

»Können Sie sich vorstellen, dass ich selten bis gar nicht Viagra schlucke?«, fragte Frauke.

Der Hauptkommissar lächelte sie freundlich an. Dann fuhr er mit seinem Kugelschreiber an der Grenze zwischen dem weißen und dem blauen Aufdruck entlang. »Hier fehlt etwas. Ein hellblauer Streifen.«

»Interessant«, sagte Frauke. »Hier liegt also ein Imitat vor.«

»Genau. Und deshalb sind wir eingeschaltet worden.«

Frauke seufzte. »Als wenn wir nicht schon genug Aufgaben hätten.«

Die beiden hatten nicht mitbekommen, dass Jakob Putensenf im Türrahmen stand und ihrem Gespräch gelauscht hatte.

»Vielleicht sollten Sie einmal Viagra probieren. Möglicherweise steigert es auch bei Ihnen die Libido.«

»Das habe ich im Unterschied zu Ihnen nicht nötig. Ich fürchte, bei Ihnen wäre auch eine doppelte Portion eine Fehlinvestition.«

Putensenf spitzte die Lippen. »Was haben wir für eine heiße Chefin, Nathan«, sagte er mit spöttischem Unterton zu Madsack.

»Als Kriminalhauptmeister können Sie sich vermutlich kein Viagra leisten«, sagte Frauke. Im selben Moment bedauerte sie ihre Anspielung darauf, dass Putensenf als Einziger im Team nicht zum gehobenen Dienst gehörte.

Putensenf holte tief Luft und lief dunkelrot an. Dann wandte er sich ab und verschwand auf dem Flur. Frauke wusste, dass sie seine empfindliche Stelle getroffen hatte.

Madsack sah verlegen aus dem Fenster. Der schwergewichtige Hautkommissar zeichnete sich dadurch aus, dass er stets konsensbemüht war. Schließlich hüstelte er.

»Sie haben recht. Viagra ist teuer. Je nachdem, woher Sie es beziehen, kosten vier Filmtabletten sechzig Euro und mehr. Deshalb floriert das Geschäft mit Imitaten.«

»Warten wir die Obduktion ab«, entschied Frauke und zeigte auf die Packung. »Schaffen Sie das ins Labor. Die sollen die Qualität prüfen. War die Spurensicherung schon in Buggenthins Wohnung?«

Madsack zuckte mit den Schultern. »Da bin ich überfragt. Der Fall ist ganz frisch. Aber ich werde mich darum kümmern.«

»Schön. Ich erwarte Ihren Bericht.«

Damit war der Hauptkommissar entlassen. Madsack stieß mit dem Kriminaloberrat zusammen und entschuldigte sich.

»Mein Versehen«, sagte Ehlers, als er in den Raum trat und sich Frauke gegenüber niederließ. »Offensichtlich sind gefälschte Medikamente im Umlauf. Da diese stets im großen Stil vermarktet werden, ziehen wir das Ermittlungsverfahren an uns. Ich wollte Sie und Ihr Team damit betrauen.« Es war keine Frage, sondern eine Feststellung. »Ihr vorheriger Fall dürfte fast abgeschlossen sein. Noch ein wenig Papierkrieg, ein paar Verhöre. Oder?«

Der Kriminaloberrat hat eine subtile Art, ihr eine weitere Aufgabe aufzubürden, obwohl er mit Sicherheit wusste, dass im vorherigen Fall noch vieles zu erledigen war. Doch als »Neue« musste Frauke beweisen, dass sie auch Stresssituationen gewachsen war. Deshalb konnte sie den neuen Fall nicht ablehnen. Ebenso wenig konnte sie Ehlers anvertrauen, dass eine Morddrohung gegen sie ausgesprochen worden war. Möglicherweise hätte ihr Vorgesetzter das missverstanden und als stille Kapitulation gewertet. Es war keine Seltenheit, dass überführte Täter Drohungen gegen die Beamten aussprachen. Das war Frauke schon oft widerfahren. Dem musste man keine Bedeutung beimessen. Aber in diesem Fall war das anders. Deshalb beschloss Frauke, es für sich zu behalten. Und zu ihren Mitarbeitern hatte sie auch kein Vertrauen. Sie hätte ihr Geheimnis mit niemandem teilen können.

»Wir werden uns der Sache annehmen«, sagte sie zu Ehlers.

»Fein. Ich habe mit dem Kollegen Schwarczer auch umgehend für Verstärkung gesorgt. Dann steht dem Erfolg nichts im Wege.«

Doch!, dachte Frauke. Mit den drei Männern meines Teams lassen sich keine Mauern einreißen.

Ehlers stand auf. Mitten im Raum blieb er noch einmal stehen und drehte sich zu Frauke um. »Haben Sie schon einen ersten Eindruck von dem Neuen gewinnen können?«

Oh ja, dachte Frauke. Und der hat mich nicht überzeugt. Laut sagte sie: »Das muss sich entwickeln.«

»Viel Erfolg«, wünschte der Kriminaloberrat und verließ den Raum.

Frauke atmete tief durch. Sie hatte sich ihre Tätigkeit in Hannover anders vorgestellt. Dann widmete sie sich wieder der Schreibtischarbeit.

Frauke hatte die Tür ihres Dienstzimmers offen gelassen. Man gewöhnte sich an die Betriebsamkeit, die auf dem Flur herrschte. Langsam, aber stetig sank der Geräuschpegel. Die Mitarbeiter verabschiedeten sich in den Feierabend. Frauke liebte die späten Stunden, in denen man ungestört und konzentriert arbeiten konnte.

Heute beendete sie bereits um Viertel vor sechs ihre Tätigkeit, ließ ihr Fahrzeug auf dem Parkplatz des Landeskriminalamts zurück und machte sich auf den Fußweg zur Lister Meile. Sie wählte den Weg durch die kleine Parkanlage »Welfenplatz«. Ein paar Kinder tollten dort herum und spielten Fußball. Auf einer Parkbank hatte sich eine Handvoll Männer zusammengefunden, die Bier tranken, rauchten und sich lautstark über Möglichkeiten unterhielten, wie man dem Sozialamt zusätzliche Mittel entlocken konnte. Im Vorbeigehen registrierte Frauke, dass die Vorschläge sicher nicht ernst zu nehmen waren.

In der Gretchenstraße passierte sie die Fenster der Pizzeria Italia und nickte dem Chef zu, der hinter der großen Glasscheibe stand und die Vorbereitungen für das Abendgeschäft traf.

Die Lister Meile strotzte vor Urbanität. Ein Geschäft reihte sich ans andere. Viele davon waren inhabergeführt und unterschieden sich wohltuend von den Läden der großen Ketten, die überall gleich aussahen. Die Passanten bildeten eine bunte Mischung aus Einheimischen, die ihren täglichen Bedarf decken wollten, Menschen, die Vergnügen am Bummeln fanden, und auffallend vielen Älteren, die auf den Bänken saßen und in stoischer Gelassenheit das Treiben um sich herum verfolgten oder dem Wasserspiel des modernen Brunnens zusahen. Auf diesem Stück war die Lister Meile keine Fußgängerzone, sondern eine Einbahnstraße, die am gleichnamigen U-Bahnhof endete. Über das kleinformatige rote Betonpflaster rollten nur wenige Fahrzeuge, auch wenn sich auf den Parkstreifen unter dem grünen Dach der zahlreichen Bäume kaum freie Plätze fanden. Frauke wunderte sich jedes Mal erneut über eines der seltenen Hutgeschäfte, das hier noch residierte. Mehrere hölzerne Pavillons säumten die Straße, die gastronomische Angebote vorhielten, sei es philippinisch, chinesisch oder italienisch.

Vor dem Haus mit der angebotenen Wohnung ging ein junger Mann, er mochte Ende zwanzig sein und trug einen dunklen Anzug mit weißem Hemd, auf und ab. Das Hemd war am Kragen geöffnet. Der Mann hatte dem Modetrend folgend die Krawatte weggelassen. Unter den linken Arm hatte er eine blaue Pappmappe geklemmt, während er sein Handy am Ohr hielt und mit rechts rauchte. Er lief vor dem Eingang auf und ab und sah sich um.

»Die Tante ist nicht da«, hörte Frauke ihn sagen. »Ob das wieder eine Verarsche ist?«

»Wenn Sie Eberlein sind, dann bin ich ›die Tante‹«, sagte sie und blieb kurz vor ihm stehen.

Verdutzt hielt er inne. »Ich muss jetzt Schluss machen«, stammelte er ins Telefon. »Sind Sie Frau äh …«

»Nein!«, entgegnete Frauke. »Nicht äh … Mein Name ist Dobermann.«

»Äh … Mein Name ist Guggenberger. Herr Eberlein ist verhindert.«

»Sehen Sie das als notwendiges Übel an? Oder wollen Sie mir die Wohnung zeigen?« Frauke hatte sich über »die Tante« geärgert. Deshalb sah sie keine Veranlassung, freundlich zu sein.

»Ja … äh …« Guggenberger wies zur Haustür. »Darf ich vorangehen?«

Umständlich kramte er aus einem Berg Schlüssel den passenden hervor und ging voran. Frauke folgte ihm durch den unscheinbaren Eingang mit der Milchglastür neben dem Herrenmodegeschäft, das das Erdgeschoss des Gebäudes dominierte. Sie mussten einen langen schmalen Flur entlanggehen, bevor sie die hölzerne Treppe erklimmen konnten.

In der Wohnung roch es muffig. Offenbar war schon längere Zeit nicht mehr gelüftet worden.

»Wie lange steht die Wohnung leer?«

»Ja … also … Schon länger«, wich Guggenberger aus.

Die Wohnung strahlte die Gemütlichkeit von Altbauwohnungen aus. Mit Ausnahme der Küche und des Badezimmers waren die drei Räume und der Flur mit Holzdielen ausgelegt. Die Zimmer waren relativ klein, aber für eine einzelne Person würden sie reichen, überlegte Frauke.

Während sie die Wohnung inspizierte, folgte ihr Guggenberger und pries fortwährend die Vorzüge der Immobilie an. Er wies auf das neue Bad hin, die Verwendung natürlicher Materialien, den Vorzug der Wohngegend und die energiesparenden Maßnahmen, die man vorgenommen hatte.

»Wie hoch sind die Nebenkosten?«, fragte Frauke.

Für einen Moment sah sie in Guggenbergers ratloses Gesicht.

»Ich lasse Ihnen die letzten Abrechnungen zukommen«, versprach er und sah dabei auf seine Armbanduhr. »Entschuldigung, aber ich habe noch einen Termin.«

»Ich will Sie nicht aufhalten.«

»Möchten Sie die Wohnung haben? Dann sollten Sie sich noch heute entscheiden. Es gibt eine Reihe weiterer Interessenten. Ich kann Ihnen die Wohnung nicht reservieren.« Erneut begann er, die Einmaligkeit der Räume herunterzubeten.

»Das ist schön für Sie.«

Er musterte sie mit dem fragenden Dackelblick.

»Ich meine, dass Sie heute Abend noch einen Interessenten haben, dem Sie die Bude vermieten können.«

»Bude?« Guggenberger war der Zorn deutlich anzusehen.

»Ich wünsche Ihnen noch einen schönen Abend«, sagte Frauke, wandte sich um und verließ ohne ein weiteres Wort die Wohnung. Sind hier alle verrückt?, fragte sie sich, und automatisch schweiften ihre Gedanken zu den Mitgliedern ihres Teams ab.

Vor der Tür blieb sie einen Augenblick stehen und atmete die Luft ein. Hier, inmitten der City, war vom Herbst nichts zu riechen, auch wenn die Bäume schon das dunkle Laub trugen, das Frauke stets als Vorankündigung auf die herbstliche Färbung verstand. Entschlossen wandte sie sich nach links, bummelte gemächlich die Lister Meile entlang und sah zwischendurch in die Schaufenster des Tabakladens, der Bäckerei, der Buchhandlung und weiterer Geschäfte.

An der nächsten Kreuzung warf sie einen Blick in die Sedanstraße, in der Simone Bassetti wohnte, den sie in einer aufsehenerregenden Aktion dort verhaftet hatte. Frauke bog links in die Gretchenstraße ab und betrat nach wenigen Schritten die Pizzeria, von der Lars von Wedell behauptet hatte, dass es dort die beste Pizza nördlich der Alpen gebe. Davon hatte der junge Kommissar nun leider nichts mehr.

Ein paar Stufen führten zum Eingang der Pizzeria Italia. Durch eines der beiden Fenster war der große Pizzaofen zu sehen. Ein junger Mann wirbelte gekonnt einen runden Teigfladen in die Höhe, sah dem in der Luft rotierenden Pizzaboden nach und fing ihn geschickt mit einer Hand wieder auf. Zwischendurch fand er auch noch Zeit, Frauke zuzulächeln.

Wenn man Italien als Duftnote beschreiben müsste, so war es die Luft, die ihr entgegenschlug. Der Geruch von Pizza, Wein, Kerzen, überbackenem Käse … Eine Sinneswahrnehmung al forno.

»*Buona sera, signorina*«, begrüßte sie der Kellner überschwänglich und machte eine einladende Handbewegung, verbunden mit einer leichten Verbeugung. Dann geleitete er sie zu einem Tisch in der Ecke. »Den habe ich extra für Sie frei gehalten«, sagte er lächelnd.

Frauke empfand den italienischen Charme als wohltuend nach den verbalen Scharmützeln mit Jakob Putensenf und Guggenberger.

»Darf es etwas zu trinken sein?«, fragte der Kellner.

»Ich hätte gern einen Valpolicella«, antwortete Frauke und sah sich um. Das Lokal war gut besucht. Sie hatte den letzten freien Tisch erwischt. Es war ein buntes Publikum. Familien mit Kindern, Paare, drei Frauen, die sich köstlich zu amüsieren schienen, und eine größere Gruppe, die zwei Tische zusammengeschoben hatte.

Frauke warf einen Blick in die Karte. Die Pizza war wirklich hervorragend gewesen. Sie war in Versuchung, die Pizza Pugliese zu bestellen, zögerte dann aber doch. Das Gericht hatte sie gegessen, als sie hier mit Gesa Krafft gesessen hatte, um der jungen Frau die Nachricht von Lars von Wedells Tod zu überbringen. Kurz entschlossen wählte sie Broccoli al forno und nahm einen großen Schluck von dem Wein zu sich, den der Kellner inzwischen gebracht hatte.

»Frau Fillipi«, rief sie der Wirtin zu, die sich mit dem Kellner den Service teilte.

»Ah«, sagte die Frau, die Frauke wiedererkannte. »Sie sind doch die Polizistin, die nach Simone Bassetti gefragt hatte. Ich habe in der Zeitung gelesen, dass Sie ihn verhaftet haben.« Sie schüttelte den Kopf. »Schlimm. Wenn man sich vorstellt, dass so einer bei uns zu Gast war. Aber man kann ja nicht in die Menschen hineinsehen.«

Von Erzählungen wusste Frauke, dass das Ehepaar Fillipi die

Pizzeria seit mehr als fünfundzwanzig Jahren betrieb. Obwohl Bassetti hier verkehrte, hatte die Polizei keine Anhaltspunkte dafür finden können, dass die Wirtsleute in den Fall verstrickt waren.

»Es wäre für uns wichtig zu wissen, ob Bassetti Kontakt zu anderen Gästen hatte oder sich mit Fremden hier getroffen hat.«

Judith Fillipi musste nicht überlegen. »Bei uns verkehren fast nur Stammgäste. Manche sind häufiger hier, andere seltener. Laufkundschaft haben wir fast gar nicht. Unsere Kunden stammen aus der Gegend. Nein!« Sie schüttelte energisch den Kopf. »Das hätte ich mitbekommen.«

»Kann es sein, dass sich Bassetti hier verabredet hat, während Sie freihatten?«

Erneut verneinte sie. »Wir sind ein Familienbetrieb.« Sie nickte mit dem Kopf in Richtung des Pizzaofens. »Mein Mann steht täglich an dem Platz dort. Sieben Tage die Woche. Und ich bin auch täglich hier. Nein. Das wüsste ich.«

»Ist Ihnen aufgefallen, ob Bassetti Kontakt zu anderen Gästen Ihrer Pizzeria hatte?«

Jetzt überlegte sie einen Moment. »Sicher. Wenn man hier öfter hinkommt, kennt man einander vom Ansehen. Er hat mal mit diesem, mal mit jenem gesprochen.«

»Waren da Landsleute von Ihnen dabei?«

Die Wirtin lächelte. »Ich bin Deutsche. Mein Mann kommt aus Italien. Sie meinen sicher, ob Italiener dabei waren?«

»Ja.«

»Warten Sie.« Judith Fillipi zog die Stirn kraus. »Doch. Ein paar Mal hat er hier mit Giancarlo zusammengesessen. Besonders wenn Fußball im Fernsehen lief. Dann stellen wir hier einen Apparat auf.« Sie beugte sich ein wenig zu Frauke herab. »Italiener und Fußball. Da gibt es kein Halten.«

»Giancarlo? Wissen Sie, wie er weiter heißt?«

»Leider nicht«, bedauerte die Wirtin.

»Oder wo er wohnt?«

»Irgendwo hier im Viertel – glaube ich zumindest. Mehr kann ich nicht sagen.« Sie sah über die Schulter zu den zusammengeschobenen Tischen. Einer der Gäste winkte ihr zu. »Entschuldigung, aber ich muss mal wieder.« Frau Fillipi hatte sich schon zwei

Schritte entfernt, als ihr doch noch etwas einfiel. »Giancarlo arbeitet auf dem Großmarkt. Obst und Gemüse.«

»Wo dort? Der ist doch sicher groß.«

»Tut mir leid.« Dann wandte sich die Wirtin den anderen Gästen zu.

»*Prego, signora.* Heiß«, sagte der Kellner, als er die dampfende Schale mit dem Broccoli al forno brachte.

Frauke hielt ihr Weinglas in die Höhe um anzudeuten, dass sie ein weiteres wünschte. Dann aß sie ihr Abendessen. Auch das war vorzüglich und ließ die ewig kreisenden Gedanken an die Mitarbeiter, an die noch offenen Ermittlungen und an Kurt Buggenthin, der am Morgen dieses Tages so überraschend verstorben war, vergessen.

Versonnen tauchte vor ihrem Auge der Mann auf, der sie im Bahnhof angelächelt und sie anschließend bis zum Kröpcke verfolgt hatte. Es schmeichelte ihr, dass sich der jüngere und gut aussehende Mann für sie interessiert hatte.

Nach dem Essen griff Frauke ihr Handy und rief Herrn Eberlein, den Vermieter der Wohnung in der Lister Meile, an.

»Ich würde die Wohnung gern mieten«, sagte sie.

»Das überrascht mich jetzt«, erwiderte der Mann. »Ich würde Sie zuvor gern persönlich kennenlernen. Und natürlich hätte ich noch ein paar Fragen. Sie verstehen?«

Frauke vereinbarte mit Herrn Eberlein einen Termin im Café am Kröpcke. »Ich werde eine Hannoversche Allgemeine als Erkennungszeichen dabeihaben«, sagte sie.

Nach dem Essen trat sie an die frische Luft. Inzwischen war es dunkel geworden. Sie ging die Lister Meile zurück, sah an der Fassade des Hauses hoch, in dem sie vermutlich doch die Wohnung mieten würde, und bog am belebten Weißekreuzplatz in Richtung der ruhigen Nebenstraße ab, in der ihr kleines Hotel lag. Ihr graute vor der Nacht, vor dem kahlen und tristen Hotelzimmer, das keine Geborgenheit schenkte, kein wirkliches Zuhause war.

Unterwegs hatte sie an Schaufenstern haltgemacht und sich umgesehen. Von dem charmanten Mann vom Bahnhof war nichts zu sehen gewesen.

DREI

Das Wasser knallte gegen die Plexiglaswand, perlte ab und lief in Strömen an ihr herunter, um sich mit dem zu vereinigen, das direkt in die Duschwanne rauschte. Vor dem Abfluss bildete es einen Strudel, um dann mit dem Schaum im Ausguss zu verschwinden.

Frauke meinte, irgendwo einmal gehört zu haben, dass auf der nördlichen Halbkugel der Strudel sich immer entgegen dem Uhrzeigersinn drehen würde. Andere Wissenschaftler bestritten diese These.

Es kümmerte sie nicht. Sie hatte endlich wieder einmal gut geschlafen. Nun genoss sie die heiße Dusche und ließ das Wasser länger laufen, als es zum Abspülen des Schaums erforderlich gewesen wäre. Nachdem sie der Duschkabine entstiegen war, rubbelte sie sich ab, nahm sich etwas mehr Zeit fürs Make-up und verließ die kleine Nasszelle ihres Hotelzimmers. Jetzt war es nur noch eine Frage der Zeit, bis sie wieder eine eigene Wohnung hatte. Ob es auch ein Zuhause sein würde, vermochte sie im Augenblick noch nicht einzuschätzen. Vor dem Garderobenspiegel stutzte sie einen Moment und betrachtete sich.

Ob das dem jungen Mann, der sie gestern bis zum Kröpcke verfolgt hatte, gefallen würde, was sie dort sah? Sie empfand kein schlechtes Gewissen bei dem Gedanken an den Mann. Nirgendwo stand geschrieben, dass eine Polizistin nicht auch ein Privatleben haben durfte. Und nachdem »dieser Teil« des Lebens in ihrer Ehe schon lange tot war, hatte sie sich die Freiheit genommen, sich den Kontakt zu Männern zum »Wohlfühlen« nicht zu versagen. Sie wusste, dass in Flensburg hinter ihrem Rücken darüber getuschelt wurde. Als selbstbewusste Frau wollte sie aber nicht wie zu Großmutters Zeiten brav auf einem Stuhl in der Tanzstunde hocken und warten, bis sich jemand ihrer erbarmte. Deshalb nahm sie sich vor, bei der nächsten Gelegenheit das Antwortlächeln nicht zu unterdrücken.

Nach dem Ankleiden nahm sie das Frühstück ein, verzichtete aber auf das Umsetzen ihres Vorsatzes im Frühstücksraum, der von

Männern dominiert wurde. Es war jenes abschätzende Betrachten der Herren, der Hauch Enttäuschung, dass man diesem Opfer am Tag der Abreise und nicht am Vorabend begegnet war. Nein! Sie wollte sich ihr »Vergnügen« selbst aussuchen.

Fast beschwingt ging sie durch die morgendliche Kühle das kurze Stück zum Landeskriminalamt. Immerhin wurde sie vom Mitarbeiter am Empfang begrüßt, nicht mit Namen, aber mit einem professionellen »Guten Morgen«.

Hauptkommissar Madsack war schon im Büro. Sie begrüßten sich.

»Hat Herr Schwarczer alles, um bei uns mitarbeiten zu können?«, fragte sie.

Madsack nickte. »Es gibt nur ein kleines Problem mit dem Arbeitsplatz. Die Hausverwaltung kann uns nur einen Schreibtisch in der Etage über uns anbieten.«

»Wieso? Bei Putensenf ist noch Platz.«

Madsack räusperte sich. »Daran hatte ich auch gedacht. Aber Jakob weigert sich.«

»Der wird nicht gefragt«, entschied Frauke. »Ich möchte mein Team nicht im ganzen Amt verstreut haben. Schwarczer und Putensenf werden sich das Büro teilen.«

»Von mir aus«, meinte Madsack, dem anzusehen war, dass er Putensenf diese Nachricht nur ungern überbringen würde.

»Gibt es Neuigkeiten aus Lüneburg?«

»Nein. Nur das, was wir gestern erfahren haben.«

»Ich möchte mir Buggenthins Wohnung persönlich ansehen«, sagte Frauke. »Doch zuvor will ich dem Großmarkt einen Besuch abstatten.«

Madsack sah sie fragend an.

»Ich habe einen Tipp bekommen. Dort soll jemand arbeiten, der sich gelegentlich mit Simone Bassetti getroffen hat.«

»Woher stammt der Hinweis?«

»Eine vage Vermutung«, wich Frauke aus. »Während Sie hier die Stellung halten, werde ich Putensenf mit zum Großmarkt nehmen.«

»Wie geht es mit Richter und Bassetti weiter?«

»Ich bitte Sie, Bassetti zu verhören. Richter lassen wir heute schmoren. Den knöpfe ich mir morgen persönlich vor.«

Der Hauptkommissar nickte zustimmend und hielt Frauke eine Tüte mit Vitaminbonbons hin. Sie lehnte dankend ab.

»Morgen, Putensenf«, sagte sie zwei Räume weiter. »Kommen Sie. Wir wollen zum Großmarkt.«

»Warum das?«, antwortete der Kriminalhauptmeister und nahm einen Schluck Kaffee.

»Muss ich das begründen? Also los.«

Putensenf folgte ihr missmutig und zwängte sich wie selbstverständlich hinter das Lenkrad des Passat. Frauke ließ ihn gewähren, da Putensenf sich in Hannover besser auskannte als sie.

Der Hauptkommissar unterquerte die Eisenbahnbrücke, fuhr über die Arndt- und Schloßwender Straße bis zum belebten Königsworther Platz und reihte sich mit der Kenntnis des Einheimischen in die richtige Fahrspur zum Abbiegen in die Königsworther Straße ein. Eine große Plastik, die Frauke an auseinanderfallende Mikadostäbe erinnerte, dominierte hier den mittleren Grünstreifen. Kurz darauf fuhren sie am Ihmezentrum vorbei, das seinerzeit als epochales Objekt im Städtebau hochgepriesen worden war und heute im heruntergekommenen Zustand einen sozialen Brennpunkt darstellte. Der Weg führte weiter durch lebhafte Vorstadtstraßen mit bunten Geschäften, die kurz nach dem Deisterplatz einem großen Gewerbegebiet wichen. Hier war einer der bedeutendsten und traditionsreichsten Industriebetriebe Hannovers beheimatet: Hanomag. Kurz nach der Brücke beim Containerbahnhof Linden bog Putensenf links ab. Auf der einen Seite zogen sich die Gebäude einer bekannten Brotfabrik an der Straße entlang, gegenüber waren Verbrauchermärkte beheimatet.

»Ich habe einen Tipp bekommen«, erklärte Frauke unterwegs. »Wir suchen einen Giancarlo.«

»Das ist nicht Ihr Ernst«, sagte Putensenf spöttisch. »Auf dem Großmarkt arbeiten etwa siebenhundert Leute. Und Sie …«, er schlug dabei aufs Lenkrad, »wollen mal eben mit Giancarlo sprechen. Wie heißt er denn mit Zunamen?«

»Bestimmt nicht Putensenf. Also beschränken wir uns auf Italiener. Sonst noch Fragen?«

Der Kriminalhauptmeister verzichtete auf eine Antwort. Er bog von der Straße Am Tönniesberg in die Zufahrt zum Großmarkt ein. Ein großes Schild verkündete diverse Ge- und Verbote. Von der Geschwindigkeitsbeschränkung auf zehn Stundenkilometer und dem Hinweis auf die Straßenverkehrsordnung über das Gebot, dass Gabelstapler Vorfahrt haben, bis zum mahnenden Hinweis, dies wäre ein Privatgelände und es würden Videoaufzeichnungen gemacht, fehlte nichts, wenn man von der Ermahnung, den Abfall zu entsorgen, absah. Ein Pförtnerhäuschen und eine herabgelassene Schranke stoppten ihre Fahrt.

»Sie dürfen hier nicht rein«, sagte der Mann unfreundlich.

»Wetten doch«, erwiderte Putensenf.

»Haben Sie eine Genehmigung? Dies ist Privatgelände.«

»Wo wir sind, hört das Private auf.« Er zeigte ihm seinen Dienstausweis.

»Das ist kein Grund. Was wollen Sie denn?«

»Das werde ich nicht mit Ihnen diskutieren. Nun öffnen Sie sofort, oder wir setzen uns mit der Geschäftsleitung in Verbindung.«

Widerwillig gab der Mann die Zufahrt frei, nicht ohne dabei noch ein paar unflätige Bemerkungen hinterherzuschicken.

Vis-à-vis der Einfahrt befand sich ein großer, überdachter Parkplatz.

»Lassen Sie es uns dort versuchen«, schlug Frauke vor.

Es herrschte ein unglaubliches Durcheinander. Auf den ersten Blick schien es, als würden sich Menschen, Gabelstapler, Leute mit Sackkarren und anderen Gefährten planlos wie in einem Bienenstock bewegen.

Putensenf breitete die Arme aus. »Jeder von denen könnte Giancarlo heißen. Wollen wir die einzeln fragen?«

»Sie sind destruktiv. Stellen Sie sich nicht dümmer an, als Sie sind.«

Putensenf brummte etwas Unverständliches und ging auf den nächstbesten Stand zu.

»Morgen«, grüßte er einen Mann mit grauen Haaren, der mehrere Kiepen mit Salat von einer Palette nahm und sie auf einen Rollwagen stellte. »Kennen Sie Giancarlo?«

»Giancarlo Rossi?«

»Kennen Sie noch andere?«

Der Mann fuhr sich mit dem Hemdsärmel über die Nase. »Nee.«

»Wo finde ich Rossi?«

Er überlegte kurz. »Hier runter. Drei Stände weiter. Links. Italienimport.«

Putensenf tippte zum Dank mit dem Zeigefinger gegen die Schläfe. Ein Stück weiter stießen sie auf ein Firmenschild, auf dem eine überdimensionale italienische Flagge prangte. Unter dem Grün-Weiß-Rot stand in großen Buchstaben »Italienimport«, darunter etwas kleiner »Obst-Gemüse-Südfrüchte«. Es wurde ergänzt durch eine Telefonnummer, eine Mailadresse und einen Link zu einer Website.

»Fällt Ihnen etwas auf?«, fragte Frauke und zeigte auf das Schild.

Putensenf nickte. »Da steht kein Name.«

Ein Mann in typischer Arbeitskleidung lehnte gegen einen Kistenstapel und rauchte.

»Wir suchen Herrn Rossi«, sagte Frauke.

»Chef da drin«, sagte der Arbeiter in unverkennbar türkischer Klangfärbung und zeigte auf ein verglastes Büro.

Die Tür stand offen. An einem Computer war eine Frau damit beschäftigt, etwas einzugeben. Sie sah kurz auf und sagte: »Guten Morgen.«

An den Wänden zogen sich meterweise Stahlregale entlang, die mit Ordnern bestückt waren. Ein dunkel gelockter Mann mit einem blatternarbigen Gesicht zog die Aufmerksamkeit der beiden Polizisten auf sich. Er hielt einen Telefonhörer in der Hand und sprach in einer für deutsche Ohren unglaublichen Geschwindigkeit in den Hörer. Am anderen Ohr hielt er ein Handy, in das er abwechselnd ebenfalls hineinsprach.

Frauke vermochte nicht zu sagen, ob es südländisches Temperament war oder der Mann sich über irgendetwas erregte. Er sah kurz die beiden Besucher an, um sich dann weiter seinen beiden Telefonaten zu widmen. Nach einigen Minuten hatte er das Gespräch beendet und wählte mit dem Daumen auf dem Handy einen neuen Teilnehmer an. Erneut sprudelte es auf Italienisch aus ihm heraus. Nachdem er auch dieses Telefonat abgeschlossen hatte, sprach er die Frau an: »Johanna. Sind die Lieferscheine für Lehrte fertig? Und sag Karim, er soll zusehen, dass er in die Gänge kommt.«

Das Mobilteil seines Festnetzanschlusses klingelte, und der Mann setzte sich, diesmal auf Deutsch, mit einem unbekannten Teilnehmer auseinander und erklärte, dass es sich um vorzügliche Ware handeln würde, die er geliefert habe, und es mit Sicherheit nichts Besseres auf dem Markt gebe.

»Nein, am Preis kann ich nichts machen«, sagte er und wollte erneut zum Telefon greifen, als ihm Putensenf zuvorkam, die Hand auf den Unterarm legte und sagte:

»Zu viel Stress ist ungesund.«

»Was wollen Sie?«, fragte der Mann mit einem typisch italienisch klingenden Unterton.

»Sind Sie Giancarlo Rossi?«

»Was wollen Sie? Sie sehen doch: Ich bin beschäftigt.«

»Wir auch«, mischte sich Frauke ein und hielt ihm ihren Dienstausweis vors Gesicht. »Wir haben ein paar kleine Fragen. Dann können Sie in aller Ruhe weiterarbeiten.«

»In aller Ruhe«, äffte Putensenf sie nach. Frauke strafte ihn mit einem bösen Blick ab.

»Welche Beziehung haben Sie zu Simone Bassetti?«

»Wer ist das?«

»Stellen Sie sich nicht dumm«, giftete Frauke ihn an. Sie war immer noch über Putensenfs Verhalten verärgert.

»Bassetti? Bassetti?«, wiederholte Giancarlo Rossi zweimal. Dann hellte sich sein Gesicht auf. »Ah! Ist das der, von dem ich in der Zeitung gelesen habe? Hat der nicht zwei Leute ermordet?« Er schüttelte heftig den Kopf und verzog das Gesicht zu einer Grimasse. Gleichzeitig hielt er sich beide Hände vor die Nasenspitze. »Sie glauben doch nicht im Ernst, dass ich solche Leute kennen würde? Aber Signorina. Wie kommen Sie darauf?«

»Immerhin haben Sie sich mit ihm in der Pizzeria Italia in der Gretchenstraße getroffen.«

»Ich? Niemals.«

»Sie wollen behaupten, nie in der Pizzeria gewesen zu sein?«

»Gretchenstraße? Ich kenne eine Pizzeria in der Oststadt.« Rossi schnalzte mit der Zunge und küsste sich dabei auf die Spitzen von Daumen und Zeigefinger. »Dort gibt es gutes Essen. Wie im geliebten Italien. *Delizioso*. Außerdem treffe ich dort Landsleute. Manchmal ist es für uns wichtig, unter uns zu sein.«

»Einer von denen war Simone Bassetti?«

»Sì. Simone. Heißt er Bassetti?« Für einen Moment schien, es, als würde Rossi Frauke an den Schultern packen und sie berühren wollen. »Das habe ich nicht gewusst. Wer fragt schon nach dem Zunamen? Wenn wir uns hier treffen, dann reden wir uns nur mit dem Vornamen an.«

»Worüber haben Sie gesprochen?«

»Ah. Über vieles. Worüber spricht man? Fußball. Berlusconi.« Dann blitzte es in seinen Augen. »Und natürlich über Frauen. So schöne Frauen wie Sie, Signorina.«

»Wer gehörte noch zu Ihrem Gesprächskreis?«

»Aber! Das war kein Kreis. Man hat sich durch Zufall gesehen, ohne dass man verabredet war.« Er sah an Frauke vorbei in die Ferne. Plötzlich schrie er los. »Was ist, Murat, du faule Socke? Beweg dich! In einer halben Stunde kommt der Russenlaster! Die Arbeit erledigt sich nicht von allein! Wofür wirst du bezahlt, he?« Dann sah er wieder Frauke an und lächelte. »Das ist nicht einfach. Ständig muss man ein Auge auf die Leute haben. Ich hätte gern ein paar Deutsche unter den Arbeitern. Aber von denen will keiner den Job machen.«

Frauke ließ sich durch diesen Exkurs nicht beirren und wiederholte ihre Frage.

»Mal dieser, mal jener. Wenn man Hunger hat oder ein Stück Italien erleben will, geht man in die Pizzeria. Oft sind dort nur Deutsche. Mit ein wenig Glück trifft man aber einen Landsmann.«

»Sie sind hier als Vorarbeiter tätig?«

Er verzog kunstvoll das Gesicht und schaffte es, beleidigt auszusehen. »Signorina! Ich bin der Geschäftsführer.« Zwischendurch klingelte das Telefon. Er wollte zum Hörer greifen, aber Putensenf war schneller, streckte seine Hand aus und ließ sie über dem Apparat kreisen. »Äh – äh«, knurrte er dabei.

»Ist das Ihr Betrieb?«

Jetzt lachte er schallend. »*No – no*. Das ist eine GmbH.«

»Und wem gehört die?«

»Einem Landsmann, der in Italien einen Großhandel für Obst und Gemüse betreibt. Über dieses Standbein bedienen wir den deutschen Markt.« Erneut klingelte das Telefon. Parallel dazu meldete sich sein Handy. »Ich muss jetzt wieder«, sagte Rossi und ließ sich diesmal nicht daran hindern zu telefonieren.

»Was sollte das Ganze?«, fragte Putensenf auf dem Weg zum Auto.

»Wir suchen Kontakte, die Bassetti hier in Deutschland gehabt hat«, erwiderte Frauke und wollte Putensenf nicht eingestehen, dass sie sich mehr vom Besuch auf dem Großmarkt versprochen hatte. Sie würde Nathan Madsack beauftragen, weitere Erkundigungen über dieses Unternehmen und Giancarlo Rossi einzuholen. Sie drehte sich zum Kriminalhauptmeister um, der einen halben Schritt zurückgeblieben war, und wollte ihn maßregeln für sein respektloses Verhalten vorhin, als Putensenf sie plötzlich an der Schulter packte und zurückriss.

»Vorsicht!«, schrie er laut.

Frauke wusste im ersten Moment nicht, was geschehen war. Außerdem war Putensenfs Griff schmerzhaft gewesen. Dann brauste der unbeladene Gabelstapler mit den beiden Gabeln in Bauchhöhe aus der schmalen Gasse zwischen hoch aufgetürmten Paletten mit unverminderter Geschwindigkeit an ihr vorbei.

Sie holte tief Luft und versuchte, ihr Erschrecken zu verbergen. Wenn Putensenf nicht so schnell reagiert hätte, wäre sie dem Fahrzeug direkt vor die Hubeinrichtung gelaufen.

»Danke, Herr Putensenf«, stammelte sie.

Der Kriminalhauptmeister grinste breit. Das »Herr« war bei ihm angekommen. Dennoch konnte er sich nicht verkneifen, anzumerken: »Es hat seinen Grund, weshalb ich behaupte, dass dieser Job nichts für Frauen ist.«

Frauke verzichtete auf eine Antwort. Während sie schweigend zum Landeskriminalamt zurückfuhren, dachte Frauke wieder an die gegen sie ausgesprochene Todeswarnung.

Frauke war nur kurz an ihren Arbeitsplatz geeilt. In der Zwischenzeit waren weder schriftliche Neuigkeiten noch elektronische Nachrichten eingetroffen. Sie bat Madsack, Erkundigungen über den italienischen Importeur und den Geschäftsführer einzuholen. Dann ging sie zum Kröpcke. Unterwegs besorgte sie sich im Bahnhof die aktuelle Ausgabe der Hannoverschen Allgemeinen.

Alle Plätze des Straßencafés waren besetzt.

»Darf ich mich zu Ihnen setzen?«, fragte sie eine ältere Dame.

»Ich erwarte eine Bekannte«, antwortete die Frau pikiert und sah Frauke böse an, als sie sich trotzdem niederließ. »Muss das sein?«, regte sich die Frau auf, als Frauke die Zeitung auf den Tisch legte.

»Wir haben das alles im Griff«, erwiderte Frauke und war froh, dass sie durch die Bedienung abgelenkt wurde. Wenig später schritt ein Mann mit rundem Gesicht, Hornbrille und Halbglatze suchend durch die Tischreihen. Frauke wedelte diskret mit der Zeitung. Ein erkennendes Nicken des Mannes bestätigte, dass es der erwartete Besucher war.

»Eberlein«, stellte er sich vor und fragte: »Darf ich?«, bevor er sich einen Stuhl zurechtschob.

»Das geht aber zu weit«, monierte die ältere Dame.

»Neben Sie bitte Platz«, forderte Frauke Eberlein auf und ignorierte den Einwand.

»Es freut mich, dass Sie sich für die Wohnung interessieren«, begann der Vermieter und wollte noch einmal die Vorzüge der Räumlichkeiten anpreisen.

Frauke winkte ab. »Das habe ich alles gesehen. Ab wann ist die Wohnung frei?«

»Wann Sie möchten.«

Das signalisierte Frauke, dass es offenbar nicht zu viele Interessenten gab. »Morgen?«

Eberlein zeigte sich überrascht.

»Ich wohne in einem Hotel und würde gern kurzfristig einziehen.«

»Ich hätte zuvor noch ein paar Fragen an Sie. Wollen Sie dort allein wohnen? Haustiere? Wo haben Sie zuletzt gewohnt? Dann bräuchte ich einen Einkommensnachweis.«

»Ich bin Beamtin«, erklärte Frauke.

»Das reicht mir. Damit hat sich alles erledigt«, erklärte Eberlein. »Herr Guggenberger wird den Mietvertrag ausfertigen und mit Ihnen besprechen.«

»Den habe ich gestern genossen. Auf eine weitere Begegnung lege ich keinen Wert.«

»Ja, aber …«, versuchte Eberlein einzuwenden.

Doch Frauke blieb hartnäckig.

»Schön. Treffen wir uns morgen früh in der Wohnung. Ich werde den Vertrag mitbringen und Ihnen die Schlüssel aushändigen. Aber«, druckste Eberlein herum, »zuvor müssten wir das mit der Kaution klären.«

Frauke ließ sich von Eberlein dessen Personalien geben und versprach, sofort ein Kautionssparbuch über die Höhe anzulegen und die geforderte erste Miete am nächsten Morgen in bar zu begleichen.

Eberlein übernahm die Rechnung, und Frauke suchte die nächste Sparkassenfiliale auf, um die notwendigen Aktivitäten zu veranlassen.

Dann kehrte sie ins Büro zurück, besuchte Madsack an dessen Arbeitsplatz und informierte Schwarczer, dass sie mit ihm in fünf Minuten nach Lüneburg aufbrechen wollte.

Die Fahrbereitschaft hatte ihnen einen Opel Vectra zur Verfügung gestellt. Thomas Schwarczer hockte auf dem Beifahrersitz und starrte durch die Windschutzscheibe nach vorn. Unterwegs informierte Frauke den Kommissar über das Wenige, was sie bisher über Buggenthins Tod wussten. Er nahm das kommentarlos zur Kenntnis.

»Sind Sie immer so schweigsam?«, fragte Frauke und erhielt als Antwort lediglich ein Schulterzucken.

Auf der A7 herrschte reger Verkehr. Fraukes Hoffnung, dass es sich ab dem Walsroder Dreieck bessern würde, erfüllte sich nicht.

Die Polizeidirektion Lüneburg war im Behördenzentrum Auf der Hude nördlich der historischen Altstadt untergebracht. In der gewaltigen, modern wirkenden Anlage mit den überdimensionalen Antennen auf dem Dach tummelten sich von der Oberfinanzdirektion über die Gewerbeaufsicht und das Schulamt bis zur »Regierungsvertretung Lüneburg« – was auch immer sich dahinter verbergen mochte – neben zahlreichen weiteren staatlichen Institutionen auch die Polizeiinspektion sowie die Polizeidirektion Lüneburg. Für den Laien mag es irritierend sein, dass dies zwei verschiedene Institutionen sind.

Direkt vor dem breiten Zugang zum Gebäude befanden sich ausreichend Parkplätze.

»Ich bin Mark Heidenreich«, stellte sich der drahtige Mann mit den krausen dunkelbraunen Haaren und dem gepflegten Dreitagebart vor und führte sie in sein Büro. Das »KHK« am Türschild verriet Frauke, dass Heidenreich Kriminalhauptkommissar war und zum Dezernat 11 gehörte. Sie nahm sich vor, sich in nächster Zeit mit dem Organisationsschema der niedersächsischen Polizei auseinanderzusetzen. Es wich erheblich von dem ihr vertrauten in Schleswig-Holstein ab. Hier gab es Direktionen, Inspektionen und Kommissariate. Dabei hatten die Begrifflichkeiten eine völlig andere Bedeutung als beim nördlichen Nachbarn.

»Die Kollegen von der PI sind standardmäßig eingeschaltet worden«, erklärte Heidenreich. »Polizeiinspektion«, ergänzte er, als er Fraukes fragenden Blick sah. »Die kümmern sich um unklare Todesfälle. Der Arzt hat zwar eine natürliche Todesursache angegeben, aber aufgrund der Begleitumstände ›unklar‹ angekreuzt. Dabei ist den Beamten vor Ort die Schachtel mit Viagra aufgefallen. Es muss ein glücklicher Umstand gewesen sein, dass sofort jemand die Fälschung der Verpackung erkannte.« Heidenreich lachte dabei jungenhaft. »So ist der Vorgang bei mir gelandet. Wenn in die Verpackung nicht Originalpräparate abgefüllt wurden, was keinen Sinn macht, dürften wir es hier mit einem Imitat zu tun haben. Ein ähnlicher Fall ist letzte Woche in Bad Bevensen passiert.«

»Davon haben wir keine Kenntnis erhalten.«

Erneut lachte Heidenreich auf. »Wenn wir Ihnen jeden Fall, der bei uns landet, nach Hannover schicken würden, wären Sie schon lange unter Aktenbergen erstickt. Vor einer Woche hat das Zimmermädchen in einem Hotel in Bad Bevensen einen Gast tot aufgefunden. Er lag in einem Hotelzimmer. Zunächst sah es nach Herz-Kreislauf-Versagen aus. Der Tote hieß Herbert Sarkowski, stammte aus Brunsbüttel und war dreiundsechzig Jahre alt. Sarkowski war pensionierter Realschullehrer und hat in Bad Bevensen eine freie Badekur absolviert. Er hat nach Aussage des Hotelpersonals mit einem weiblichen Gast angebändelt. Um das zu genießen«, erneut lachte Heidenreich, »hat er Viagra geschluckt. Das ist ihm zum Verhängnis geworden. Ich habe eine Anfrage bei den umliegenden Krankenhäusern gestartet, ob dort Fälle bekannt sind, die in unser Schema passen könnten, aber noch keine Antworten erhalten.«

»Haben Sie weitere Erkenntnisse gewinnen können?«, fragte Frauke.

»Die Autopsie liegt noch nicht vor. Wir haben auch die drei nicht verbrauchten Tabletten aus der Packung nach Hannover geschickt.«

»Gibt's Hinweise auf die Quellen, über die die beiden Männer die Pillen bezogen haben?«

»Da sind wir noch nicht weitergekommen. Wir haben Kurt Buggenthins Rechner sichergestellt. Dort haben wir eine abgespeicherte Spam-Mail gefunden, in der das Potenzmittel angepriesen wurde. Sie kennen diese Texte: ›Länger durchhalten im Bett‹ und so. In dieser Offerte versprach der Lieferant ›Originalware‹. Was auch sonst. Buggenthin hat dort per Mail geantwortet und die Ware bestellt.«

»Gab es mehr Korrespondenz?«

»Nur noch eine Mail. Darin wurde ihm die Lieferung zugesagt.«

»Dann müssen wir den Briefträger und die Paketdienste befragen. Wohin hat Buggenthin den Rechnungsbetrag überwiesen? Oder war das per Nachnahme?«, fragte Frauke.

»Leider nicht«, erwiderte Heidenreich. »Das Viagra wurde per Boten zugestellt. Wir sind dabei, die Nachbarn zu befragen, ob jemand einen Fremden gesehen hat.« Der Hauptkommissar sah demonstrativ auf seine Armbanduhr. »Die Kollegen sind noch unterwegs.«

»Und wie sieht es mit dem Absender der Spam-Mail aus?«

»Das haben wir anhand der IP schnell feststellen können. Die Identifikationsnummer des Absenders führt nach Weißrussland. Das stellen wir oft fest. Oder nach Moldawien, Indien, China, aber auch Russland. Alle Versuche, in solchen Fällen hinter die Identität des Absenders zu kommen, sind bisher gescheitert.«

»Jeder Vorgang auf einem Computer hinterlässt im Normalfall Spuren.« Frauke wollte diese mögliche Spur noch nicht aufgeben.

»Richtig. Wir haben die auch gefunden. Cookies. Aber die wiesen – wie gesagt – nach Weißrussland.«

»Und in Bad Bevensen?«

»Da sind wir noch nicht weitergekommen. Herbert Sarkowski hatte keinen Computer dabei. Ob er die Tabletten von zu Hause mitgebracht hat, entzieht sich unserer Kenntnis.«

Frauke ließ sich von Heidenreich den Namen des Hotels nennen. Dann bat sie darum, sich in Buggenthins Wohnung umsehen zu dürfen.

»Ich begleite Sie«, sagte Heidenreich und fuhr mit ihnen in die Georg-Böhm-Straße, eine ruhige Wohnstraße in einem bürgerlichen Viertel.

»Hallo, Mark«, wurde er von zwei jüngeren Männern begrüßt, die an einem Golf lehnten und sich unterhielten.

»Das sind die Kollegen, die sich in der Nachbarschaft umhören«, erklärte Heidenreich und stellte Frauke und Thomas Schwarczer vor.

»Wir sind durch«, berichtete einer der beiden Beamten. »Nix. Niemand hat etwas gesehen oder bemerkt. Buggenthin schien ein zurückgezogenes Leben geführt zu haben. Niemand hatte Kontakt zu ihm. Man berichtete, dass er gelegentlich Frauenbesuch hatte, aber nur sporadisch. Und öfter wechselnd.«

»Wissen wir etwas über seine Angehörigen?«, wandte sich Frauke an Heidenreich.

»Geschieden, ohne Kontakt zur Ex oder zu den beiden Kindern, die auswärts leben.«

Die Wohnung war einfach und zweckmäßig eingerichtet. Auf Frauke wirkte sie wie eine typische Junggesellenbude, in der die ordnende Hand einer Frau fehlte. Die hätte sicher auch darauf hingewiesen, stellte Frauke fest, dass man auch ein wenig mehr in die Reinlichkeit hätte investieren können, als es Buggenthin getan hatte. Die Unordnung war nicht allein im Durcheinander begründet, das die Spurensicherer hinterlassen hatten. Auf dem Küchentisch fand Frauke einige wenige Briefe, deren Umschläge mit dem Fingernagel ungleichmäßig aufgerissen worden waren. Unter den Briefen lagen ausgedruckte Kontoauszüge der Sparkasse Lüneburg vom Sonntag. Frauke verfolgte die Kontobewegungen. Von Buggenthins Konto wurden wiederkehrende Zahlungen abgebucht: Miete, Telefon, Rundfunk, Strom. Es schien zu seinen Angewohnheiten gehört haben, immer nur kleine Beträge in bar abzuheben, fünfzig, maximal einhundert Euro. Nur am vergangenen Freitag hatte er zweihundert Euro abgeholt.

»Wann hat Buggenthin das Viagra bestellt?«, fragte Frauke Heidenreich.

»Ich meine, das war am Mittwoch letzter Woche«, erwiderte Heidenreich. »Die Bestätigungsmail war vom Donnerstag.«

»Dann war der Bote am Freitag hier«, überlegte Frauke laut. »Haben Sie die Frau, die Buggenthin besucht hat, gefragt, wann sie das Rendezvous mit dem Toten verabredet hatte?«

»Nein«, gestand Heidenreich. »Sie meinen, wenn es Mittwoch oder früher war, hat sich Buggenthin das Viagra gezielt beschafft.«

Frauke nickte. »Woher wusste der Mann, wann der Bote kommt? Und woher kannte der Bote die Adresse?«, überlegte Frauke laut. »Wir sollten noch einmal alle Telefonate der letzten Woche zurückverfolgen. Die ein- und die ausgehenden.«

Heidenreich nickte und verabschiedete sich von den beiden Beamten, als sie die Polizeidirektion erreichten.

Frauke wählte die alte Harz-Heide-Straße, die sie von früher her kannte, als sie und ihr Mann noch ein funktionierendes Ehepaar waren. Sie waren mit einem alten R4 in den Harz gefahren, und weil sie sich mit dem Auto nicht auf die Autobahn getraut hatten, waren sie auf diese Straße ausgewichen. Das war lange her, und Frauke war sich nicht sicher, ob Herr Dobermann sich noch daran erinnern konnte, dass sie unterwegs einen einsamen Parkplatz angesteuert hatten. Unwillkürlich warf sie einen Blick zur Seite und musterte Thomas Schwarczer, der reglos auf dem Beifahrersitz hockte und geradeaus blickte.

»Erzählen Sie etwas von sich«, forderte sie ihn auf.

»Ich nehme an, Sie haben in meine Personalakte gesehen. Dort steht alles drin. Mehr gibt es nicht zu erzählen.«

»Und wie sieht Ihr Privatleben aus?«

»Das findet nach Dienstschluss statt.«

Frauke gab es auf. Hätte sie nicht gelesen, dass Schwarczer in Hannover geboren worden war, hätte sie ihn aufgrund seiner schweigsamen Art für einen Dithmarscher gehalten – wenig Worte, aber immer zuverlässig.

Das idyllische Bad Bevensen präsentierte sich von seiner besten Seite. Überall schlenderten die Menschen gelassen herum, genossen das Ambiente der kleinen Kurstadt und flanierten zwischen der breit angelegten Fußgängerzone der Altstadt und dem Kurzentrum.

Das Hotel lag unweit der Lüneburger Straße und des Kirchplatzes. Neben dem historischen Gebäude hatte ein geschickter Architekt einen sich harmonisch anpassenden Neubau errichtet.

Auf dem Parkplatz neben dem Haus standen fast ausschließlich Fahrzeuge von der gehobenen Mittelklasse an aufwärts.

In der Eingangstür kam ihnen ein älteres Paar entgegen. Unverhohlen musterte die Frau zunächst Frauke, dann Schwarczer. Sie schüttelte den Kopf und raunte ihrem Begleiter zu: »Der sieht ja unmöglich aus. Und ob *die* sich nicht schämt? Das könnte ihr Sohn sein.«

Frauke wertete die Reaktion als Futterneid, obwohl der vermutete Altersunterschied zwischen ihr und dem Kommissar kein Kompliment war.

»Guten Tag«, begrüßte sie der Portier, nachdem er die beiden Beamten mit einem berufsmäßigen Blick taxiert hatte.

»Dobermann, Kripo Hannover. Das ist mein Kollege Schwarczer.«

Frauke gewahrte ein nervöses Zucken im Gesicht des Empfangschefs.

»Wir untersuchen den Tod von Herbert Sarkowski, der in der vergangenen Woche in Ihrem Hotel verstorben ist.«

Der Portier sah erschrocken an den beiden Beamten vorbei, ob jemand dem Gespräch lauschte. Es war kein weiterer Gast anwesend.

»Eine unangenehme Sache«, sagte er leise.

»Wer kann uns weitere Auskünfte geben?«

»Ich«, antwortete er zögerlich.

»Wie ist Ihr Name?«

»Schornheide. Ich bin hier am Empfang und kümmere mich um die großen und kleinen Wünsche der Gäste.«

»Auch um ausgefallene?«

»Wie meinen Sie das?«, fragte er unsicher.

»Zum Wohlfühlen während eines Aufenthalts im Kurort könnte auch eine temporäre Beziehung zwischen zwei Gästen gehören.«

»Um Gottes willen. So etwas gehört nicht zum Stil unseres Hauses.«

»Ich habe nicht unterstellen wollen, dass Sie Gäste miteinander verkuppeln. Wenn sich aber im angenehmen Ambiente Ihres Hotels etwas entwickelt, ist das doch ein positives Zeichen für Sie.«

»Nun ja. Es kommt schon mal vor, dass es funkt. Aber fördern tun wir das nicht. Das ist den Gästen selbst überlassen«, bekräftigte Schornheide.

»Und? Hat es bei Herbert Sarkowski gefunkt?«

»Der war schon zwei oder drei Mal bei uns zu Gast. Ein seriöser Herr. Es gab nie irgendwelche Beanstandungen.«

»Das hat niemand unterstellt. Also? War da etwas? Oder müssen wir Ihre Gäste befragen?«

»Ist schon gut.« Schornheide machte eine besänftigende Handbewegung. »Herr Sarkowski hat sich mit einem weiblichen Gast sehr gut verstanden. Die beiden haben an einem Tisch im Frühstücksraum gesessen, und ich habe sie auch zusammen ausgehen sehen. Mehr weiß ich nicht.«

»Hat Herr Sarkowski Ihren Internetanschluss benutzt?«

»Nein. Das wüsste ich.«

»Wurde für ihn ein Paket abgegeben? Oder hat er sich mit jemandem getroffen?«

»Ich weiß nicht so recht ...«, druckste Schornheide herum.

»Wir bekommen es ohnehin heraus.«

»Na ja. Er hatte etwas bestellt.«

»Medikamente?«

»Ich weiß es nicht. Ich bin diskret.«

»Wir auch. Also?«

Es hatte den Anschein, als würde der Portier im Erdboden versinken wollen.

»Herr Schornheide!«, sagte Frauke noch einmal mit Nachdruck.

»Also, ich ...«, stammelte der Mann. »Wir haben hier durchweg ältere Herrschaften zu Gast. Und in der entspannten Urlaubsatmosphäre ... Also da ...«

»Da bricht der dritte Frühling durch«, half ihm Frauke.

Der Portier nickte erleichtert.

»In vielen Hotels ist der Empfangschef vertraulicher Ansprechpartner, wenn ein Gast eine, sagen wir einmal, Begleitung wünscht. Und wenn der Urlauber die selbst gefunden hat, kommt er möglicherweise mit dem Wunsch zu Ihnen, ob es nicht medizinische Hilfen gibt.«

Schornheide sah sie ratlos an. Er hatte Fraukes Umschreibung nicht verstanden.

»Die Männer fragen den Portier, ob er an Viagra herankommt.«

Der Empfangschef nickte schüchtern.

»Und Sie haben eine Quelle?«

Erneut nickte er. Dann beeilte er sich zu versichern: »Das ist absolut vertrauenswürdig, auch wenn es ohne Rezept geht. Ein Reimport. Was nützt es, wenn die Gäste erst am Folgetag zum Arzt laufen müssen, um sich die Verschreibung zu besorgen.«

»Sie haben ein paar Packungen auf Vorrat eingelagert? Dann beschlagnahmen wir die«, sagte Frauke.

Schornheide sackte in sich zusammen, griff unter den Tresen und legte drei Schachteln Viagra auf den Tisch. Frauke sah, dass es sich um die gefälschten Verpackungen mit dem Druckfehler handelte.

»Wo haben Sie die her?«

»Ich tue den Gästen nur einen Gefallen«, verteidigte sich der Portier.

»Ich möchte Ihre Quelle wissen.«

»Ich verdiene nichts daran. Nun, fünf Euro sind für mich als Provision«, fügte er ungefragt an.

»Woher?«

Schornheide zögerte. Er biss sich nervös auf die Unterlippe, bis er einen Zettel hinterm Tresen hervorholte und den Beamten überreichte. »Da rufe ich an.«

Frauke steckte die Medikamente und die Telefonnummer ein. Dann nahm sie die Personalien des Portiers auf.

»Kommt da noch was?«, fragte er ängstlich.

»Ungeschoren werden Sie nicht davonkommen.« Sie nahm ihm das Versprechen ab, dass er den Lieferanten nicht über den Besuch der Polizei informieren und warnen würde.

Im Auto reichte sie Schwarczer die Telefonnummer.

»Rufen Sie dort einmal an. Aber anonym.«

Der Kommissar holte sein Handy hervor, gab etwas ein und wartete auf den anderen Teilnehmer.

»Wer ist dort bitte?«, fragte er nach einer Weile. Dann steckte er sein Mobiltelefon wieder in die Tasche.

»Jemand hat sich mit ›Hallo‹ gemeldet und sofort wieder aufgelegt«, erklärte er.

Frauke folgte der Harz-Heide-Straße bis Breitenhees, bog dort Richtung Celle ab und fuhr nach Hannover zurück. Sie war sich nicht sicher, ob sie die Stille im Auto genießen oder sich doch ein wenig über den schweigsamen neuen Kollegen wundern sollte.

»Kümmern Sie sich um die Verfolgung dieser Spur«, wies sie Schwarczer an. Der akzeptierte es mit einem Kopfnicken.

Im Landeskriminalamt hatte Frauke noch gar nicht ihr Zimmer erreicht, als ihr Nathan Madsack entgegenkam und heftig mit einem Blatt Papier wedelte.

»Gibt es aufregende Neuigkeiten?«, fragte sie im Weitergehen.

»Ich habe Interessantes über den Gemüseimporteur herausgefunden«, sagte der Hauptkommissar kurzatmig und watschelte hinter Frauke her.

»Führt uns das weiter?« Sie hatten inzwischen ihr Büro erreicht.

»Das kommt auf die Bewertung an«, erklärte Madsack. »Giancarlo Rossi ist seit sieben Jahren Geschäftsführer. Wir haben keine Anhaltspunkte, dass er sich vorher in Deutschland aufgehalten hat. Gegen ihn liegt nichts vor. Das gilt auch für das Unternehmen.«

»Das macht mich stutzig«, sagte Frauke und beschäftigte sich nebenbei mit dem Hochfahren ihres Rechners.

Madsack schien irritiert zu sein.

»Machen Sie weiter«, erklärte Frauke. »Oder wussten Sie noch nicht, dass Frauen multitaskingfähig sind? Ich kann mehrere Dinge gleichzeitig erledigen.«

»Ich verstehe nicht … Was macht Sie stutzig?«

»Dass der Gemüseimporteur eine so saubere Weste hat. Es klingt so, als würde man sich bemühen, ja nicht aufzufallen.«

»Das kann ich nicht beurteilen. Es wäre doch gut, wenn wir eine unserer Spuren als falsch abhaken könnten.«

»Sie sagten, Rossi ist Geschäftsführer. Das ist doch eine GmbH? Wer sind die Gesellschafter?«

»Das ist einer. Der hat den Betrieb vor sieben Jahren von einem anderen Italiener übernommen. Genau genommen waren es zwei.

Brüder. Die haben mit einem Gemüsestand auf dem Wochenmarkt begonnen und sich langsam hochgearbeitet. Dann haben sie verkauft.«

»Freiwillig?«

»Woher soll ich das wissen?« Madsack wedelte mit seinen Aufzeichnungen. »Ich kann mich nur auf Handelsregisterauszüge und unsere eigenen Daten stützen. Und aus denen geht nichts Nachteiliges hervor.«

»Wer hat das Unternehmen vor sieben Jahren übernommen?«

Madsack sah auf seinen Zettel.

»Mateo Zafferano heißt der Mann.«

»Was wissen wir über den?«

»Nichts. Der ist ein unbeschriebenes Blatt. Er lebt in Italien.«

»Sehen Sie, das ist es, was mich misstrauisch macht. Normalerweise ist im wachsenden Europa nichts dagegen einzuwenden, dass tüchtige Geschäftsleute grenzüberschreitend tätig sind.« Frauke zeigte mit einem Kugelschreiber auf Madsack. »Wer hätte gedacht, dass man mit simplen Schinken einen solchen Schwindel aufziehen kann wie in unserem ersten Fall? Auch da steckten Italiener dahinter.«

»Haben Sie etwas gegen Ausländer?«, mischte sich Jakob Putensenf ein, der unbemerkt im Türrahmen stehen geblieben war. »Italien ist ein wunderbares Land, wo die Zitronen blühen.«

»Pute, müssen Sie überall Ihren Senf dazugeben?«

»Solange Sie, Frau Dobermann, so bissig sind«, erwiderte Putensenf.

Frauke wandte sich wieder Madsack zu und schüttelte den Kopf.

»Das ist zu wenig, Madsack. Da muss noch mehr Fleisch an die Knochen.« Sie drehte ihre Hand im Gelenk. »Versuchen Sie, etwas über diesen Hintermann …«

»Mateo Zafferano«, warf der Hauptkommissar ein.

»Über den möchte ich gern mehr wissen. Gibt es weitere Beteiligungen? Was macht er sonst? Wo wohnt er? Ist er vorbestraft? Das ganze Programm.«

Madsack erhob sich ächzend. »Ich werde mich darum kümmern«, versprach er und verließ Fraukes Arbeitszimmer.

Sie sah dem schwergewichtigen Mann hinterher. Dann fiel ihr

ein, dass sie an der Autobahn Richtung Norden das überdimensionale Hinweisschild auf einen Möbelgroßmarkt gesehen hatte. Sie beschloss, nach Großburgwedel zu fahren, und hoffte, dort als Übergangslösung Bett, Tisch und Stuhl zu bekommen, um zumindest notdürftig die neue Wohnung nutzen zu können. Sie war es gewohnt, in Beruf und Alltag ihren Mann zu stehen. Das würde sie auch beim Möbelschrauben beweisen.

VIER

Obwohl Frauke schlecht geschlafen hatte, war sie in einer gelösten Stimmung. Im Hotel fühlte sie sich nicht heimisch. Es war das bedrückende Gefühl, nicht für sich zu sein, während ihrer Abwesenheit fremde Leute in ihrem Reich zu wissen, auch wenn es keine Beanstandungen gab. Und nachts kam es öfter vor, dass sie durch andere Gäste gestört wurde. Der Bewohner des benachbarten Zimmers war nach Mitternacht ins Hotel zurückgekehrt, hatte den Fernseher laut aufgedreht, nachdem ihm die Zimmertür aus der Hand gefallen und lautstark ins Schloss geflogen war. Dann hatte der rücksichtslose Nachbar auch noch ausgiebig duschen müssen.

Trotz allem war sie in einer guten Stimmung. Es würde nicht mehr lange dauern, bis sie in die eigene Wohnung ziehen konnte, auch wenn es nur ein vorübergehender Notbehelf war. Am gestrigen Abend hatte sie in Eile ein paar Möbel erstanden, die nicht unbedingt ihren Vorstellungen entsprachen, aber bis zur endgültigen Einrichtung würde noch eine längere Zeit vergehen. Man hatte ihr zugesagt, am nächsten Tag liefern zu wollen.

Im Büro hatte sie einen kurzen Blick in ihre Notizen geworfen, bevor sie ihre Unterlagen zusammenraffte, um zur Teambesprechung zu eilen, als das Telefon klingelte.

»Heidenreich, Lüneburg«, meldete sich der Hauptkommissar. »Ich habe mich um die Dinge gekümmert, um die Sie gebeten hatten. Buggenthin hat in der vergangenen Woche keine Telefonate geführt, die wir nicht klären konnten. Er selbst ist auch nur drei Mal angerufen worden, darunter war ein anonymer Anruf, den wir nicht zurückverfolgen konnten.«

»Das kann nicht sein«, warf Frauke ein. »Die Telefonbetreiber sind zur Aufzeichnung der Gespräche verpflichtet.«

»Schon, aber nicht, wenn sie aus dem Ausland kommen.«

»Aus Weißrussland?«

Heidenreich bestätigte es. »Wir haben auch die Bäckereiverkäuferin befragt. Sie hatte die Einladung an Buggenthin am letzten Mittwoch ausgesprochen. Die Frau ist immer noch betroffen und hat mehrfach versichert, dass es ihr leidtäte und sie zu keinem Zeitpunkt die Absicht hatte, sexuell mit Buggenthin zu verkehren. Es sollte lediglich ein nettes Gespräch beim Frühstück sein. Und … noch etwas.«

»Ja?«

»Es war nicht einfach, Informationen aus den Krankenhäusern herauszukitzeln. Wir haben aber jeweils einen Fall im Städtischen Klinikum Lüneburg, in der Elbe-Jeetzel-Klinik in Dannenberg und in Winsen.«

»Leben die Opfer?«

»Ja, aber über den Zustand haben wir nichts erfahren können.«

»Wann können wir die Patienten befragen?«

Heidenreich druckste herum, bevor er sagte: »Gar nicht. In allen Fällen weigern sich die Krankenhäuser, die Namen preiszugeben. Sie verschanzen sich hinter Datenschutz und Arztgeheimnis.«

»Was ist das für eine Welt«, ärgerte sich Frauke. »Da werden bedenkenlos Bankdaten aufgekauft, ausgetauscht und damit gehandelt. Aber wenn wir Verbrechern das Handwerk legen wollen, die mit ihren nachgemachten Präparaten womöglich weitere Opfer zu verantworten haben, beruft man sich auf den Datenschutz.«

»Es gibt allerdings einen neuen Anhaltspunkt. Der Rettungsdienst hatte neulich einen medizinischen Notfall in St. Dionys, genau genommen etwas außerhalb.«

»Viagra?«

»Vermutlich. Ein Rettungsassistent hat gegenüber einem Reporter der Landeszeitung aus Lüneburg gesagt, dass in diesem Bordell offenbar extrem scharfe Miezen tätig wären. Innerhalb kurzer Zeit war es das zweite Mal, dass dort jemand mit Herz-Kreislauf-Beschwerden Hilfe benötigte.«

Frauke ließ sich die Adresse geben, bedankte sich bei Heidenreich und suchte Madsacks Büro auf.

»Können Sie über die Staatsanwaltschaft erwirken, dass wir Einsicht in die Telefonate bekommen, die Günter Blechschmidt aus Salzhausen geführt und empfangen hat? Und dann würde ich gern eine Hausdurchsuchung in einem Bordell auf dem Lande durchführen.«

»Wer ist das? Und wonach suchen wir?«

»Dem gehört die Telefonnummer, bei der der Portier aus Bad Bevensen anruft, wenn er Nachschub an Potenzmitteln benötigt. Außerdem suchen wir nach Viagra. Ich vermute, dass man den Kunden des Bordells als besonderen Service die kleinen blauen Muntermacher verabreicht, allerdings die gefälschten.«

Der Hauptkommissar versprach es. Anschließend begab Frauke sich in die neue Wohnung in der Lister Meile, um vom Vermieter die Schlüssel zu übernehmen.

»Moin«, grüßte sie in die Runde, als sie den Besprechungsraum betrat.

»Guten Morgen«, erwiderte Madsack freundlich und wickelte ein Vitaminbonbon aus.

Thomas Schwarczer, der einen Stuhl zwischen sich und Putensenf frei gelassen hatte, nickte ihr zu, während sich Putensenf zu Madsack wandte.

»Kennst du das von Konzerten, Nathan? Da verschwindet der Dirigent auch immer zwischendurch, wenn die Leute klatschen. Nun frage ich mich, will er damit den Beifall anstacheln? Oder liegt es daran, dass die Dirigenten oft ältere Männer sind, die eine schwache Blase haben und zwischendurch auf den Topf müssen? Gilt das auch für Frauen? Ich meine, weil die uns warten lassen.«

»Wir sollten die Zeit nutzen, Putensenf, um über wichtige Dinge zu sprechen. Ihre Inkontinenz interessiert hier niemanden, selbst dann nicht, wenn Sie darüber in verklausulierter Form sprechen.«

»Warum müssen Frauen ohne Mann immer so bissig sein?«, fragte Putensenf in die Runde. »Ist der Name Dobermann falsch? Sollte man vielleicht von Doberfrau sprechen?«

Frauke hatte Platz genommen. »Das ist ein alter Hut, der von den Jahren her zu Ihnen passen könnte. Auf die Idee, mich so zu nennen, ist ein Kollege aus Husum schon früher gekommen. Und der Mann heißt nicht nur Große Jäger, er ist auch einer im Unterschied zu Ihnen. Wären wir bei der Indianerpolizei, würden Sie sicher den Namen ›Großes Maul‹ tragen.«

»Siehst du, Nathan«, lästerte Putensenf und grinste dabei. »Die hat Haare auf den Zähnen. Ob die dafür eine Perücke trägt?«

»Sollten wir uns nicht dem Fall zuwenden?«, versuchte Madsack zu schlichten und begann zu berichten, als Frauke ihm zunickte. »Uns liegt das Laborergebnis vor. Die Blutanalyse des Toten aus Bad Bevensen.«

»Der Rentner im Hotel«, schob Frauke ein.

»Genau. Es handelt sich eindeutig um eine Fälschung, die vermutlich in einem sogenannten schmutzigen Labor hergestellt wurde. Die Wirkstoffe sind kopiert, aber in verantwortungsloser Weise zusammengemischt. Da hat jemand sehr ungenau gearbeitet.«

»Wir haben vom Hotel und auch über Dritte von den Bordellbesuchern gehört, dass sich manche Kunden sehr lobend über das Präparat ausgelassen haben. Das verwundert mich nicht, wenn dort eine Überdosierung des Wirkstoffs hineingemixt wurde«, unterbrach ihn Frauke.

Madsack war über die Störung nicht erfreut, verkniff sich aber jede Regung, die darauf verwiesen hätte. »Viagra ist ein sogenannter PDE-5-Hemmer«, fuhr der Hauptkommissar fort. »Ich will hier nicht zu wissenschaftlich werden, aber durch den Abbau von Botenstoffen wird Stickstoffmonoxid aktiviert. Dadurch wird die Relaxation von Blutgefäßen gefördert. Darunter versteht man, dass die Muskeln erschlaffen, die das Blut zurückhalten. Das führt zur gefäßerweiternden Wirkung. Na ja, so ungefähr. Ich bin kein Arzt, darum spare ich mir das ganze Latein und auch die Formel, die das Labor hier aufgeführt hat.« Madsack wedelte dabei mit einem Blatt Papier. »Jedenfalls ist das Imitat unsauber. Die Formel stimmt nicht. So kommt es zu lebensgefährlichen Komplikationen bei der Anwendung, insbesondere wenn der Nutzer andere Medikamente nimmt, die sich auf die Blutgefäße auswirken.«

»Wie zum Beispiel Kurt Buggenthin, der viel Kaffee getrunken hatte, in Anbetracht der Gesamtsituation aufgeregt war und dann auch noch sein Nitro-Spray gegen Angina pectoris einnahm. Das war eine tödliche Kombination«, sagte Frauke.

»Es hat seine Berechtigung, dass Viagra verschreibungspflichtig ist«, stimmte Madsack zu. »Der Arzt kann das Risiko für den Patienten einschätzen. Aber manche Männer scheuen sich davor, sich dem Arzt anzuvertrauen. Das ist ein heikles Thema, über Potenz zu sprechen.«

»Schon gar über Potenzschwäche«, ergänzte Frauke. »Deshalb ist Eile geboten.« Sie sah die drei Männer in der Runde nacheinander an. »Männer sind eitel. Sie glauben, immer wie ein allseits bereiter Hahn auftreten und über den Hof stolzieren zu müssen. Wenn das Federkleid einmal ein wenig schlapp herabhängt, kommt der Bauer, und es geht ab in die Hähnchenbraterei, wenn der Hahn seinen Dienst nicht mehr verrichten kann. So fühlen sich die Herren der Schöpfung sicher auch. Wir müssen diesen Leuten das Handwerk legen. Dabei haben wir nicht nur die gut organisierten kriminellen Strukturen gegen uns, sondern auch die Kunden. Schließlich sind die begeistert davon, dass sie günstig an das Potenzmittel herankommen und es auch noch eine überstarke Wirkung zeigt. Man wird uns vorwerfen, wir würden den Menschen auch das letzte Vergnügen rauben.«

»Sie müssen das ja wissen«, maulte Putensenf. »Das ist ein merkwürdiges Thema, das wir hier behandeln.«

»Wir hätten es nicht nötig, wenn viele Männer nicht von diesem unseligen Drang beseelt wären.«

»Das liegt an den Frauen, die das fordern«, hielt Putensenf dagegen.

»Männer sind wie Rosen – erst beglücken sie die Frauen, dann lassen sie die Köpfe hängen«, lästerte Frauke. »Lassen Sie uns das Ganze an dieser Stelle abbrechen«, fuhr sie mit Entschiedenheit fort. »Wir müssen die Quelle finden, aus der diese gefährlichen Fälschungen auf den Markt gelangen. Was haben wir über Günter Blechschmidt in Erfahrung bringen können?«, wandte sich Frauke an Thomas Schwarczer.

»Blechschmidt ist vierundsechzig Jahre alt und wohnt in Salzhausen in der Lüneburger Heide. Blechschmidt ist Rentner und bisher strafrechtlich nicht in Erscheinung getreten.«

Putensenf klatschte zweimal in die Hände. »Bravo«, sagte er und fuhr sich mit der Hand über den Kopf. »Ich hätte nicht gedacht, dass Meister Proper so viele Sätze hintereinander herausbringt.«

»Wenn Sie sich noch einmal so eine Entgleisung erlauben, Putensenf, hat das disziplinarische Konsequenzen«, fuhr Frauke den Kriminalhauptmeister an. Immerhin hatte das zur Folge, dass

Putensenf sich mit weiteren Kommentaren zurückhielt, während Schwarczer die Beleidigung ohne jede Regung über sich ergehen ließ.

»Lassen Sie sich von Herrn Schwarczer die Anschrift geben«, sagte Frauke zu Putensenf. »Dann werden Sie mich begleiten. Ich möchte mich eingehend mit diesem Blechschmidt unterhalten.«

»Wir haben noch ein paar weitere Baustellen«, warf Madsack ein, und ergänzte, als die anderen ihn ansahen: »Simone Bassetti und Bernd Richter – was soll mit denen geschehen? Wie lange sollen wir die warten lassen?«

»Das hat Zeit«, entschied Frauke. »Lassen Sie die ein wenig schmoren.«

»Richter hat sich beschwert, dass nichts geschieht.«

»Sagen Sie, wir sammeln weitere Indizien«, sagte Frauke und löste das Treffen auf.

Um diese Jahreszeit präsentierte sich die Lüneburger Heide in voller Blüte. Frauke genoss es, sich von Putensenf fahren zu lassen. Auf der Höhe von Soltau gab es Stellen, wo man von der Autobahn einen Blick auf die typische Heidelandschaft werfen konnte. Es sah fast unwirklich aus – die blühende Heide, dazwischen der Säulenwacholder und am Rand die Birken. Zum Idyll fehlte nur noch eine Herde mit Heidschnucken.

Auf der Autobahn herrschte lebhafter Verkehr, insbesondere die Lkws schienen die Fahrbahn für sich vereinnahmt zu haben und lieferten sich die gefürchteten Elefantenrennen. Ein Blick auf die Kennzeichen zeigte, dass neben den einheimischen Kapitänen der Landstraße auch sehr viele Fahrzeuge aus dem europäischen Umland vertreten waren.

Sie verließen bei Egestorf die Autobahn und folgten der schmalen, baumbestandenen Landstraße bis in das verträumte Heidedörfchen Salzhausen.

Günter Blechschmidt wohnte am Ahornbogen. Das Einfamilienhaus unterschied sich in nichts von den Nachbargebäuden in diesem ruhigen Wohnviertel, das irgendwann einmal geschlossen angelegt worden war und dessen Bewohner von den Alteingesessenen als »die Neuen« bezeichnet wurden, überlegte Frauke, die dieses Phänomen kannte. Immerhin haben die Neubürger zum Wachstum auf über dreitausend Einwohner beigetragen, setzte sie ihre Überlegungen fort. Die Alteingesessenen mochten es den Hinzugezogenen verleiden, dass die Siedlungen und Neubauten den ursprünglichen Charakter des Ortes vergessen ließen.

Blechschmidt war einer der »Neuen«. Von außen wirkte das Haus wie das Domizil eines Rentners, der sich hierher zurückgezogen hatte und seinen Lebensabend genoss. Der Vorgarten war gepflegt. Er wirkte in seiner Akkuratesse beinahe spießig. Sicher trug dazu auch das Ensemble von drei Gartenzwergen bei.

Als die beiden Beamten ihr Fahrzeug verließen, wurden sie von einer Frau, die mit einer Hacke im gegenüberliegenden Vorgarten dem Unkraut zu Leibe rückte, argwöhnisch betrachtet. Die Nachbarin unternahm gar nicht erst den Versuch, ihr Interesse zu verbergen.

»Soll ich rübergehen und ihr sagen, dass wir von der Polizei sind und ihr Gegenüber verdächtigen, illegal mit Potenzmitteln zu handeln?«, fragte Putensenf spitz.

Frauke ignorierte die Anmerkung und wartete geduldig, bis auf ihr Läuten hin die Tür geöffnet wurde. Eine zur leichten Fülle neigende Frau mit künstlich erblondetem Haar öffnete, musterte die Besucher und fragte: »Ja?«

»Frau Blechschmidt?«

»Kohlschreiber«, sagte sie knapp. »Was ist?«

»Wir möchten gern mit Herrn Blechschmidt sprechen.«

»Worum geht's denn?«

»Das würden wir ihm gern selbst sagen.«

»Wenn Sie was verkaufen woll'n, dann könn'n Sie gleich wieder gehn.«

Frauke wiederholte die Bitte. Daraufhin schloss die Frau die Tür und ließ die Beamten warten. Sie mussten sich eine Weile gedulden, bis ein Mann mit Glatze öffnete. Er hatte ein leicht aufgedunsenes Gesicht mit einer ungesunden rötlichen Färbung, die sich auch über die Kopfhaut fortsetzte und in Kontrast zu dem weißen Haarkranz stand, der die Glatze umrankte. Die dunkle Hornbrille passte nicht zu ihm. Dafür schienen die dunkle Stoffhose, die von Hosenträgern gehalten wurde, das gestreifte Hemd und die Strickjacke, die über dem Wohlstandsbauch hing, davon zu zeugen, dass ein zufriedener Pensionär vor ihnen stand.

Auf Fraukes Nachfrage bestätigte er, Günter Blechschmidt zu sein.

»Dobermann. Polizei Hannover. Das ist mein Kollege Putensenf«, stellte Frauke die Beamten vor.

Blechschmidt war deutlich das Erschrecken anzumerken.

»Polizei?«, fragte er tonlos und starrte Frauke an. Seine Mundwinkel zitterten, die Nasenflügel bebten. Der Mann war das personifizierte schlechte Gewissen.

Frauke fiel auf, dass Blechschmidt keine weiteren Fragen stellte, nicht nach dem Grund, nicht danach, ob die Polizei sich womöglich in der Adresse geirrt hatte.

»Sie wissen, weshalb wir hier sind?«, fragte Frauke.

Der Mann klapperte mit den Augenlidern. Wieder ließ er sich unendlich viel Zeit, bis er sagte: »Nein.« Die Antwort kam so gedehnt über seine Lippen, dass er selbst bemerkt haben musste, wie schlecht er gelogen hatte.

Frauke entschloss sich, die Situation zu nutzen. Sie warf einen Blick über die Schulter auf die immer noch neugierig herüberstarrende Nachbarin.

»Möchten Sie, dass alle Nachbarn mitbekommen, dass Sie illegal gefälschte Potenzmittel vertreiben?«

Blechschmidt trat zur Seite. »Kommen Sie rein«, forderte er die Beamten auf und führte sie in das Wohnzimmer.

Frauke und Putensenf nahmen auf dem grünen Sofa Platz, nachdem sie ein in der Mitte eingeschlagenes Kissen mit Jagdmotiven zur Seite gelegt hatten.

»Ich möchte nicht lange um den heißen Brei herumreden«, ging Frauke in die Offensive. »Es gibt eine ganze Reihe von missbräuchlichen Nutzungen gefälschter Arzneimittel. Genau genommen geht es um Viagra-Imitate. Daran sind mehrere Menschen erkrankt, teilweise schwer. Damit nicht genug. Es hat auch schon die ersten Todesfälle gegeben.«

»Das ist nicht wahr«, stammelte Blechschmidt und fasste sich mit der Hand ans Herz.

Frauke nickte langsam. »Doch. Und Sie tragen die Verantwortung dafür.«

Der Mann schluckte heftig. »Ich meine … Damit habe ich nichts zu tun. Ich weiß nicht, wovon Sie sprechen.«

»Machen Sie es sich nicht unnötig schwer«, mischte sich Putensenf ein. Er sprach in einer besänftigenden Tonlage, es klang fast väterlich. »Mit Leugnen verschlimmert sich nur Ihre Situation. Das geht auf die Pumpe.« Dabei tippte sich der Kriminalhauptmeister auch ans Herz. »Wir haben Beweise. Und Zeugen. Um mit offenen Karten zu spielen: Zum Beispiel den Portier des Hotels in Bad Bevensen, das Bordell aus St. Dionys, in Lüneburg haben Sie die Ware verteilt, im Wendland …«

Blechschmidt sah von Putensenf zu Frauke und wieder zurück. Dann seufzte er tief, bis er in sich zusammensackte.

»Ich bin da in etwas hineingeraten, ohne überhaupt zu ahnen, was das ist«, sagte er leise.

»Sei sofort still, Günter«, mischte sich Frau Kohlschreiber ein, die in den Raum getreten war. »Das kenn ich. Die sagen das nur so. Die könn'n dir gar nix beweisen. Gar nix! Hörst du?«

»Ach, Erika, hör doch auf. Du weißt doch selbst, wie das gelaufen ist.« Er gab sich einen Ruck. »Nach dreißig Jahren Ehe ist meine Frau weg.«

»Die Schlampe, die. Die ist an allem schuld«, meldete sich Frau Kohlschreiber zu Wort.

»Halt den Mund«, fuhr Blechschmidt sie an. »Also … Meine Frau ist auf und davon. Hat 'nen anderen kennengelernt und mich mit der ganzen Scheiße alleingelassen. Dabei sollte das hier unser Traum im Alter sein.« Versonnen strich Blechschmidt über die Sessellehne. »Was meinen Sie, was mich die Scheidung gekostet hat? Ich musste ihren Anteil am Haus auslösen. Und von meiner Rente hat sie auch 'nen großen Batzen gekriegt. Soll ich Ihnen sagen, was für mich übrig geblieben ist? Dann sind da noch die Halunken in Berlin. Jedes Jahr schröpfen die uns Rentner mehr. Krankenversicherung – Steuern und sonst was. Nee, da rackerst du dein Leben lang, und was bleibt übrig? Nix. Da kommst du nicht mit hin.« Er holte tief Luft und fasste sich erneut ans Herz. »Da hab ich mich nach einer kleinen Arbeit umgesehen. Aber hier – im Dorf –, da gibt's nichts. Ich bin dann über eine Kleinanzeige gestolpert. ›Bequemer Nebenverdienst von zu Hause‹. Ich hab dahin geschrieben. Chiffre war das. Irgendwann stand ein Mann vor der Tür und hat mich gefragt, ob ich für die Medikamente verteilen würde. Ich hab zuerst gezögert. ›Alles ganz legal‹, hat er gesagt. Man würde nur die Apotheker ärgern, die sich sonst dumm und dösig verdienen. Und vielen Menschen helfen, die sonst keine Lebensfreude mehr hätten. Na ja, hab ich mir gedacht. Warum nicht? Erst als ich die Pillen das erste Mal in der Hand hielt, hab ich mitgekriegt, dass das Viagra ist. Da war das schon zu spät. Abgesehen davon hab ich den kleinen Zuverdienst gebraucht. Ohne den hätte ich schon lange …« Blechschmidt deutete die Geste des Halsabschneidens an. Er seufzte tief. »Mann, wo bin ich da bloß reingeraten?«

»Wer ist Ihr Kontaktmann?«, fragte Frauke.

»Keine Ahnung. Der hat nie einen Namen genannt.«

»Das kam Ihnen nicht merkwürdig vor?«

»Schon«, gestand Blechschmidt. »Aber da lief es schon mit dem Geld.«

»Wie viel springt denn dabei raus?«, fragte Putensenf.

Der Mann druckste herum. Nachdem der Kriminalhauptmeister seine Frage wiederholt hatte, gestand er: »'nen Fünfer pro Packung.«

»Und was zahlt der Kunde dafür?«

»Fünfundfünfzig.«

»Das sind etwa fünf Euro weniger als der reguläre Preis«, überlegte Frauke laut. Unausgesprochen ließ sie ihre Überlegung, dass fünfzig Euro für ein Imitat ein stolzer Erlös waren. Und die waren netto. Nicht einmal die Mehrwertsteuer ging davon ab. Da lohnte sich das illegale Geschäft.

»Wie viele Packungen verkaufen Sie in der Woche?«

»Unterschiedlich«, wand sich Blechschmidt.

Frauke drängte ihn zur Wahrheit. »Wir erfahren es doch. Und jedes Geständnis wird Ihnen positiv angerechnet. Es lohnt sich, mit der Polizei zusammenzuarbeiten.«

»Das ist trotzdem unterschiedlich. Mal sind es fünfzig, mal hundert Packungen.«

»Ein einträgliches Geschäft«, warf Putensenf ein, während Frauke überschlug, dass für die Hintermänner jeden Monat ein fünfstelliger Betrag übrig blieb. Und Günter Blechschmidt war sicher nur ein kleines Licht in der Verteilerkette.

»Wie nehmen Sie Kontakt mit Ihren Lieferanten auf? Haben Sie eine Telefonnummer?«

»Nein. Er ruft mich an. Einmal die Woche. Dann sagt er, wo wir uns treffen. Ich bringe das Geld von der letzten Lieferung mit und erhalte die neue Ware und die Adressen der Bestellungen.«

Das war ein gut ausgedachtes System, überlegte Frauke. Das Risiko lud man auf Leute wie Blechschmidt ab, die über unscheinbare Anzeigen geködert wurden. Und flog ein Verteiler auf, ersetzte ihn der nächste. Sie fragte nach der Anzeige, auf die der Mann hereingefallen war.

»Die hab ich nicht mehr. Die war in der Landeszeitung unter der Rubrik ›Nebenverdienst‹. Vor ungefähr zwei Monaten.«

Die beiden Beamten nahmen die Personalien auf und konfiszierten die vorhandenen Restbestände.

»Bin ich jetzt verhaftet?«, fragte Blechschmidt kleinlaut.

»Nein. Aber ungeschoren kommen Sie nicht davon. Schließlich handelt es sich möglicherweise um Körperverletzung mit Todesfolge«, fuhr Frauke ein schweres Geschütz auf. »Informieren Sie uns umgehend über Ort und Zeitpunkt Ihres nächsten Treffens mit dem Lieferanten.«

Erneut fasste sich Blechschmidt ans Herz. »Ich weiß nicht, ob ich das durchstehe.«

»Das werden Sie«, sprach ihm Frauke Mut zu. »Und verteilen Sie die Ware nicht weiter. Wenn jetzt noch jemand daran stirbt, könnte irgendjemand auf die Idee kommen, Sie des Mordes zu verdächtigen«, drohte sie, obwohl das in keiner Weise zutreffend war.

»O Gott«, stöhnte Blechschmidt zum Abschied.

Auf der Rückfahrt meldete sich Fraukes Handy.

»Guggenberger. Sie erinnern sich an mich?«

»Leider.« Frauke sah den ungehobelten Mann vor sich, der ihr die Wohnung in der Lister Meile gezeigt hatte.

»Herzlichen Glückwunsch. Ich habe gehört, Sie haben die Wohnung gemietet.«

»Und?«, fragte Frauke ausweichend.

»Wohin soll ich die Rechnung schicken?«

»Welche Rechnung?«

»Über die Maklercourtage. Eins Komma acht Kaltmieten plus Mehrwertsteuer. Sie haben die Wohnung durch meine Vermittlung bezogen. Da steht mir die Courtage zu.«

Frauke klärte Guggenberger auf, dass sie direkt mit dem Vermieter verhandelt habe und der Vertrag ohne Guggenbergers Zutun zustande gekommen war.

»Diese Masche kenne ich. Da haben Sie keine Chance«, erklärte der Makler.

»Das Problem sehe ich bei Ihnen. Mein Erstkontakt war Herr Eberlein.«

»Aber ich habe Ihnen die Wohnung vorgeführt.«

»Das ist unzutreffend. Überlegen Sie es sich. Wenn Sie auf die Courtage bestehen sollten, melden Sie sich noch einmal bei mir. Am besten rufen Sie mich am Arbeitsplatz an.«

»Darauf können Sie sich verlassen. Wo sind Sie beschäftigt?«

»Dobermann, Landeskriminalamt Hannover.«

Einen Moment war Stille in der Leitung. Dann hörte Frauke ein erstauntes »Oh!«, bevor die Verbindung unterbrochen wurde.

Die Rückfahrt nach Hannover nutzten die beiden Beamten, um noch einmal die Ergebnisse des Verhörs von Günter Blechschmidt zu analysieren. Frauke war überrascht, dass Putensenf sich dabei jeglichen bissigen Kommentars enthielt.

Frauke hatte noch nicht viel von Hannover kennengelernt. Sie trauerte immer noch Flensburg nach, vermisste die Seeluft, das lebhafte Treiben auf dem Holm, die romantischen Hinterhöfe, die Hafenspitze, das Bummeln an der Förde, Solitüde … Hannover hatte auch schöne Seiten aufzubieten. Der Maschsee, Eilenriede, die Herrenhäuser Gärten, aber auch die Winkel der Altstadt, an denen die Massen vorbeiströmten. Ein kleines Idyll war – für Frauke – die Oststadt, zentral zwischen der City und der großzügigen Grünanlage Eilenriede gelegen. Hier, auf der Lister Meile, herrschte urbane Geschäftigkeit, ein buntes Treiben zwischen den zahlreichen bunten Geschäften, den kleinen Cafés, Kneipen und Bistros, die entdeckt werden wollten.

Sie schlenderte gemächlich den Fußweg entlang, blieb vor dem

Eingang stehen und ließ die Fassade auf sich wirken. Man sah dem Haus die Jahre an. Die Wohnungen hatten noch Einfachverglasung, zum Teil gab es altertümlich wirkende Doppelfenster. Das Herrenmodegeschäft hatte eine modern gestaltete Schaufensterfront, unterschied sich aber von den gesichtslosen Aufmachungen der großen Ketten. Der Lottoladen zur Rechten und der Friseur zur Linken rahmten das Haus förmlich ein. In einem Pavillon zwischen Gehweg und verkehrsberuhigter Fahrbahn war vor dem Haus ein Imbiss untergebracht, der als Pizzeria firmierte. Ein Stück weiter hatte eine große Buchhandlung ihren Sitz. Frauke beschloss, wenn es etwas ruhiger werden sollte, einmal genussvoll zwischen den Büchern zu stöbern und das Lesen wiederaufzunehmen. Sie stellte sich vor, dass man sich mit einem Buch wunderbar auf dem nahen Weißekreuzplatz unter die blühenden Kastanien setzen und lesen könnte, wenn man nicht durch das viele Entdeckenswerte abgelenkt würde. Ach! Sie würde sich mit der neuen Aufgabe, der neuen Umgebung und mit Hannover arrangieren. Wenn alles so friedlich wie dieser Straßenzug wäre, würde das Heimweh, die sehnsuchtsvolle Erinnerung an die Förde, irgendwann verblassen.

Das alte Haus mit der Rotklinkerfassade, in die man liebevoll Ornamente eingepasst hatte, den Gliederungen und Rundbögen über den Fenstern, dem Erker, der sich über die erste und zweite Etage erstreckte und oben durch einen Balkon begrenzt wurde, den jemand mit Grün bepflanzt hatte ... das würde ihr Zuhause sein. Langsam ließ sie ihren Blick am Baum emporgleiten, der vor dem Gebäude stand und dessen Krone fast bis an die Wand reichte. Er würde im Wohnzimmer für ein wenig Dunkelheit sorgen, überlegte Frauke, aber das frische Grün bot auch die Illusion, nicht mitten in der Stadt zu wohnen. Vielleicht würde es im Sommer für angenehme Kühle sorgen, wenn die Sonne auf die Straße knallte. Sie schmunzelte in sich hinein. Sicher! Sie lebte jetzt etwa dreihundert Kilometer weiter südlich. Ob sich das schon klimatisch auswirken würde?

Sie hielt das Bund in der Hand, das ihr der Vermieter ausgehändigt hatte, und suchte nach dem passenden Schlüssel. Dann hielt sie einen in die Höhe, betrachtete ihn und vermutete, er könnte zur Haustür passen. Bevor sie es probieren konnte, wurde von innen geöffnet.

Ein älterer Mann, leicht gebeugt, stand ihr gegenüber. Er war einen halben Kopf kleiner und musterte sie unter der Krempe seines leichten Sommerhuts. Die eisgrauen Augen blinzelten unter buschigen Brauen hervor. Zahleiche Falten durchzogen sein Gesicht und setzten sich am Hals fort, der in einen offenen Hemdkragen überging.

Der Mann machte keine Anstalten, den Weg freizugeben.

»Und?«, fragte er mit einer brüchigen Seniorenstimme.

»Bitte?«, antwortete Frauke mit einer Gegenfrage.

»Zu wem wollen Sie?«

Sie war versucht, zu erwidern, dass es ihn nicht zu interessieren habe. Andererseits war es sicher angenehm, Nachbarn zu haben, die auf ihre Umgebung achtgaben. Viel zu oft war von seelenlosen Wohnsilos die Rede, in denen man über Jahre nicht wusste, wer in der Nachbarwohnung lebte. Hier schien es anders zu sein. Deshalb stellte sie sich vor.

»Frauke Dobermann ist mein Name. Ich bin die neue Mieterin.«

Sein Gesicht hellte sich auf. »Ah«, sagte er und reichte ihr die Hand. »Rabenstein. Ich wohne über Ihnen.«

Sie ergriff die faltige Hand mit den zahlreichen Altersflecken auf dem Rücken.

»Wann wollen Sie einziehen?«

»Morgen.«

»Das geht aber schnell.« Rabenstein lächelte und ließ seinen Blick an Frauke vom Scheitel bis zur Sohle abwärtsgleiten. »Es freut mich, wenn hier eine attraktive Frau einzieht.«

Frauke musste ein wenig irritiert dreingeblickt haben. Jedenfalls zeigte Rabenstein die leicht gelblichen, ebenmäßigen Zahnreihen seines Gebisses. »Sie müssen keine Sorge haben. Aber einer hübschen Frau darf man doch ein Kompliment machen. Das haben wir in unserer Jugend gelernt.«

»Es freut mich, Herr Rabenstein. Auf gute Nachbarschaft.«

»Ich freue mich auch«, sagte der alte Mann und lächelte erneut. »Ich will nicht aufdringlich sein, aber vielleicht gönnen Sie mir einmal das Vergnügen eines kleinen Pläuschchens am Nachmittag. Bei einem Tee. In meinem Alter hat man nicht mehr viele Bekannte.« Er zeigte mit dem Finger zum Himmel. »Die werden nach und nach alle vom Herrgott abberufen. Wie meine Frau. Wir waren zweiundfünfzig Jahre glücklich verheiratet. Dann wurden wir getrennt.« Jetzt sah er ganz zum Himmel und nahm dabei einen versonnenen Ausdruck an. »Noch will der Herrgott mich nicht haben, aber irgendwann werden wir uns wiedersehen. Da oben.« Ein glückliches Lächeln strahlte auf seinem Antlitz.

Rabenstein hielt in seinem Lächeln inne. Das glückliche Gesicht wirkte für einen Moment wie versteinert. Dann schwankte er kurz, kippte nach vorn, fiel Frauke in die Arme und rutschte langsam an ihr herab zu Boden.

Frauke folgte der Blutspur, die knapp unterhalb des Kragenknopfes ihrer Bluse begann, sich über ihre Brust und den Bauch bis zur Hose erstreckte und auf Ober- und Unterschenkel nur noch hässliche Flecken hinterließ.

Alles war unheimlich schnell gegangen – der Knall, den Frauke für einen Gewehrschuss hielt, das wütende Aufheulen des Motorrads und das Entfernen des Fahrzeugs Richtung U-Bahnhof Sedanstraße/Lister Meile. Mit großer zeitlicher Verzögerung vernahm sie das entsetzte Aufschreien von Passanten, die arglos über die Lister Meile promenierten.

Frauke hatte blitzschnell versucht, dem flüchtenden Motorrad hinterherzusehen, aber der Pavillon der Pizzeria versperrte ihr die Sicht. Sie beugte sich zu Herrn Rabenstein hinab, der zusammengekauert zu ihren Füßen lag. Er hatte immer noch den entspannten strahlenden Gesichtsausdruck, verunziert durch das Loch mitten in der Stirn, aus dem hellrotes Blut pulsierte und sich über das Antlitz verteilte. Frauke legte Zeige- und Mittelfinger der linken Hand an die Halsschlagader des alten Mannes, während sie mit der rechten nach ihrem Mobiltelefon angelte und automatisch die Einseins-zwei anwählte. Mit wenigen Worten schilderte sie die Situation und gab eine kurze Zustandsbeschreibung des Opfers durch. Dann wählte sie den Polizeinotruf und erzählte von der Bluttat. Sie ersparte es sich, Anweisungen zu erteilen. Die Beamten in der Leitstelle würden das Richtige veranlassen. Anschließend wählte sie ihre Dienststelle an und informierte Madsack.

»Wir kommen sofort«, sagte der Hauptkommissar, ohne weitere Fragen zu stellen.

Sie kniete sich nieder und versuchte, Anzeichen von Vitalität bei Rabenstein festzustellen. Doch es war nichts erkennbar. Es schien, als wäre der alte Mann sofort tot gewesen. Frauke sah sich um. Zögerlich näherten sich ein paar Leute, denen das Entsetzen ins Gesicht geschrieben war. Ein Mann – er mochte um die fünfzig sein – beugte sich zu Frauke herab.

»Kann ich helfen?«, fragte er und würgte dabei, als er Rabensteins Gesicht sah.

»Versuchen Sie, die Leute fernzuhalten«, wies ihn Frauke an.

Der Mann nickte, kam aus der Hocke hoch, und sie hörte, wie er auf die Zuschauer einzuwirken suchte, während sie erneut Rabensteins Puls am Hals ertastete. Nichts. Der Mann gab kein Lebenszeichen von sich. Sie fühlte sich ohnmächtig, es gab nichts, was sie hätte tun können. Vorsichtig drückte sie Rabensteins schmächtigen Oberkörper aufs Pflaster, fuhr mit zwei Fingern von links den unteren Rippenbogen bis zum Sternum entlang und suchte den Druckpunkt am Brustbein. Sie fixierte die Stelle mit dem Finger, legte den Handballen darauf, sodass Zeige- und Mittelfinger Richtung Kopf wiesen, und presste die andere Hand darüber. Dann begann sie rhythmisch zu drücken und zählte dabei laut. »Eins-zwei-drei …« Sie drückte den Brustkorb etwa vier Zentimeter tief ein. Wenig später spürte sie, wie der zunächst vorhandene Widerstand nachgab, als die Rippen brachen. Bei dreißig brach sie ab, holte tief Luft, presste ihre Lippen auf die Rabensteins und blies zweimal den Inhalt ihrer Lungen in die des Opfers. Dann wiederholte sie die Herzdruckmassage.

Frauke hatte aufgehört zu zählen, wie oft sie diese Prozedur wiederholt hatte, als sie mehrere Martinshörner vernahm. Kurz darauf hielt ein Rettungswagen der Feuerwehr, und zwei Rettungsassistenten übernahmen die Versorgung Rabensteins, bis wenige Minuten später die Notärztin eintraf. Sie kniete sich neben den alten Mann, legte ihr Stethoskop an und untersuchte ihn gründlich. Dann kam sie langsam in die Höhe und sah sich um. Sie bemerkte Frauke und sah mit einem erstaunten Aufblitzen ihrer Augen die blutverschmierte Kleidung.

»Gehören Sie zu ihm?«, fragte die Ärztin.

»Dobermann, LKA Hannover«, erwiderte Frauke.

»Aha.« Dann zeigte sie auf Rabenstein. »Da ist jede Hilfe zwecklos.« Sie tätschelte vorsichtig Fraukes Oberarm. »Tut mir leid.«

Mehrere uniformierte Polizisten drängten sich heran.

»Was ist hier los?«, fragte ein bullig aussehender Oberkommissar, der die Mütze keck in den Nacken geschoben hatte. Seine Hand lag lässig auf der Pistole an seinem Gürtel auf.

»Wir haben hier ein Attentat«, erklärte Frauke. »Erschossen. Die Täter sind mit einem Motorrad Richtung Lister Platz geflüchtet.«

»Und wer sind Sie?«, bellte der Polizist zurück.

»Jemand, der die Sache besser im Griff hat als Sie, auch wenn Sie hier wie John Wayne herumstehen«, mischte sich aus dem Hintergrund eine Stimme ein. Es war das erste Mal, dass Frauke nicht böse war über Putensenfs bissige Kommentare.

»He, was soll das denn?«, knurrte der Polizist.

»Alles in Ordnung, Kollege«, beschwichtigte ihn Madsack und hielt dem Beamten seinen Dienstausweis hin. »Wir kommen vom Landeskriminalamt. Das da«, er zeigte auf Frauke, »ist die Leiterin des Sonderkommissariats organisierte Kriminalität.« Er zog den Beamten ein wenig zur Seite. »Ich brauche Sie als Verbindung zur Leitstelle. Wie ist der Stand der Fahndung nach den flüchtigen Tätern?«, gab er dem Polizisten Anweisungen.

»Los, Schwarczer, wir versuchen, Zeugen zu finden«, hörte Frauke Putensenf sagen. Für einen Moment durchfuhr sie der Gedanke, dass ihre Mitarbeiter vielleicht doch nicht so schlecht waren, wie sie stets befürchtet hatte. Sie schienen auch ohne Anweisungen im richtigen Augenblick das Angemessene zu tun. Sie war auch dankbar, dass sie nicht mit Fragen bestürmt wurde. Das hätte wichtige Zeit auf der Suche nach den Tätern gekostet.

»Sie«, winkte Frauke einen zweiten Beamten heran. »Verständigen Sie den Kriminaldauerdienst und die Spurensicherung.«

»Bitte! Heißt das«, knurrte der Uniformierte und entfernte sich.

»Dieser Zeuge hat etwas gesehen«, hörte Frauke Madsack hinter sich. Der Hauptkommissar schob einen Mann mittleren Alters mit einer runden Studentenbrille vor sich her. Frauke ging ein paar Schritte zur Seite, um dem Passanten den Anblick des Toten zu ersparen. Mit schreckgeweiteten Augen sah der Zeuge auf Fraukes blutverschmierte Kleidung.

»Das war ein Motorrad«, sagte er stammelnd. »Da haben zwei Männer draufgesessen. Einer hat ein Gewehr angelegt, und bumm … Dann sind die weg.«

»Wie sahen die Männer aus?«, fragte Frauke.

»Die hatten Motorradkluft an. So aus Leder. Und Helme auf.«

»Woran haben Sie erkannt, dass es Männer waren?«

»Frauen machen so etwas doch nicht«, behauptete der Zeuge. »Und wie der mit dem Motorrad ab ist. Auch das können nur Männer.«

»Gab es Auffälligkeiten an der Kleidung?«

»Ja. Der Hintere, also der geschossen hat, der hatte weiße Streifen am Ärmel.«

»Ich dachte mehr an Wappen oder Embleme auf der Lederjacke.«

»Nein. Da war nichts.«

»Haben Sie sich das Kennzeichen gemerkt?«

»Das ging alles so schnell … Es war nicht Hannover.«

»Was denn?«

»Keine Ahnung.«

»Und das Motorrad?«

»Eine dunkelblaue BMW.«

»Das stimmt nicht«, mischte sich ein Mann mit wallender blonder Mähne ein, der eine Frau mit langen schwarzen Haaren im Arm hielt. Er trug eine geöffnete Lederjacke und hatte die drei oberen Knöpfe seines Hemdes geöffnet. Putensenf hatte das Pärchen aufgetan.

»Natürlich war das eine BMW«, behauptete der Mann mit Nickelbrille.

»Blödsinn.« Der Dieter-Bohlen-Verschnitt sah die Nickelbrille von oben herab an. »Von Motorrädern verstehe ich etwas.« Dann wandte er sich an Madsack, weil er Frauke offenbar für nicht kompetent genug hielt. »Sind Sie der Boss?«

Der Hauptkommissar wies auf Frauke. »Die Dame leitet die Ermittlungen.«

Der Blonde ließ das Kaugummi zwischen den Zähnen hin und her wandern.

»Ich versuch's mal zu erklären. Das war eine Moto Guzzi. Genau genommen eine Breva 1200 in der Farbe Nero Metallizzato.

Das ist Schwarz«, fügte er an. »Die Breva hat ein unverwechselbares Styling. Eben italienisches Design.« Dabei verdrehte er kunstvoll die Augen. »Ein absolut geiles Ding«.

»Haben Sie das Kennzeichen gesehen?«, fragte Frauke.

»Nee. Auf so was achte ich nicht. Aber die Maschine war eine Moto Guzzi. Hundertpro.« Er sah die Nickelbrille an. »BMW – päh«, sagte er verächtlich.

»Haben Sie Fahrer und Beifahrer erkennen können?«

»Nee. Die hatten Kluft an. Sah klasse aus. Und von den Gesichtern war auch nichts zu erkennen. Die hatten Helme auf. Der Sozius hat das Visier hochgeklappt, das Gewehr genommen, angelegt und abgedrückt. Dann sind die weg. Satter Sound, die Breva.« Er sah Frauke mit verklärtem Gesichtsausdruck an.

»Nehmen Sie die Personalien der Zeugen auf«, sagte Frauke zu Madsack. »Und arrangieren Sie, dass wir ein Protokoll bekommen.« Dann drehte sie sich zu Putensenf um. »Gibt es Ergebnisse der Fahndung?«

»Bis jetzt nicht.« Der Kriminalhauptmeister grinste Frauke an. »Bei so vielen unterschiedlichen Zeugenaussagen stellt sich mir die Frage, was unser kompetentester Zeuge gesehen hat?«

Frauke musste nicht nachfragen. Die Spitze war gegen sie gerichtet.

»Ich stand mit dem Rücken zur Fahrbahn. Und als das Motorrad davonfuhr, war es hinter dem Pavillon verschwunden.«

»Das ist doch einmal ein gutes Ergebnis«, lästerte Putensenf. »Wann haben wir eine ausgewachsene Hauptkommissarin am Tatort? Und? Nichts!«

Frauke ließ ihn stehen und sprach mit den Beamten der Spurensicherung. Sie berichtete von den Vorkommnissen und gab Hinweise, wo die Kriminaltechniker suchen sollten. Irgendwo musste die Patronenhülse sein. Vielleicht gab es auf der Fahrbahn Gummiabrieb vom Reifen. Mehr Spuren würden nicht zu finden sein. Außerdem galt es, weitere Zeugen zu finden. Schließlich mussten die beiden Mörder auf dem Motorrad irgendwo in Sichtweite auf die passende Gelegenheit gelauert haben. Außerdem fragte sie sich, woher die Mörder wussten, wann sie sich wo aufhielt. Es konnte kein Zufall sein, dass man hier auf sie gewartet hatte. Sie glaubte auch nicht, dass der Mörder zufällig vorbeigeschossen und es eigentlich ihr gegolten hatte. Wer mit einem Präzisionsgewehr so perfekt den alten Herrn Rabenstein in die Stirn traf, hatte nicht danebengeschossen. Es war teuflisch, was sich die Organisation ausgedacht hatte. Man hatte Frauke gezeigt, dass man jederzeit in der Lage war, die gegen sie gerichtete Todesdrohung umzusetzen. Sie sollte sich schuldig fühlen. Man wollte sie mürbe machen.

Frauke ballte die Faust. »Nicht mit mir«, presste sie leise zwischen den Zähnen hervor.

Am Tatort wimmelte es von Einsatzkräften. Ihre Mitarbeiter würden nach Zeugen suchen, die Spurensicherung ihre Arbeit verrichten und alles Weitere veranlassen. Die Fahndung nach den Tätern war eingeleitet, sodass Fraukes Anwesenheit nicht länger erforderlich war. Sie ließ sich von Schwarczer ins Hotel fahren.

»Aber, Frau Dobermann, was ist mit Ihnen geschehen?«, fragte die Inhaberin, als Frauke blutverschmiert ins Haus kam.

»Ich hatte einen kleinen Unfall«, sagte Frauke ausweichend.

»Da müssen Sie doch ins Krankenhaus, aber nicht hierher.« Aus der Anmerkung klang weniger Mitleid oder Anteilnahme, sondern eher der Vorwurf heraus, in einem solchen Zustand das Hotel zu betreten. Frauke ignorierte es, ging auf ihr Zimmer, legte die Kleidung ab und duschte gründlich. Dann legte sie sich zehn Minuten aufs Bett, um sich zu sammeln. Anschließend wählte sie Madsacks Handy an, aber es gab keine Neuigkeiten von der Fahndung.

»Wir haben weitere Zeugenaussagen gesammelt«, berichtete der Hauptkommissar, »ohne dabei auf weitere Erkenntnisse gestoßen zu sein. Lediglich, dass das Motorrad am Anfang der Straße ein Stück weiter abwärts gegenüber dem Eckcafé gewartet hat, dürfte für Sie neu sein. Dafür gibt es einen Zeugen, der allerdings nichts zu den Personen sagen kann.«

»Es muss einen weiteren Täter gegeben haben«, sagte Frauke, »der mich entweder verfolgt oder vor dem Haus gewartet und seine Komplizen benachrichtigt hat, dass der Moment günstig wäre. Ich gehe davon aus, dass von diesem auch die Anweisung kam, auf Rabenstein zu schießen. Die gesamte Operation wurde demnach von jemandem geleitet, der nicht mit auf dem Motorrad saß.«

Madsack versprach, bei den Ermittlungen vor Ort diesen Aspekt zu berücksichtigen.

Frauke überlegte ihr weiteres Vorgehen. Sie konnte sich nicht einschließen oder gar untertauchen. Das bezweckte die Organisation. Damit hätte man die Polizei lahmgelegt. Deshalb war es auch nicht möglich, von einem gesicherten Unterschlupf aus die weiteren Ermittlungen zu führen. Nein! Sie musste das Risiko eingehen und weiter so agieren wie bisher, auch wenn ihr nicht wohl war bei dem Risiko, das damit verbunden war.

Frauke gab sich einen Ruck, stand auf, machte sich zurecht und ging zu Fuß zum Landeskriminalamt. Unterwegs sah sie sich verstohlen um, konnte aber weder vor ihrem Hotel noch auf dem Weg zur Dienststelle etwas Verdächtiges entdecken.

Im Büro beschäftigte sie sich mit dem Problem der gefälschten Arzneimittel, indem sie alle zur Verfügung stehenden Informationsquellen anzapfte. Es war kein neues Phänomen. Die Entwicklung hochwirksamer Arzneien verschlang enorme Kosten. Die Forschung war aufwendig. Sicher war es populär, über die hohen Preise zu schimpfen. Dafür gab es eine sorgfältige und gewissenhaft arbeitende Pharmaindustrie, die auf der Suche nach neuen und wirksamen Medikamenten war. Irrtümer, die für die Betroffenen mit unendlich viel Leid verbunden waren, erschütterten die Menschen rund um den Globus. Über die großen Erfolge, die so viel Segen über die Menschheit gebracht hatten, wurde weniger berichtet. »Nur eine schlechte Nachricht ist eine gute Nachricht« schien das Leitmotiv vieler Medien zu sein. Wer sprach von der heute möglichen Behandlung von Aids? Von den Fortschritten in der Krebsbekämpfung? Diabetes war schon lange kein Todesurteil mehr, und viele tödliche Seuchen waren ausgerottet. Die Menschen verließen sich auf ihre Arzneien. Und das war das Tückische an diesem Geschäft. Die Wirkung der Arzneien trat nicht im erhofften Maße ein.

Frauke las auch, welch riesige Gewinne die Nachahmer und Fälscher machten. Sie hatten keinen Forschungsaufwand, sondern kopierten die Ergebnisse anderer. Fast alle Produkte renommierter Hersteller waren betroffen, insbesondere die Arzneien, die vielen

Menschen dienten, zum Beispiel Herzmittel, Lipidsenker oder wie in diesem Fall Viagra.

Frauke entschloss sich, im Landeskriminalamt Kiel anzurufen. Die dortige Leiterin der naturwissenschaftlichen Kriminaltechnik konnte ihr sicher weiterhelfen.

»Frau Dobermann«, zeigte sich Frau Dr. Braun überrascht. »Sind Sie wieder im Lande?«

»Nein. Ich bin jetzt in Niedersachsen. Ungeachtet dessen, dass die Polizei Ländersache ist, würde ich Sie inoffiziell um Ihren klugen Rat bitten.«

Dr. Braun atmete tief durch.

»Sie wollen mir schmeicheln, aber wenn das jeder machen würde, könnten wir hier zumachen. Ich verrate Ihnen kein Geheimnis, wenn ich Ihnen sage, dass Schleswig-Holstein am wirtschaftlichen Abgrund steht. Überall muss gespart werden. Da macht man auch bei uns nicht halt. War es früher schon schlimm mit der Arbeitsüberlastung, so sind wir jetzt komplett eingebrochen. Niemand glaubt mir, wenn ich einmal vortragen würde, wie viele Überstunden meine Mitarbeiter vor sich herschieben.«

»Ich bin mir sicher, dass Sie Übermenschliches vollbringen. Ich würde Sie auch nicht mit Lappalien behelligen, aber ich kenne niemanden, der mir so kompetent Auskunft geben könnte.«

Für einen Augenblick war es still in der Leitung. Frauke meinte, Dr. Braun schlucken zu hören. Dann meldete sich die Kielerin.

»Aber nur als einmalige Ausnahme. Und bitte ganz kurz.«

»Es geht um gefälschte Arzneimittel.«

»Das ist eine Erscheinung, die uns ganz viel Sorgen bereitet«, fiel ihr Dr. Braun ins Wort.

»Haben Sie einen Schwerpunkt entlang der Oberelbe? Zwischen Hamburg und Lauenburg?«

»Da sind in der jüngsten Zeit Auffälligkeiten zu beobachten.«

»Dann haben wir ein gemeinsames Interesse. Wir verfolgen eine Spur auf der niedersächsischen Seite der Elbe. Ich gehe davon aus, dass es sich um den gleichen Täterkreis handelt.«

»Uns ist aufgefallen, dass die Packung einen Fehler aufweist«, berichtete Dr. Braun und beschrieb den Fehldruck, den auch die Niedersachsen bemerkt hatten. »Wir haben vereinzelt Tabletten sicherstellen können. Unsere Laboranalyse ergab, dass es sich um stark verunreinigte Imitate handelt. Es ist schon schlimm genug, wenn den Kranken mit gefälschten Arzneien Heilung suggeriert wird, und es liegen Placebos ohne jede Wirkung vor. Besonders schlimm ist es aber, wenn die Medikamente tödliche Substanzen oder Wirkstoffe in lebensbedrohlicher Zusammensetzung enthalten. Das ist hier zutreffend.«

»Haben Sie schon Quellen ausfindig machen können?«, fragte Frauke.

»Leider nicht. Die Kollegen von der organisierten Kriminalität haben überlegt, ob sie die Öffentlichkeit einschalten sollen, um die Verbraucher zu warnen. Man hat davon Abstand genommen, um keine Panik auszulösen und das Vertrauen in die seriöse Pharmaindustrie nicht zu erschüttern.«

»Gibt es nicht eine einzige Spur?«

»Nichts. Zumindest ist mir keine bekannt. Die Imitate kommen häufig aus China, meistens aber aus Indien. Dort werden sie in schmuddeligen Hinterhoflaboratorien produziert. Bei uns würde man solche Einrichtungen schließen, selbst wenn sie nur Schlachtabfälle verwerten würden.«

»Und die Handelswege? Wie kommt das Zeug zu uns?«

»Singapur gilt als internationale Drehscheibe für gefälschte Arzneien. Das ist verwunderlich, da der Stadtstaat als sauber und kriminalitätsarm gilt, kaum Korruption aufweist und eine verlässliche Polizei- und Justizorganisation hat. Das Problem ist, dass es kaum Kontrollmöglichkeiten gibt. Die Fälschungen tauchen sogar regulär in Apotheken auf.«

»Das ist besonders perfide, wenn Apotheker mitmischen«, empörte sich Frauke.

»Die trifft häufig keine Schuld. Die Apotheker haben keine andere Chance, als dem Großhandel zu vertrauen. Der Zoll hat festgestellt, dass es im Großhandel bis zu dreißig Handelsstufen gibt, über die die Medikamente weitergegeben werden. Die Apotheken sind arg- und machtlos.«

»Dann muss man nur den Kopf dieser Schlange ausfindig machen«, sagte Frauke.

»Leider nicht. Wenn irgendwo in dieser Kette der unseriöse

Händler sitzt, findet die wundersame Produktvermehrung statt. Der Zwischenhändler kauft hundert Pakete legal ein und kann dies durch Lieferpapiere nachweisen. Er vermarktet aber zweihundert Pakete, indem er hundert Fälschungen daruntermischt. So verwischt sich seine Spur.«

»Das muss doch auffliegen? Schließlich hat das schwarze Schaf mehr verkauft, als er eingekauft hat.«

»Jetzt sind wir wieder am Anfang unseres Gesprächs. Niemand hat das Personal, um die Papiere aller an einer solchen Kette beteiligten Unternehmen zu prüfen.«

»Die Händler müssen aber durch exorbitant hohe Gewinne auffallen, wenn sie nicht Steuerhinterziehung begehen und die Erlöse schwarz einstecken.«

»Wenn das Schweizer Bankgeheimnis halb so sicher wäre wie das deutsche Steuergeheimnis«, gab Dr. Braun zu bedenken, »würde ich jedem raten, seine Schwarzgelder beim deutschen Fiskus anzulegen. Die Betriebsprüfer gehen jedem Verdacht nach, wenn sie vermuten, jemand könnte dem Staat Geld vorenthalten haben. Haben Sie schon einmal gehört, dass man jemanden einer Sonderprüfung unterzogen hat, weil er zu viel Steuern bezahlt?«

Leider hat Dr. Braun recht, dachte Frauke, nachdem sie sich von der Kielerin verabschiedet hatte. Eine der möglichen Spuren, die sie verfolgen mussten, war die Suche nach den Handelswegen. Aber in diesem Punkt hatte Dr. Braun ihr nicht viel Mut gemacht.

Fraukes Handy meldete sich. Es war ein Anrufer, der seine Identität unterdrückt hatte.

»Am Tod des Alten sind Sie schuld«, sagte die fremdländische Männerstimme, die Frauke vertraut war. Es war der Mann, der die Todesdrohung gegen sie vorgebracht hatte.

»Was wollen Sie?«, fragte Frauke.

»Halten Sie sich aus Dingen heraus, die Sie nichts angehen.«

»Verlangen Sie im Ernst, dass die Polizei ihre Ermittlungen einstellt?«

»Ich habe mich klar und deutlich ausgedrückt. Sonst gibt es noch mehr Tote.«

»Sie haben den alten Mann nicht zufällig ermordet. Damit wollen Sie mich erpressen.«

»Kluges Mädchen.«

»So menschenverachtend kann niemand denken.«

»Wir schon«, erwiderte die Stimme mit stoischem Gleichmut.

Frauke lief ein Schauder über den Rücken. Eine solche offene Brutalität war ihr noch nie begegnet. »Ich werde Sie bis ans Ende der Welt verfolgen. Wie Dominosteine werden wir Ihre Zellen zerstören, die schmutzigen Nester ausräuchern und die verbrecherischen Geschwüre herausschneiden.«

»Schöne Metaphern«, lästerte die Stimme. Frauke war nicht verborgen geblieben, dass der Mann am anderen Ende der Leitung nicht mehr so zynisch klang wie zu Beginn des Gesprächs.

»Sie bangen um Ihre Absatzkanäle für italienische Spezialitäten. Nachdem wir die Fleischconnection und den Versandhandel von Rauschgift trockengelegt haben, fürchten Sie jetzt um den Gemüsehandel und den Verkauf illegaler Arzneimittel«, startete Frauke einen Versuch. Aber der Mann holte nur noch einmal tief Luft und beendete das Gespräch ohne Antwort.

Auf dem Flur war es lebhaft geworden. Kurz darauf kam Madsack in ihr Büro und ließ sich am Schreibtisch nieder.

»Wir sind in der Lister Meile fertig«, erklärte der Hauptkommissar. »Zunächst einmal: Die Fahndung nach dem Motorrad ist bisher erfolglos. Die Maschine scheint wie vom Erdboden verschluckt zu sein. Am Tatort hat sich nichts Neues ergeben. Das Opfer hieß Friedrich Rabenstein. Er war achtundsiebzig Jahre alt, seit vier Jahren verwitwet. Rabenstein war Sudetendeutscher und bis zur Pensionierung über dreißig Jahre als Verwaltungsangestellter bei der Stadt Hannover beschäftigt. Er hinterlässt drei Kinder und zwei Enkel. Die Angehörigen werden benachrichtigt.« Madsack schnaufte zwischendurch. »Es gibt bisher keine Erkenntnisse, warum man auf ihn geschossen hat.«

»Das galt nicht dem alten Mann«, erklärte Frauke.

»Ich habe es mir gedacht«, fuhr Madsack fort. »Aber warum hat man Sie verfehlt?«

Frauke unterließ es, dem Hauptkommissar von der Morddrohung gegen sie zu erzählen. Sie war sich nicht sicher, ob man sie nicht hinter ihrem Rücken für den Mord an Rabenstein verantwortlich machen würde, auch wenn sie rechtlich keine Schuld traf.

»Gibt es Hinweise auf die Tatwaffe?«, fragte sie.

»Wir sind uns ziemlich sicher, dass es ein Gewehr war. Kaliber 7,62 Natoformat. Das lässt auf ein unter anderem bei der Bundeswehr verwandtes G3 schließen«, sagte Madsack. »Mehr wissen wir noch nicht. Alles andere bleibt der Rechtsmedizin und der Kriminaltechnik vorbehalten.«

Frauke nickte. Jetzt hieß es, die Ungeduld zu zügeln. Es gelang ihr nur schwer. Sie griff zum Telefon und rief Mark Heidenreich in der Polizeidirektion Lüneburg an.

»Das trifft sich gut«, sagte der Hauptkommissar. »Ich wollte Sie auch gerade anrufen. Günter Blechschmidt aus Salzhausen hat sich vor zehn Minuten bei mir gemeldet. Sein Lieferant hat ihn angerufen und für morgen Vormittag ein Treffen vereinbart.«

Frauke fragte nach Ort und Zeit.

»In Lüneburg vor der Industrie- und Handelskammer Am Sande. Um Viertel vor zwölf.«

»Wir werden da sein«, sagte Frauke. »Wir müssen anschließend zwei Observationsteams bereitstellen, die Blechschmidts Partner verfolgen. Außerdem brauchen wir Fotos, wenn möglich Tonaufnahmen und so weiter.«

»Ich werde mich umgehend mit dem MEK in Verbindung setzen«, versprach Heidenreich.

»Und kein Wort davon zu Blechschmidt«, mahnte Frauke. »Das würde den Mann nur nervös machen. So professionell wie die Gegenseite vorgeht, möchte ich nichts riskieren.«

»Wann soll der Zugriff erfolgen?«, fragte Heidenreich nach.

»Kein Zugriff. Der Kurier nützt uns nichts. Wir müssen wissen, welche Logistik hinter den Lieferungen steckt. Das MEK soll nur observieren. Im Zweifelsfall sollen die Leute den Kontakt abreißen lassen. Wenn wir uns nichts anmerken lassen, wird es später zu einem weiteren Kontakt kommen. Haben Sie das verstanden?«

Heidenreich bestätigte es. Dabei klang er eine Spur beleidigt, weil Frauke ihn wie ein kleines Kind behandelt hatte.

»Sein Problem«, murmelte Frauke vor sich hin und beschäftigte sich bis Dienstschluss mit dem Durcharbeiten von Protokollen und Berichten.

FÜNF

Frauke hatte eine unruhige Nacht verbracht. Immer wieder war sie aus leichtem Schlaf hochgeschreckt. Jedes Geräusch im Hotel hatte Irritation ausgelöst.

Sie hatte ihre Dienstwaffe durchgeladen auf den Nachttisch gelegt und sich nicht allein auf die abgeschlossene Tür verlassen, sondern ein Glas auf die Türklinke gestellt. Außerdem hatte sie die Beleuchtung angelassen. Doch weder in der Nacht noch auf dem Weg zu ihrer neuen Wohnung war ihr etwas aufgefallen.

Sie hatte ein unbestimmtes Gefühl im Nacken verspürt, als sie die Haustür aufschloss und unwillkürlich auf den Fleck eingetrockneten Blutes auf dem Pflaster blickte.

Im Hausflur hatte sie ihre Waffe gezückt und vorsichtig um die Ecken gelugt. Doch sie traf niemanden an, auch keine Hausbewohner. Die Wohnung war ebenfalls rein.

Die Möbelleute waren pünktlich und hatten das Bett zügig zusammengebaut. Auf die Montage des Tisches und der Stühle verzichtete Frauke. Anschließend fuhr sie ins Landeskriminalamt. Auf dem Flur begegnete sie Thomas Schwarczer. Er räusperte sich.

»Es gibt einen Hinweis, den wir einem Zufall verdanken. Ein Autofahrer ist von einer Streife angehalten worden, weil er nach Meinung der Beamten am Kreisverkehr in der Bückeburger Allee einem anderen Fahrzeug die Vorfahrt genommen hat. Der Mann hat fürchterlich geschimpft und behauptet, er hätte überhaupt nichts falsch gemacht im Unterschied zu jenem Idiot – das war wörtlich – auf dem Motorrad, der ihn am Deisterplatz geschnitten hätte. Da hätten zwei Leute auf dem Motorrad gesessen, und der Sozius hätte zudem mit ›so einem langen Ding‹ herumhantiert. Der Autofahrer meint, es wäre eine Stange gewesen. Den Streifenbeamten fiel auf, dass der Pkw-Fahrer eine Moto Guzzi erwähnte. Da wäre er sich sicher gewesen, betonte er nach Rückfrage. Ein Kennzeichen hat er sich nicht gemerkt.«

»Wo war das?«, fragte Frauke.

»Am Deisterplatz«, wiederholte Schwarczer und zeigte die Örtlichkeit auf dem Stadtplan an. »Von dort zweigt die Bornumer Straße ab, die unter anderem zum Großmarkt führt.«

»Das muss gestern gewesen sein«, sagte Frauke verärgert. »Warum erfahren wir das erst jetzt?«

Schwarczer zuckte mit den Schultern. »Das weiß ich nicht. Mich hat die Meldung vor zwei Minuten erreicht.«

Frauke sprang auf. »Kommen Sie«, forderte sie ihn auf. »Wir fahren sofort zum Großmarkt.«

Sie hatte Schwarczer das Steuer überlassen und konnte dabei feststellen, dass er Hannover wie seine Westentasche kannte. Er ordnete sich frühzeitig auf der richtigen Spur ein, fuhr zügig, ohne dabei draufgängerisch oder riskant zu wirken.

Auf dem Großmarkt herrschte das übliche Gedränge. Es war schwierig, einen Parkplatz auf der weiträumigen, überdachten Fläche zu finden. Schwarczer hatte Glück und fand eine Möglichkeit, als ein Pkw mit Anhänger aus einer Lücke herausrangierte.

Für Außenstehende schien alles ein unkoordiniertes Durcheinander zu sein. Alle wuselten wie in einem Ameisenhaufen durcheinander. Frauke konnte keinen Plan erkennen, und doch funktionierte es. Es war ein eingespieltes Chaos, wo reibungslos ein Zahnrad ins nächste griff.

Der Stand des italienischen Gemüseimporteurs glich denen der Nachbarn zu beiden Seiten. Paletten mit Gemüse standen herum, wurden hin und her bewegt, Männer schrien sich gegenseitig etwas zu, liefen mit Papieren und Lieferscheinen in der Hand herum und stapelten Kisten.

Im gläsernen Büro saßen die Kontoristin, die Frauke schon bei ihrem ersten Besuch gesehen hatte, und Giancarlo Rossi, der an der Telefonstrippe hing. Er parlierte laut auf Italienisch und benutzte zum Untermalen seiner Ausführungen die andere Hand, mit der er große Gesten vollführte, als würde er ein Orchester dirigieren. Frauke hatte den Eindruck, als würde Rossi ein wenig erschrocken aufsehen, als er sie gewahrte, und rasch das Gespräch beenden. Mit großen Augen sah er den beiden Beamten entgegen.

Frauke wünschte einen guten Morgen und wandte sich zunächst an die blonde Mitarbeiterin, die Rossi »Johanna« genannt hatte.

»Das ist richtig stressig bei Ihnen.«

Die Frau sah auf. »Man gewöhnt sich daran.«

»Stört Sie der Lärm nicht?«

»Nein. Das ist eine Frage der Gewohnheit.«

»Sprechen Sie Italienisch?«

»Nein«, lachte sie. »Kein Wort. Ich arbeite hier schon eine ganze Weile, aber das ist nichts für mich.«

»Was soll das, eh?«, fragte Rossi. Aus seiner Stimme klang deutlich die Verärgerung. »Warum fragen Sie meine Mitarbeiter aus? Was wollen Sie überhaupt? Sie sehen doch, dass wir hier beschäftigt sind. Sie stören.«

»Wer ein schlechtes Gewissen hat, empfindet unseren Besuch als störend. Haben Sie ein Motorrad?«

Rossi war überrascht von der direkten Frage.

»Ich ... äh ... Nein«, stammelte er. »Ich habe gar keinen Führerschein dafür.«

»Das dürfte die geringste Sorge sein, wenn man sonst die Gesetze missachtet«, fuhr Frauke ihn an.

»Was soll das? Wollen Sie mir etwas vorwerfen? Kommen Sie mir nicht komisch.« Rossi war Frauke einen halben Schritt entgegengekommen, stoppte aber mitten in der Bewegung, als Schwarczer sich straffte und einen Knurrlaut von sich gab.

»Dürfen wir uns hier umsehen?«, fragte Frauke. »Natürlich können Sie das verweigern. Dann besorge ich mir einen Durchsuchungsbeschluss, und wir rücken in großer Besetzung an.«

»Das ist Erpressung«, schimpfte Rossi.

Frauke schüttelte den Kopf und lächelte dabei. »Ich nenne es Rechtsstaat.«

»Was suchen Sie?«

»Ein Motorrad.«

Rossi prustete wie ein Walross.

»Ein Motorrad«, äffte er Frauke nach. »Wir sind ein Gemüsegroßmarkt. G-e-m-ü-s-e«, buchstabierte er und hielt für jeden Buchstaben einen anderen Finger in die Luft. »Bitte! Wenn es Ihnen Spaß macht.« Er wollte zum Telefonhörer greifen.

»Einen Moment noch«, hielt ihn Frauke davon ab. »Wohin verkaufen Sie eigentlich das importierte Gemüse?«

»Wir haben viele Abnehmer.«

»Bitte genauer.«

»Soll ich unsere Kundenliste herunterbeten?« Rossi hatte nichts von seiner Aggressivität zurückgenommen.

»Vielleicht später. Vorerst genügt mir ein grober Überblick.«

»Wir beliefern Händler. Den Einzelhandel«, ergänzte Rossi. »Großverbraucher wie Kantinen, Restaurants, Krankenhäuser und so was.«

»Ist das alles?«

»Ja – nein. Wir haben auch Stände auf Wochenmärkten und verkaufen darüber direkt an den Endkunden. Ein sehr gutes Geschäft.«

»Auf welchen Märkten?«

»Ach«, winkte Rossi ab. »Fragen Sie Johanna.«

»Klagesmarkt, Lister Meile, Lindener Marktplatz und Stöcken«, warf die blonde Mitarbeiterin ein.

»Haben Sie nicht noch etwas vergessen?«, fragte Frauke.

Rossi sah sie mit erstaunten Augen an.

»Ich meine Ihre Geschäfte mit Weißrussland.«

»Woher wissen Sie das?«, stotterte der Italiener.

»Wir sind die Polizei«, erwiderte Frauke und musste dabei lachen, weil ihr einfiel, dass sie mit dieser Antwort Oberkommissar Große Jäger aus Husum zitiert hatte.

Anschließend stöberten Frauke und Thomas Schwarczer im Stand des Importeurs herum, ließen sich weitere Lagerflächen zeigen und kontrollierten auch das Areal des Großmarktes, soweit es ihnen möglich war. Sie stießen auf ein paar Motorräder und Mofas, die offenbar Beschäftigten des Marktes gehörten. Eine Maschine des Typs Moto Guzzi fanden sie nicht.

Frauke sah auf die Uhr und erschrak. In einer Dreiviertelstunde sollte das Treffen in Lüneburg stattfinden. Sie wäre gern dabei gewesen, obwohl sie nichts hätte ausrichten können. Deshalb rief sie die Polizeidirektion an.

»Eckermann-Bunselmann«, meldete sich eine Frauenstimme auf dem Apparat des Hauptkommissars.

»Ich hätte gern Herrn Heidenreich gesprochen.«

»Der ist außer Haus.«

»Ich weiß. Um diesen Einsatz geht es. Geben Sie mir bitte seine Mobilfunknummer.«

»Das darf ich nicht.«

»Frau Ecker ... äh«.

»Eckermann-Bunselmann«, wiederholte die Frau mit spitzer Stimme ihren Namen.

»Es ist dringend. Ich muss unbedingt mit Herrn Heidenreich sprechen.«

Doch Heidenreichs Mitarbeiterin blieb stur.

»Dann sagen Sie ihm, er soll mich umgehend zurückrufen. Aber zackig. Dobermann. Landeskriminalamt.«

»Auch wenn Sie vom LKA sind, müssen Sie nicht unfreundlich sein«, sagte die Lüneburgerin pikiert und legte auf.

Fünf Minuten später meldete sich der Hauptkommissar.

»Wir sind durch einen Einsatz in Hannover verhindert.«

»Hier läuft alles planmäßig«, versicherte Heidenreich. »Wir kommen auch ohne Sie aus.«

***

Es war ein wunderbarer Herbsttag. Das erleichterte die Mission. Viele Menschen nutzten das schöne Wetter, belebten den ältesten Platz Lüneburgs Am Sande mit den typischen Backsteingiebelhäusern aus verschiedenen Epochen. Wer Zeit und Muße fand, konnte von den alten gediegenen Fassaden förmlich die Geschichte ablesen, sah, wie die Türen zu den Dachböden, die als Speicher dienten, in früheren Zeiten die Handelswaren aufgenommen hatten, die neben dem Salz die Grundlage für den Reichtum der alten Handels- und Hansestadt waren. Viele Häuser wurden damals aus Holz gebaut. Wer es sich leisten konnte, baute sein Haus aus Stein. Er war folglich »steinreich«. Doch nicht nur das schlichte Bauwerk am ersten Platz der Stadt, auch die Pracht der Fassaden kündeten vom Wohlstand der Besitzer.

Hauptkommissar Mark Heidenreich stand mit dem Rücken zur Straße vor dem Schaufenster eines Ein-Euro-Ladens, der zu seinem persönlichen Leidwesen auch vor dieser historischen Stätte nicht haltgemacht hatte.

»Alles auf dem Posten?«, fragte er leise in das Mikrofon, das am Kragen seines Hemdes angebracht war. Über die Kopfhörer seines angeblichen MP3-Players hörte er die Bestätigung der rund um den Sand eingesetzten Beamten.

Er drehte sich um, blinzelte gegen die Sonne, schlenderte gemächlich auf eine durch zwei Abfallbehälter flankierte Sitzbank vor der Apotheke zu und nahm dort Platz. Heidenreich schlug die Beine übereinander, wippte dazu im Takt der nicht vorhandenen Musik und sah ostentativ jeder Frau nach, die in seine Nähe kam. Als der ältere Mann, mit dem er die Bank geteilt hatte, aufstand, ihm einen guten Tag wünschte und Richtung St.-Johannis-Kirche davonging, sah Heidenreich zur anderen Straßenseite. Dort drückte sich vor einem Geschäft ein Pärchen herum, das sich eng umschlungen hatte.

»Mensch, Dicker«, lästerte Heidenreich. »Du genießt deine Tarnung auch aus vollen Zügen. Treib es nicht zu doll, sonst gibt's Ärger mit Eveline.«

»Funkdisziplin«, mahnte sofort die Stimme des Kommandoführers des MEK.

Heidenreichs angesprochener Kollege drehte sich für einen Moment zu ihm um, grinste unverschämt und zog die widerstrebende Kollegin noch ein wenig dichter an sich heran. Als er sie auch noch küssen wollte, wurde er brüsk zurückgewiesen. Jetzt war es an Heidenreich zu grinsen. Verstohlen streckte er seinen Mittelfinger in die Höhe und zeigte damit über den Sand. Dann sah er einen älteren Mann mit Glatze und aufgedunsenem Gesicht die Kleine Bäckerstraße aus Richtung Marktplatz kommen. Fast hätte er den Wohnungslosen gerammt, der dort unter einem Schild mit der Aufschrift »Hinz und Kunz« aus einem Einkaufsroller die Obdachlosenzeitung verkaufte. Heidenreichs Blick fiel auf das aufsteigende Einhorn an der Hausecke, das auf die gleichnamige Apotheke verwies. Nervös sah der Mann sich um, schob immer wieder die dunkle Hornbrille auf der Nase hin und her und ging unruhig vor dem Haus der Industrie- und Handelskammer auf und ab. Dabei schenkte er der prachtvollen Tür und dem Portal mit den kunstvollen Tausteinen keine Beachtung. Tausteine, fiel es Heidenreich ein, hießen so, weil sie wie ein geflochtenes Tau in sich gedreht waren.

»Das erste Zielobjekt ist eingetroffen«, wisperte Heidenreich in sein Mikrofon.

»Biittee?«, fragte die Frau – Heidenreich schätzte sie auf gut siebzig Jahre –, die neben ihm auf der Bank Platz genommen hatte.

»Ich habe nichts gesagt«, erwiderte Heidenreich mit einem Lächeln, nickte der Dame freundlich zu und stand auf.

Er musste schmunzeln, als die Frau mit der flachen Hand die Ohrmuschel rieb, als müsse sie sich vergewissern, dass ihr Gehör noch funktionierte. Heidenreich schlenderte gemächlich den Sand abwärts und vermied es, sich dabei umzusehen. Er wusste, dass seine Kollegen Blechschmidt im Auge hatten. Auf der Höhe der Bushaltestelle vor dem schmucken Gebäude der Landeszeitung drehte er um und kehrte zurück.

»Achtung«, meldete sich eine andere Stimme aus dem Kopfhörer. »Zielobjekt wird angesprochen.«

»Wir haben ihn gut im Visier«, schaltete sich ein weiterer Beamter ein. »Das gibt prächtige Bilder.« Dann folgte ein Kichern.

»Was ist, Lukas?«, fragte der Kommandoführer.

»Ach. Ich habe nur gedacht, wenn ich statt der Kamera etwas anderes in der Hand hätte … Blattschuss.«

»Lukas!«, donnerte es aus dem Kopfhörer, dass Heidenreich erschrak.

»Ist schon gut. Was nur ein Joke.«

»Jetzt findet der Austausch statt«, kommentierte der Kommandoführer. »Der Überbringer übergibt dem Zielobjekt vier prall gefüllte Plastiktaschen. Vorher hat er einen Umschlag übernommen.«

»Alles im Kasten«, bestätigte der Fotograf. »Schade, dass es nicht mit dem Richtmikrofon geklappt hat.«

Den Rest beobachtete Heidenreich selbst. Blechschmidt griff sich die Taschen und verschwand in die Richtung, aus der er gekommen war, während der Partner, mit dem er sich getroffen hatte, dem Hauptkommissar entgegenkam. Hastig löste Heidenreich das Mikrofon vom Kragen und ließ es im Hemd verschwinden. Als der Mann auf seiner Höhe war, sah Heidenreich demonstrativ an ihm vorbei. Nur aus den Augenwinkeln bemerkte er, dass der Fremde vom Aussehen her kein Einheimischer war. Heidenreich blieb auch nicht verborgen, dass der Mann misstrauisch seine Umgebung beobachtete und jeden Passanten argwöhnisch musterte.

Erst als Heidenreich aus dem Kopfhörer hörte, dass der Mann den Sand am unteren Ende verlassen hatte und Richtung Altenbrückertorstraße abgebogen war, drehte er um und eilte ihm hinterher.

»Er geht auf direktem Weg Richtung Parkhaus Stadtmitte«, vernahm der Hauptkommissar eine Standortmeldung. Dann berichtete die Stimme, dass der Fremde in die Kasse der zum Parkhaus gehörenden Tankstelle gegangen war, sein Parkticket bezahlt hatte und ins Parkhaus verschwunden war. Noch einmal berichtete der Verfolger, dass der Fremde in einen silbernen Alfa Romeo 156 Sportwagen mit Hannoveraner Kennzeichen eingestiegen sei.

»Ich lasse das Kennzeichen checken«, mischte sich Heidenreichs Kollege, den er zuvor mit »Dicker« angesprochen hatte, ein. Kurz darauf hielt neben Heidenreich ein unauffälliger Audi, in dem das vermeintliche Liebespärchen saß, und Heidenreich stieg zu den beiden ins Fahrzeug. Der Hauptkommissar ließ seinen Blick über die Front des Parkhauses gleiten, die auch durch eine künstlerische Gestaltung nicht gewann und in unschönem Kontrast zum direkt benachbarten Wasserturm stand, der hoch über die Dächer der Altstadt aufragte und eines der Wahrzeichen der Stadt war.

Nach einer Weile tauchte der silberne Alfa aus dem Parkhaus auf, hielt an der Einmündung zur Altenbrückertorstraße, bog rechts ab und musste an der Kreuzung Schießgrabenstraße an der roten Ampel warten.

Der »Dicke« hatte sich dahintergesetzt und drei Fahrzeuge zwischen sich und den Alfa gelassen. Er folgte dem Wagen auf die Willy-Brandt-Straße Richtung Süden.

Der Alfa schwamm im Verkehr mit. Der Fahrer vermied offensichtlich jede Auffälligkeit. Hinter Lüneburg bog das Fahrzeug auf die Bundesstraße Richtung Soltau ab und fuhr mit angepasstem, manchmal auch geringfügig die Geschwindigkeitsbeschränkung überschreitendem Tempo quer durch die Heide, ließ Amelinghausen hinter sich, fuhr an der »Raubkammerheide« vorbei und steuerte bei Soltau die Autobahn an.

»Gott sei Dank ist hier reger Verkehr«, stellte Heidenreich fest.

Die Beamten konnten sich hinter anderen Fahrzeugen regelrecht verstecken. In Höhe Fallingbostel meldete sich das Funkgerät.

»Sie hatten eine Halteranfrage?«

»Ich höre«, nahm Heidenreich das Gespräch entgegen.

Der Beamte in der Lüneburger Polizeidirektion wiederholte das amtliche Kennzeichen des Alfa. »Das Fahrzeug ist auf Massimo Trapattoni zugelassen.«

»Wollt ihr mich verarschen?«, empörte sich der Hauptkommissar.

Für einen Moment war es still in der Leitung. »Sorry, der heißt wirklich so.« Es hörte sich an, als wollte sich der Beamte in Lüneburg entschuldigen.

»Ist gut«, antwortete Heidenreich und ließ sich die Adresse durchgeben.

»Trapattoni ist wegen Körperverletzung, Fahren ohne Führerschein und Besitz kleinerer Mengen von Marihuana vorbestraft«, ergänzte der Kollege aus der Zentrale.

»Dann passt er hervorragend in unseren Kundenkreis«, stellte Heidenreich fest, nachdem er das Gespräch beendet hatte.

Es war unkompliziert, dem Alfa zu folgen. Unterwegs überholten sie ein Fahrzeug des MEK, das ebenfalls dem italienischen Auto hinterherfuhr.

Der Fahrer bog am Dreieck Hannover-Nord ab, befuhr die Eckverbindung bis zum Dreieck Hannover-West und fädelte sich auf die A 2 Richtung Ruhrgebiet ein.

»Wo will der denn hin?«, fragte Heidenreich erstaunt, erhielt aber an der nächsten Abfahrt die Antwort, als der Alfa die Autobahn in Garbsen verließ und über den Westschnellweg bis zum Deisterplatz fuhr. Unterwegs streiften sie immer wieder Hannovers Hausfluss, die Leine. Der Weg führte an einem Industriegebiet vorbei, während sich auf der rechten Seite eine endlos erscheinende Kleingartenkolonie erstreckte. Kurz nach dem Überqueren einer großen Gleisanlage, Heidenreich vermutete einen Güterbahnhof, bog der Alfa ab und fuhr auf einen Parkplatz hinter einer großen Halle.

»Wo sind wir hier gelandet?«, fragte Heidenreich.

»Am Großmarkt Hannover«, erwiderte der »Dicke«.

***

»Ich war immer der Meinung, die Arbeitsplätze im Landeskriminalamt wären um ein Vielfaches komfortabler als draußen im Lande.« Mark Heidenreich sah sich noch einmal demonstrativ um, dann streckte er die Arme aus, dass es in den Gelenken knackte. »Und der Kaffee ist auch nicht besser.«

»Wollen Sie einen kritischen Reisebericht verfassen?«, fragte Frauke.

»Sie sollten sich nicht daran stören«, mischte sich Putensenf ein und zeigte mit der Spitze eines Kugelschreibers auf Frauke. »*Dobermann!* Nomen ist omen.«

»Nomen *est* omen«, korrigierte ihn Madsack.

Mark Heidenreich grinste. »Zumindest ist es eine muntere Truppe hier.« Dann berichtete er von der Observation des Überbringers der gefälschten Arzneimittel an Blechschmidt in Lüneburg, während seine beiden Mitarbeiter andächtig lauschten.

Frauke hatte ihr Team zusammengerufen.

»Es überrascht mich nur bedingt, dass die Fahrt zum Großmarkt führte. Ich habe fast damit gerechnet«, sagte sie und sah Madsack an. »Sind Sie fertig?«

Der Hauptkommissar nickte. Er hatte den SD-Chip aus der Überwachungskamera der Lüneburger auf ein Notebook überspielt und schaltete jetzt den Beamer ein.

»Den kennen wir doch«, entfuhr es Putensenf. »Das ist der Mann, der auf dem Großmarkt den Lkw für die Russen beladen sollte. Wir haben ihn gesehen, als wir das erste Mal bei dem italienischen Gemüseimporteur waren.«

Frauke hatte den Arbeiter auch erkannt.

»Sollen wir uns den vorknöpfen? Der sieht nicht als aus, als wäre er standhaft«, sagte Putensenf.

»Nein«, fuhr Frauke dazwischen. »Sie waren doch mit – auf dem Großmarkt. Das ist nur ein kleines Licht. Im Zweifelsfall hat der Mann keine Ahnung, was er da überhaupt hingebracht hat. Ein unbedeutender Handlanger, vermutlich Türke.«

»Das sehe ich anders«, versuchte Putensenf einzuwenden, wurde aber von Frauke mit einem bösen Blick abgestraft.

»Madsack«, wandte sich Frauke an den Hauptkommissar, »Sie eruieren anschließend, ob wir weitere Informationen über Massimo Trapattoni haben. Vielen Dank«, verabschiedete sie dann die Lüneburger.

Frauke sah die Mitarbeiter ihres Teams an. »Was gibt es Neues?«, fragte sie.

Madsack hüstelte verlegen. »Wir haben eine Einlieferung bekommen. Da ist etwas schiefgelaufen.«

»Nun reden Sie nicht um den heißen Brei herum, Madsack. Wir haben nicht alle Zeit der Welt.«

»Ja … Also … Der Lkw, der das Gemüse vom italienischen Importeur vom Hannoveraner Großmarkt nach Weißrussland bringen sollte, als der … Den hat man, genau genommen eine gemischte Streife von Zoll und Bundespolizei, kurz vor dem Grenzübergang Pomellen abgefangen. Das ist an der polnischen Grenze bei Stettin. Dabei haben sie hinter dem Gemüse ein Motorrad entdeckt, eine Moto Guzzi.«

Frauke war außer sich. »Welcher Schwachkopf ist dafür verantwortlich?«, rief sie aufgebracht in die Runde.

Die Männer ihres Teams schienen sich wegzuducken. Putensenf nestelte an der Knopfleiste seiner Jacke herum, nahm dann die Brille ab und suchte imaginäre Staubkörnchen, Madsack kramte in seiner Sakkotasche, zog eine Tüte mit Vitaminbonbons heraus und versuchte, den Kollegen davon anzubieten, und Schwarczer prüfte diskret den Sitz seines Schulterholsters.

»Wer?«, wiederholte Frauke ihre Frage mit aller Schärfe.

»Also, wir …«, stotterte Madsack und begann noch einmal neu. »Von uns war das keiner. Das muss in Zusammenarbeit zwischen Lüneburg, dem Zoll und der Bundespolizei an der Grenze geschehen sein.«

»Da werden alle Ermittlungsansätze zunichtegemacht«, schimpfte Frauke. »Nun ist diese Quelle versiegt, und die Organisation sucht sich eine neue Verteilerbasis, von der wir nichts wissen. Wie sollen wir an die Hintermänner herankommen?«

In der Runde herrschte betretenes Schweigen. »Amateure«, fluchte Frauke.

»Immerhin scheint es das Motorrad zu sein, das beim Mord an Friedrich Rabenstein zur Flucht benutzt wurde. Der Zoll hat es sichergestellt, obwohl es nicht als gestohlen gemeldet wurde und auch die Rahmennummer nicht beim Kraftfahrtbundesamt in Flensburg registriert ist«, sagte Madsack mit leiser Stimme.

»Die Meldung an uns ist wichtig, aber wir sind auf der Suche nach ganz anderen Dingen«, sagte Frauke mit scharfer Stimme. Dann zeigte sie auf Putensenf und Schwarczer. »Sie beide begleiten mich in den Verhörraum. Wir werden den Fahrer befragen. Wie heißt er eigentlich?«

»Wolodymyr Kasarow«, sagte Schwarczer. »Ich kümmere mich darum«, schob er schnell hinterher.

Wenig später saßen die drei Beamten einem Mann mit zerfurchtem Gesicht und schwieligen Händen gegenüber. Auf Frauke wirkte Kasarow wie ein Landarbeiter aus einer abgelegenen Region. Der Mann in dem selbst gestrickten Pullover mit dem Ölfleck auf der Vorderseite sah betroffen zu Boden und vermied jeden Blickkontakt.

»Darf ich?«, fragte Schwarczer und wartete die Antwort nicht ab. Er war aufgestanden, hatte sich hinter Kasarow gestellt und vorsichtig eine Hand auf dessen Schulter gelegt. Mit ruhiger, beinahe sanfter Stimme sprach er auf den Mann ein. Er sprach Russisch. Zumindest nahm Frauke es an, da sie kein Wort verstand.

Kasarow saß zunächst teilnahmslos auf seinem Stuhl, dann sah er sich suchend um. Er musterte Frauke, dann Putensenf, schließlich sah er über die Schulter zu Schwarczer, der immer noch hinter ihm stand und ruhig seine Hand auf Kasarows Schulter liegen ließ.

Der Mann sandte einen unverkennbar hilfesuchenden Blick zu Frauke. Dann sprach Schwarczer in gleichbleibend ruhiger Tonlage weiter. Kasarow begann nervös seine Hände zu kneten. Ungläubig sah er den Kommissar an. Als dieser erneut zu reden begann, nickte Kasarow heftig. Plötzlich sprudelte es aus ihm heraus. Es schien, als wäre er gar nicht mehr zu bremsen.

Schwarczer hatte seine Hand von der Schulter genommen, war langsam um den Tisch herumgegangen und hatte neben Frauke auf der gegenüberliegenden Seite des Tisches Platz genommen. Beinahe beruhigend nickte er Kasarow zu, sagte noch etwas in der fremden Sprache und wandte sich dann Frauke zu.

»Das war Russisch«, erklärte er und wies auf das Mikrofron auf dem Tisch. »Ein vereidigter Dolmetscher wird es für das Protokoll übersetzen.«

»Was haben Sie gesagt?«, herrschte Frauke den Kommissar an. »Der Mann war sichtlich verängstigt. Wir arbeiten hier sauber, Schwarczer. Schmutzige Tricks machen unsere Arbeit zunichte, weil sie von jedem Rechtsanwalt vor Gericht zerrissen werden. Ist das klar?«

Der Kommissar nickte, ohne sich irritiert zu zeigen. »Ich sagte bereits, dass die Aussage von einem Dolmetscher übersetzt werden muss. Ich habe ihn gefragt, ob die Polizei seines Heimatlandes von seiner Tätigkeit weiß. Die russischen Ermittlungsbehörden sind nicht sehr begeistert, wenn sie es mit Rauschgifthändlern zu ...«

»Moment«, unterbrach ihn Frauke. »Wer spricht von Rauschgift?«

»Medikamente sind in Russland etwas Ähnliches wie Rauschgift«, erklärte Schwarczer. »Besonders falsche. Es ist nicht erstrebenswert, in einem russischen Gefängnis zu sitzen. Wenn die Mitgefangenen auch noch erfahren, dass man Beziehungen zur Drogenmafia hat, dann wird man schnell unter Druck gesetzt und soll seine ›Kontakte‹ nutzen, um Drogen ins Gefängnis zu schmuggeln. Die Bosse werden aber kaum auf ein so kleines Licht wie ihn hier hören. So würde er zwischen Baum und Borke schweben und wäre den Chefs im Gefängnis ausgesetzt, weil die vermuten würden, dass er die Geschäfte auf eigene Faust machen will. Das ist sehr ungesund. Das habe ich ihm erzählt. Und dass es besser ist, sich den deutschen Behörden anzuvertrauen, als in Russland verhaftet zu werden. Er kann nicht davon ausgehen, dass wir bei der Polizei seines Heimatlandes keine spezifische Nachfrage starten werden.«

Frauke war erstaunt. Schwarczer hatte nichts gesagt, was nicht vor Gericht verwendet werden durfte. Trotzdem hatte er Kasarow in Panik versetzt. Der Mann musste fürchterliche Angst bekommen haben. Mit weit aufgerissenen Augen hatte er Fraukes und Schwarczers Gespräch verfolgt.

»Was hat er erzählt?«, fragte Frauke.

»Er stammt aus Tschernjachowsk, das Sie vielleicht unter dem alten Namen Insterburg kennen. Das liegt ziemlich in der Mitte der Oblast Kaliningrad.«

»Sie meinen die russische Exklave Königsberg«, fuhr Putensenf dazwischen.

»Kaliningrad«, wiederholte Schwarczer. »Er ist von Haus aus Maschinenarbeiter, aber sein Betrieb hat schon lange Pleite gemacht. So kam es ihm sehr gelegen, als ihm ein Job als Kurierfahrer angeboten wurde. Er behauptet, keine Ahnung gehabt zu haben, was er dort transportierte. Für jede Fuhre hatte er gültige Lieferpapiere. Zumindest ist er davon ausgegangen, denn lesen konnte er sie nicht. Er ist nur ein einfacher Mann und hat Probleme, andere Buchstaben als das kyrillische Alphabet zu lesen.«

»Halten Sie ihn für glaubwürdig?«, fragte Frauke.

Schwarczer nickte. »Schon.«

»Wer ist sein Auftraggeber?«

»Da wird es etwas kompliziert. Er arbeitet für einen weißrussischen Auftraggeber aus Hrodna. Das ist eine Stadt, ungefähr so groß wie Bielefeld, Bonn oder Mannheim, die fast direkt hinter der polnischen Grenze liegt. Als Russe hat er keine Probleme, in Weißrussland zu arbeiten. Wie er dabei durch das EU-Gebiet, das heißt über Polen, kommt, wollte er mir nicht verraten.«

»Und wie heißt sein Auftraggeber?«

»Er kennt ihn unter dem Namen Igor Stupinowitsch.«

»Wie oft hat er die Strecke schon zurückgelegt?«

Schwarczer fragte den Russen, dann berichtete er: »Elf oder zwölf Mal. Außerdem hat er Angst vor seinem Auftraggeber, denn in Polen, er sagt, bei Olsztyn, also Allenstein, hat er sich regelmäßig mit seinem Schwager getroffen. Dort haben sie auf der Rückfahrt stets etwas vom Gemüse umgeladen und mit nach Hause genommen, um es dort auf eigene Rechnung zu verkaufen.«

Putensenf schüttelte den Kopf. »Das ist nicht zu fassen. Da betrügt ein Ganove den anderen.«

»Hat Igor Dingsbums das nicht gemerkt?«, fragte Frauke.

Erneut fragte Schwarczer Kasarow. Dann erzählte er: »Nein. Igor Stupinowitschs Leute hätten die Ware nur sehr nachlässig, fast überhaupt nicht kontrolliert. Das hat ihn gewundert. Er musste das Gemüse ausladen, und dann blieb es in einem Schuppen liegen. Einmal hat er bemerkt, dass bei seiner Rückkehr immer noch die verwelkte Ware von der vorhergehenden Lieferung dort lag.«

»Hat er sich auch etwas von den Medikamenten angeeignet, die er auf der Hinfahrt transportiert hat?«

Schwarczer fragte den Russen. Mit angstvollem Blick antwortete der.

»Um Gottes willen«, übersetzte der Kommissar. »Zum einen hat Kasarow nicht gewusst, was er nach Deutschland gefahren hat, zum anderen hatte man ihm eingeschärft, dass es für ihn ungesund – wörtlich: ungesund! – wäre, wenn er sich an der Lieferung vergreifen würde.«

»Für wen war das Motorrad bestimmt?«

Der Kommissar richtete die Frage an Kasarow. Dann berichtete er: »Das ist die Maschine von Stupinowitsch. Das weiß er genau, weil der Chef unheimlich stolz auf die Moto Guzzi ist.«

»So blöd kann auch nur ein Russe sein«, mischte sich Putensenf ein. »Schickt sein Motorrad hierher, damit da jemand mit ermordet werden soll.«

Frauke ignorierte den Einwand des Kriminalhauptmeisters und sah Schwarczer an. »Fragen Sie ihn, wo er die Arzneien abgeliefert hat.«

Der Russe begann, wort- und gestenreich etwas zu erklären. Schwarczer schien mit der Antwort nicht zufrieden zu sein und hakte nach. Schließlich nickte der Kommissar und erklärte: »Die Übergabe hat in Dübbekold stattgefunden.«

Frauke sah Schwarczer ratlos an. »Muss man das kennen?«

»Das liegt im Wendland, an der Bundesstraße zwischen Dannenberg und Lüneburg. Dort soll es ein Dorf namens Göhrde geben, von dem eine Nebenstraße in ein Waldgebiet abzweigt. Da irgendwo im Wald verborgen liegt eine alte Feldscheune. Das war der Treffpunkt.«

Frauke wies Schwarczer an, sich um das Protokoll und die Übersetzung zu kümmern.

»Was ist mit Kasarow?«, fragte der Kommissar.

»Den behalten wir hier«, entschied Frauke, stand auf und verließ den Verhörraum. Putensenf folgte ihr.

»Wie kommt es, dass Meister Proper so gut Russisch spricht?«, fragte Putensenf, der versuchte, mit Frauke auf dem Flur Schritt zu halten.

»Das heißt ›Herr Schwarczer‹ und nicht ›Meister Proper‹, Putensenf. Und Bildung hat noch nie jemandem geschadet.«

»Aber Russisch? Wenn Proper in der Ostzone groß geworden ist, dann war er zu jung, um dort noch Russisch in der Schule gelernt zu haben«, überlegte Putensenf laut.

Frauke blieb so abrupt stehen, dass der Kriminalhauptmeister sie anstieß. »Sie sind ein ewig Gestriger. Die ehemalige DDR gibt es schon lange nicht mehr, und die ›Ostzone‹ ist ein Relikt aus dem Wortschatz bestimmter Presseorgane der sogenannten bildungsfernen Schichten.«

»Ich meine nur …«, sagte Putensenf, aber Frauke war schon weitergegangen und wartete die Antwort nicht mehr ab.

»Von Ihnen«, beauftragte Frauke kurz darauf Madsack, »möchte ich gern wissen, wer die Scheune in Dübbekold angemietet hat. Wie wird die Miete bezahlt? Wurden außergewöhnliche Aktivitäten beobachtet? Jetzt, wo dieser Logistikpunkt aufgeflogen ist, müssen wir keine Rücksicht mehr nehmen.«

»Soll ich persönlich dorthin fahren?«, fragte der Hauptkommissar.

»Nein! Schicken Sie Ihren Bruder, wenn Sie einen haben.«

Madsack schluckte. »Was soll ich nun zuerst erledigen?«

»Alles. Die Organisation fragt auch nicht nach Prioritäten, auch wenn die Personaldecke enger zu sein scheint, als wir vermutet haben, wenn man schon Hilfsarbeiter als Kuriere einsetzt.«

»Sie meinen wirklich, der Türke ist so harmlos?«

»Absolut.« Damit ließ sie den Hauptkommissar stehen und kehrte in ihr Büro zurück. »Männer«, murmelte sie leise vor sich hin. »Sind nicht fähig, mitzudenken. Um alles muss man sich selbst kümmern.«

»Das ist aber übertrieben«, sagte Ehlers, der unbemerkt herangetreten war. »Sie sind sehr dynamisch. So habe ich Sie zumindest kennengelernt. Und ungeduldig. Mehr als arbeiten können die Herren Ihres Teams auch nicht. Und es sind nicht die Schlechtesten, die sich um Sie versammelt haben.«

»Ich habe sie nicht ausgewählt«, erwiderte Frauke bissig.

»Ein wenig der Verantwortung müssen Sie schon an mich delegieren«, sagte der Kriminaloberrat. Deutlich schwang der spöttische Unterton in seinen Worten mit. Dann ließ er sich von Frauke über den aktuellen Stand informieren. »Sie legen sich anscheinend mit der geballten organisierten Kriminalität der Landeshauptstadt an«, stellte er abschließend fest. »Dabei machen mir bestimmte Dinge Sorgen.« Er legte die Stirn in Falten. »So erschließt sich mir nicht, weshalb man den alten Herrn ermordet hat. Hat man danebengeschossen, und es galt eigentlich Ihnen?«

Frauke schüttelte den Kopf. »Dafür sind die Leute zu gut. Es war Absicht, Friedrich Rabenstein zu ermorden. Es sollte eine Drohung sein. Man erhofft sich dadurch, dass wir uns zurückziehen. Die Methode, Polizei und Staatsanwaltschaft einzuschüchtern, mag in Italien erfolgreich sein. Aber das gilt nicht für hier.«

»Wenn nur genügend Druck aufgebaut wird, könnte vielleicht dieser oder jener Kollege schwach werden. Ich meine nicht, dass er sich bestechen lässt. Aber wenn es um Drohungen gegen die Familie geht, dann ...« Ehlers ließ seinen Satz unvollendet.

Frauke zeigte auf das Fenster. »Da draußen ist man vielleicht der Meinung, dass auch in Deutschland Korruption vorherrscht. Sicher gibt es immer wieder solche Fälle. Aber man mag noch so viel über unsere Behörden und deren Bedienstete schimpfen – noch herrscht das preußische Pflichtbewusstsein vor.«

Der Kriminaloberrat lächelte. »Das war ja ein richtiges Plädoyer, obwohl wir in den eigenen Reihen eine böse Enttäuschung erlebt haben.«

»Es kommt nicht oft vor, dass ein Polizeibeamter im Dienst zum Mörder wird. An dieser Stelle gibt es auch noch viel zu erledigen«, sagte sie mehr zu sich selbst. »Wir haben viele Beweise gegen Bernd Richter, aber am liebsten wäre mir ein Geständnis.«

»Richter weiß, dass er dann auch Ross und Reiter nennen muss. Und der Arm der Organisation reicht mit Sicherheit auch hinter jede Gefängnismauer. Richter müsste überall um seine Gesundheit, wenn nicht gar um sein Leben fürchten.«

»Deshalb hat Simone Bassetti auch gestanden. Damit zieht er alle Schuld auf sich. Er beharrt darauf, dass die Morde an Marcello Manfredi und Manuela Tuchtenhagen aus Eifersucht und verschmähter Liebe erfolgt sind. Es wird noch viel Arbeit für uns bedeuten, ihm ein anderes Motiv nachzuweisen.«

»Außerdem hat er mit Dottore Alberto Carretta einen Anwalt,

der mit allen Wassern gewaschen ist«, sagte Ehlers. »Der Alte spielt damit, dass er gebrechlich wirkt und älter aussieht, als er ist. Hinter der dicken Hornbrille wohnt ein wacher Geist.«

»Kann man vermuten, dass Carretta ein Advokat der Mafia ist?«

»Mafia.« Der Kriminaloberrat hatte das Wort gedehnt ausgesprochen. »So nennt der Laie es, wenn man eine kriminelle Vereinigung hinter den Straftaten vermutet. Ich würde lieber von der Organisation sprechen, solange wir nicht wissen, wer dahintersteckt. Mich überrascht auch, dass es plötzlich eine Verbindung zwischen den Italienern und den Russen geben soll.«

»Das kann ich mir vorstellen«, erwiderte Frauke. »Irgendwie müssen die Medikamente ja nach Deutschland. Der Zoll ist inzwischen hellhörig geworden und hat gute Methoden entwickelt, solche Lieferungen, wenn sie per Luftfracht kommen, abzufangen. Da muss man sich anderer Wege bedienen. Es scheint so, als wäre die Ostgrenze der Europäischen Union eine Schwachstelle. Wenn man dort in großen Mengen Zigaretten schmuggeln kann, sollte es auch möglich sein, Medikamente zu schmuggeln. Natürlich gibt es keine Beweise, aber mir scheint, dass dieser italienische Gemüseimporteur eine Drehscheibe ist. Wir werden das Unternehmen im Auge behalten.«

»Wenn Sie Unterstützung brauchen, steht Ihnen meine Tür jederzeit offen«, sagte Ehlers zum Abschluss.

»Ich muss Sie noch einmal stören«, meldete sich dafür Madsack, der in der Tür mit dem Kriminaloberrat zusammengestoßen war. Er legte Frauke einen Computerausdruck auf den Schreibtisch. »Trapattoni«, erklärte er. »Das ist ein alter Bekannter. Der Mann ist vierunddreißig Jahre alt und hat eine bemerkenswerte Karriere hinter sich gebracht, vom Carabiniere zum vorbestraften Türsteher eines zweifelhaften Sexclubs.«

»Carabiniere?«, fragte Frauke. »Was ist das für eine Welt. Mit Richter haben wir einen kriminellen deutschen Polizisten, nun einen italienischen.«

Madsack räusperte sich und legte dann den Zeigefinger auf die wulstigen Lippen. »Die Carabinieri sind nicht mit uns vergleichbar. Es handelt sich um eine paramilitärische Einheit, die besondere Aufgaben wahrnimmt, etwa vergleichbar mit unserer Bundespolizei, dem ehemaligen Grenzschutz, aber auch wiederum nur zum Teil.«

Er bewegte seine Hand hin und her. »Irgendwie so ein Mittelding zwischen Polizei und Militär.«

»Weshalb betätigt sich so einer jetzt im Rotlichtmilieu?«

»Das geht aus unseren Unterlagen nicht hervor. Irgendwann ist Trapattoni ausgeschieden und nach Deutschland gekommen. Das war vor drei Jahren. Soweit uns bekannt ist, arbeitet er seitdem als Türsteher. Das ist zumindest die offizielle Diktion.«

»Und für welches Bordell?«, fragte Frauke.

»Das Etablissement liegt in der Reitwallstraße ...«

Frauke stutzte. »Wie heißt die Straße mit dem Bordell?«

»Reitwallstraße«, erwiderte Madsack.

Frauke schmunzelte. »Da scheint der Name Programm zu sein.«

»Das Bordell gehört formell Danielo Battaligia«, fuhr Madsack fort und ging nicht auf Fraukes Anmerkung ein. »Man vermutet aber, dass der nur vorgeschoben ist und Igor Stupinowitsch dahintersteckt. Nur nachzuweisen war es bisher nicht.«

Frauke rieb sich über die Augen. »Stupinowitsch. Der betreibt doch angeblich einen Gemüsehandel und bezieht seine Ware vom italienischen Gemüseimporteur Giancarlo Rossi.«

»Der aber auch nur ein Strohmann ist«, warf Madsack ein.

»Und Stupinowitsch gehört das Motorrad, mit dem aller Wahrscheinlichkeit nach die Mörder Friedrich Rabensteins unterwegs waren. Welche Verbindung gibt es zwischen den Italienern und den Russen?«

»Darf ich?«, fragte der Hauptkommissar und ließ sich mit einem Ächzen auf den Besucherstuhl nieder. »Die Geschäftsbeziehung scheint klar zu sein. Rossi liefert Gemüse nach Russland. Das ist aber offensichtlich nur ein Vorwand, denn die Ware vergammelt am Zielort. Auf der Rückfahrt nach Deutschland schmuggelt die Bande gefälschte Medikamente.«

»Die sind ausgesprochen geschickt«, sagte Frauke nach einer Weile. »Angeblich verkaufen sie das Gemüse zu einem hohen Preis an die Russen. Nein, Madsack. Die bezwecken damit etwas ganz anderes. Mit dem überhöhten Verkaufserlös macht der italienische Gemüseimport einen hohen Gewinn. Der wird ordnungsgemäß versteuert. Wissen Sie, was da geschieht?«

Madsack sah sie ratlos an.

»Da wird Geld gewaschen. Über diesen Weg kommt sauberes Geld an, angeblich durch einen cleveren Gemüsehandel verdient. Das Geld ist legal, und sie können es in andere Geschäfte investieren. Und das schwarze Geld, mit dem die Gemüselieferungen bezahlt werden, stammt vielleicht aus dem illegalen Arzneihandel.«

Der Hauptkommissar sah sie mit großen Augen an. »Das sind aber nur Vermutungen«, gab er zu bedenken.

»Natürlich. Deshalb müssen wir uns eine Strategie einfallen lassen, diesen Geldwaschsalon auszutrocknen. Damit treffen wir die Organisation empfindlich.« Frauke sah auf die Armbanduhr. »Was gibt es noch über Massimo Trapattoni zu berichten?«

»Er hat bei den Carabinieri eine Spezialausbildung absolviert und …«

»Moment«, unterbrach Frauke. »Was für eine Ausbildung?«

»Das steht hier leider nicht.« Der Hauptkommissar tippte mit seinem Wurstfinger auf das Dossier. »Offenbar hat er aber auch noch anderes gelernt. Jedenfalls ist er vorbestraft wegen Körperverletzung. Er hat einen Gast des Etablissements, mit dem es Streit gab, zusammengeschlagen und erheblich verletzt. Bei der Gelegenheit hat man bei ihm eine Waffe gefunden, für die er keine Trageerlaubnis besaß. Also illegaler Waffenbesitz. Er ist in beiden Fällen allerdings glimpflich behandelt worden. Der Waffenbesitz ist gegen Auflagen eingestellt worden, die Körperverletzung wurde mit einer Bewährungsstrafe und einer Geldbuße geahndet. Derzeit läuft allerdings ein neues Verfahren. Es handelt sich wieder um Körperverletzung.«

»Wissen wir, wer Trapattoni vertritt?«

»Ja«, erwiderte Madsack.

Frauke ahnte es, bevor der Hauptkommissar es aussprach: »Dottore Alberto Carretta.«

»Ein sehr umtriebiger Advokat«, stellte Frauke fest, bevor sie Madsack entließ und Schwarczer zu sich bestellte. »Bringen Sie Ihre Waffe mit«, hatte sie dem Kommissar aufgetragen.

Während sie auf Schwarczer wartete, ging ihr nicht aus dem Kopf, wie unlogisch manches schien. So verstand sie nicht, weshalb Stupinowitsch sein geliebtes Motorrad für den Mordanschlag zur Verfügung gestellt hatte. So dumm konnte jemand wie er nicht sein.

Frauke hatte das Lenkrad übernommen. Sie fuhr über die Hamburger Allee, am Raschplatz vorbei und bog dann in die Marienstraße ab, in der es einen ewigen Stau zu geben schien. Hinter dem Braunschweiger Platz auf der Hans-Böckler-Allee rollte der Verkehr.

Schwarczer saß stumm auf dem Beifahrersitz und starrte stur geradeaus. Er enthielt sich jeglichen Kommentars und gab auch keine Hinweise zur Zielerreichung. In Kleefeld, ein Stück vor dem Bahnhof, bog Frauke in das gewachsene Wohngebiet mit den schlichten Häusern ab. Die Straßen glichen Schluchten, in denen Frauke Bäume vermisste. Sie mussten einen Block umrunden, da ihr Ziel eine Einbahnstraße war. Das phantasievolle Schild einer Kneipe »Zum Schildbürger« entlockte Frauke ein Schmunzeln.

Am Schlegelplatz fanden sie einen Parkplatz vor einem Trafohäuschen, hinter dem sich ein schmuckloser Spielplatz versteckte, der zumindest von ein wenig Grün umrahmt wurde. Das gegenüberliegende Eckgeschäft mit der großen Markise wirkte genauso tot wie der Kiosk mit der Reklame für eine einheimische Biersorte.

Trapattoni wohnte in der Brentanostraße in einem Haus, das wenigstens durch die gegliederte Fassade ein wenig von der Tristesse ablenkte, die sich Fraukes Blick bot. Sie fanden seinen Namen auf dem Klingelschild neben der Haustür mit den deutlichen Kratzspuren, die vermuten ließen, dass hier schon mancher versuchte hatte, das Schloss mit anderen Mitteln als dem passenden Schlüssel zu überwinden. Frauke überließ Schwarczer die Betätigung des Knopfes. Nichts rührte sich. Zwei weitere Versuche blieben ebenfalls erfolglos.

»Zu wem wollen Sie denn?«, fragte eine ältere Frau, die sich mit einem Einkaufstrolley genähert hatte.

»Zu Herrn Trapattoni«, erwiderte Frauke.

»Der ist meistens nicht da. Oder er schläft. Der ist in einer Bar beschäftigt. Ich weiß nicht, was er da macht. Aber oft kommt er erst nach Hause, wenn ich schon wach bin. In meinem Alter kann man nicht mehr so lange schlafen. Außerdem bin ich es seit frühester Kindheit gewohnt, mit den Hühnern aufzustehen.« Frauke war froh, dass die Frau einen Augenblick in ihrem Redefluss innehielt.

»Was wollen Sie denn von ihm?«, fragte sie dann und streckte ihren Kopf ein Stück vor.

»Das ist persönlich«, erwiderte Frauke. »Vielen Dank.« Sie wandte sich ab.

»Man kann ja mal fragen«, murmelte die Frau hinterher. »So was Unhöfliches ...«

Die beiden Beamten suchten die Straße und die Nebenstraße nach dem Alfa ab, aber sie fanden das Fahrzeug nicht. Möglicherweise stand es noch auf dem Großmarkt.

»Es war einen Versuch wert«, sagte Frauke, und die beiden Polizisten fuhren zum Landeskriminalamt zurück. »Haben Sie heute Abend etwas vor?«, fragte sie unterwegs Schwarczer. Der sah sie irritiert an.

»Wenn wir Trapattoni nicht zu Hause erreichen, müssen wir ihn an seinem Arbeitsplatz aufsuchen.«

»Wann?«, antwortete Schwarczer mit einer Gegenfrage.

»Ich nehme an, in diesem Etablissement beginnt der Betrieb erst zu fortgeschrittener Stunde. Holen Sie mich um zweiundzwanzig Uhr vor meinem Hotel ab?« Sie nannte die Adresse.

Schwarczer nickte stumm.

Den Rest des Tages verbrachte Frauke in ihrem Büro, bevor sie sich ins Hotel begab. Unterwegs hielt sie Ausschau nach Verdächtigen, die sie beobachten könnten. Sie konnte niemanden entdecken.

Fünf Minuten vor zehn Uhr abends stand Frauke im Foyer des Hotels und wartete auf ihren Kollegen. Drei offenbar leicht angetrunkene Gäste trafen mit einer Taxe ein, unterhielten sich lautstark und betraten schließlich den Raum.

»Holla«, sagte einer mit unverkennbar süddeutscher Klangfärbung in der Stimme, als er Frauke sah, und steuerte auf sie zu. »Wohin, schöne Frau? Sie wollen doch nicht noch ausgehen.« Er wies auf die Straße. »Nichts los in Hannover. Kommen Sie, wir machen eine Privatparty. Das ist viel lustiger.«

»Nein!«, sagte Frauke energisch.

»Püppchen, nun zier dich nicht. Ich weiß ja, dass Frauen immer so tun müssen, als würden sie sich sträuben. Ich sag dir: Hier geht die Post ab.«

In diesem Moment hielt ein knallroter Mercedes CLK 200 vor der Tür, und Schwarczer stieg aus. Er trug ein weißes Hemd, das weit geöffnet war und den Blick auf sein Brustbein freigab. Mit der engen Jeans, die deutlich die männlichen Konturen zeigte, und der Lederjacke sah er eine Spur verrucht aus. Frauke erwischte sich dabei, wie sie ihn durch die Glasscheibe einen Moment zu lange betrachtete. Dann winkte sie ihm zu und ging zur Tür.

»Ist das dein Sohn?«, lästerte der Mann, der sie angemacht hatte. »Was willst du mit dem? Der sieht aus wie ein ... wie ein ...«, rang er nach Worten.

»Sei vorsichtig, Ferdinand«, mahnte ihn einer seiner Begleiter, um sich dann an Frauke zu wenden. »Entschuldigen Sie, sonst ist er nicht so. Der Alkohol hat seine Zunge gelöst. Und zu Hause warten eine liebe Frau und seine Kinder auf ihn. Ich wünsche Ihnen noch einen schönen Abend.« Dann packte er Ferdinand am Arm und zog ihn fort.

Schwarczer musterte Frauke. Sie spürte, wie sein Blick sie förmlich scannte, und konnte nicht verhehlen, dass ein leichtes Prickeln über ihre Haut zog. Dann zeigte der Kommissar auf die Beifahrertür.

»Kommen Sie«, sagte er. Waren es verloren gegangene Höflichkeitsformen oder ein ausgeprägtes Selbstbewusstsein, überlegte Frauke, dass er ihr nicht den Wagenschlag offen hielt.

»Schönes Auto«, merkte Frauke an, als sie Platz genommen hatte.

»Ist schon über zehn Jahre alt«, erwiderte Schwarczer und fuhr über den Klagesmarkt und die enge Steintorstraße zu einem Platz namens Am Marstall. Auf beiden Seiten säumten Wohnhäuser die als Parkplatz genutzte freie Fläche in der Mitte. Die grelle Neonreklame an den Hauswänden warb für Nonstop-Sexkinos, Gay-Wäsche, Automatenspielhallen, Imbisse und – Frauke war sehr überrascht – den Fanclub des türkischen Fußballclubs Trabzonspor.

Schwarczer fand eine Parklücke unter den Bäumen und führte Frauke zu einer kleinen Seitenstraße, die als Fußgängerzone ausgewiesen war.

»Das ist die Reitwallstraße«, erklärte er und zog die Nase kraus. »Hannovers St. Pauli.«

Es herrschte mäßiger Betrieb auf der Straße. Ein lebhaftes Vergnügungsviertel hätte Frauke sich anders vorgestellt. Vieles wirkte ein wenig schmuddelig.

»Sind Sex und die Befriedigung des Spieltriebs beim Mann untrennbar miteinander verbunden?«, fragte Frauke mit Blick auf die auch hier vorhandenen Spielhallen.

Schwarczer lächelte. Er wusste, dass sie keine Antwort erwartete.

Die Leuchtreklame warb für asiatische Girls, zu denen laut Schild im rot beleuchteten, düsteren Flur Frauen und Jugendliche keinen Zutritt hatten, für das Eroscenter und die Sexworld bis zum Irrgarten für alles, von dem die Betreiber vermuteten, dass es »Mann« Freude bereitete.

»Deshalb nennt man es Freudenhaus«, murmelte Frauke halblaut vor sich hin.

»Bitte?«, fragte Schwarczer, der ihren Gedanken nicht erraten konnte.

»Ach, nichts.«

Manche Häuser wirkten, als wären sie vor nicht allzu langer Zeit erbaut worden. Zwischen einem geklinkerten Neubau und einem Haus mit Putzfassade, an dessen Tür schlicht »Zu den Girls« als einziger Hinweis den Geschäftszweck verriet, stand das schäbigste Haus der Straße, ein in schmutzigem Schweinchenrosa gestrichenes Gebäude, von dem an zahlreichen Stellen der Putz abfiel.

»Stupinowitschs Bordell gehört nicht zu den Edeletablissements der Stadt«, sagte Frauke.

»Die reichsten Deutschen betreiben auch keine Gourmettempel, sondern Discountketten«, antwortete Schwarczer. »Mit Masse kann man offensichtlich mehr Geld verdienen als mit Klasse.«

Sie passierten eine Gruppe von zwei schon fast ordinär zurechtgemachten Frauen und einem langmähnigen blonden Mann, der beim Näherkommen älter aussah als aus der Distanz.

»Hi, Tom«, grüßte der Schönling.

Schwarczer beschränkte sich darauf, als Antwort andeutungsweise seine Hand zu heben.

»War das …?«, hörte Frauke hinter ihrem Rücken eine der Frauen mit einem harten osteuropäischen Zungenschlag fragen.

»'n Bulle, ist aber ganz okay«, antwortete der Blonde.

Schwarczer hielt vor einer dunklen Holztür an, die von außen arg ramponiert aussah, so als wäre es gang und gäbe, dass Besucher mit Gegenständen und Fußtritten auf die Pforte einschlugen.

Frauke sah sich um. Kein Schild, keine Leuchtreklame, nicht ein einziger Hinweis deutete auf den Sexclub hin. »Wie findet man das?«, fragte sie.

»Das weiß man. Der Laden ist in und lebt von der Mund-zu-Mund-Propaganda.« Schwarczer drückte auf einen unscheinbaren Klingelknopf und wies auf das Objektiv einer Kamera, das auf den Eingangsbereich gerichtet war. Nichts rührte sich. Erneut betätigte der Kommissar die Klingel. Diesmal ließ er seinen Finger auf dem Knopf. Nach kurzer Zeit meldete sich eine Stimme, der deutlich die italienische Muttersprache anzuhören war. »Hau ab, du Arsch, und vögel deine Oma woanders.«

Schwarczer ließ sich dadurch nicht beirren und behielt seinen Finger auf der Klingel.

»Wenn du deine Dreckspfoten nicht runternimmst, komme ich raus, und du kriegst was in die Fresse.«

Mit der linken Hand zeigte der Kommissar den Stinkefinger, während er weiterläutete.

Plötzlich wurde die Tür aufgerissen, und ein breitschultriger Mann mit einem Dreitagebart und zu einem langen Zopf zusammengebundenen Haaren stürmte heraus und wollte sich auf Schwarczer stürzen. Der schien das erwartet zu haben, machte einen halben Schritt zur Seite, packte den Mann am rechten Arm und drehte den auf den Rücken, sodass der Angreifer überrascht aufschrie. Mit der linken Hand fasste Schwarczer ihn am Zopf und zog so kräftig an den Haaren, dass der Mann in die Knie ging.

»Polizei«, sagte Schwarczer in aller Ruhe, als wäre nichts geschehen. »Wir werden jetzt hineingehen und ein wenig miteinander sprechen. Ist das klar?«

»Leck mich, du Wichser«, erwiderte der Mann.

Schwarczer verstärkte den Druck auf dem Rücken, sodass der Türsteher aufstöhnte.

»Ist das klar?«, fragte Schwarczer erneut.

Als der Mann nickte, lockerte der Kommissar den Griff, ohne

ihn ganz freizugeben, und zerrte den Türsteher in das Etablissement.

Frauke war erstaunt, welche Methoden der junge Beamte anwandte. Es waren nicht ihre, trotzdem maßregelte sie ihn nicht. Anders hätten sie keinen Zugang erhalten.

»Sind Sie Trapattoni?«, fragte sie.

»Interessiert das die Nutte?«, stöhnte der Mann auf und gab gleich darauf einen weiteren Schmerzenslaut von sich, als Schwarczer an den Haaren zog.

»Wohin?«, fragte Schwarczer und schob den Italiener in ein kleines Kabuff, das als Lager für Leergut diente und in dem ein wackliger Tisch und zwei Holzstühle standen. Es roch muffig nach abgestandenem Bier und kaltem Zigarettenrauch, der von einem überquellenden Aschenbecher ausging. Offensichtlich diente das schmutzige Loch dem Türsteher als Aufenthaltsraum. Eine grell geschminkte Frau sah die drei mit weit aufgerissenen Augen an.

»Verpiss dich«, schrie der Türsteher sie an. Hastig drückte sie ihre Zigarette aus und verschwand.

Schwarczer gab dem Mann einen Stoß, dass er in die aufgetürmten Getränkekisten fiel und unter dem zusammenbrechenden Stapel begraben wurde. »Das ist für die Oma«, sagte er gelassen.

Mühsam rappelte sich der Mann aus den leeren Flaschen empor und rieb sich den Ellenbogen. »Das wirst du teuer bezahlen«, sagte er und schickte eine ganze Litanei italienischer Flüche hinterher.

»Ist das eine Drohung, Trapattoni?«, zischte Schwarczer und machte Anstalten, als wollte er den Türsteher am Revers packen und hochziehen. »Wir gehen jetzt zu deinem Boss und erklären ihm, was für eine Flachpfeife er als Türsteher eingestellt hat.«

Trapattoni fluchte in seiner Muttersprache, unternahm aber keinen weiteren Angriffsversuch.

»Wo ist Ihr Alfa?«, fragte Frauke.

Der Italiener zischte ihr etwas Unverständliches entgegen.

»Für dich ist gleich Schichtende«, drohte Schwarczer und spielte scheinbar zufällig mit zwei Einmalfesseln.

»Den habe ich einem Freund geliehen«, bequemte sich Trapattoni zwischen den fast geschlossenen Lippen hervorzupressen, während er sein Kaugummi ausspie.

»Und wer ist der Freund?«
»Ein Freund eben.«
»Wir möchten den Namen hören.«
»Eh, was soll das? Ist doch meine Sache.«
»Name!«
»Ein Landsmann. *Italiano*.«
»Giancarlo Rossi.« Frauke hatte geraten.
Für einen Moment war ein erschrecktes Aufblitzen in Trapattonis Augen zu erkennen. »Warum fragt die Tante, wenn sie es weiß«, sagte er zu Schwarczer.
»Was wollte Rossi mit dem Auto?«
»Keine Ahnung. Er hat mich gefragt. So einfach ist das.«
»Macht er das öfter – ich meine, das Auto ausleihen?«
»Warum interessiert das die Bullen? Ich sag jetzt nichts mehr.«
»Schön«, sagte Frauke. »Morgen früh um neun im Landeskriminalamt in der Schützenstraße. Überlegen Sie bis dahin auch, wo Sie sich gestern am frühen Nachmittag aufgehalten haben.«
»Warum das denn?«
»Weil wir dich wegen Mordes einbuchten«, mischte sich Schwarczer ein.
»Pah! Hohle Sprüche.«
»Morgen früh«, wiederholte Frauke und drohte mit dem Zeigefinger. »Und wenn Sie nicht erscheinen, holen wir Sie ab. Das gibt viel Aufsehen und wird weder den Nachbarn noch Ihrem Boss gefallen.«
Trapattoni verfiel wieder in seine Muttersprache und schickte den beiden Beamten einen ganzen Schwall Italienisch hinterher.
Schwarczer klopfte sich seine Lederjacke ab und rückte das Hemd zurecht. »Soll ich Sie zurück zum Hotel bringen, oder möchten Sie noch etwas trinken?«, fragte er.
Frauke war einen Moment unsicher, ob sie mit dem jungen Kollegen noch etwas unternehmen sollte. Andererseits erwartete sie ein tristes Hotelzimmer, und allein würde sie in der gegenwärtigen Situation nicht durch die Stadt ziehen. Schwarczer hatte gezeigt, dass er Durchsetzungsvermögen besaß. In seiner Gegenwart fühlte sie sich sicher, wenn auch nicht ungezwungen. Der Kollege war zwanzig Jahre jünger als sie, aber warum durfte eine Frau in ihrem

Alter nicht auch ein wenig geheimnisvolles Prickeln verspüren, selbst wenn sie es unter allen Umständen verbergen musste? Dafür sprach die Vernunft. Und die nötige Disziplin glaubte sie zu haben.

»Haben Sie einen Vorschlag?«, fragte sie.

Schwarczer nickte. »Kommen Sie. Wir laufen ein paar Schritte.« Ohne die Antwort abzuwarten, marschierte er los.

»Ihr Auto?«, fragte Frauke.

Schwarczer winkte ab. »Es mag merkwürdig klingen, aber an einem solchen Modell vergreift sich in dieser Gegend keiner.«

Frauke ahnte, was der Kommissar damit ausdrücken wollte. Der alte Mercedes war kein bürgerliches Auto im herkömmlichen Sinne und hätte auch einem Zuhälter gehören können. Da ließ man lieber die Finger von.

Schwarczer führte sie zu einem kleinen Platz, auf dem ein jetzt geschlossener Pavillon für seine Currywurst warb. Das Haus eines großen Bekleidungsgeschäfts sowie die Filiale eines Kaufhauses lockten mit ihren dekorierten Schaufenstern zu dieser Stunde keine Bummler mehr an. Das galt auch für die vielen Geschäfte in der Georgstraße. Sie trafen bis zum Kröpcke keine Menschenseele, erst kurz vor dem ehemaligen Traditionskaufhaus Magis lehnte ein Betrunkener an einer Bronzeplastik, die einen alten Mann mit einem Regenschirm darstellte.

Der Weg führte sie am Kröpcke und dem Varieté vorbei, an den Läden mit dem nobleren Angebot und an einer Bar namens »Henry's«.

Schwarczer blieb vor einem Haus mit grau geputzter, fein strukturierter Fassade stehen, in dem sich eine Bar befand. »Oscar's« stand in goldenen Lettern auf blauem Grund über der Markise. Damit es auch niemandem entging, tauchte der Name noch einmal unterhalb der Markise in Leuchtschrift auf. Tagsüber ließ sich die Front des schmalen Schlauches ganz öffnen. Jetzt säumten zwei Palmen links und rechts die Bar. Ein großes Fass mit der Aufschrift »Guinness« diente zwei Männern als Stehtisch. Sie hatten sich auf der großen Platte auf dem Fass abgestützt und waren in eine lebhafte Diskussion verwickelt. Gegenüber, erinnerte sich Frauke, lag jetzt im Dunkeln das Bankenviertel, in dem alle bedeutenden Geldinstitute der Republik und die Börse ihren Sitz hatten, einen Steinwurf weiter befand sich die Zentrale der Norddeutschen Landesbank.

Schwarczer nickte dem Barkeeper zu. An dessen Erwiderung glaubte Frauke zu erkennen, dass der Kommissar hier kein Unbekannter war. Sie wählten einen Platz auf der Empore gegenüber der Bar. Frauke sah sich in dem schlauchartigen, gediegen eingerichteten Lokal um.

»Was möchten Sie?«, wurde sie von Schwarczer abgelenkt.

»Ich verlasse mich auf Ihre Empfehlung.«

Schwarczer ging zum Tresen. Von Weitem sah Frauke, wie er sich mit dem Barkeeper unterhielt. Schließlich kehrte er an ihren Tisch zurück und stellte ihr eine hochstielige Schale hin, in der zwei Rosenblätter in einer prickelnden Flüssigkeit schwammen.

Frauke nippte an dem Getränk, nachdem sie dem Kommissar zugeprostet hatte. »Champagner«, sagte sie nach dem Probierschluck.

»›Rosemarie‹ heißt der Cocktail«, erklärte Schwarczer. »Champagner mit Rosenöl.«

Es war eine ungewohnte, aber durchaus interessante Komposition, stellte Frauke fest. »Und was trinken Sie?«

Schwarczer lächelte. »›Papa Hemingway‹. Das ist brauner und weißer Rum, Grand Marnier und einige weitere Geheimnisse.«

»Hierher entführen Sie Ihre Freundin?«, fragte Frauke.

»Wen auch immer«, wich Schwarczer aus.

»Oder erobern Sie sich immer wieder neue Bekanntschaften?«

»Das Leben hat viele Seiten.«

»Ist es zu geheimnisvoll, um darüber zu reden?«

»Ich versuche, Ihren Verhörtechniken standzuhalten.« Er lachte und prostete ihr zu.

Frauke gab es auf. Der Kommissar wollte nicht über sein Privatleben sprechen. Sie wechselten das Thema und sprachen über die Stadt. Nachdem Frauke die zweite »Rosemarie« getrunken hatte, überkam sie eine gewisse Leichtigkeit. Sie spürte den Alkohol. Das lag sicher an der Überarbeitung, dem geringen Schlaf und vor allem am Stress der letzten Tage. Dennoch wurde sie mutig, als Schwarczer die nächsten Getränke holen wollte.

»Ich möchte auch einen ›Hemingway‹«, bat sie.

»Sicher?«

Sie nickte und sah ihm nach. Merkwürdig, dachte sie, warum wirken Männer mit Glatze auf Frauen oftmals besonders maskulin? Als er zurückkam, probierte sie den Cocktail. Es war eine ebenso raffinierte wie gefährliche Mischung. Die große Menge Alkohol wurde durch Lemon Squash und Gingerale verdeckt, sodass die Schärfe nicht durchdrang. Sie wichen auf Hemingway und seine Vorliebe für ein sehr ungezügeltes Leben aus, ohne dabei sehr tiefgründig zu werden. Frauke spürte immer deutlicher die Wirkung des Alkohols und die aufkommende Müdigkeit. Trotzdem bat sie um einen weiteren »Papa Hemingway«.

Es war weit nach Mitternacht, als Schwarczer sie zu ihrem Hotel zurückbegleitete.

SECHS

Frauke saß lustlos vor einem halben Brötchen mit Marmelade. Sie hatte bereits die zweite Tasse Kaffee getrunken, aber der bohrende Schmerz in ihren Schläfen wollte nicht verschwinden. Die kurze Nacht und der ungewohnte Alkohol forderten ihren Tribut.

Im Frühstücksraum war sie den drei Männern begegnet, die sie am gestrigen Abend im Hotelfoyer angesprochen hatten. Ferdinand, der sich so kess gezeigt hatte, war mit einem leise gemurmelten »Guten Morgen« an ihr vorbeigeschlichen und hatte verschämt den Kopf zur Seite gedreht. Alkohol enthemmt, dachte sie, und dabei wurde ihr bewusst, dass sie am Vorabend in der Bar auch mehr getrunken hatte, als es die Umstände gestattet hätten. Ob es an Hannover lag? Immerhin gab es hier mit der Bischöfin ein prominentes Opfer, und dem Adeligen, der schon mehrfach durch Prügeleien und andere Exzesse aufgefallen war, wurde auch nachgesagt, dass er nicht gerade abstinent lebte. Nein! Das war Unsinn. Hannover überraschte mit anderen Dingen, zum Beispiel als Standort einer skrupellosen und überaus aktiven kriminellen Organisation.

Frauke ließ ihr Frühstück stehen, holte ihre Utensilien und kündigte an, dass sie heute ausziehen werde. Sie bat um die Rechnung, verstaute ihre Habe in ihrem Audi A3 und fuhr zum Landeskriminalamt. Niemand gab einen Kommentar ab, aber sie spürte schon die neugierigen Blicke, als sie entgegen ihrer sonstigen Gewohnheit als Letzte eintraf.

Schwarczer nickte ihr freundlich zu, als sie ihm am Kaffeeautomaten begegnete, und tat so, als hätte es den vorherigen Abend nicht gegeben. Zumindest schien er solche Ausflüge eher gewohnt zu sein als Frauke, denn, abgesehen von den Ringen unter den Augen, merkte man ihm nichts an. Sie ging ihm hinterher, blieb am Eingang seines Zimmers stehen und sagte: »Trapattoni sollte vor einer halben Stunde hier sein. Jetzt ist es halb zehn. Wenn er erscheint, nehmen Sie sich seiner an. Ich werde noch einmal zum Großmarkt fahren.«

Der Kommissar nickte nur.

Frauke forderte Putensenf auf, sie zu begleiten.

»Muss das sein?«, fragte der Kriminalhauptmeister.

»Los, Putensenf, kommen Sie in Schwung.«

Sie hatte sich auf den Beifahrersitz gekauert und die Hände vor der Brust verschränkt. Es fröstelte sie. Natürlich bekam sie mit, dass Putensenf sie kritisch mehrfach von der Seite musterte und die Nase rümpfte. Hoffentlich riecht man nichts mehr, hoffte sie.

Als Putensenf erneut demonstrativ die Nase hochzog, fragte sie ihn: »Sind Sie erkältet oder haben Sie Heuschnupfen?«

»Ich habe einmal eine Brauerei besichtigt«, erwiderte der Kriminalhauptmeister. »Da hat es auch sehr streng gerochen.«

»Ist das schon lange her?«

»Schon eine Weile.«

»Da liegt dann ein Irrtum vor. Bei Ihrer Demenz können Sie sich bestimmt nicht mehr erinnern.«

»Wie Madame meinen.« Dabei grinste Putensenf.

Auf dem Großmarkt herrschte das gewohnte Treiben. Auf dem Stand des italienischen Importeurs waren heute Arbeiter beschäftigt, die Frauke noch nie gesehen hatte. Ihr fiel zudem auf, dass es hier ruhiger zuzugehen schien als an den anderen Ständen.

»Haben Sie es nicht nötig, schnelle Umsätze zu machen?«, fragte sie Giancarlo Rossi, der sich wenig begeistert vom erneuten Besuch der Polizei gezeigt hatte.

»Wir sind hoch profitabel. Aber Sie wollen nicht unsere Steuererklärung prüfen?«

»Wie kommt es, dass Sie nur halb so aktiv sind wie Ihre Nachbarn?«

Rossi tippte sich an die Stirn. »Mancher macht sein Geschäft mit Hektik. Wir benutzen unseren Verstand.«

Das stand im Widerspruch zu der Unruhe, die Rossi bei ihrem ersten Besuch an den Tag gelegt hatte.

»Wenn Sie so profitabel arbeiten … Verraten Sie mir Ihr Geheimnis.«

»Wir haben uns lukrative Absatzwege erschlossen. Außerdem verkaufen wir auch direkt an den Endkunden. So haben wir eine zusätzliche Handelsspanne.«

»Aha. Sie sind also Doppelverdiener.«

Rossi war die Spitze nicht entgangen. »Wie meinen Sie das?« In seiner Stimme lag ein lauernder Unterton.

»Warum laden Sie die Medikamente in der Scheune in Dübbekold um und nicht hier?«

»Die was?« Rossi starrte Frauke mit weit aufgerissenen Augen an.

»Die gefälschten Arzneien, die Sie über Weißrussland beziehen.«

»Ich habe keine Ahnung, wovon Sie reden.« Rossi wollte zum Telefon greifen, aber Putensenf war schneller und legte dem Mann die Hand auf den Oberarm.

»Nun tun Sie nicht so erstaunt, als würde ich Ihnen erklären, wie die kleinen grünen Männchen vom Mars ihren Nachwuchs zeugen.«

»Medikamente? Hier.« Rossi klopfte mit den Knöcheln seiner Hand heftig auf einen Stapel Lieferpapier auf seinem Schreibtisch. »Wir handeln mit Obst und Gemüse. Da sind viele Vitamine enthalten, weil wir für unsere frische Ware bekannt sind. Aber deshalb würde ich es nicht ›Medikamente‹ nennen, nur weil unsere Produkte gesund sind.«

Frauke erinnerte sich an die Aussage des russischen Lkw-Fahrers, der behauptet hatte, dass das Gemüse in Weißrussland nach dem Ausladen vergammeln würde. Sie verzichtete darauf, Rossi mit diesem Vorwurf zu konfrontieren. Es hätte den harmlosen Fahrer in Gefahr gebracht. Rossi hätte immer noch behaupten können, von den Geschehnissen in Weißrussland wisse er nichts, und dass die Polizei vermutete, hier würde massiv Geldwäsche betrieben, wollte sie ihm noch nicht erzählen. Es reichte, wenn die Organisation aufgeschreckt war. Ein Fuchs hatte in einem Hühnerstall immer dann die größten Erfolgsaussichten, wenn alles kopflos durcheinanderflatterte.

Zu den Medikamenten würden sie keine weiteren Auskünfte erhalten. Falls Rossi damit zu tun hatte, würde er wissen, dass man ihm nichts beweisen könnte. Die Arzneien wurden in einem großen Bogen um Hannover herumgeleitet.

»Woher kennen Sie Trapattoni?«

Rossi grinste unverschämt, hob die Hände und drehte sie in den

Handgelenken. Dann zog er eine Grimasse. »S-t-r-u-n-z. Was erlauben sich dieser Mann? Flasche leeer«, imitierte er den gleichnamigen Extrainer Bayern Münchens mit dessen Kult gewordenem Zitat.

»Verkaufen Sie uns nicht für dumm.«

Rossi tippte sich theatralisch an die Brust. »Ich bin Italiener. Wir sind alle fußballversessen. Für uns gibt es nichts Schöneres, als gemeinsam vor dem Fernseher zu sitzen und mit unseren Mannschaften mitzufiebern. Da habe ich Massimo Trapattoni kennengelernt.«

»Er ist also ein enger Freund von Ihnen?«

»Enger Freund! Was heißt enger Freund?«

»Immerhin sind Sie so vertraut, dass er Ihnen seinen Alfa leiht.«

»Sì. Schickes Auto. Manchmal habe ich Verlangen danach, ein italienisches Auto zu fahren. Das ist, als wenn Sie statt Ihrer langweiligen deutschen Ehefrau Sophia Loren küssen.«

»Und weshalb war gestern Ihr Mitarbeiter mit dem Alfa in Lüneburg?«

Das Erschrecken in Rossis Augen war unübersehbar. Er schnappte förmlich nach Luft und rang nach Worten.

»Welcher Mitarbeiter?«, stieß er endlich hervor.

»Der türkische. Wie heißt er übrigens?«

»Wir haben jede Menge Türken. Welchen meinen Sie?«

»Nun stellen Sie sich nicht dumm. Oder sollen wir Ihre Gehaltsbuchhaltung beschlagnahmen?« Dabei zeigte Frauke auf die blonde Mitarbeiterin, von der sie wusste, dass sie Johanna hieß. »Dann laden wir alle Ihre Mitarbeiter, auch sämtliche Aushilfen der letzten Jahre, vor, um den Fahrer des Alfas zu identifizieren.«

»Ich weiß nichts davon, dass jemand mit dem Alfa gefahren ist.«

Frauke holte ihren Organizer hervor und zeigte Rossi das Bild mit dem Alfa und dem Mann, den die Polizei am Vortag in Lüneburg fotografiert hatte.

»Wer ist das?«

Rossi betrachtete das Bild lange. Er kniff dabei die Augen zusammen und tat, als müsse er intensiv nachdenken. Dann sagte er: »Das ist Necmi.«

»Necmi der Vierzehnte? Oder hat er auch einen Zunamen?«

»Necmi Özden.« Rossi schlug wütend mit der Faust auf den

Tisch. »Der Hund. Gestern ist er nicht zur Arbeit erschienen. Stattdessen hat er sich den Schlüssel genommen und ist mit dem Alfa unterwegs gewesen. Wenn ich den zu fassen kriege.«

»Wo ist Özden heute?«

»Keine Ahnung.« Dann wandte sich Rossi an die Kontoristin. »Johanna. Wo steckt der Kerl?«

»Heute ist Freitag«, überlegte die Blonde laut. »Dann ist er auf dem Wochenmarkt in Stöcken. In der Hogrefestraße.«

»War's das? Kann ich jetzt weiterarbeiten?«, fragte Rossi sichtlich gereizt.

»Wir haben noch eine weitere Frage. Wie kommt das Motorrad auf den Lkw, der das Gemüse nach Weißrussland bringen sollte?«

»Was wissen Sie von der Moto Guzzi?«

»Wir haben tüchtige Behörden in Deutschland«, wich Frauke aus.

Rossi unternahm klugerweise gar nicht erst den Versuch, zu leugnen. »Das gehört unserem russischen Geschäftspartner. Er ist ganz vernarrt in die Moto Guzzi. Nun musste die Maschine zur Inspektion. Okay. Das war vielleicht nicht in Ordnung, dass die Moto Guzzi mit dem Gemüselaster transportiert wurde. Wir haben die Rechnung für die Inspektion erst einmal verauslagt. Johanna!«

Die Blonde wedelte mit einem Blatt Papier und reichte es Frauke. Sie warf einen kurzen Blick darauf. Es war eine ordnungsgemäße Werkstattrechnung. Sogar das weißrussische Kennzeichen stimmte. Frauke bat Johanna um eine Fotokopie.

Mehr war nicht in Erfahrung zu bringen. Es schien, als hätte Rossi auf alle Fragen eine Antwort, die die Polizei im Augenblick nicht widerlegen konnte. Falls der Mann aber doch in Verbindung mit der Organisation stand, würde der heutige Besuch bei ihm die Hintermänner noch mehr aufgeschreckt haben.

Auf der Dienststelle suchte Frauke Schwarczers Büro auf, aber der Kommissar war noch beim Verhör Trapattonis, erfuhr sie von einem Kollegen. Madsack war außer Haus, ohne zu hinterlassen, wo er sich aufhielt. Sie wählte seine Handynummer an. Der Hauptkommissar meldete sich schwer atmend, so als hätte er die oberste Etage eines höheren Hauses zu Fuß erklommen.

»Wo stecken Sie, Madsack?«, schimpfte Frauke.
»Ich bin in der Hogrefestraße in Stöcken.«
»Wo ist das, und was tun Sie da, zum Teufel?«
»Das ist am westlichen Rand Hannovers, ein kurzes Stück hinter den Herrenhäuser Gärten. Die Straße selbst ist nahe dem Stadtfriedhof Stöcken.«
»Was suchen Sie auf dem Friedhof? Wir bekommen die Leichen frei Haus geliefert und müssen uns nicht selbst um den Nachschub sorgen.«
Madsack ließ ein Lachen hören. »Hier ist Wochenmarkt. Ich beobachte den Stand unserer italienischen Freunde.«
»Floriert das Geschäft in dem Maße, wie man es uns weismachen wollte?«
»Überhaupt nicht. Da steht ein einsamer Mann und langweilt sich.«
»Wie sieht der aus?«
Madsack ließ einen Zischlaut hören. »Wie sieht er aus?«, wiederholte er. »Unbestimmtes Alter, schwarzer Schnauzbart. Das ist kein Deutscher.«
»Könnte es ein Türke sein?« Frauke erinnerte sich an die Aussage der Kontoristin, dass Necmi Özden heute in Stöcken sei.
»Danach sieht es aus. Ich habe übrigens mit einigen anderen Marktbeschickern gesprochen. Die wundern sich, wie die Italiener überleben können. Am Ende des Marktes blieben häufig Berge von Ware übrig, die die Leute einfach auf den Abfall werfen. Das hat sich natürlich bei den Kunden herumgesprochen. Viele Leute warten jetzt auf den Feierabend und machen sich über die Reste her. Das geht natürlich zulasten der Mitbewerber.«
»Gibt es eine Erklärung dafür?«
»Mir konnte keiner etwas Schlüssiges sagen. Hinter vorgehaltener Hand wird von ›schlechter Ware‹ gemunkelt, unfreundliches Personal und Desinteresse. Auf einem Wochenmarkt wollen auch der persönliche Kontakt und das Gespräch gepflegt werden. Es mangelt offensichtlich an allem.«
»Das bestärkt uns in der Vermutung, dass das ganze Importgeschäft nur der Geldwäsche dient. Ein Wochenmarktstand ist ideal. Niemand kann kontrollieren, was zu welchen Preisen umgesetzt

wird. Und über hohe Einkünfte freut sich jedes Finanzamt. Perfekter geht die Geldwäsche nicht.« Frauke forderte Madsack auf, noch bis zum Ende des Marktes zu bleiben und die »Entsorgung« der unverkauften Ware zu dokumentieren.

»Ich habe schon eine Reihe von Fotos geschossen«, sagte der Hauptkommissar und beendete das Gespräch.

Mittlerweile war Schwarczer zurückgekehrt und berichtete vom Verhör Trapattonis. »Er behauptet, für Mittwoch ein Alibi zu haben. Wir haben es noch nicht überprüft. Trapattoni gibt an, mit einer Frau in seiner Wohnung gewesen zu sein. Angeblich handelt es sich um eine Kollegin aus dem Club. Den Alfa will er an Rossi verliehen haben. In diesem Punkt ist er bei seiner Aussage von gestern geblieben.«

»Das deckt sich mit dem, was Rossi uns heute Morgen erzählt hat«, warf Frauke ein.

»Trapattoni hat seine Verspätung übrigens damit begründet, dass sein Anwalt nicht eher konnte.«

»Anwalt?«, fragte Frauke. »Lassen Sie mich raten: Dottore Alberto Carretta.«

Schwarczer nickte. »Genau der. Der Anwalt drohte zunächst mit einer Strafanzeige wegen Körperverletzung gegen mich. Ich habe darauf verwiesen, dass die Kamera Trapattonis wütenden Angriff auf uns aufgezeichnet hat, nachdem er die Tür öffnete. Es war folglich nur eine Abwehrmaßnahme. Der Türsteher ist daraufhin erregt dazwischengegangen und hat gemeint, die Kamera würde nichts aufzeichnen. Ich habe ihm erklärt, dass dieses Argument noch mehr gegen ihn spricht. An dieser Stelle hat sich Dottore Carretta eingeschaltet und seinem Mandanten etwas auf Italienisch erklärt. Trapattoni hat genickt, und die Sache war vom Tisch.«

»Der Anwalt ist ein kluger Mann. Ich verstehe immer noch nicht, welchen Einfluss er hat. Nach außen wirkt es so, als würde er seine Klienten mäßigen und dazu bringen, ihre Vergehen einzugestehen. Ich kann mich des Eindrucks nicht erwehren, dass Carretta auch als verlängerter Arm und Bote der Drahtzieher fungiert.«

Schwarczer ließ Fraukes Einwurf unkommentiert. »Ich habe im Handelsregister und bei der Gewerbeaufsicht nachgeforscht. Igor Stupinowitsch ist offiziell als Eigentümer eingetragen. Er hat auch einen Nebenwohnsitz in Hannover, und zwar bewohnt er ein Apartment in der Scharnhorststraße im Zooviertel. Hier.« Schwarczer legte Frauke einen Computerausdruck vor. Er zeigte einen finster dreinblickenden Mann mit flacher Stirn und einem Bart, der Frauke an Josef Stalin erinnerte. »Das ist er.«

»Das ist merkwürdig«, dachte Frauke laut nach. »Warum versteckt sich Stupinowitsch nicht hinter Strohmännern? Es ist unüblich, dass sich die Bosse so weit nach vorn wagen. Daraus könnte man natürlich schließen, dass wir bei Stupinowitsch noch nicht am Ziel sind, dass der Russe nur die zweite Führungsebene ist.«

Danach rief Frauke in Lüneburg an. Hauptkommissar Heidenreich war nicht in seinem Büro, erklärte ihm die unfreundliche Mitarbeiterin. Sie erreichte Heidenreich per Handy. Deutlich war zu hören, dass der Lüneburger in einem fahrenden Auto saß.

»Wir sind auf dem Rückweg von Göhrde. Dort wohnt der Landwirt, der die Scheune vermietet hat, die der Bande als Umschlagplatz diente. Natürlich gibt es keinen schriftlichen Vertrag. Der Landwirt hat die Miete bar auf die Hand erhalten. Die Leute waren Ausländer, hat er gesagt. Beschreiben konnte er sie nicht. Sie haben Deutsch mit starkem Akzent gesprochen. Ob es Russisch, Italienisch oder Türkisch war – darauf wollte er sich nicht festlegen. Er kommt selten aus seinem Dorf heraus. Und dort gibt es keine Ausländer, sodass ihm Vergleichsmöglichkeiten fehlen.«

»Ist es dem Mann nicht merkwürdig vorgekommen, dass man seine einsame Scheune gemietet hat?«

»Ja, das schon. Er hat sich auch gewundert und war neugierig. Zwei oder drei Mal ist er hingefahren, war aber beruhigt, als er feststellte, dass die Scheune leer war. Dann hat er sich nichts mehr dabei gedacht. Man hat ihm erklärt, dass sich ein paar Motorradfreunde zusammengetan haben, die dort im einsamen Wald Motocross fahren wollten. Das ist nicht legal. Sie wollten eine Unterstellmöglichkeit für ihre Maschinen haben, damit sie die nicht jedes Mal wieder mit an ihren Wohnsitz nehmen müssen.«

Das klang plausibel, zumindest für den Landwirt.

»Wir haben auch nachgeforscht«, fuhr Heidenreich fort, »wer die Annonce in der Landeszeitung aufgegeben hatte, auf die sich Günter Blechschmidt um den Nebenverdienst beworben hatte.

Die Mitarbeiterin in der Anzeigenannahme konnte sich nicht mehr an den Kunden erinnern. Er hat bar bezahlt. Das ist nichts Ungewöhnliches.« Damit war auch diese Spur ins Leere gelaufen.

Anschließend rief Frauke in der Kriminaltechnik an. Dort hatte man festgestellt, dass die Rahmennummer der Moto Guzzi nicht manipuliert war. Es hatte den Anschein, als hätte Stupinowitsch die Maschine legal erworben. Offensichtlich handelte es sich um sein Motorrad. Ob der ungewöhnliche Weg, die Maschine zur Inspektion nach Hannover und wieder zurückzutransportieren, gegen irgendwelche zollrechtlichen Bestimmungen verstieß, interessierte Frauke nicht. Es war schwierig genug, den Nachweis zu erbringen, dass die Mörder Friedrich Rabensteins die Moto Guzzi zur Flucht benutzt hatten. Zu der benutzten Waffe gab es noch kein Untersuchungsergebnis.

»Was ist?«, fragte Frauke, die sich durch einen Anruf Madsacks gestört fühlte.

»Hier ist etwas Merkwürdiges geschehen«, berichtete der Hauptkommissar. »Wir haben Marktende. Die anderen Marktbeschicker bauen ihre Stände ab, aber bei unserem tut sich nichts.«

»Was heißt das? Verkauft der Türke weiter?«

»Das ist es«, gestand Madsack kleinlaut. »Vor einer Viertelstunde ist er mit einer Kiste unterm Arm weggegangen, nachdem er zuvor die Kasse geleert hatte.«

»Sind Sie ihm nicht gefolgt?«

»Ich dachte, er bringt die Ware zu seinem Auto. Dass er sicherheitshalber den Kasseninhalt mitnimmt, hat mich nicht stutzig gemacht.«

»Hat Özden vorher telefoniert?«

»Sicher«, erwiderte Madsack. »Der hat den ganzen Vormittag über telefoniert. Pausenlos.«

Da dürfte es schwierig sein, festzustellen, ob er von jemandem die Anweisung erhalten hat, sich unauffällig zurückzuziehen. Und Nathan Madsack mit seiner Korpulenz war natürlich auch alles andere als ein unauffälliger Observierer.

Frauke wählte die Nummer des Gemüseimporteurs auf dem Großmarkt. Nach mehreren Versuchen meldete sich die Kontoristin.

»Ich will Rossi sprechen«, sagte Frauke in einer Tonlage, die keinen Widerspruch duldete.

»Was ist nun schon wieder los!«, brüllte der Italiener in den Hörer. Frauke merkte ihm an, dass er immer gereizter wurde, wenn die Polizei Kontakt zu ihm aufnahm.

»Ist Necmi Özden bei Ihnen eingetroffen?«

»Warum fragen Sie das, eh? Wieso interessiert es Sie, was mit unserem Geschäft ist?«

»Mich würde nicht wundern, wenn Sie heute auf die Tageseinnahme aus Stöcken verzichten müssten. Es hat den Anschein, als wenn Özden mit der Kasse durchgebrannt ist. Sie sollten schnell jemanden in die Hogrefestraße schicken, um zumindest den Stand und die Restbestände der Ware sicherzustellen.«

»Mamma mia«, jammerte Rossi. »Was habe ich nur getan, dass ich es nur mit Verrückten zu tun habe? Wenn ich den Hund erwische, dann ... Ausgerechnet Stöcken. Wie soll ich erklären, dass uns ein ganzer Tagesumsatz fehlt? Die Hogrefestraße am Freitag ist der absolute Renner. Haben Sie eine Vorstellung, mit welchem Batzen Geld Özden durchgebrannt ist?«

»Dann sollten Sie schnell zur Polizei gehen und Strafanzeige erstatten, damit wir Ihnen bei der Suche nach Ihrer prall gefüllten Kasse behilflich sein können.«

Rossi jammerte und fluchte auf Italienisch, bis Frauke schließlich auflegte. Wenn der Mann wüsste, dachte sie, dass er der Polizei mit seiner Überreaktion erneut ein kleines Puzzlesteinchen geliefert hatte, würde er vermutlich ganz anders klagen. Die Behauptung, der Markt in Stöcken sei ein erträgliches Geschäft, stand in direktem Widerspruch zu Madsacks Beobachtungen. Für Frauke war es ein weiterer Beweis dafür, dass in diesem Unternehmen Geld gewaschen wurde.

Sie hätte weiter an ihren Akten arbeiten, Protokolle wälzen, Aussagen prüfen, nach Unstimmigkeiten suchen können. Stattdessen schweiften ihre Gedanken erneut zu dem Motorrad ab. Frauke suchte Bilder von den verdächtigen Personen zusammen, ebenso vom Motorrad. Sie stopfte alles zusammen in ihre Handtasche, kontrollierte noch einmal ihre Dienstpistole und machte sich auf den Weg ins Zentrum. Sie folgte der Welfenstraße bis zur Celler Straße, an deren Ecke eine moderne Tankstelle residierte, und wählte den Weg durch die ruhige Steintorfeldstraße. Wie üblich musste sie warten, bis die Fußgängerampel an der lebhaften Hamburger Allee Grün zeigte. Sie passierte den Fuß des Fernmeldeturms mit der weithin sichtbaren Autoreklame an der Spitze, warf einen kurzen Blick auf das große Motorradfachgeschäft auf der gegenüberliegenden Straßenseite, ging quer über den ZOB und tauchte durch den Eingang am Raschplatz in das Gewühl des Hauptbahnhofs ein.

Geschäftig bewegten sich die Passanten und Reisenden in der Bahnhofshalle. Sie hasteten durch den Gang, voller Ungeduld stießen sie mit anderen zusammen, die einem anderen Ziel nachjagten, hielten plötzlich rat- und orientierungslos inne, wechselten die Richtung und eilten samt Gepäck einem anderen Punkt entgegen.

Frauke ließ sich Zeit. Sie schwamm im Strom der Menschen mit, beobachtete die Leute und fand sogar Muße, über eine aufgeregt gestikulierende Gruppe japanischer Reisender zu lächeln, die gleich einer Karikatur fast alle einen Fotoapparat um den Hals trugen und lautstark in ihrer für europäische Ohren gewöhnungsbedürftigen Sprache diskutierten. Offenbar suchten sie ihr Ziel. Dabei zeigte jeder aus der Gruppe in eine andere Himmelsrichtung.

Während sie noch versonnen den Japanern nachsah, entdeckte sie vis-à-vis zwischen dem Papierwarenladen mit dem einer weltweiten Frikadellenbraterei ähnlich klingenden Namen und dem Bodyshop den braun gebrannten Mann mit dem dunklen Teint, der ihr schon einmal im Hauptbahnhof zugelächelt und sie anschließend bis zum Straßencafé am Kröpcke verfolgt hatte. Er trug einen roten Lederblouson und eine sehr körperbetonte Hose, die Frauke unwillkürlich an italienische Eleganz erinnerte.

Warum denke ich in letzter Zeit immer an Italien?, fragte sie sich selbst. Als wenn die Welt nur noch aus Europas Stiefel bestehen würde. Der Mann hielt ein Handy ans Ohr gepresst. Lässig schob er seine in die Haare gesteckte Sonnenbrille hin und her – eine überflüssige Geste. Als er merkte, dass Frauke ihn entdeckt hatte, und sich ihre Blicke kreuzten, wandte er sich abrupt ab und drehte ihr den Rücken zu.

Frauke hatte Zweifel, dass diese neuerliche Begegnung Zufall war. Entschlossen machte sie auf dem Absatz kehrt und wollte ihn zur Rede stellen. In diesem Moment schien die Gruppe der Asiaten sich auf eine gemeinsame Richtung geeinigt zu haben, ergriff das umfangreiche Gepäck und setzte sich in Bewegung. Es waren nur Sekunden, die Frauke benötigte, um die Japaner zu umrunden. Dieser Augenblick hatte gereicht, dass sie den Mann aus den Augen verlor. Sie sah sich um. Der Unbekannte war wie von der Bildfläche verschwunden. Sie spähte in die nahe liegenden Geschäfte, eilte die nächste Treppe zum Bahnsteig 7 und 8 empor, konnte aber keine Spur entdecken. Es war ihr rätselhaft, wo der Mann so schnell abgeblieben war.

Bei der nächsten abwärtsführenden Treppe ging sie ins Untergeschoss.

Hier unten herrschte ein buntes Treiben zwischen den zahlreichen Geschäften, Imbissbuden und Boutiquen. Frauke sah sich nach allen Seiten um, konnte aber weder einen Verfolger noch den Unbekannten entdecken.

Am Ende der Niki-de-Saint-Phalle-Promenade nahm sie die Treppe und fand sich am Kröpcke wieder.

Frauke hielt an einem Eisstand, kaufte sich eine Waffeltüte und bummelte gemächlich die Georgstraße abwärts Richtung Aegidientorplatz. Links lag das im spätklassizistischen Stil errichtete Gebäude der Staatsoper Hannover, eine der bedeutendsten Sehenswürdigkeiten der Stadt, nach deren Erbauer Georg Ludwig Friedrich Laves eine der Hauptverkehrsachsen benannt war.

Frauke hatte den Eindruck, dass dieses Straßenstück Hannovers Flaniermeile war. Das Varieté, die interessanten Geschäfte mit dem hochwertigen Angebot und die Cafés gaben diesem Abschnitt der Georgstraße ein besonderes Flair. Etwas weiter unten lag das »Oscar's«, in das Schwarczer sie nach dem Einsatz im Rotlichtviertel geführt hatte.

Frauke hielt einen Moment inne, als es von ihrer Eiswaffel leckte und auf ihren Finger tropfte. Dabei warf sie einen Blick zurück und gewahrte zwei Männer, die ihr im Abstand von zwanzig Metern zu folgen schienen. Im selben Moment, als die beiden bemerkten, dass Frauke sie entdeckt hatte, blieben sie stehen, sprachen miteinander, suchten nach einer Zigarette und zündeten sich einen

Glimmstängel an. Die Männer waren nicht sehr geschickt. Immer wieder sahen sie in Fraukes Richtung. Es gab keinen Zweifel. Sie wurde verfolgt. Frauke hatte nur einen kurzen Blick auf die beiden geworfen. Einer war in eine fast schmuddelig wirkende Jeansjacke gekleidet, und der zweite passte nicht zu ihm. Er trug saloppe, aber dennoch sicher nicht in jedem beliebigen Kaufhaus zu erstehende Kleidung. Der Jeansträger konnte ein Einheimischer sein, während sein Kumpan mit den dunklen, glänzenden Haaren eher einem südeuropäischen Typ entsprach.

Frauke ging langsam weiter, reduzierte ihr Tempo und hielt an der nächsten Straßeneinmündung, einer Fußgängerzone, an.

Sie aß in aller Ruhe ihr Eis auf, kramte in ihrer Handtasche und holte ein Papiertaschentuch hervor, mit dem sie sich umständlich die Lippen abtupfte und die Finger reinigte. Während sie das Tuch in die Tasche zurücksteckte, zog sie ihr Handy hervor, schaltete noch in der Tasche mit einer Hand auf Kameramodus, zielte mit dem Apparat in Richtung der beiden Verfolger und machte rasch zwei Aufnahmen. Das war den Männern nicht verborgen geblieben. Der Jeansträger stieß seinen Begleiter an. Beide gingen mit schnellem Schritt auf Frauke zu. Dabei sah sie, wie das Sakko des Südländers ein wenig zurückgestreift wurde und der matt schimmernde dunkle Stahl eines Pistolenknaufs sichtbar wurde.

Frauke hatte Gewissheit. Die beiden hatten es auf sie abgesehen. Fieberhaft überlegte sie, wie sie sich der Situation entziehen konnte. Wenn sie ihre eigene Waffe zog, könnte es in ein Feuergefecht münden, bei dem unbeteiligte Passanten in Mitleidenschaft gezogen würden. Die Männer waren ihr aber so dicht auf den Fersen, dass sie keine Möglichkeit sah, Hilfe herbeizutelefonieren. Es schien, als wäre sie in einer hoffnungslosen Position.

Sie hatte die nächste Straßenecke erreicht. Auf der anderen Seite befand sich ihr Ziel – der Georgsplatz. Es war zutreffend, was man ihr berichtet hatte. Dort trafen sich am Freitagnachmittag bei gutem Wetter die Biker, nicht institutionell, sondern nur aus der Freude am gemeinsamen Hobby Motorradfahren. Dicht an dicht parkten auf dem dreieckigen Platz unter den Kronen der mächtigen Bäume die Kräder, dazwischen standen in kleinen Gruppen Männer und eine Handvoll Frauen in Lederkluft, besahen sich die Maschinen, fachsimpelten, rauchten und genossen die Vorfreude auf das Wochenende. Auch die Sitzbänke am Rand des Platzes aus Glasbausteinen waren von den Motorradfreunden belegt. Frauke erblickte die Skulptur aus drei roten Säulen, die Bäume in den Pflanzbottichen und die Fontänen der drei Springbrunnen, die förmlich die Kulisse des bunten Treibens bildeten.

Mit raschem Schritt überquerte sie beim Wechsel der Ampel auf Grün die Seitenstraße. Am Rande der Versammlung stand eine Gruppe von drei Männern, die ihr entgegensahen. Ein älterer mit kurzem grau-weißem Haar löste sich daraus und kam ihr ein paar Schritte entgegen, nachdem er seinen Freunden etwas zugeraunt hatte. Frauke war zunächst versucht, dem Mann auszuweichen, aber er machte einen halben Ausfallschritt, sodass er genau in ihre Laufrichtung kam, breitete die Arme aus und fing sie förmlich auf. Dabei sah er an ihr vorbei über ihre Schulter in Richtung der Verfolger.

»Probleme?«, fragte er mit sonorer Stimme.

Bevor Frauke antworten konnte, waren die beiden anderen Biker neben Frauke und dem Mann.

»Wollen die etwas von Ihnen?«, fragte ein Jüngerer und rief über die Schulter: »Eh! Smookie.«

»Was ist?«, meldete sich eine Männerstimme aus einem Pulk heraus.

»Komm mal.«

Zunächst kam ein halbes Dutzend Motorradfreunde auf die kleine Gruppe zu, dann wurden es immer mehr in Leder Gekleidete, bis sie schließlich von einem Ring umschlossen waren.

»Wollen die etwas von Ihnen?«, wiederholte der Ältere mit den kurzen Haaren die Frage seines Kollegen.

»Ach, nichts«, wiegelte Frauke ab. »Ich glaube, das ist ein Missverständnis.« Sie drehte sich um. Die beiden Verfolger waren mitten auf der Straße stehen geblieben, hatten ratlos auf die sich bildende Gruppe von Bikern geblickt und sich dann auf die andere Straßenseite zurückgezogen. Von dort sahen sie grimmig zu Frauke herüber.

»Sollen wir uns die holen?«, fragte der Jüngere.

Der Ältere sah Frauke fragend an. Als sie leise den Kopf schüttelte, sagte er: »Lass, Thunder. Die Dame möchte keinen Ärger.«

»Die Typen schon«, zeigte sich Thunder angriffslustig.

Doch der Ältere sprach beschwichtigend auf ihn ein. Dann hob er seinen Arm und winkte in Richtung der Motorräder.

»Kommt zurück, Leute. Es ist alles in Ordnung.« Dabei fasste er Frauke sanft am Oberarm und zog sie mit.

»Kennen Sie die?«, fragte er und sah Frauke an. Dann merkte er, dass seine Frage zu persönlich wirkte. »Oh, Verzeihung. Ich wollte nicht aufdringlich sein.« Er sah zur anderen Straßenseite. »Die sehen aus, als wären sie von der hartnäckigen Sorte.« Er zog die Stirn kraus. »Wenn Sie jetzt weitergehen, lassen die nicht von Ihnen ab.«

Das vermutete Frauke auch. Die Verfolger standen immer noch dort, ein wenig ratlos. Aber sie machten keine Anstalten, aufzubrechen. Im Kreis der Biker schien sie vorläufig sicher zu sein. Natürlich hatte sie jetzt Gelegenheit, die Polizei zu verständigen. Das würde bei den Motorradfreunden aber zu Unruhe führen, obwohl alle friedlich aussahen und diese Versammlung alles andere als ein Rockertreffen war. Was würden die uniformierten Kollegen ausrichten können? Zwei Männer waren zufällig den gleichen Weg wie Frauke gegangen. Sie hatten Frauke nicht einmal angesprochen. Lediglich die Waffe, die der eine trug, hätten die Herren zu erklären gehabt. Alles andere, so könnte man argumentieren, wäre ihrer übersteigerten Phantasie entsprungen. Sie sah Putensenfs Grinsen vor sich: »Frauen sind für diesen Job nicht geeignet.« Nein. Sie musste allein mit der Situation fertig werden.

Der Ältere hatte sie keinen Augenblick aus den Augen gelassen. Fast schien es, als könne er Fraukes Gedanken lesen.

»Sie sind sich nicht sicher«, stellte er fest. Dann gab er sich einen Ruck. »Ich könnte Sie ein Stück auf dem Motorrad mitnehmen.«

Frauke sah sich um. Der Mann wies auf eine wuchtig aussehende BMW. »Leider habe ich keinen zweiten Helm dabei. Würden Sie das Risiko eingehen?«

Hatte sie eine Alternative? »Gut«, sagte sie. »Vielleicht ein, zwei Straßen.«

Erneut fasste er sie vorsichtig am Ärmel und führte sie zu seinem Motorrad. »Thunder und Smookie. Könnt ihr uns Geleitschutz geben?«

»Klar«, kam es wie im Chor von den beiden zurück.

Der Ältere setzte den Helm auf, schwang sich auf seine Maschine, tippte mit der Hand auf den Sozius und startete das Motorrad. Ein satter Sound ertönte. Er gab noch einmal Gas, und es schien, als würde die BMW zu Leben erweckt und darauf warten, ihre ungebändigte Kraft auf die Straße zu bringen. Frauke kletterte auf den Sozius und suchte eine Möglichkeit, sich festzuhalten. Smookie hatte ebenfalls seinen Helm aufgesetzt und seine Maschine gestartet. Er bemerkte Fraukes suchenden Blick und zeigte auf etwas, was sie nicht verstand. Jetzt hatte auch der Ältere es mitbekommen. Er drehte sich um, ergriff Fraukes Hand und zog sie um seinen Körper herum nach vorn. Dann zeigte er auf die andere Hand. Frauke hatte jetzt seinen Leib umschlungen. Sie sah, wie sich der schwere Helm bewegte. Es sollte ein Nicken sein. Dann ergriff der Ältere ihre beiden Hände und legte sie so zusammen, dass sie ineinander verschränkt waren. Schließlich gab er Gas und brauste, begleitet von seinen beiden Freunden als Eskorte, Richtung Aegidientorplatz davon. Von dort zweigte ihr Fahrer Richtung Hauptbahnhof ab, unterquerte die Eisenbahn an der Königstraße und brauste schließlich an einer lang gezogenen Grünanlage zur Rechten vorbei, von der Frauke annahm, dass es die Eilenriede war.

Sie wollte dem Mann auf die Schulter klopfen, dass er sie nun wieder absetzen konnte, aber der Fahrer machte keine Anstalten, anzuhalten. Immer wenn sie ihre Hand lösen wollte, gab der Mann Gas und ließ den Motor aufheulen. Es klang wie eine Warnung. Frauke spürte das Vibrieren der BMW zwischen ihren Schenkeln. Sie befürchtete, rücklings vom Motorrad zu fallen, wenn sie sich nicht an ihrem Fahrer festklammerte. Ohne Helm und Schutzkleidung war das lebensgefährlich. Außerdem fror sie jämmerlich. Der Fahrtwind machte ihr zu schaffen. Daher presste sie sich zwangsläufig eng an den Rücken des Mannes. Durch den Wind waren ihr Tränen in die Augen gestiegen. Sie sah nichts mehr, konnte nur im Unterbewusstsein registrieren, dass sie über einen Wasserlauf fuhren, gleich darauf links abbogen, noch zweimal die Straße wechselten, zu der parallel die Straßenbahn fuhr, und schließlich eine Autobahn oder Eisenbahn unterquerten. Kurz darauf bog der Mann in ein Wohngebiet ab und hielt schließlich in einer ruhigen Wohnstraße. Er winkte noch einmal Smookie und Thunder zu, die sich mit aufheulendem Motor verabschiedeten, dann nahm er seinen Helm ab, half Frauke, vom Sozius zu steigen, und bockte die Maschine auf.

Frauke sah sich um. Das große, repräsentative Haus mit dem Walmdach stand in einem gepflegten Garten. Entweder leistete sich der Mann einen Gärtner, oder die Pflege des Anwesens war sein zeitraubendes Hobby. Zur Straße hin verhinderte eine undurchsichtige Hecke den Blick Neugieriger auf das Anwesen. Nur gedämpft drangen die Geräusche der Stadt bis hierher. Im Frühjahr mussten die sorgfältig geschnittenen Rhododendren ein imposantes Farbfeuerwerk liefern. Jetzt standen Inseln mit blühenden Herbstblumen im Garten und bildeten Farbtupfer, bei denen die Augen verweilen konnten.

»Wo sind wir hier?«, fragte sie. Die Kälte steckte ihr noch in den Knochen. Sie hatte Mühe, ihre Gliedmaßen zu bewegen. Die Zähne schlugen aufeinander, so bibberte sie.

»Sie brauchen erst einmal einen heißen Tee«, sagte der Mann und lächelte sie an. Sie fand das erste Mal Zeit, ihn genauer zu betrachten. Die Lederjacke war hochgeschlossen. Der Hals wurde von einem Seidentuch verdeckt. Unter den kurzen grau-weißen Haaren zeigte sich ein Gesicht, aus dem zwei dunkelbraune Augen Frauke musterten. Lachfalten hatten neben den Augen ihre Furchen ins Antlitz gegraben. Der Mund war schmal, das Kinn kantig. Es war das, was der Volksmund »ein energisches Kinn« nannte. Wangen, Oberlippe und Halsansatz waren von einem gepflegten Dreitagebart überzogen. Die gesunde Gesichtsfarbe vervollständigte das Bild von einer attraktiven Erscheinung. Er hatte seine Handschuhe ausgezogen. Frauke sah auf zwei schlanke, gepflegte Hände.

Da Frauke immer noch unschlüssig im Vorgarten stand, ergriff er ihren Arm und zog sie sanft mit sich.

»Ich dulde keinen Widerspruch. Sie brauchen jetzt einen heißen Tee. So lasse ich Sie nicht gehen.«

Dann führte er sie ins Haus. Der erste Eindruck war überraschend. In der großzügigen Diele herrschte eine fast gespenstische Ruhe. Auf den mosaikartig gelegten Fliesen lag ein dicker Teppich. Eine antike Vitrine aus geschnitztem dunklem Holz beherrschte die Szene. An den Wänden hingen Ölbilder, die Frauke nicht zuordnen konnte, die aber nicht wie Repliken aussahen. In der Ecke stand eine mannshohe Holzfigur mit breitrandigem Hut und einem langen Bart. Sie glaubte, Don Quichotte zu erkennen. An der Decke hing ein gewaltiger Lüster. Es waren zwiespältige Eindrücke, die Frauke für einen Moment zögern ließen. Die Einrichtung wirkte düster, pompös, beeindruckend und auf eine merkwürdige Weise abstoßend und anziehend zugleich. Eine mit dickem Teppich belegte Treppe mit geschnitztem Handlauf führte nach oben.

Der Mann geleitete sie durch die Diele in einen Raum, der bis oben hin mit Büchern gefüllt war. Lediglich an einer Wand befand sich ein großer gemauerter Kamin, um den eine Gruppe schwerer Ohrensessel gruppiert war. Die in den Garten führenden Terrassentüren waren von dichten dunkelgrünen Samtvorhängen umgeben. Ein antiker Globus mit historischen Darstellungen, Frauke schätzte den Durchmesser auf einen guten Meter, bestimmte die Bibliothek. In einer anderen Ecke stand ein antiker Schreibtisch. Der gepolsterte, hochlehnige Stuhl harmonierte hervorragend damit.

Frauke trat in den Raum und versank fast im tiefen Teppich.

»Wollen Sie Platz nehmen?«, fragte der Mann.

Sie blieb stehen. »Wer sind Sie?«

Er verbeugte sich leicht. »Oh, Verzeihung.« Seine Stimme klang ein wenig spöttisch. »Wir hatten noch keine Gelegenheit, uns einander bekannt zu machen. Wer bin ich?« Dabei blitzten seine dunkelbraunen Augen auf. »Ist das nicht eine Frage, die wir uns ein ganzes Leben lang stellen?« Er fuhr sich mit der Hand durch das kurze, widerborstige Haar. »Das ist grau geworden. Aber eine Antwort habe ich noch nicht gefunden.« Er hielt für einen Moment inne. »Ach ja. Ich bin unhöflich zu Ihnen. Sie können mich schließlich nicht ›den Suchenden‹ nennen. Sagen wir – ich bin Georg. Schließlich sind wir uns am Georgsplatz begegnet.«

»Und weiter?«

Ein Lächeln umspielte seine Lippen. »Belassen wir es dabei. Und mit wem habe ich das Vergnügen?«

Frauke war versucht, ihm die Antwort zu verweigern, umgehend das Haus zu verlassen und sich ein Taxi zu rufen. Zuvor müsste sie aber herausfinden, wo sie sich befand. Und wo sollte sie hin? Im Hotel hatte sie ausgecheckt. Ihre Sachen lagen im Auto beim Landeskriminalamt. Entweder würde sie sich ein anderes Hotel suchen müssen, oder sie würde in ihre unfertige Wohnung einziehen, die der Organisation aber bekannt war. Ein Kälteschauer jagte ihr über den Rücken. Nein! Sie spürte keine Angst. Es war noch die Kühle der rasanten Fahrt auf dem Motorrad.

Georg hatte ihr Zittern mitbekommen. »Nehmen Sie Platz«, sagte er mit Bestimmtheit. »Ich werde einen Tee zubereiten und mich umziehen.« Er duldete keinen Widerspruch, drehte sich um und verließ den Raum. Kurz darauf kehrte er mit einer flauschigen Decke aus Kaschmirwolle zurück und reichte sie Frauke. »Hüllen Sie sich damit ein.« Dann verschwand er wieder.

Frauke stand unschlüssig im Raum. Schließlich setzte sie sich in einen der Sessel und schlang die Decke um ihren Leib. Die Wolle war angenehm weich und schmiegte sich an ihren Körper. Sie versuchte, auf Distanz die Titel auf den Rücken der Ledereinbände zu lesen. Es waren zum großen Teil fremdsprachige Titel. Sie entdeckte Englisch, Französisch, aber auch eine ganze Reihe lateinischer Beschriftungen. Oder war es Italienisch? Sie schalt sich eine Närrin. Überall vermutete sie Italien. Zeigte der gegen sie gerichtete Psychoterror Wirkung?

Ihr Gastgeber ließ sich eine Viertelstunde Zeit, bis er zurückkehrte. Dabei balancierte er ein silbernes Tablett mit feinen Ziselierungen am Rand. Behutsam setzte er es auf dem runden Tisch neben Fraukes Sessel ab, entzündete mit einem langen Streichholz das Stövchen und schenkte aus der bauchigen Kanne einen goldenen Tee in die Tasse aus feinem Knochenporzellan mit den rotbraunen Jagdmotiven ein. Dann füllte er sein Trinkgefäß und nahm im Nachbarsessel Platz.

»Bitte.« Er zeigte auf das Zuckerdöschen, und, als Frauke zögerte, füllte er einen der braunen Würfel in seine Tasse. Anschließend nahm er den Milchtopf und ließ den Strahl der Sahne über den Rücken des Teelöffels in das Getränk laufen. Sofort bildeten sich weiße Wölkchen.

»Darf ich?«, fragte er, wartete die Antwort nicht ab und richtete auch Fraukes Tee her.

Georg griff seine Tasse, hob sie unter die Nase, schloss die Augen und ließ das Aroma des Tees auf sich wirken, bevor er einen Schluck nahm. »Es ist das Geheimnis des Teegenusses«, erklärte er, »dass Tee und Zucker nicht umgerührt werden.«

»Sind Sie Ostfriese?«, fragte Frauke unvermittelt.

Er lachte hell auf. »Nein. Aber ich habe lange in England gelebt und mir die englische Teekultur zu eigen gemacht.«

Frauke nickte in Richtung der Bücher. »Sie waren oft im Ausland?«

»Ja«, antwortete Georg. »Ich hatte das Glück, schon viele schöne Flecken der Erde kennenzulernen.«

»Wo denn?«

»Ach, das würde zu weit führen. England. Ein paar Jahre habe ich in Amerika zugebracht.«

»Und Italien?«, fragte Frauke.

Georg sah sie eine Weile an, als würde er sie mustern wollen. »Dem Land verdanken wir sehr viel für die europäische Kultur.«

»Sie haben meine Frage nicht beantwortet.«

»Sie meine auch nicht.«

Frauke ließ sich Zeit. Dabei betrachtete sie ihn. Georg hatte markant geschnittene Gesichtszüge, männlich, aber nicht zu herb. Die schlanken, gepflegten Hände waren Frauke schon früher aufgefallen. Er trug eine helle Hose aus grober Seide, ein dazu passendes cremefarbenes Hemd, aus dessen Kragen ein Seidentuch ragte. Der Raum und er atmeten Noblesse, stellte Frauke für sich fest.

»Ich bin Frauke.«

»Frau-ke.« Es schien, als würde Georg sich den Namen auf der Zunge zergehen lassen. »Was bedeutet das? Ich vermute, es ist ein nordischer Name.«

»Der Name hat seinen Ursprung im Althochdeutschen, das ja bekanntlich Verwandtschaft mit dem Niederdeutschen aufweist. Er findet sich auch im Friesischen und bedeutet ›kleine Frau‹.«

Georg spitzte die Lippen. »Eine intelligente Namenswahl Ihrer Eltern für ein so charmantes Wesen.«

Frauke war irritiert. So hatte sie schon lange kein Mann mehr genannt. »Was bezwecken Sie mit der Aktion?«, fragte sie unvermittelt.

»Aber, aber«, lächelte Georg. Es klang fast eine Spur überheblich. »Darf ich Sie daran erinnern, dass Sie mir in die Arme gelaufen sind? Ich habe mich nicht auf den Georgsplatz gestellt und auf Sie gewartet.«

Georgsplatz, dachte Frauke. War es wirklich Zufall? Oder spielte dieser Mann mit ihr?

»Sie könnten die beiden Männer beauftragt haben.«

Der Mann nickte versonnen. »Gute Idee. Darauf bin ich noch nicht gekommen. Statt Anzeigen in der Wochenendausgabe oder der mühevollen Suche im Internet heuert man zwei Kerle an, die einem eine attraktive Frau einfangen. Man selbst spielt dann den willkommenen Ritter.«

»So wie Ihr Don Quichotte in der Diele?«

»Gefällt Ihnen die Plastik? Ich habe sie aus dem Herzen Spaniens, genauer gesagt aus Kastilien mitgebracht. Dort soll Don Quichotte gelebt haben. Eine pittoreske Region voller Unergründlichkeiten und zum Glück touristisch noch nicht überlaufen. Haben Sie Cervantes gelesen?«

Georg war zweifellos nicht nur intelligent, sondern auch gewandt, stellte Frauke fest. Geschickt hatte er das Thema gewechselt und war ihr ausgewichen.

»Ich danke Ihnen für Ihre Hilfe«, sagte Frauke. »Obwohl es mir sympathischer gewesen wäre, wenn Sie mich zwei Straßen weiter abgesetzt hätten.«

»Was hätte es Ihnen gebracht?« Georg sah auf ihre Hände. »Sie tragen keinen Ehering«, stellte er fest. »Soll ich jemanden benachrichtigen, der Sie abholt?«

Frauke hatte den Eindruck, sie würde ausgehorcht werden. »Das kann ich allein«, sagte sie barsch.

»Dazu brauchen Sie aber meine Hilfe. Ich müsste Ihnen die Adresse sagen. Oder?«

Am »Oder« erkannte Frauke, dass Georg mit ihr spielte. Würde sie behaupten, ihren Standort zu kennen, hätte sie offenkundig gelogen und ihre Position geschwächt. »Ein paar Schritte an der Luft werden mir guttun.«

Erneut erschien der spöttische Zug um Georgs Mundwinkel. »Und dann? Die beiden Männer haben nicht den Eindruck auf mich gemacht, als wäre Ihre Begegnung mit ihnen Zufall. Was hatte es für eine Bewandtnis, dass einer von den beiden eine Waffe trug?«

Frauke beugte sich vor. »Was wissen Sie? Spielen Sie nicht den Ahnungslosen.«

Georg faltete die Hände. »Ich bin durchaus selbstbewusst und weiß vieles, aber leider nicht alles.«

Der Mann hatte eine merkwürdige Art, ihren Fragen auszuweichen.

»Ich werde jetzt gehen.«

Georg wies Richtung Tür. »Bitte!« Er wartete eine Weile, bis er fortfuhr. »Und wohin?«

Leider hatte er recht. Außerdem war Frauke neugierig geworden. Wer war dieser Mann? Wenn er zu den beiden Verfolgern gehören würde, hätte er sie nicht vom Georgsplatz fortgebracht.

»Wie soll es weitergehen?«, fragte Frauke. Es klang wie eine Kapitulation. Georg sollte nicht merken, welches Ziel sie verfolgte. Er sollte nicht an ihren Gedanken teilhaben.

Der Mann trank in aller Ruhe seinen Tee aus. »Genießen wir den Augenblick«, sagte er und schenkte beiden Tassen nach. »Da Sie nicht protestiert haben, darf ich vermuten, dass Ihnen meine Mischung zugesagt hat.« Er wartete Fraukes Antwort nicht ab, sondern kredenzte die zweite Tasse in der gleichen Weise.

Sie spürte die wohltuende Wirkung des heißen Tees und die Wärme, die von der Decke ausging.

Sie saßen schweigend in der Bibliothek, belauerten einander wie zwei Raubtiere, die sich nicht aus der Deckung trauten, aber dem anderen auch keinen Vorteil verschaffen wollten. Georg musterte sie immer wieder aus den Augenwinkeln. Wenn er bemerkte, dass Frauke es registriert hatte, lächelte er versonnen in sich hinein.

Die Stille wurde schließlich durch Fraukes Magen unterbrochen, der sich mit einem heftigen Knurren bemerkbar machte.

»Borborygmus«, sagte Georg lachend. Als Frauke ihn fragend ansah, erklärte er: »Das sind Hungerkontraktionen. Die können nur bei einem leeren Magen entstehen, wenn bei Bewegungen der Magenwände Luft und Magensaft miteinander verwirbelt werden.« Er erhob sich. »Ich habe kein Talent in der Küche. Wenn Sie nicht anspruchsvoll sind, würde ich mich aber dort versuchen. Wollen Sie sich inzwischen ein wenig frisch machen?«

Frauke folgte ihm ins Obergeschoss. Er führte sie zu einer Tür, hinter der ein kleiner Flur lag. Von dem zweigte ein Gästezimmer ab, das im Unterschied zur düster wirkenden Bibliothek mit weißen Einbaumöbeln und zwei Rattansesseln ausgestattet war. Auch das Badezimmer war in freundlichen hellen Farben gefliest. Frauke versuchte, aus dem Dachschrägenfenster einen Blick zu erheischen, um Aufschluss über ihren Standort zu erzielen, konnte aber hinter der nächsten Häuserreihe nur ein weitgestrecktes Feld entdecken, das kein Ende zu nehmen schien.

Sie verschloss zunächst die Flurtür, dann das Badezimmer. Ihre Waffe lud sie durch und legte sie unter einem Handtuch versteckt auf den Hocker vor der Duschkabine. Dann ließ sie das warme Wasser über ihre Haut rauschen und fühlte sich anschließend herrlich vitalisiert.

Georg empfing sie am Fuß der Treppe und geleitete sie in ein Esszimmer, in dessen Mittelpunkt ein langer Tisch stand, an dem acht Personen Platz finden konnten. Georg hatte an einem Ende für zwei Personen gedeckt. Fraukes Blick blieb an dem silbernen Kerzenleuchter haften, wanderte über das erlesene englische Porzellan aus der gleichen Serie, die sie vom Tee her kannte, zum schweren Silberbesteck, den beiden Kristallgläsern und zum Dekantiergefäß, in dem ein Rotwein schimmerte. Georg geleitete sie an einen Platz, schob ihr den Stuhl zurecht und entschuldigte sich, um kurz darauf mit einem Servierwagen zurückzukehren, auf dem er Platten mit Leckereien aus dem Meer, von der Fleisch- und von der Käsetheke gezaubert hatte. Er merkte mit einem leisen Lächeln Fraukes Erstaunen an.

»Sie scheinen über viele Talente zu verfügen«, sagte Frauke.

»Ich selbst mag darüber kein Urteil fällen«, erwiderte er, schwenkte das Dekantiergefäß und schenkte sich ein, hielt das Glas gegen die Kerze und prüfte das Rubinrot. Er nahm einen Schluck, ließ ihn im Mund rollen, zog schmatzend Sauerstoff durch die gespitzten Lippen und nickte zufrieden. »Ich nehme mir die Freiheit, einen Schluck zu trinken, da ich nicht glaube, dass Sie sich heute noch meinen Fahrkünsten anvertrauen möchten.« Dann prostete er Frauke zu.

Sie probierte den Rotwein, der vollmundig war, einen samtenen Eindruck vermittelte und ohne Kratzen im Rachen einen runden Abgang hinterließ.

»Ich hoffe, er sagt Ihnen zu.« Dann forderte Georg sie auf, zuzugreifen.

Sie ließen sich viel Zeit beim Essen. Der Mann war ein charmanter und unterhaltsamer Plauderer. Er konnte ebenso ausführlich über die kulturelle Szene der Landeshauptstadt plaudern wie über die deutsche Theaterlandschaft, war in Literatur ebenso bewandert wie in der Musik, berichtete mit einem besonderen Glanz in den Augen von den Menschen und ihren Gewohnheiten in England und Amerika, wo er vorgab gelebt zu haben, und erwies sich als aufmerksamer Gastgeber.

Obwohl Frauke verschiedene Versuche unternahm, ihm Persönliches zu entlocken, seinen Zunamen oder den Beruf in Erfahrung zu bringen, gelang es ihr nicht. Auf höfliche, aber bestimmte Weise wich er immer wieder aus und schien dabei eine klammheimliche Freude zu empfinden. Umgekehrt unternahm er keinen einzigen Versuch, Frauke auszuhorchen. Diese Tatsache schärfte ihre Sinne, denn es konnte nur bedeuten, dass sie ihm nicht unbekannt war. Trotz des genossenen Weines war sie vorsichtig, stets darauf gefasst, dass Georgs freundliche Haltung umschlagen könnte. Aber er machte während des ganzen Abends nicht einen Versuch, ihr näher zu kommen, weder verbal noch handgreiflich.

Irgendwann überkam sie relativ plötzlich eine unstillbare Müdigkeit. Es war nicht die Wirkung des Rotweins, die sich langsam angekündigt hätte, sondern eine bleierne Schwere, die das Rückgrat heraufgekrochen kam, sich über die Schulter und den Nacken ausbreitete, die Oberarme erfasste und bis zu den Ellenbogengelenken reichte. Sie sah auf ihre Hände, die sich mühelos bewegen ließen. Die Schwere zog den Hals empor, teilte sich im Genick und wanderte an den Wangen entlang zur Schläfe. Es war, als wenn eine Teillähmung Augenlider und Lippen erfasste und schließlich auch ihr Gehirn nicht ausließ.

»Kommen Sie«, sagte Georg wie durch eine Nebelwand, stand auf und stützte sie auf seinem Arm. Willenlos folgte sie ihm.

SIEBEN

Die Sonne stand zu dieser Jahreszeit schon merklich flacher am Horizont. Sie begrüßte den neuen Tag erst, nachdem die Helligkeit die Nacht schon eine Weile abgelöst hatte. Dann dauerte es noch, bis sie einen solchen Stand erreicht hatte, dass sie schräg durch das Fenster fiel und sich an der Wand mit der Textiltapete ein verschobenes Rechteck abzeichnete, dessen untere Ecke halb die Hundertwassergrafik beleuchtete, die die Wand zierte. Es war ein schwacher Schein, da ein milchiger Schleier am Himmel hing und die Sonne um diese Jahreszeit nicht mehr die Kraft des Sommers besaß.

Frauke betrachtete das Bild. Ihre Augen wanderten durch den Raum, erfassten den Einbauschrank mit den aufgesetzten Leisten an den Türen, das passende Sideboard, den bequemen Sessel mit dem kleinen Tisch, den modernen Flachbildfernseher. Ihre Hand tastete zur Seite, erspürte eine Bettdecke, und als sie über die Schulter sah, erkannte sie die zweite Hälfte des Doppelbetts. Es war unbenutzt.

Auf dem Nachttisch stand eine Flasche Pellegrino, daneben ein unberührtes Glas. Ihr Blick fiel auf die Uhr. Es war halb acht. Der Raum sah aus wie ein komfortables Hotelzimmer, aber eben wie ein Hotel. Es war nicht das Hotel, in dem sie die Nächte seit ihrer Ankunft in Hannover zugebracht hatte. Sie kniff die Augen zusammen und rieb sich über die Lider. Langsam tauchten die Erinnerungen an den Vorabend auf. Georg. Sie hatten Rotwein getrunken, bis sie eine unendliche Müdigkeit überkam. Georg hatte ihr den Arm geboten und sie ins Obergeschoss begleitet. Jetzt lag sie hier – in diesem fremden Bett. Ein Schreck durchfuhr sie. Sie stützte sich auf den Ellenbogen und sah auf dem Fußboden vor ihrem Bett ihre Jeans und den hellen Pullover liegen, den sie gestern getragen hatte. Sie streckte die Hand unter die leichte und angenehm warme Decke und spürte, dass sie ihren Büstenhalter trug. Ihre Hand rutschte weiter abwärts und stieß mit den Fingerkuppen an den Bund ihres Slips. Was hatte das zu bedeuten? Natürlich wusste sie um die Wirkung von K.-o.-Tropfen. Ausgerechnet ihr musste es widerfahren, dass sie beim zwischenzeitlichen Gang auf die Toilette nicht damit rechnete, dass ihr jemand etwas ins Glas schüttete. Ein Schauder durchfuhr sie bei dem Gedanken. Sie war bestimmt kein Kind von Traurigkeit, aber den Partner für gewisse Stunden wollte sie sich schon selbst aussuchen.

Frauke kostete es Überwindung, die Erkundung fortzusetzen. Ihre Hand fuhr unter den Bund des Höschens, tastete sich langsam vorwärts, bis sie die Slipeinlage spürte, die sie gestern nach dem Duschen eingelegt hatte. Zumindest war der Mann nicht mit Brachialgewalt über sie hergefallen, sonst hätte der Zellstoff nicht mehr an diesem Platz gelegen. Sie schloss die Augen und ließ ihre Hand weiter erkunden. Nichts. Es gab keine Anzeichen dafür, dass Georg ihr Gewalt angetan oder ihren Blackout ausgenutzt hatte. Überrascht hielt sie inne.

Merkwürdig war auch, dass sie keine Kopfschmerzen verspürte, keinen Kater und keine Nachwirkungen der K.-o.-Tropfen. Ein leichtes Hungergefühl stellte sich ein, aber keine Übelkeit. Mit Schwung stand sie auf, ging ins Badezimmer und fand dort alles so vor, wie sie es gestern nach dem Duschen verlassen hatte. Einer Eingebung folgend ging sie, die Zahnbürste im Mund, zur Tür des Apartments, die den kleinen Flur zum Rest des Hauses begrenzte. Dort steckte der Schlüssel von der Innenseite. Millimeterweise bewegte sie die Türklinke. Der Raum war abgesperrt. Sie konnte sich nicht mehr daran erinnern, aber demnach musste sie selbst die Tür hinter sich verschlossen haben. Demnach war es auch möglich, dass sie sich selbst ausgekleidet und ins Bett gelegt hatte. Mit einem Achselzucken und merklich gehobener Stimmung kehrte sie ins Bad zurück und unterzog sich der Morgentoilette.

Als sie eine halbe Stunde später die Treppe hinunterkam, empfing sie Georg mit einem Lächeln in der Diele. Er hatte die Tür, aus der er herausgetreten war, nur angelehnt. Verführerischer Kaffeeduft stieg ihr in die Nase.

»Guten Morgen«, sagte er. »Ich hoffe, Sie haben gut geschlafen. Und erholsam.«

»Was haben Sie mir in den Rotwein getan?«, erwiderte sie anstelle eines Grußes und stemmte dabei die Fäuste in die Hüften.

»Ach?« Er zog die linke Augenbraue in die Höhe. »Sie haben es bemerkt?« Er fasste sie mit beiden Händen an die Schläfen. »Und? Spüren Sie etwas?«

»Was geht es Sie an«, fauchte sie zurück.

Er lächelte immer noch. »Ich vermute ... Tierkreiszeichen Löwe, so wie Sie fauchen. Dann habe ich das richtige Präparat in der richtigen Dosierung gewählt.«

»Was soll das? Warum haben Sie das gemacht?«

»Hätten Sie sonst so gut geschlafen?«, antwortete er mit einer Gegenfrage. »Sie sind ausgeruht und erholt.«

»Was soll das Ganze?«

»*Sie* haben sich *mir* aufgedrängt«, erinnerte er sie an den Vortag, »Dafür haben wir aber einen schönen Abend verbracht.«

»Wer sind Sie?«

Er lächelte. Dieses fast überheblich wirkende Lächeln, der leicht ironische Zug um seinen Mund, reizte Frauke.

»Georg.« Dabei verbeugte er sich leicht. »Aber das haben Frau Hauptkommissarin doch schon gestern in Erfahrung gebracht.«

Frauke stutzte. Sie hatte mit keiner Silbe erwähnt, dass sie Polizistin war. »Woher wissen Sie das?«

Er ließ nicht von seinem spöttischen Dauerlächeln ab und zeigte an ihr vorbei in Richtung Bibliothek.

Meine Handtasche!, schoss es Frauke durch den Kopf. Sie drehte sich auf dem Absatz um und eilte in den Raum, der tadellos aufgeräumt war. Die Terrassentür war einen Spaltbreit geöffnet, und die frische, noch etwas kühle Luft des Spätsommers strömte in den Raum. Die Tasche lag neben dem Sessel, in dem sie gestern gehockt hatte. Rasch öffnete sie das Behältnis und untersuchte den Inhalt. Pistole, Ausweispapiere, Handy, Portemonnaie. Alles war vorhanden. Sie kontrollierte die Anzahl der Patronen. Auch das stimmte. Von ihrem Handy war nicht telefoniert worden. Es lagen auch keine Anrufversuche vor. Auf die Kontrolle der Geldbörse verzichtete sie.

Georg stand an den Türrahmen gelehnt. »Ich mache andere Sachen, raube aber keine Handtaschen aus«, sagte er.

Frauke griff entschlossen ihre Tasche und klemmte sie sich unter den Arm. »Ich werde gehen.«

Georg schüttelte den Kopf, ohne seinen Platz zu verlassen. »Nein«, sagte er.

Blitzschnell fasste Frauke nach der Waffe und richtete sie auf den Mann. »Geben Sie den Weg frei.«

Er fing schallend an zu lachen, ohne sich durch ihre Drohgebärde beeindruckt zu zeigen.

»Was soll das?«, fragte er und zeigte auf die Pistole. »Wie wird das geahndet? Mundraub mit vorgehaltener Pistole? Sie bekommen auch ohne Einsatz von Waffengewalt Frühstück.« Er drehte sich um und kehrte ihr den Rücken zu. »Kommen Sie. Es ist gedeckt.«

Frauke steckte ihre Waffe wieder in die Tasche und folgte ihm in das Esszimmer. Tatsächlich war für zwei Personen eingedeckt. Auf dem Tisch standen zwei Platten mit Wurst und Käse, Honig, Marmelade, ein gekochtes Ei und frisch gepresster Orangensaft.

Georg setzte sich, schenkte Kaffee ein und sagte: »Ihre Präferenzen beim Genuss von Tee kenne ich ja nun. Wie Sie den Kaffee trinken, werden Sie mir jetzt verraten. So lerne ich Sie Stück für Stück besser kennen.«

Frauke nahm Platz und aß. Das Ei war auf die Minute genau wachsweich gekocht, der Schinken hauchfein geschnitten und so zart, dass er auf der Zunge zerging, und die Salate stammten mit Sicherheit aus einem Delikatessengeschäft.

»Wollen Sie mich damit beeindrucken?«, fragte sie zwischen zwei Bissen.

»Kann man das?«, erwiderte er.

»Wenn Sie wissen, dass ich Polizistin bin, können Sie mir vielleicht sagen, ob Sie dieses Motorrad kennen?« Sie holte die Fotografie von Stupinowitschs Maschine heraus.

Georg warf einen flüchtigen Blick darauf. »Eine Moto Guzzi«, stellte er fast beiläufig fest.

»Sie kennen das Krad?«

Er nickte. »Die Moto Guzzi – ja.«

»Auch diese bestimmte Maschine?«

»Das kann ich anhand einer Fotografie nicht sagen«, antwortete er lapidar und aß weiter.

Nach dem Frühstück wollte Frauke gehen, aber Georg ließ sie nicht. Er holte einen Schutzhelm, nötigte Frauke, ihn auszuprobieren und führte sie zum Motorrad. Sie erklomm den Sozius, klappte das Visier ihres Helms herunter und klammerte sich bei Georg fest. Ihre Hoffnung, durch die Fahrt Aufschluss über ihren Aufenthaltsort zu erhalten, wurde aber nicht erfüllt. Das Visier war so dunkel, dass sie so gut wie nichts erkennen konnte. Erst als sie durch die Welfenstraße am markanten Gebäude der Polizeiinspektion Ost vorbeifuhren, fand sie die Orientierung wieder. An der nächsten Ecke bog Georg in die Schützenstraße ab und hielt nach wenigen Metern vor dem Landeskriminalamt. Er half ihr vom Sozius und befreite sie vom Helm. Als sie hinters Motorrad gehen und einen Blick auf das Kennzeichen werfen wollte, hielt er sie am Ärmel fest.

»Ich habe Sie um nichts gebeten, aber das möchte ich nicht.«

»Wie kann ich Sie wieder erreichen?«, fragte Frauke.

Er lachte. »Ich melde mich bei Ihnen.« Dann zeigte er auf den Eingang. »Sie werden nun ins Haus gehen. Erst dann fahre ich ab.«

Sie überlegte, ob sie sich dem widersetzen sollte. Andererseits hatte Georg ihr gestern vorbehaltlos geholfen und weder den Aufenthalt in seinem merkwürdigen Haus noch ihren Blackout ausgenutzt. Sie verstand sich selbst nicht, verzichtete aber darauf, der Vernunft zu folgen und sich über seine Bitte hinwegzusetzen. Anhand der Einzelheiten, die sie sich gestern hatte merken können, würde sie das Haus wiederfinden. Und damit seine Identität. Da war sich Frauke sicher.

Im Landeskriminalamt waren die Flure leer und die Gänge verwaist. An dieser Tatsache zeigte sich, dass auch die Polizei nur eine Behörde war. Den geordneten Bürodienst konnten jedoch nicht alle Mitarbeiter wahrnehmen.

Frauke schaltete ihren Computer ein und fand eine ganze Handvoll neuer Nachrichten. Madsack hatte ihr mitgeteilt, dass man Blechschmidts Telefonverbindungen ausgewertet hatte. Der Verteiler der Arzneimittelfälschungen hatte gelegentlich eine Nummer in Weißrussland angerufen, die aber nicht weiter nachzuverfolgen war. Damit hatte er die Polizei belogen, als er erklärt hatte, über keine Kontaktdaten zu den Lieferanten zu verfügen, sondern stets angerufen worden zu sein. Sicher war der Rentner ein kleines Licht und in die Fänge dieser Leute geraten. Trotzdem ärgerte es Frauke, dass die Menschen die Polizei immer wieder unterschätzten und für dumm verkaufen wollten. Immerhin waren Madsacks Nachforschungen ein weiteres, wenn auch kleines Puzzleteil. Auch seine winzigen Fakten stützten den Nachweis, dass die Lieferungen über Weißrussland liefen.

Schwarczer hatte ebenfalls einen Tätigkeitsbericht in den Computer eingestellt. Er hatte Erkundigungen über die Motorradwerkstatt eingezogen, in der Stupinowitschs Maschine gewartet worden war. Es lag nichts gegen diesen Betrieb vor. Die Werkstatt war unverdächtig und unter Motorradkennern eine gute Wahl, schrieb der Kommissar. Außerdem hatte er Trapattonis Alibi geprüft. Mireille alias Agnezia Boronin, die als Animierdame im Sexclub arbeitete, hatte bestätigt, Mittwoch früh nach Feierabend mit ihrem »Kollegen« Massimo Trapattoni in dessen Wohnung gefahren zu sein. Ungefragt hatte sie angefügt, dass es dort immer wieder und bis in den späten Nachmittag hinein zu sexuellen Handlungen gekommen sei – »intensiv und ausdauernd«, hatte sie dabei ausdrücklich und mehrfach betont. Frauke drückte den Text weg. Das Intimleben anderer Leute interessierte sie herzlich wenig.

Danielo Battaligia, der als Strohmann Betreiber des Bordells war, war wegen unerlaubtem Schusswaffenbesitz, Körperverletzung und Verstoß gegen das Betäubungsmittelgesetz vorbestraft, schrieb Schwarczer weiter und verwies auf die mögliche Verbindung zu Igor Stupinowitsch. Wenn das zutrifft, dachte Frauke, gäbe es den ersten konkreten Hinweis auf eine unheilvolle Allianz zwischen den Italienern und den Weißrussen.

Die Kriminaltechnik hatte einen Bericht geschickt. Bei der Waffe, mit der Friedrich Rabenstein ermordet wurde, handelte es sich höchstwahrscheinlich um ein Gewehr der Marke G3. Die Techniker zogen ihre Schlüsse aus dem verwendeten Kaliber und dem Geschoss, das die Rechtsmedizin bei der Obduktion aus dem Kopf des Rentners geborgen hatte.

Frauke war überrascht, was sich während ihrer Abwesenheit alles ereignet hatte. Als Letztes öffnete sie eine Nachricht von Jakob Putensenf.

»Es wäre schön, wenn Sie sich verabschieden würden, bevor Sie ins lange Wochenende verschwinden«, schrieb der Kriminalhauptmeister. Dann berichtete Putensenf, dass Bernd Richter einen Anwalt mit der Wahrnehmung seiner rechtlichen Interessen betraut hatte. »Richter hatte außerdem am Freitag Besuch. Das war vom Staatsanwalt genehmigt«, hatte er noch angefügt.

Frauke klopfte zornig gegen den Bildschirm. »Putensenf, das hat Methode«, schimpfte sie. »Jeder andere hätte ausführlicher geschrieben.« Es dauerte eine Weile, bis Frauke einen Beamten erreicht hatte, der sich zuständig fühlte, ihr weitere Informationen zu geben.

»Wie kommen Sie dazu, dem Untersuchungshäftling Außenkontakte zu gewähren?«, herrschte Frauke den verdutzen Mann an.

»Moment mal. Erstens habe ich das nicht zu verantworten, und zweitens sollten Sie sich in Ihrem Ton mäßigen.«

»Das ist unprofessionell und kontraproduktiv«, schimpfte Frauke. »Worüber haben Richter und sein Besucher gesprochen?«

»Ich bin nicht allwissend.«

»Dann sagen Sie mir wenigstens, wer der Besucher war.«

»Moment.« Frauke hörte, wie der Telefonhörer auf den Tisch gelegt wurde. Dann dauerte es eine Ewigkeit. Frauke hatte den Eindruck, der Beamte ließ sie extra lange warten, bis er sich wieder meldete. »Eberhard Annenmeyer.«

»Fein. Und wer ist das?«

»Ich kenne ihn nicht persönlich. Er hat sich ausgewiesen und wohnt in Wittingen.«

»Weiter. Alter, Anschrift. Beruf.«

»Annenmeyer wohnt in der Spörkenstraße und ist dreiundvierzig Jahre alt. Leider sind hier weder Schuh- noch Hutgröße vermerkt.«

»Sparen Sie sich Ihren Sarkasmus. Was ist Annenmeyer von Beruf?«

»Das Gleiche wie Sie, vermutlich nur von einer etwas freundlicheren Art.«

»Der Mann ist Polizist?«

Der Beamte am anderen Ende der Leitung bestätigte es noch einmal. Dann beendete er ziemlich frostig das Gespräch.

Frauke schüttelte den Kopf. »Dilettantisch«, schimpfte sie und schüttelte den Kopf. »Das wäre in Flensburg nie passiert.« Sie suchte die Telefonnummer heraus und rief in Wittingen an. Zunächst hatte sie Schwierigkeiten, den Teilnehmer zu verstehen, weil im Hintergrund überlaute Musik dröhnte.

»Geht's auch leiser?«, fragte sie.

»Nö«, antwortete eine Stimme an der Grenze zwischen Knabenchor und Jungmann, bequemte sich aber doch, die Lautstärke zu drosseln.

»Ich möchte Eberhard Annenmeyer sprechen.«

»Der ist nicht da.«

»Ist das dein Vater?« Frauke unterstellte, dass es sich um den Sohn handelte. Sie hatte das Du gewählt. Prompt erwiderte der junge Mann: »Was willst du denn von ihm?«

»Gibt es Themen, die nur Erwachsene etwas angehen?«

»Dann versuch doch selbst, ihn zu erreichen«, erwiderte der Sohn, wie Frauke vermutete, nachdem er nicht bestritten hatte, dass Annenmeyer sein Vater sei.

Frauke reichte es. Nach dem merkwürdigen Auftreten von Georg, Putensenfs unbefriedigenden Nachrichten und dem unfreundlichen Vollzugsbeamten hatte der junge Mann das Fass zum Überlaufen gebracht.

»Hör mal zu, du Schnösel. Hier ist das Landeskriminalamt. Und wenn du mir nicht augenblicklich sagst, wo ich deinen Vater erreichen kann, hat das ausgesprochen unangenehme Konsequenzen für dich. Und für deinen alten Herrn. Ist das klar?« Die letzten Worte waren so scharf ausgesprochen worden, dass es einen Augenblick ruhig blieb im Hörer. Sichtlich kleinlauter meldete sich der Junge wieder.

»Der ist zum Dienst.«

»In Wittingen?«

»Ja.«

»Wie heißt du? Damit ich deinem Vater erzählen kann, welchen Naseweis er sich da herangezogen hat.«

»Philipp«, kam es über die Leitung, dem ein gehauchtes »Entschuldigung« folgte.

»Denk das nächste Mal nach«, riet ihm Frauke, »und hör dir anständige Musik an, du oller Klütenkacker.« Dann legte sie auf in der

Gewissheit, dass Philipp Annenmeyer ihre letzten Worte nicht verstanden hatte.

Frauke war zunächst versucht, Richter zu befragen, entschied sich dann aber doch, nach Wittingen zu fahren, um von Annenmeyer zu erfahren, was den Mann bewogen hatte, Bernd Richter im Untersuchungsgefängnis zu besuchen.

Sie besorgte sich aus dem Automaten einen Becher Kaffee und ärgerte sich über sich selbst, dass sie an einem Sonnabend oder Samstag, wie man hier zu sagen pflegte, der Versuchung erlegen war. Das Gebräu war abgestanden und schmeckte abscheulich. Nun hatte sie Geld geopfert, nur um die Leitung im Automaten zu reinigen.

Frauke atmete tief durch, als sie merkte, dass sie mit allem und jedem unzufrieden war. Ihr Missmut übertrug sich auch auf ihre Fahrweise. Es schien ihr, als wären an diesem Samstag nur Leute unterwegs, die es darauf abgesehen hatten, sie zu ärgern. Hinter Gifhorn fuhr sie durch das große Moor und das lang gestreckte Straßendorf Neudorf-Platendorf, das vor vielen Jahren bundesweit durch ausgedehnte Moorbrände in die Schlagzeilen geraten war, als auch – so schien es Frauke in der Erinnerung – die halbe Lüneburger Heide in Flammen gestanden hatte. Zur Rechten verbarg sich der bei Soldaten ungeliebte Truppenübungsplatz Ehra-Lessien, dahinter das VW-Versuchsgelände mit der Hochgeschwindigkeitsteststrecke.

Frauke war mit sich selbst zufrieden, da sie, zumindest in groben Zügen, um diese regionalen Besonderheiten wusste.

Die Kleinstadt Wittingen zeigte sich von der ruhigen Seite, die Frauke erwartet hatte. Hier, fernab der großen Zentren, wo die nächsten Städte Gifhorn, Salzwedel oder Uelzen hießen, schien alles eine Spur beschaulicher abzulaufen. Das Leben der Menschen war einen Gang heruntergeschaltet. Wer sich daran gewöhnt hatte, dachte Frauke, hatte für sich selbst mit Sicherheit Lebensqualität gewonnen. Auch wenn die nahe ehemalige deutsch-deutsche Grenze schon lange nicht mehr existierte, hatte Wittingen immer noch eine »Randlage«.

Das Polizeikommissariat war in einem unscheinbaren Gebäude am Grünen Weg, unweit des Krankenhauses, untergebracht. Von außen wirkte das Haus mit dem weißen Putz und dem roten Ziegeldach wie ein größeres Einfamilienhaus. Vor dem Haus parkten ein älterer Audi sowie der Streifenwagen.

Frauke musste eine Weile warten, bis ihr ein behäbig wirkender älterer Beamter mit grauen Haaren öffnete und sie mit hochgezogener Augenbraue ansah.

»Ich möchte den Kollegen Annenmeyer sprechen«, sagte Frauke, hielt dem Polizisten ihren Dienstausweis direkt vor die Nase und schob hinterher: »Dobermann. Ich komme vom LKA.«

»Ja, aber …«, sagte der Mann verdutzt.

»Wollen Sie mich vor der Tür stehen lassen?«

Der Beamte trat zur Seite. »Nein«, stotterte er. »Kommen Sie bitte mit, Frau äh …«

Frauke unterließ es, ihren Namen zu wiederholen, und folgte dem Polizisten in einen Aufenthaltsraum, in dem ein zweiter Beamter saß und aufsah.

»Eberhard. Da ist jemand vom LKA und will zu dir.«

»Zu mir?« Annenmeyer war rotblond, hatte aufgeblasene rote Wangen wie das Kind auf der Zwiebackpackung und sah Frauke erstaunt an. An den beiden silbernen Sternen auf der Schulterklappe erkannte Frauke, dass Annenmeyer Oberkommissar war. Er schob eine Papiertüte mit Berlinern zur Seite, aus denen sich die beiden Beamten offenbar bedient hatten.

Frauke drehte sich zum zweiten Polizisten um. »Ich würde gern allein mit dem Kollegen sprechen.«

Der Grauhaarige zuckte die Schultern, murmelte: »Ich bin im Büro«, und verließ den Raum.

Frauke folgte ihm. »Ich sagte: *allein*!« und schloss die Tür so schwungvoll, dass es knallte, nachdem der Beamte sie mehr als einen Spalt offen stehen lassen wollte.

Die Aktion hatte Annenmeyer sichtlich beeindruckt. Er sah Frauke aus großen Augen unsicher an.

»Sie haben Bernd Richter im Untersuchungsgefängnis in Hannover besucht. Warum?«

Annenmeyer öffnete den Mund, als wollte er antworten, doch dann schloss er die Lippen wieder. Er presste sie zusammen, als fürchtete er, etwas Ungewolltes auszusprechen.

»Annenmeyer, Sie sind Polizist und kennen die Spielregeln. Richter wird dringend des Mordes verdächtigt. Und das an einem Kollegen, an einem Polizisten wie Sie und ich.«

»Das muss noch bewiesen werden«, sagte der Beamte. Es klang trotzig.

»Wollen Sie mich auf den Arm nehmen? Wer hat Ihnen so etwas erzählt? Richter?«

»Bernd und ich waren zusammen in der Ausbildung, damals in Hannoversch Münden. Anschließend haben wir uns in Braunschweig wiedergetroffen und waren dort zwei Jahre zusammen, bis ...« Der Mann sah an Frauke vorbei, bevor er fortfuhr. »Bis Bernd zur Kripo ging. Ich blieb noch in Braunschweig, bis ich hierherkam.«

»Was verbindet Sie mit Richter?«

»Wir waren Kollegen, gute Kollegen. Als Polizist fällt es schwer, Freundschaften zu schließen. Der Dienst – und so. Sie können kaum einem geregelten Hobby nachgehen. So ist es nicht verwunderlich, dass sich der Freundeskreis oft auf die Kollegen ausrichtet.«

»Sie sind also mit Richter befreundet?«

»Ja.« Annenmeyer sprach leise. »Obwohl der Kontakt mal intensiver, dann wieder etwas lockerer war. Wir haben uns unregelmäßig gesehen.«

»Für eine lockere Freundschaft ist es aber ungewöhnlich, dass Sie Ihren Kumpel Richter in der Untersuchungshaft besuchen.«

Annenmeyers Hände strichen nervös über die Tischplatte, als würde er etwas wegwischen wollen.

»So locker war die Verbindung doch nicht.«

»Hatten Sie einen triftigen Grund, mit Richter zu sprechen?«

»Nun – ja. Wie gesagt ... Ich kann mir nicht vorstellen, dass Bernd ein Mörder ist.«

»Das glaubt man von den wenigsten Tätern.« Frauke kniff die Augen ein wenig zusammen und musterte Annenmeyer, der immer nervöser wurde und sich wegduckte, als könnte er sich dadurch unsichtbar machen.

»Führen Sie mich nicht an der Nase herum. Das haben heute schon andere versucht. Warum hat Richter um Ihren Besuch gebeten?«

Annenmeyer sah sie aus weit geöffneten Augen an. »Wieso? Woher wissen Sie ...«, stammelte er, versuchte sich aber schnell zu korrigieren. »So war es nicht. *Ich* habe mit Bernd sprechen wollen.«

Frauke lehnte sich zurück. »Nur mal so. Weil Sie an einem Freitag nichts Besseres zu tun hatten. Woher wussten Sie überhaupt, dass Richter in Untersuchungshaft ist?«

Annenmeyer schien sich ein wenig zu fangen. »Aus der Zeitung. Und für diese Region ist die Schulenburger Landstraße zuständig.« Er nannte die Adresse der Justizvollzugsanstalt.

»Nein!«, widersprach ihm Frauke und zupfte mit den Fingern den Pullover auf ihrer Schulter in die Höhe, dort, wo Annenmeyer seine Schulterklappen trug. »Sie sollten im Interesse Ihrer Karriere bei der Wahrheit bleiben. Mit über vierzig erlernen Sie keinen anderen Beruf mehr. Wie wollen Sie Philipp klarmachen, dass er aus dem schönen Haus in der Spörkenstraße ausziehen muss? Wollen Sie ihm zumuten, durch eine Kleinstadt wie Wittingen Spießruten zu laufen, weil jeder hinter ihm hertuschelt, dass sein Vater als Polizeibeamter Verfehlungen begangen hat?«

»Ich habe doch nichts getan, nur Bernd Richter besucht. Ehrlich.«

Frauke streckte ihre Hand aus und zeigte mit dem Finger auf Annenmeyer. »Ich mag keine Leute wie Sie, die mit Mördern konspirieren. Wenn Sie mit der Mafia zu tun haben, ist Ihr Leben zu Ende«, drohte sie ihm und schnipste dabei mit den Fingern.

»Mafia?« Erschrecken stand dem Polizisten ins Gesicht geschrieben. »Welche Mafia?«

»Richter hat vermutlich im Auftrag der organisierten Kriminalität gehandelt, die man gemeinhin als Mafia bezeichnet, auch wenn in diesem Fall eine andere Vereinigung dahinterstecken mag.«

»Damit habe ich nichts zu tun.« Annenmeyer atmete schwer und wischte sich mit dem Hemdsärmel über die schweißnasse Stirn.

Frauke hatte eine Idee. »Hat Dottore Carretta Sie informiert?«

Der Polizist schüttelte sich, als hätte er Fieber. »Der Anwalt hat doch nichts mit der Mafia zu tun.«

Frauke atmete tief durch. »Also doch. Der Anwalt hat Sie angerufen. Weshalb?«

»Er vertritt Bernd«, antwortete Annenmeyer schwach. »Und Richter hat ihn gebeten, mich zu informieren.«

Das war eine faustdicke Überraschung für Frauke, dass Richter, der sich bisher geweigert hatte, sich rechtlich vertreten zu lassen, ausgerechnet den italienischen Anwalt als Verteidiger gewählt hatte. Der greise und auf den ersten Blick fast senil wirkende Advokat schien überall seine Finger im Spiel zu haben. Andererseits hatte die Gegenseite damit einen – weiteren – Fehler begangen. Wenn Richter dem Dottore das Mandat übertrug, dokumentierte er seine Verbindung zur Organisation. Auch die geschicktesten Verbrecher verstrickten sich oft in Kleinigkeiten.

»Woher kennen Sie den Anwalt?«

Annenmeyer hielt sich beide Hände vor den Bauch, als hätte er Leibkrämpfe. Als er sie ein wenig verlegte, sah Frauke die nassen Abdrücke auf dem Uniformhemd. Dem Mann schoss der Schweiß aus allen Poren.

»Dr. Carretta hat den Vertrag aufgesetzt«, sagte er mit kaum wahrnehmbarer Stimme. Immerhin, registrierte Frauke, hatte der Polizist »Dr. Carretta« und nicht »Dottore« gesagt.

»Was für einen Vertrag?«

»Als Polizist, Sie wissen …« Annenmeyer schluckte schwer. »Als Polizist verdienen Sie nicht übermäßig. Meine Frau konnte nicht mitarbeiten, weil wir neben Philipp noch ein krankes Kind haben. So war es damals schwierig, eine Hypothek für das Haus zu bekommen. Uns fehlte es am nötigen Eigenkapital. Und hier, in Wittingen, können Sie nur schwer eine Wohnung bekommen. Das Angebot ist sehr dürftig.«

»Sie haben Geld genommen?« Frauke hatte in ihre Frage alle Schärfe gelegt.

»Um Gottes willen. Nein!« Es klang wie ein Aufschrei. »Bernd hat mir damals geholfen, einen Kreditgeber zu finden, der das fehlende Eigenkapital ersetzt hat. Wir haben einen regulären Kreditvertrag gemacht, mit Zinsen und so.« Annenmeyer seufzte. »Ich zahle dafür sogar wesentlich mehr Zinsen, als ich bei einer normalen Bank zu entrichten hätte. Ich kann das alles belegen. Monat für Monat.«

»Wer ist der Kreditgeber?«

»Einer aus Hannover. Ein Gastwirt. Danielo Battaligia.«

Frauke war nicht überrascht. Battaligia hielt als vermeintlicher

Strohmann die Geschäftsanteile für den Sexclub in Hannover, hinter dem Igor Stupinowitsch stecken sollte.

»Gastronom?«, fragte Frauke mit deutlichem Zynismus in der Stimme. »Ihr Baugeld stammt aus einem Bordell.«

Annenmeyer presste die Hände noch fester vor seinen Leib. Plötzlich würgte er, sprang auf und rannte aus dem Raum. Dabei fiel sein Stuhl polternd nach hinten.

Die Tür zum Nebenraum wurde aufgerissen, und der grauhaarige Polizist steckte seinen Kopf durch den Türspalt. »Was ist denn hier los?«, fragte er mit einem drohenden Unterton. Dann hielt er inne, als er und Frauke durch die geöffneten Türen vernahmen, wie Annenmeyer eine Sturzentleerung des Darms durchlitt.

Frauke stand auf. »Ich bin hier fertig«, sagte sie und nickte mit dem Kopf in Richtung der Nasszellen, aus der jetzt zu vernehmen war, dass Annenmeyers Übelkeit auch den Magen erfasst hatte, dessen Inhalt sich einen anderen Weg ins Freie suchte. »Kümmern Sie sich um Ihren Kollegen.« Sie verließ ohne weitere Erklärung das Polizeikommissariat in der an einem Wochenende so friedlichen Kleinstadt Wittingen.

Frauke hatte für die Rückfahrt den Weg über Celle gewählt. Sie war schon auf Höhe Burgdorf, als sich ihr Handy meldete. Das Display zeigte einen anonymen Anrufer an. Sie drückte auf den Knopf für die Freisprecheinrichtung und meldete sich mit »Ja«.

»Hallo«, vernahm sie eine männliche Stimme. Über Lautsprecher klang sie ein wenig verzerrt, dennoch erkannte Frauke sie.

»Woher haben Sie meine Nummer?«

»Wollen Sie mich nicht zunächst einmal begrüßen und mir erklären, dass Sie sich über meinen Anruf freuen?«, erwiderte Georg.

»Gibt es einen Grund dafür?«

»Ja. Schließlich haben wir einen angenehmen Abend miteinander verbracht.«

»Was kann ich für Sie tun?«, antwortete Frauke schnippisch. Sie war sich selbst nicht sicher, ob sie sich über den Anruf freuen oder ärgern sollte. Woher kannte Georg ihre Handynummer? Selbst wenn er am Morgen ihre Handtasche durchgesehen hatte, gab es dort keinen Hinweis auf den Anschluss. Er musste sich folglich das

Gerät näher angesehen und die Funktion »eigene Rufnummer« aufgerufen haben. Das missfiel ihr.

»Och«, sagte Georg. »Wenn Sie so direkt fragen … Nehmen Sie meine Einladung für heute Abend an. Ich möchte mit Ihnen essen gehen. Und bevor Sie mit einer Ausrede kommen … Sie haben in der letzten Nacht erholsam geschlafen. Das Argument, Sie bräuchten die Nachtruhe, zählt also nicht.«

Frauke musste innerlich schmunzeln. »Bei Ihnen zu Hause? Und welche Droge wollen Sie mir dann verabreichen?«

»Keine. Und ich möchte Sie auch an einen neutralen Ort führen.«

»Gut«, entschied Frauke. »Aber den bestimme ich.«

Georg schien für einen Moment enttäuscht. »Was schlagen Sie vor?«

»Ich möchte mit Ihnen zu einem Italiener.«

»Pizza und so?«, fragte er. Es klang ein wenig geringschätzig.

»Genau. Und zwar in Jeans.« Frauke legte Betonung auf diese Worte, nachdem sie sich an das Ambiente in Georgs Haus und die üppige Auswahl zum Frühstück erinnerte.

»Welchen Verhandlungsspielraum habe ich?«

»Keinen.«

Georg seufzte. »Schön. Dann hole sich Sie um halb acht ab.«

Der Mann wurde ihr immer unheimlicher. Woher kannte er ihre Anschrift? Sie hatte sich noch nicht umgemeldet, und in ihren Papieren stand noch die alte Adresse. Sie wollte etwas erwidern, aber Georg hatte schon aufgelegt.

Sie hatte Glück und fand einen Parkplatz in der Lister Meile unweit ihrer Wohnung. Aufmerksam sah sie sich um und suchte nach verdächtigen Leuten. Die Straße war mäßig frequentiert, aber niemand erregte ihr Misstrauen. Sie verschloss sorgfältig ihr Fahrzeug und ging langsam zum Hauseingang. Unterwegs blieb sie vor jedem zweiten Schaufenster stehen, sah sich um und suchte nach einem Verfolger. Aber sie konnte niemanden entdecken. Alle Passanten schienen harmlos zu sein.

Mit großer Anspannung betrat sie das Treppenhaus, stets in der Erwartung, dass jemand hinter einem Mauervorsprung lauern könnte. Du bist übersensibilisiert, schalt sie sich selbst. Woher sollte ein

Verfolger wissen, ob und wann sie wieder ihre Wohnung betreten würde? Niemand würde sich so lange im Treppenhaus aufhalten, schon gar nicht unentdeckt.

Bevor sie die Wohnungstür aufschloss, entnahm sie ihrer Handtasche die Waffe und lud sie durch. Das Schloss war durch zwei Umschließungen gesichert, so wie sie es hinterlassen hatte. Im Flur empfing sie der muffige Geruch, der immer noch in den Räumen waberte. Obwohl es heller Tag war und genügend Tageslicht aus den Räumen auf den Flur fiel, knipste sie das Licht an. Die nackte Glühbirne, die provisorisch an zwei Drähten von der Decke hing, tauchte den Korridor in ein kaltes Licht. Mit gespannter Aufmerksamkeit und der Waffe in Vorhalte suchte sie alle Räume ab, sah in die Kammer und in die Schränke. Nichts. Die Wohnung war leer. Es sah auch nicht so aus, als hätte sich ein ungebetener Besucher während ihrer Abwesenheit hier aufgehalten.

Frauke verschloss die Haustür und balancierte ein leeres Glas auf dem Türgriff. So würde sie hören, wenn sich jemand heimlich Zugang verschaffen sollte.

Dann brühte sie sich einen Kaffee auf, verrichtete ein paar Handgriffe im noch ungeordneten Haushalt und schaffte es dabei sogar, sich ein wenig abzulenken.

Sie ärgerte sich über sich selbst, als sie registrierte, dass sie zwischendurch oft auf die Uhr sah. Noch erstaunter war sie, als sie sich ins Badezimmer zurückzog, sich sorgfältig zurechtmachte und auch die Auswahl ihrer Kleidung kritisch vollzog. Bei einem prüfenden Blick in den Spiegel überlegte sie, wie lange es her war, dass sie so viel Mühe aufgewandt hatte, weil sie sich mit einem Mann traf.

Auf die Minute genau klingelte ihr Handy. Georg teilte ihr mit, dass er vor der Haustür auf sie warten würde. Hatte er nicht an der Haustür geklingelt, weil er aufgrund des fehlenden Namens nicht wusste, welcher Knopf ihr gehörte? Oder war es seine an den Tag gelegte Zurückhaltung?

Georg begrüßte sie mit Handschlag. Er hatte legere Kleidung gewählt, die aber trotzdem den edlen Herrenausstatter verriet.

»Wohin?«, fragte er.

»Ich habe kein Ziel«, sagte Frauke. »Bummeln wir ein wenig.«

»Einfach so?«

Ein wenig mürrisch beugte sich Georg ihrem Wunsch und schritt an ihrer Seite scheinbar planlos durch die Straßen. Frauke versuchte, unauffällig nach einem System die Gegend abzulaufen, während sie nach italienischen Restaurants Ausschau hielt. Sie hatten nach gut eineinhalb Stunden Fußmarsch eine Handvoll entdeckt und inspiziert, aber Frauke hatte stets bekundet, ihr würde das Lokal nicht zusagen.

»Wenn Sie mir Ihre Wünsche offenbaren, könnte ich vielleicht behilflich sein«, sagte Georg. »Außerdem fällt mir auf, dass Sie nach einem festen Plan strukturiert die Gegend erkunden. Suchen Sie etwas?«

»Nein«, bestritt Frauke und merkte selbst, wie schwach ihr Argument klang.

Als sie auf die nächste Pizzeria stießen, weigerte sich Georg weiterzulaufen. Frauke willigte ein und folgte ihm. Es war ein italienisches Restaurant mit einer umfangreichen Karte, auf der sich all das fand, was der deutsche Gast als »typisch italienisch« erachtete.

Der Kellner war freundlich, das Essen genießbar, ohne dass Frauke ins Schwelgen verfiel, der Rotwein rustikal und ehrlich, und Georg erwies sich – wieder einmal – als kurzweiliger und unterhaltsamer Begleiter.

Obwohl Frauke mehrfach den Versuch unternahm, ihn auszufragen, nach seinem Namen, seinem Beruf oder anderen persönlichen Dingen, wich er stets aus. Es schien ihm fast eine diebische Freude zu bereiten, sich geheimnisvoll zu geben.

Frauke achtete sorgfältig darauf, dass Georg ihr nichts ins Glas geben konnte, und als sie irgendwann von der Toilette zurückkehrte, bat sie den Kellner um ein neues.

Georg lachte. »Sie trauen mir alles Böse zu.«

»Solange Sie sich nicht offenbaren – ja.«

Erneut zeigte er ein fast jugendlich-frisches Lachen. Dabei zogen sich die Falten um seine Augen zusammen. »Ich genieße es, Frau Hauptkommissarin, wenn Sie gegen mich ermitteln.«

»Das sollten Sie nicht auf die leichte Schulter nehmen. Im Übrigen ist meine Nähe nicht ungefährlich, wie Sie gestern selbst gesehen haben.«

Georg war immer noch belustigt. »Ich liebe Gefahr. Ansonsten bin ich mir sicher, dass *mir* niemand etwas zuleide tut.«

Frauke hielt in der Bewegung inne. »Was wollen Sie damit sagen?«

»Ach nichts«, wiegelte Georg ab. Zum ersten Mal vermeinte Frauke, eine Unsicherheit bei ihm festzustellen. Schnell wich er auf ein anderes, belangloses Thema aus und schien fast ein wenig verstimmt, als Frauke zwingend nach einer Erklärung suchte.

Der Mann war ihr ein Rätsel. Er unternahm weder verbal noch handgreiflich einen Annäherungsversuch, obwohl er sich nicht mit versteckten Komplimenten zurückhielt.

Es war kurz vor Mitternacht, als der Kellner sie zum Aufbruch mahnte. Sie waren die letzten Gäste.

Georg begleitete Frauke bis zu ihrer Haustür.

»Wo haben Sie Ihr Motorrad stehen?«

Georg lächelte und zeigte auf seine Kleidung. »Ich bin mit dem Auto gekommen.«

»So etwas haben Sie auch?«, fragte Frauke mit spitzer Zunge zurück.

»Ich habe vieles, aber nicht alles«, erwiderte er.

Dann verabschiedete er sich mit einem angenehmen Händedruck, ohne auch nur andeutungsweise den Versuch zu unternehmen, mit ihr in die Wohnung zu gelangen. Nachdenklich kehrte Frauke in ihre vier Wände zurück. Der Mann war ihr ein Rätsel.

ACHT

Frauke hatte ihre Wohnung abgesichert und wieder das Glas auf dem Türgriff ausbalanciert. Sie hatte befürchtet, nicht schlafen zu können, und zunächst auch mit Problemen beim Einschlafen zu kämpfen gehabt. Dann musste sie aber doch in einen tiefen Schlaf gefallen sein.

Sie schreckte hoch, als ihr Handy sich meldete. Sie hatte Probleme, sich zu orientieren, suchte das Gerät, bis sie es auf dem Nachttisch neben dem Kopfende fand. Träge meldete sie sich mit »Hallo«.

»Frau Dobermann?«, fragte eine resolut klingende Stimme. Als sie es bestätigte, fuhr der Mann fort. »Kriminaldauerdienst. Wir haben eine Nachricht von der Justizvollzugsanstalt erhalten. Dort sitzt Bernd Richter ein. Man hat uns informiert, dass Sie den Fall bearbeiten.«

»Das ist zutreffend.«

»Richter hat gestern Abend einen Selbstmordversuch unternommen.«

»Verdammt«, fluchte Frauke unweiblich. »Wissen Sie Einzelheiten?«

»Nein«, musste der Beamte eingestehen.

»Ist er tot?«

»Ich bin nur unzureichend informiert. Nach meinen Informationen liegt er auf der Krankenstation der JVA.«

Frauke stieg aus dem Bett, durchlief im Eiltempo das Badezimmer und verzichtete auf das Frühstück. Wenig später erreichte sie das Gefängnis an der Schulenburger Landstraße unweit der Straßenbahnstation Beneckeallee. Gegenüber stand die schmucklose St.-Andreas-Kirche.

Die Justizvollzugsanstalt lag hinter einem lebhaften Gewerbegebiet und war nicht zuletzt dank des Zauns unübersehbar. Der hohe Drahtzaun wirkte fast filigran, wenn auch die monströse Stacheldrahtrolle auf der Spitze jedem potenziellen Flüchtling Einhalt gebot. Die freie Fläche hinterm Zaun, die hohen Lichtmasten und die Kameras schienen unüberwindbar. Die Zufahrt führte ein kurzes Stück am Zaun entlang, durch den man Baracken erkennen konnte, die Frauke für Werkstätten hielt. Hinter einer Kurve fanden sich Parkplätze und ein großes Hinweisschild, das Besucher darauf aufmerksam machte, dass sie von dieser Stelle an der Kameraüberwachung unterlagen. An zwei Fahnenmasten wehten die Deutschlandflagge und die Landesflagge mit dem aufsteigenden Niedersachsenross.

Frauke stellte ihr Fahrzeug ab und ging auf den Drahtkäfig zu, der als Schleuse den Zu-, noch wichtiger aber den Ausgang bildete. Für Fußgänger gab es eine eigene Schleuse, die sie umständlich passieren musste, bevor sie nach dem Verlassen des Käfigs vor der Pförtnerloge mit dem schusssicheren Panzerglas wartete.

Sie musste sich ausweisen, und es dauerte eine Ewigkeit, bis sie in der Krankenstation einem Pfleger gegenüberstand. Der Mann weigerte sich, ihr Auskünfte zu erteilen, und wollte sie an den Arzt verweisen, der aber nicht anwesend war.

»Dann holen Sie den Doktor«, herrschte Frauke den Pfleger an.

»Doch nicht am Sonntag«, entsetzte sich der Mann.

»Wenn Sie nicht augenblicklich spuren, fahre ich das große Geschütz auf«, drohte Frauke.

Das schien Eindruck zu machen. Der Pfleger zog sich in sein Dienstzimmer zurück, telefonierte und tauchte kurz darauf wieder auf.

»Was wollen Sie wissen?«

»Ich möchte Einzelheiten zum Suizidversuch wissen.«

»Gestern Abend hat der Kollege von der zuständigen Abteilung Richter entdeckt. Der hatte sich die Pulsadern aufgeschnitten.«

»Wie kommt der Untersuchungsgefangene an Werkzeug, das so etwas ermöglicht?«

»Da dürfen Sie mich nicht fragen. Jedenfalls hat die Aufsicht sofort Alarm ausgelöst, und Richter wurde umgehend medizinisch versorgt und hierher verlegt.«

»Bestand Lebensgefahr?«

Der Pfleger wurde etwas zugänglicher. »Ich glaube nicht. Richter hat sich die Pulsadern quer aufgeschnitten. Das ist ein häufiger Fehler von Selbstmordkandidaten.«

»Wie geht es ihm?«

»Den Umständen entsprechend – gut. Die Wunden wurden versorgt. Mehr haben wir nicht getan. Deshalb wurde Richter auch nicht ins Krankenhaus verlegt. Wir halten ihn nur unter Beobachtung, falls er es erneut versucht.«

»Das steht kaum zu befürchten«, sagte Frauke. »Der Mann war Kriminalhauptkommissar und weiß, wie man sich die Pulsadern effizient und erfolgreich aufschneidet. Er ist kein Amateur. Wenn man ihn nicht entdeckt hätte, hätte er sicher rechtzeitig Alarm geschlagen. Es soll wie eine Verzweiflungstat aussehen.«

Der Pfleger nickte verständig. »So würde ich es auch einschätzen. Der Doktor hat sich auch so geäußert. Es ist merkwürdig, dass das Ganze geschah, nachdem Richter Besuch von seinem Anwalt bekommen hatte.«

»Von Dottore Alberto Carretta?« Der Advokat tauchte Frauke viel zu oft auf.

»Ich glaube, ja. Wie gesagt – wir sind hier nur die Krankenstation.«

Der Pfleger hatte keine Bedenken, Frauke zu Bernd Richter zu führen. Der lag in einem Krankenbett, hatte das Rückenteil hochgestellt und blätterte sichtbar lustlos in einer Illustrierten. Richters Gesicht war fast genauso weiß wie die Bettwäsche.

»Hallo, Richter«, sagte Frauke knapp in scharfer Tonlage, als der ehemalige Polizist erstaunt aufblickte. »Um es vorweg klarzustellen: Mich können Sie mit Ihrer Aktion nicht beeindrucken.« Dabei nickte sie in Richtung der verbundenen Hände. »Ich hätte Sie für intelligenter gehalten. Und die Leute, die hinter der Organisation stehen, sicher auch. Versager wie Sie laufen Gefahr, dass irgendwann jemand vorbeikommt und Ihnen richtig den Garaus macht und nicht so stümperhaft wie bei Ihrem Versuch.«

Richter öffnete den Mund und schnappte nach Luft. Frauke schien mit ihrer forschen Art den richtigen Ton getroffen zu haben. Richter war mit Sicherheit durch die Untersuchungshaft zermürbt. Sein Widerstand war noch nicht gebrochen, aber er begann zu bröckeln.

»Es ist merkwürdig, dass Ihr alter Spezi Annenmeyer Sie aufsucht, nachdem er von Dottore Carretta dazu aufgefordert wurde.

Was wollte Annenmeyer? Was hat er Ihnen ausgerichtet? Musste der brave Familienvater als Bote herhalten und eine Verbindlichkeit abtragen, die aus dem Kreditgeschäft resultiert, in das Sie ihn verstrickt haben? Schämen Sie sich gar nicht, Unschuldige mit einzubeziehen? Nein!« Frauke schüttelte heftig den Kopf. »Sie begehen sogar einen kaltblütigen Mord an einem jungen Kollegen. Hinterrücks und feige. So etwas Widerwärtiges habe ich noch nie erlebt.«

Richter hatte sich aufgerichtet. Er war puterrot angelaufen. Seine Hände zitterten, als er sich die Ohren zuhielt. »Aufhören!«, rief er. »Sie sollen aufhören.«

Frauke brauchte keine Bestätigung, dass ihre Anwürfe ins Schwarze getroffen hatten. Unbarmherzig fuhr sie fort.

»Halten Sie mich für dumm? Annenmeyer wurde vorgeschickt, um Ihnen die Botschaft zu überbringen, dass Sie Dottore Carretta als Anwalt einschalten sollten. Sie wollen es nicht, weil Sie glauben, wir kommen nicht hinter Ihre Verbindungen zur Organisation. Irrtum, Richter! Das haben auch die Hintermänner erkannt. Sie werden langsam labil. Und solche Leute sind gefährlich. Man traut Ihnen nicht mehr. Jetzt stehen Sie unter Kuratel des Anwalts.«

Gern hätte Frauke gesagt, dass sie Carretta für den Advokaten der Organisation hielt, der mit Sicherheit wesentlich mehr wusste, als er je zugeben würde. Doch so weit durfte sie sich nicht vorwagen. Der Anwalt war nicht nur erfahren, sondern auch durchtrieben. Er würde ihren Vorstoß mit juristischen Mitteln erfolgreich vereiteln.

»Ich habe mit von Wedells Freundin gesprochen. Die beiden jungen Leute waren gerade dabei, sich ein gemeinsames Leben aufzubauen. Das haben Sie aus niedrigen Beweggründen zerstört. Sie haben nicht nur ein Leben ausgelöscht. Können Sie den Eltern ins Gesicht sehen?«

Richter verbarg sein Gesicht in den Handflächen. »Aufhören!«, schrie er laut. »Aufhören!« Sein ganzer Körper vibrierte.

Plötzlich wurde die Tür aufgerissen, und der Pfleger stürmte herein. Sein Blick wechselte zwischen Frauke und Richter hin und her.

»Was geht hier vor?«, rief er. Dann schnauzte er sie an. »Das geht entschieden zu weit. Sie verlassen sofort das Zimmer.« Er streckte seine Hand Richtung Tür aus.

Frauke warf Richter einen letzten verächtlichen Blick zu. Dann verließ sie den Raum. Sie war hochzufrieden, weil Richter durch sein Verhalten mehr verraten hatte, als sie es jemals erhofft hatte. Es waren nur Vermutungen gewesen, die sie vorgetragen hatte. Jetzt hatte sie Gewissheit.

Nachdem sie die Justizvollzugsanstalt verlassen hatte, machte sich ihr leerer Magen bemerkbar. Sie sah auf die Uhr. Mit ein wenig Glück würde sie es noch zum Café Kröpcke zum sonntäglichen Frühstücksbüfett schaffen.

Wenig später saß Frauke an einem Tisch mit einem älteren Ehepaar, das dem Akzent nach aus dem nördlichen Schleswig-Holstein stammte und unentwegt mit großer Begeisterung vom Hannoverbesuch schwärmte. Zwischendurch gab der Ehemann zu bedenken, dass es in Kappeln doch auch sehr schön sei.

»Schon«, fuhr ihm seine Frau dazwischen. »Aber …« Erneut zählte sie auf, was sie an Hannover begeisterte. Der Mann gab einen Stoßseufzer von sich, sah Frauke an und verdrehte die Augen.

»Kommen Sie aus Hannover?«, fragte er.

Frauke hatte wenig Lust zu einer Unterhaltung und war froh, als sich ihr Handy meldete. Im Display erschien der Schriftzug »anonym«. Jetzt war es an ihr, tief zu seufzen.

»Hallo, Georg«, sagte sie.

Für einen Moment herrschte verblüfftes Schweigen. »Woher wissen Sie, dass ich es bin?«, hörte sie die vertraute Stimme.

Sie lachte. »Vergessen Sie, welchen Beruf ich habe? Ich weiß noch mehr über Sie.«

Erneut war es einen Augenblick still. »Was denn?«, wollte Georg wissen.

»Erst Sie, dann ich«, erinnerte Frauke ihn daran, dass er sich auch sehr geheimnisvoll gab.

»Wenn Sie so vortrefflich ermitteln, wissen Sie auch, weshalb ich anrufe.«

Frauke konnte es sich vorstellen. »Sicher«, sagte sie bestimmt. »Sie wollen heute Abend mit mir essen gehen.«

»Richtig.«

Sie fand Gefallen an dem »Schachspiel«, bei dem jeder versuchte, den Gedanken des anderen zu erraten.

»Dann kennen Sie auch *meine* Bedingungen.«

»Nein«, stöhnte Georg. »Das war ja ganz nett gestern Abend. Aber es muss nicht schon wieder ein Italiener sein.«

»Georg.« Mehr sagte Frauke nicht.

»Unter einer Bedingung: Diesmal suche ich das Restaurant aus.«

Als Frauke nicht antwortete, schloss er das Gespräch mit »Ich freue mich« und legte auf. Frauke lächelte. Sie war gespannt, ob Georg sie um halb acht vor ihrer Haustür abholen würde, nachdem sie keine Vereinbarung über den Treffpunkt getroffen hatten.

Um Punkt halb acht läutete Fraukes Handy. »Ich komme«, sagte sie und legte auf, ohne die Antwort abzuwarten.

Georg erwartete sie vor der Haustür. Frauke musste sich eingestehen, dass er ein gut aussehender Mann war. Die dunkelblaue Edeljeans und das helle Sakko aus grober Seide unterstrichen das noch einmal.

Georg ergriff ihre Hand, beugte sich darüber und hauchte ihr einen formvollendeten Kuss darauf, ohne mit den Lippen den Handrücken zu berühren. Frauke war verblüfft. So war sie noch nie von einem Mann begrüßt worden. Doch bei Georg wirkte es natürlich, nicht operettenhaft. »Bitte«, sagte er und zeigte auf ein wartendes Taxi. Er hielt ihr die Tür auf, umrundete das Fahrzeug und stieg zu ihr in den Fond. Dann nannte er dem Fahrer eine Adresse im Zooviertel.

Auf der kurzen Fahrt bemerkte Frauke, wie Georg sie von der Seite musterte.

»Habe ich Masern?«, fragte sie spitz.

Er lachte. »Im sichtbaren Teil Ihres Körpers nicht.«

»Verstehen Sie etwas davon?«

»Von Masern?«

»Vielleicht auch von Frauenkörpern.«

»Das müssen andere entscheiden.«

Frauke stellte fest, dass Georg eine unnachahmliche Art hatte, ihren Fragen auszuweichen.

Sie hielten vor dem italienischen Restaurant. Georg entlohnte den Taxifahrer und fasste sie leicht am Ellenbogen, als würde er sie führen. Vor der Tür ließ er sie los, öffnete und betrat das Restaurant als Erster.

Ein dunkelhaariger Kellner, dem die südeuropäische Herkunft ins Gesicht geschrieben stand, kam ihnen eilfertig entgegen. »*Buona sera*, Prof...«

»Schon gut, Augusto«, fiel ihm Georg rasch ins Wort und sah sich um.

Der Kellner hielt seinen Arm, über dem ein Serviertuch lag, in eine Richtung im Hintergrund des Restaurants. »Bitte dort. Wie gewünscht.«

Soweit Frauke erkennen konnte, waren alle Tische besetzt. Sie folgte dem Kellner und Georg. Plötzlich stutzte sie und blieb abrupt stehen. Es war ihre stille Hoffnung gewesen. Sie hatte aber nicht glauben wollen, dass der Zufall ihr so behilflich sein würde. An einem Tisch, unweit von dem Platz entfernt, den Augusto für Georg und sie reserviert hatte, saßen vier Männer, die sie ebenfalls unverwandt anstarrten.

»Buona sera, signora«, grüßte sie Dottore Alberto Carretta, tupfte sich mit der Serviette die Lippen ab, stand auf, ergriff Fraukes Hand und deutete einen formvollendeten Handkuss an. Es war das zweite Mal an diesem Abend, dass sie auf diese Weise begrüßt wurde, bemerkte Frauke für sich.

Der italienische Anwalt schien nicht im Mindesten erstaunt über diese Begegnung. Er tat so, als wäre es die natürlichste Sache der Welt, dass man sich abends in einem Restaurant traf.

»Guten Abend, Herr Dr. Carretta«, erwiderte Frauke und ließ ihren Blick über die drei anderen Männer schweifen. Sie verweilte bei jedem, als müsse sie sich jedes Detail der Gesichter einprägen. Giancarlo Rossi wich ihrem Blick aus. Dem Gemüseimporteur schien es unangenehm, Frauke zu begegnen. Hastig griff er zum Weinglas und nahm einen Schluck. Seine Nervosität konnte Frauke daran erkennen, dass er zuvor nicht die Lippen abtupfte und sich am Rand seines Glases dichte Fettspuren abzeichneten. Die fanden sich auch am Glaskelch wieder, da er nicht den Stiel benutzte, sondern fast seine ganze Hand um das Glas legte. Die beiden anderen Männer ließen keine Unruhe erkennen. In dem gedrungenen Mann mit dem finsteren Aussehen glaubte Frauke Igor Stupinowitsch zu erkennen, dessen Bild ihr Thomas Schwarczer gezeigt hatte. Der vierte Teilnehmer der Runde mochte um die fünfzig sein.

Er hatte dunkle tiefgründige Augen und einen braunen Teint. Durch das dunkle, leicht krause Haar zogen sich silberne Streifen, die an den Schläfen gerade so silberweiß waren, dass sie den Mann mehr als interessant aussehen ließen. Die teure Kleidung unterstrich seine elegante Erscheinung.

»Wollen Sie mich nicht vorstellen?«, fragte Frauke den Advokaten.

Dottore Carretta schien für einen winzigen Moment verblüfft, bis er den Kopf schüttelte und in seiner liebenswürdigen, aber bestimmten Art sagte: »Nein. Das ist ein Treffen unter Freunden.« Dann sah er Georg hinterher, der am frei gehaltenen Tisch stehen geblieben war und zu ihnen herübersah. »Sie sind in Begleitung? Schade, Signora. Eine so schöne Frau hätte ich auch gern ausgeführt. Ich möchte den Herrn nicht warten lassen. Sonst ist er noch enttäuscht. Signora?« Der Dottore verneigte sich andeutungsweise und nahm wieder Platz.

Frauke ging zu Georg, der ihr einen Platz anbot, auf dem sie der Gruppe den Rücken zuwandte. Sie konnte aus Georgs Verhalten nicht entnehmen, ob es Zufall war oder Georg dadurch vermeiden wollte, dass sie die vier Männer im Auge behielt.

»Sie kennen die Herren?«, fragte Georg, nachdem er sich gesetzt hatte.

Frauke nickte.

Georg lächelte amüsiert. »Geschäftlich?«

»Falls das zutreffen sollte, würde ich es Ihnen nicht erzählen.« Frauke legte betont ihre Finger auf die Tischkante. »Und nun möchte ich wissen, wer Sie sind.«

Ihr Gegenüber spitzte die Lippen. »Das wissen Sie doch: Georg.«

»Nun veralbern Sie mich nicht. Sie dürfen den Abend auch allein verbringen.«

»Aber, aber. Sie haben doch den richtigen Beruf, um das herauszufinden.«

Frauke machte Anstalten, aufzustehen. Doch Georg hob eine Hand, als würde er ein Stoppzeichen setzen wollen. »Möchten Sie lieber mit den vier Herren speisen?«

Ihr war bewusst, dass sie sich eine Blöße geben würde, stünde sie jetzt auf. »Sie legen ein eigenartiges Gebaren an den Tag.«

»Das haben mir andere auch schon nachgesagt.« Georg nahm die Weinkarte entgegen, nachdem Augusto ihnen zuvor die Speisekarte gereicht hatte.

»Als Aperitif einen Prosecco?«

Georgs Frage war nur Formsache. Er wartete Fraukes Antwort nicht ab, sondern nickte dem Kellner zu. Dann vertieften sie sich in die Speisekarte. Es dauerte nicht lange, bis Georg auch hier die Führung übernahm. »Ich schlage Ihnen das Menü vor«, sagte er bestimmt. Als Frauke nicht widersprach, bestellte er dazu einen Rotwein aus dem Piemont, einen 2005er Barbaresco. Frauke überraschte es nicht, dass die Flasche über siebzig Euro kostete. Sie überflog noch einmal die Menüfolge: Roulade von der Wachtel und Gänseleber, schwarze Tortellini mit Steinbutt und Hummer, Limetten-Champagner-Sorbet, rosa gebratener Rücken und zart geschmorte Schulter vom Salzwiesenlamm in Rotweinreduktion und eine Käseauswahl.

Sie hatte bereits in Georgs Haus festgestellt, dass der Mann etwas von der feinen Lebensart verstand. Deshalb unterdrückte sie auch die Frage, ob er ihr imponieren wollte.

»Warum haben Sie sich meiner bedient, um die Herren ausfindig zu machen?«, fragte Georg direkt.

»Darauf werde ich Ihnen nicht antworten«, erwiderte sie eine Spur zu schnippisch. Sie unternahm nicht den Versuch, ihre Absicht zu leugnen. Dafür fixierte sie Georgs Augen und sah ihm so lange ins Gesicht, bis er blinkerte und auswich. Dieses Kräftemessen hatte sie gewonnen. »Woher kennen Sie Stupinowitsch?«, fragte sie unvorbereitet.

»Stuponio-was?«

»Sie enttäuschen mich, wenn Sie es leugnen würden. Mir ist nicht entgangen, dass Sie Blicke miteinander ausgetauscht haben.«

»Ah – ich vergaß. Sie sind eine erfahrene Kriminalbeamtin.« Er legte eine kurze Pause ein. »Heißt der Mann so?«

»Georg. An dieser Stelle endet das Spiel.«

»Oho. Wird das ein Verhör? Dann müsste ich meine Einladung zurücknehmen, sonst verdächtigen Sie mich der Beamtenbestechung.«

»Woher kennen Sie Stupinowitsch?«

»Ich glaube, Sie sind nicht nur eine gute, sondern eine hervorragende Kriminalistin.« Georg hob beide Hände wie zur Abwehr. Es sollte wie eine Bekundung der Unschuld wirken. »Gut – ich kenne ihn. Aber nicht den Namen. Er ist Biker und fährt eine Moto Guzzi. In der Szene begegnet man sich, wenn man leidenschaftlicher Motorradfahrer ist. Mir ist nicht verborgen geblieben, dass er kein Deutscher ist. Ich tippe auf …« Georg legte die Stirn in Falten. »Russe«, schob er nach.

»Und was verbindet Sie noch mit ihm?«

Georg lachte herzhaft auf. »Wenn ich Interesse hätte, dem Motorradfreund näherzukommen, ich meine … so als Mann, dann würden wir kaum beisammen sitzen.«

»Und welches Interesse haben Sie an meiner Person?«

Georg zog kunstvoll eine Augenbraue in die Höhe. »Hmh, antwortete er vieldeutig.

NEUN

Frauke war nahezu beschwingt ins Landeskriminalamt gefahren. Sicher trug dazu das Wetter bei. Hannover zeigte sich heute von seiner besten Seite. Sie war am gestrigen Abend von Georg mit einer Taxe bis vor die Haustür gebracht worden. Er hatte sich galant von ihr verabschiedet, und sie war sich nicht sicher, ob sie die ritterliche Art begrüßen oder Zweifel an ihrer Anziehungskraft als Frau hegen sollte. Zumindest hatte Georg nicht den leisesten Versuch unternommen, sie noch in ihre Wohnung zu begleiten.

Im Stillen hatte sie es begrüßt. Ihre Räume waren nur notdürftig hergerichtet und hätten Georg sicher erschrecken lassen, insbesondere in Anbetracht der luxuriösen Umgebung, in der er lebte. Natürlich fragte sie sich, was der Mann von ihr wollte. Er unternahm keine Annäherungsversuche.

War es wirklich ein Zufall, dass ausgerechnet Georg sich als Retter erwies, als sie von den beiden Unbekannten bedrängt wurde? Sein ganzes Verhalten war ausgesprochen merkwürdig. Und wenn Frauke nicht mit ihrer geschulten Beobachtungsgabe registriert hätte, dass Georg und Stupinowitsch kaum merkliche Blicke ausgetauscht hatten, wäre die Verbindung zwischen den beiden Männern verborgen geblieben.

Ihre gute Laune resultierte nicht nur aus einem unterhaltsamen Abend, sondern auch daraus, dass sich ihr Beharrungsvermögen schon nach so kurzer Zeit ausgezahlt hatte. Es war ein großer Zufall, dass sie auf die vier Männer gestoßen war und sich die Vermutung, dass es Verbindungen zwischen ihnen geben musste, bestätigt hatte. Zu gern hätte sie gewusst, wer der elegante Vierte war, der an dem Treffen teilgenommen hatte.

Während Giancarlo Rossi ausgesprochen nervös gewesen war, hatten die beiden anderen Männer sehr selbstsicher gewirkt. Und dass Dottore Carretta überall mitmischte, überraschte Frauke schon lange nicht mehr. Der gewiefte Advokat schien eindeutig der Anwalt der Organisation zu sein.

Frauke sah auf die Uhr, raffte ihre Unterlagen zusammen, besorgte sich einen Becher Kaffee und suchte das triste Besprechungszimmer auf. Die drei Männer ihres Teams erwarteten sie bereits.

Frauke berichtete von den Neuigkeiten des Wochenendes, ließ dabei aber die Begegnung mit Georg unerwähnt.

»Wie haben Sie die beiden Verfolger abgeschüttelt?«, fragte Madsack.

»Ich bin schon länger Polizistin«, erwiderte sie ausweichend.

»Wären Sie das wirklich, hätten Sie die Identität der Männer festgestellt«, knurrte Putensenf.

»Sie haben zu viel John Wayne gesehen«, antwortete sie. »Wissen Sie, was man unter angemessenem Handeln versteht?«

Frauke beendete den Diskurs mit einer abwertenden Handbewegung. Dann erzählte sie von ihrer Begegnung mit den vier Männern im italienischen Restaurant.

»Donnerwetter«, staunte Madsack, während Schwarczer keine Miene verzog.

»In Hannover gibt es hunderte von Pizzerien«, sagte Putensenf voller Übertreibung, und das Misstrauen troff aus seiner Stimme. »Wie kommen Sie ausgerechnet auf diese?«

»Intuition, Putensenf. Sie sind deshalb nicht Teamleiter, weil Sie vermutlich am Bahnhofsimbiss gesucht hätten. Doch die Leute, mit denen wir es zu tun haben, sind andere Kaliber. Und wer behauptet, ich hätte die Herren gleich im ersten Restaurant gefunden?«

»Sie sind durch unsere Stadt gelaufen? Von Pizzeria zu Pizzeria?«, fragte Madsack.

»Genau.« Dann sah sie Putensenf an. »Klärt das auch Ihre kritische Frage, weshalb ich mich nicht ständig am Arbeitsplatz aufhalte?«

»Wer ist nun der geheimnisvolle Fremde, den Sie vereint mit Rossi und Stupinowitsch gesehen haben?«, fragte Madsack.

»Ich habe eine Vermutung«, sagte Frauke.

»Mateo Zafferano.« Madsack sah Frauke fragend an.

»Der Mann im Hintergrund? Der Inhaber des italienischen Gemüseimportunternehmens?«

Frauke nickte Putensenf zu. »Richtig. Rossi ist nur der Geschäftsführer, der Statthalter. Sicher. Das ist nur eine Vermutung. Da wir aber schon sehr viel Unruhe in die Organisation hineingetragen und ihre Strukturen zum Teil aufgedeckt haben, hat man sich in Hannover zum Krisengipfel getroffen.«

»Wenn Dottore Carretta dabei war, würde das heißen, dass der Anwalt in die kriminellen Machenschaften involviert ist«, gab Putensenf zu bedenken.

»Vorsicht«, gemahnte Frauke. »Beim Treffen am gestrigen Abend könnte man sich darauf beschränkt haben, rechtliche Fragen zu klären. Ich kann mir nicht vorstellen, dass Stupinowitsch und Don Mateo – wenn er es war – in aller Öffentlichkeit strategische Überlegungen anstellen.«

»Das kann ich nachvollziehen«, stimmte Madsack zu.

Schwarczer räusperte sich und zog alle Blicke auf sich.

»Ich könnte versuchen, es zu eruieren«, bot er an.

»Gut.« Frauke nickte.

»Warum hat Danielo Battaligia, der als Strohmann für Stupinowitsch das Bordell führt, nicht an dem Gipfeltreffen teilgenommen?«, fragte Putensenf.

»Dafür gibt es zwei Gründe. Möglicherweise ist Battaligia zu unbedeutend. Außerdem scheint es, als wäre Stupinowitsch nur für die Beschaffung der illegalen Medikamente zuständig, während die Organisation die Verteilung und den Verkauf wahrnimmt«, erklärte Frauke.

Dann erörterten sie Richters Selbstmordversuch und die Verstrickung des Wittinger Polizisten Eberhard Annenmeyer.

»Es verwundert mich nicht, dass Richter sich Dottore Carretta als Anwalt genommen hat«, schloss Frauke. »Ich werde jetzt ins Untersuchungsgefängnis fahren und Richter vernehmen. Sie, Schwarczer, werden mich begleiten. Rufen Sie vorher Richters Anwalt an, sonst begeben wir uns vergeblich dorthin. Gibt es sonst noch etwas?«

Madsack nickte. »Die Lüneburger Kollegen haben uns heute Morgen informiert, dass Günter Blechschmidt gestern in seinem Haus in Salzhausen überfallen wurde. Am späten Nachmittag klingelten zwei Männer. Als Blechschmidt öffnete, schlugen sie sofort zu. Er liegt mit gebrochenem Kiefer, Jochbeinbruch und Milzriss im Städtischen Klinikum in Lüneburg. Er ist nicht vernehmungsfähig. Seine Lebenspartnerin ist dazugekommen, konnte aber zu den Tätern keine Angaben machen.«

»Das ist ein weiterer Beweis dafür, wie brutal und professionell die Organisation vorgeht. Die haben sofort erkannt, dass Blechschmidt unser Tippgeber war. Dank seiner Mitarbeit ist die Logistikkette aufgeflogen. Dafür hat man sich gerächt.«

Madsack stimmte Frauke zu. »Der Mann hat Glück gehabt, dass er mit dem Leben davongekommen ist.«

»Da wäre ich mir nicht sicher«, widersprach Frauke. »Wenn wir weiterhin erfolgreich sind und es uns gelingt, noch mehr aufzudecken, besteht die Gefahr, dass man Blechschmidt noch weiter bestraft. Für die Organisation ist die abschreckende Wirkung wichtig. Man hat ein Exempel statuiert, um anderen deutlich zu zeigen, wie man mit Verrätern umgeht.«

»Wie wollen wir Blechschmidt schützen?«, fragte Madsack.

»Setzen Sie sich mit Lüneburg in Verbindung. Das sollen die dortigen Kollegen übernehmen«, entschied Frauke. Sie hatte selbst erfahren müssen, wie die Organisation vorging. Laut sagte sie: »Der Mord an Friedrich Rabenstein sollte uns allen ein mahnendes Beispiel sein, dass die Leute vor nichts zurückschrecken.«

»Auch nicht vor einem weiteren Polizistenmord?« Putensenf hatte den Kopf leicht zur Seite geneigt und musterte Frauke aus zusammengekniffenen Augen.

Frauke ahnte, dass der Kriminalhauptmeister darauf anspielen wollte, dass der Anschlag auf den Rentner Rabenstein eigentlich ihr gegolten hatte.

»Auch Polizeibeamte sind nicht sicher«, wich sie aus. »Denken Sie an unseren Kollegen Lars von Wedell. Und – passen Sie gut auf sich auf.«

Frauke hatte den Eindruck, als würden ihre Mitarbeiter eine Spur nachdenklicher in ihre Büros zurückkehren.

Sie rief in der Kriminaltechnik an und erkundigte sich, ob es weitere Ergebnisse aus der Untersuchung des Motorrads gab, das die Mörder Friedrich Rabensteins benutzt hatten.

»Ja«, bestätigte der Beamte am anderen Ende der Leitung. »Wir haben mehrere Fingerabdrücke gewinnen können. Eigentlich eine ganze Menge. Die Kollegen haben Kontrollabdrücke von den Mechanikern der Werkstatt genommen. Noch vergleichen wir, um im Ausschlussverfahren die Techniker aus dem Kreis der Verdächtigen zu eliminieren. Es gibt aber noch zahlreiche weitere Prints, die wir nicht zuordnen können. Dabei spreche ich noch nicht einmal von denen, die überlagert oder zum Teil verwischt sind.«

»Wie lange dauert es noch?«, fragte Frauke ungeduldig. »Es handelt sich hier um eine Mordermittlung.«

»Wie gut, dass wir es in allen anderen Fällen, die wir bearbeiten, nur mit einem Partyspaß zu tun haben und nicht mit Straftaten«, erwiderte der Beamte beleidigt. »Moment. Ich will mal nachsehen, ob wir schon ein Zwischenergebnis haben.« Nach einer Weile meldete er sich wieder. »Es dauert doch noch ein bisschen. Sie hören wieder von mir, Frau äh …«

»Dobermann!«

Der Beamte kicherte. »Wie der Hund?«

»Machen Sie Ihren Job«, erwiderte Frauke scharf und legte auf. Inzwischen hatte Schwarczer Dottore Carretta erreicht und einen Termin im Untersuchungsgefängnis vereinbart.

Frauke und der Kommissar mussten noch eine Weile warten, bis der Anwalt eintraf und man Bernd Richter in die Verhörzelle brachte. Frauke führte das routinemäßige Prozedere durch, klärte Richter über seine Rechte auf und beschuldigte den ehemaligen Kriminalhauptkommissar erneut des Mordes am Polizisten Lars von Wedell.

»Moment!« Der greise Anwalt hob beschwörend die Hand. »Zuvor möchte ich noch gegen Ihre Verhaltensweise von gestern protestieren. Mein Mandant lag vernehmungsunfähig im Hospital, und Sie haben ihn unrechtmäßig mit unzulässigen Fragen behelligt. Dagegen lege ich Rechtsmittel ein.«

»Das bleibt Ihnen unbenommen«, erwiderte Frauke ohne jede Regung. In ihrer beruflichen Laufbahn war sie oft dem Geplänkel der Rechtsvertreter von Beschuldigten begegnet.

»Ich verlange, dass alles, was Sie gestern zu hören geglaubt haben, für die weitere Sicht der Dinge unberücksichtigt bleibt.«

»Das klingt wie ein Plädoyer«, sagte Frauke höhnisch. »Haben Sie so große Sorge, dass Ihr Mandant noch mehr verraten haben könnte, als es die Fakten schon beweisen?« Dabei klopfte sie mit der flachen Hand auf den Aktendeckel vor sich.

»Ich habe nichts gesagt«, mischte sich Richter ein. Die enorme Anspannung war ihm deutlich anzumerken.

Carretta legte ihm die Hand auf den Oberarm. Der Anwalt war wirklich ein erfahrener Advokat. Kein Wunder, dachte Frauke, dass sich die Organisation seiner Dienste bediente. Er hatte erkannt, dass Richter mit seiner unbeherrschten Äußerung genau das Gegenteil dessen erreicht hatte, was er bezweckte.

So dumm konnte Richter nicht sein. Schließlich war er nicht nur geschult, sondern verfügte auch über eine langjährige Erfahrung bei Verhören. Sie ließ sich Zeit und ließ ihren Blick auf Richter ruhen, auf seinem Gesicht, auf den Händen. Ihr war das leichte Zucken um die Mundwinkel und das Flattern der Augenlider nicht entgangen, ebenso wenig das unruhige Kneten der Finger. Richter hatte Angst. Nicht vor mir oder der Polizei, dachte Frauke, sondern vor Dottore Carretta.

Frauke lehnte sich zurück und lächelte still in sich hinein. Das irritierte sowohl Richter wie scinen Anwalt. Die beiden konnten sich offenbar nicht vorstellen, dass Frauke das Spiel und die Zusammenhänge durchschaut hatte. Nun wollte sie Richters Angst weiter schüren.

»Haben Sie gehört, dass man den Medikamentenverteiler Günter Blechschmidt, ein unbedeutendes kleines Licht, fürchterlich zugerichtet hat?«, wandte sie sich an Richter.

»Das gehört nicht hierher«, mischte sich Dottore Carretta schnell ein.

»Sie wissen davon? Interessant. Sicher werden Sie Blechschmidts Mandat nicht übernehmen, da Sie schon für die Täter gebucht sind, die ihn so grauenvoll verletzt haben.« Frauke hatte mit Bedacht Worte gewählt, die in Richters Phantasie das Bild eines schrecklichen Vorgehens entstehen lassen sollten.

Zum ersten Mal, seit sie Dottore Carretta begegnet war, bemerkte sie eine Gefühlsregung bei dem Anwalt. Deutlich war der Zorn in seinen Augen zu sehen, der ihn erfasst hatte.

»Ich verlange, dass wir über *diesen* Fall und Ihre lächerlichen Anschuldigungen sprechen«, sagte Carretta barsch.

»Schön. Auch das ist ein Beispiel dafür, wie man Menschen aus dem Weg räumt. Ein junger Polizeibeamter musste sterben, weil er zufällig etwas aufgeschnappt hatte, was er gar nicht richtig beurteilen konnte. Die Hintermänner glaubten aber, er wüsste viel mehr und würde eine Gefahr für sie darstellen. Und Sie«, dabei zeigte sie auf Richter, »sind einer der Drahtzieher. Und trotzdem bangen Sie um Ihr Leben.«

»Sie soll damit aufhören!«, sagte Richter überlaut.

»Wollen Sie bei Richter nicht die gleiche Taktik anwenden wie bei Simone Bassetti? Den haben Sie überredet, sich des Mordes für schuldig zu erklären.«

Carretta bewegte seinen Zeigefinger hin und her. »Nicht des Mordes. Bei Bassetti war es ein Totschlag im Affekt.«

»Und das gleich in zwei Fällen? Manfredi und Manuela Tuchtenhagen? Ich hätte Sie für klüger gehalten, Herr Dr. Carretta. Bassetti wird genauso wegen Mordes verurteilt werden wie Richter. Ihr Stern sinkt. Wäre es nicht klüger, in Ehren abzutreten und den wohlverdienten Ruhestand zu genießen? Sie beginnen, Fehler zu machen. Das mag die Organisation nicht.«

»Es reicht!«, sagte Dottore Carretta barsch.

Frauke war zufrieden. Es war ihr gelungen, den so selbstsicher auftretenden Anwalt zu reizen. Und wer nervös war, beging eher einen Fehler.

»Kommen wir zur Sache. Wir haben Richters Telefon analysiert. Von dem Apparat aus ist ein Gespräch mit Bassetti geführt worden. Der wiederum hat gleich darauf in Tuchtenhagens Wohnung angerufen, während die Polizei dort anwesend war, und das Gerücht gestreut, dass Manuela Tuchtenhagen flüchtig ist und ihr Ehemann sie mit dem Notwendigsten versorgt hat. Das, Richter, war ein Fehler, denn davon wusste nur die Polizei. Nur Ihnen war bekannt, wo Putensenf und ich waren. Ebenso haben wir einwandfrei nachgewiesen, dass Sie in der Niki-de-Saint-Phalle-Promenade waren, als Putensenf Sie anrief. Deshalb waren Sie auch daran interessiert, den Fall selbst zu bearbeiten und nicht an die Mordkommission abzugeben. So konnten Sie selbst auf die Ermittlungen Einfluss nehmen. Es ist schon außergewöhnlich, dass ein Hauptkommissar die Ermittlungen in einem Mordfall leitet, den er selbst begangen hat. Das haben Sie sich gut ausgedacht. Wie vieles andere auch, meine Herren.«

Frauke klopfte auf die Tischplatte. »Doch Sie werden scheitern. Dafür machen Sie zu viele Fehler.« Dabei zeigte sie auf Dottore Carretta. »Woher kannte Bassetti von Wedells Handynummer? Das war Richters Fehler, dass er sie an Bassetti weitergegeben hat. Ich habe Erkundigungen eingezogen. Lars von Wedell hat seine Mobilfunknummer laut seiner Freundin wie seinen Augapfel gehütet. Pech, meine Herren.«

Der Anwalt stand auf und stopfte seine Unterlagen in seine alte, abgewetzte Aktentasche.

»An dieser Stelle beenden wir das Gespräch«, erklärte er. Ihm war die Verärgerung deutlich anzumerken. Die Gelassenheit, die er früher zur Schau gestellt hatte, war von ihm gewichen.

»Ich danke Ihnen beiden für die Informationen, die Sie uns heute wieder gegeben haben.«

Carretta und Richter wechselten rasch einen Blick. In Richters Augen spiegelte sich Ratlosigkeit wider. Er verstand genauso wenig wie der Advokat, was Frauke vorgeblich in diesem Verhör herausgehört haben wollte.

Genau das fragte Thomas Schwarczer, als die beiden Beamten zum Landeskriminalamt zurückfuhren.

»Mir kam es darauf an, die Gegenseite zu verunsichern. Manches von dem, was ich vorgebracht habe, basiert noch auf Vermutungen. Carretta hat mit Sicherheit guten Kontakt zur Führungsebene und wird dort nicht nur über unsere Aktionen, sondern auch das Verhalten der Leute sprechen, die wir schon dingfest gemacht haben. Die Drahtzieher fürchten nichts mehr als Verräter. Außerdem stört es die Herrschaften empfindlich, dass wir in ihre Geschäfte hineinwirken und peu à peu ihre Kreise stören. Und genau damit werden wir weitermachen.«

Dann besann sich Frauke. »Wie hieß die Frau, die Massimo Trapattoni das Alibi für die Tatzeit gegeben hat, ich meine, für den Mord an Friedrich Rabenstein?«

»Agnezia Boronin«, antwortete Schwarczer. »Sie möchten die Adresse?«

Frauke nickte.

Schwarczer nahm Kontakt zur Dienststelle auf. Kurz darauf sagte er: »Die wohnt in der Eichstraße. Das ist in der Oststadt.«

»Dann besuchen wir die Dame«, entschied Frauke.

Hannover überraschte sie immer wieder aufs Neue. Diese Wohngegend in der Oststadt lag nur einen Steinwurf vom Hauptbahnhof entfernt. Trotzdem sah es so aus, als wäre es ein Quartier, in dem Menschen mit einem überschaubaren Einkommen lebten. Das traf auch auf das Haus an der Ecke Bütersworthstraße zu. Dicht an dicht standen die Fahrzeuge in der schmalen Straße, sodass sie verbotswidrig vor einer Einfahrt parken mussten.

Das Haus war ein schmuckloser Kasten aus Beton mit kleinen Fenstern. Die Balkonbrüstungen erinnerten Frauke entfernt an Wellblech. Lediglich der Kinderhort im Erdgeschoss bildete einen Farbtupfer. »Strandkrabben« stand in bunten Lettern an der Balkontür, und der Name erinnerte Frauke an ihre schleswig-holsteinische Heimat.

Gegenüber befand sich in einem freundlicher aussehenden Haus jüngerer Bauart ein Lottoladen. Solche Geschäfte verfügen häufig über gute Informationen über die Nachbarschaft, dachte Frauke, während das Ladengeschäft neben dem Zugang zum Haus verlassen aussah. Schon seit Langem schien sich niemand mehr um die Baustelle gekümmert zu haben.

Am Hauseingang fanden sie keinen Hinweis, dass Agnezia Boronin hier wohnte.

»Wir werden irgendwo klingeln und fragen müssen«, sagte Frauke, als die Tür von innen geöffnet wurde und ein älterer Mann mit wettergegerbtem Gesicht ins Freie trat. Die türkische Herkunft war ihm unverkennbar anzusehen.

»Was du wollen?«, fragte er Frauke.

»Wir suchen Frau Boronin.«

»Nix hier wohnen.«

»Doch«, mischte sich Schwarczer ein. »Eine hübsche blonde Frau mit langen Haaren.«

Der Mann lachte und zeigte dabei eine Reihe schwarzer Zahnstummel. »Manchmal auch Haare schwarz. Du meinst Nutte?«

»Wohnen hier noch mehr blonde Mädchen?«

»Nix da. Sonst nur anständige Leute. Geh in zweite Etage. Dort steht Schmidt an Tür. Frau Schmidt sehr alt. Lebt jetzt in Heim. Seit sie weg, dort nur merkwürdige Leute wohnen. Brrrh.« Der Mann schüttelte sich, drehte sich um und ging seines Weges.

»Dann wollen wir Frau Schmidt unsere Aufwartung machen«, sagte Frauke und ging voraus.

In der zweiten Etage fanden sie das ältere Emailleschild, wie man es früher oft angetroffen hatte, weiße Schrift auf schwarzem Grund. Eine schrille Glocke ertönte, nachdem Frauke den Knopf betätigt hatte. Alles blieb ruhig. Nichts rührte sich. Sie probierte es erneut, wiederum ohne Erfolg.

»Vielleicht ist sie nicht da. Oder sie logiert wieder bei ihrem Freund Trapattoni«, meinte Schwarczer.

Frauke drückte erneut auf den Klingelknopf und klopfte mit der anderen Hand kräftig gegen das Türblatt. Trotzdem dauerte es noch eine ganze Weile, bis die Tür aufgerissen wurde und ein kräftig gebauter blonder Hüne erschien. Er trug ein olivefarbenes Unterhemd. Der oberste Knopf seiner Jeans war offen, und die Enden des Gürtels hingen lose herab.

»Eh, was soll der Scheiß«, rief er, griff Fraukes Hand und drückte sie von der Klingel fort. »Verpisst euch. Sonst gibt's *trouble*.«

»Nicht für uns«, entgegnete Frauke. »Polizei!«

»Na und. Hau ab.«

»Wir wollen mit Frau Boronin sprechen«, sagte Frauke ruhig.

»Die aber nicht mit euch.«

Der Mann war an den Armen, auf den Handrücken, an den Schultern und am Oberkörper tätowiert. Ein weiteres Tattoo zog sich vom Hals zum Rücken abwärts.

»Wer sind Sie?«, mischte sich Schwarczer ein.

»Geht dich einen Dreck an.«

»Ich möchte Ihre Papiere sehen.«

Der Kommissar machte einen Schritt auf den Blonden zu. Plötzlich stieß der Mann Schwarczer vor die Brust, dass der zurücktaumelte.

»Das war Widerstand gegen einen Vollzugsbeamten, Paragraph einhundertdreizehn des Strafgesetzbuches«, belehrte ihn Schwarczer.

»Schieß in Wind, du Spinner«, blökte der Blonde und wollte die Tür wieder schließen.

Doch der Kommissar war schneller. Er machte einen raschen Schritt vorwärts, ergriff den Unterarm des Blonden und zog daran, gleichzeitig schob er sein Bein vor. Das geschah so schnell und überraschend, dass der Mann nicht reagieren konnte, über Schwarczers Bein stolperte und vor dem Kommissar zu Boden ging. Blitzschnell hatte Schwarczer den rechten Arm gepackt, auf den Rücken gedreht und nach oben gebogen. Mit seiner linken Hand fasste der Kommissar den Haarschopf am Hinterkopf, zog zunächst an den Haaren und drückte den Kopf des Blonden dann auf den Fußboden, sodass dessen Nase und Lippen schmerzhaft gegen die Bodendielen gepresst wurden.

»Sind Sie friedlich?«, fragte er.

Als der Blonde nicht antwortete, verstärkte Schwarczer den Druck, bis sein Kontrahent durch ein Aufstöhnen kundtat, dass die Schmerzschwelle überschritten war.

Schwarczer ließ von dem Mann ab. Frauke bemerkte aber, dass der Kommissar immer noch die Spannung hielt. Man sah es an den Muskeln, die sich wölbten, und am Unterkiefer, den er nach vorn geschoben hatte.

Mühsam erhob sich der Blonde und tastete mit zwei Fingern die aufgeschrammte Stelle an Lippe und Nase ab.

Widerstandslos kehrte er in die Wohnung zurück. Die beiden Beamten folgten ihm, ohne dazu aufgefordert worden zu sein. Der Mann betrat das Schlafzimmer, wenn man den dürftig möblierten Raum so bezeichnen konnte. Anstelle eines Schranks hing die Kleidung über einem Wäscheständer oder war achtlos auf dem Fußboden verteilt. In einem Bett mit fleckiger Wäsche hockte eine Frau, die die Decke bis zum Kinn hochgezogen hatte.

»Polizei«, sagte Frauke knapp, um sich zunächst um den Blonden zu kümmern. Sie streckte ihm die Hand entgegen. »Den Ausweis«, sagte sie unfreundlich.

Der Mann fingerte in der engen Gesäßtasche seiner Jeans und zog einen abgegriffenen Führerschein hervor.

»Holger Mahlstedt«, las Frauke laut vor. »Aus Hannover.« Der Mann war neununddreißig Jahre alt. Sie drehte das Dokument um. Mahlstedt besaß keine Fahrerlaubnis für Motorräder.

»Fahren Sie Motorrad?«, fragte sie trotzdem.

»Das steht doch da drin.« Dann fasste er sich ans Gemächt und ruckelte daran herum. »Ich habe genug Potenz und muss es nicht durch Biken unter Beweis stellen.«

Frauke notierte sich die Daten des Mannes.

»Eh, was soll das?«, blaffte Mahlstedt.

»Wir wollen doch wissen, wem wir die Strafanzeige zustellen müssen. Den Tatbestand hat Ihnen mein Kollege vorhin genannt.«

»Blödes Volk«, knurrte Mahlstedt.

»Sie können jetzt verschwinden«, sagte Frauke.

»Und? Was ist mit meinem Hunni, den ich der Schlampe abgedrückt hab?«

»Das ist ein stolzer Preis für einen Coitus interruptus«, erwiderte sie ungerührt. »Nun machen Sie, dass Sie verschwinden. Sonst überlegen wir es uns noch anders.«

»Scheißbullen.«

Als Schwarczer die Hände leicht anhob und einen Schritt in Mahlstedts Richtung andeutete, beeilte sich der Mann doch, die Wohnung zu verlassen, nicht ohne vom Flur her noch einmal Schmähungen gegen die Polizisten auszustoßen.

»Und nun zu Ihnen«, wandte sich Frauke an die junge Frau, die sichtlich beeindruckt von den Geschehnissen war.

»Sie sind Agnezia Boronin?«

Sie nickte schüchtern.

»Wo kommen Sie her?«

»Aus Polen«, antwortete sie mit einem harten Akzent.

»Ich möchte Ihre Papiere sehen.« Frauke streckte die Hand aus.

Die Frau griff ihre Handtasche und begann mit fahrigen Bewegungen darin zu suchen. Zwischendurch sah sie immer wieder auf und blickte zu Frauke. Es war ihr anzusehen, dass sie ziellos in der Handtasche wühlte.

»Sie haben keinen Ausweis«, sagte Frauke mit Bestimmtheit.

»Doch«, erwiderte Agnezia Boronin und kramte weiter in dem Behältnis.

Frauke nickte Schwarczer zu, der in den Wäschestapeln suchte und kurz darauf einen Pass schwenkte.

»Weißrussland«, sagte er.

Frauke nahm den angstvollen Blick der jungen Frau auf. Es

schien, als würde sie sich noch ein wenig mehr in die Bettdecke zurückziehen wollen.

»Das ist nicht mehr Europäische Union«, stellte Schwarczer fest. Dann begann er, mit der Frau Russisch zu sprechen.

Sie antwortete nur zögerlich, manchmal erst, nachdem der Kommissar sie ein zweites oder gar drittes Mal angesprochen hatte. Aufmerksam verfolgte Frauke den Dialog, konzentrierte sich auf den Tonfall der Weißrussin und auf ihre Gestik.

Es fiel Agnezia Boronin sichtlich schwer, Schwarczer zu antworten. Fast immer hakte der Kommissar nach, bis er erneut eine kurze Erwiderung erhielt.

Nach einer Weile wandte er sich an Frauke. »Sie kommt aus Minsk, sagt sie, und hat dort als Chemielaborantin gearbeitet. Arbeits- und Lebensbedingungen sind dort schlecht, sodass sie das Angebot angenommen hat, in Deutschland als Sängerin in einer Bar zu arbeiten.«

Frauke war skeptisch. »Das sind allzu häufig Märchen, die wir zu hören bekommen. Wie wird aus einer Chemielaborantin eine Sängerin? Ich bin skeptisch hinsichtlich des Wahrheitsgehalts solcher Erklärungen. Es ist ein schwieriges Feld, da wir es kaum prüfen können. Tatsache ist, dass sie sich illegal in Deutschland aufhält. Darüber haben andere zu befinden. Mich interessiert, ob sie uns die Wahrheit gesagt hat, als sie Massimo Trapattoni zu einem Alibi verholfen hat. Sie hat behauptet, sie wäre mit Trapattoni intim gewesen, als Friedrich Rabenstein ermordet wurde.«

Schwarczer setzte seine Befragung auf Russisch fort. Zunächst schüttelte die Frau heftig den Kopf bei ihren Erwiderungen. Erst als der Kommissar nachsetzte, mal beruhigend, dann wieder streng auf sie einsprach, wurde Agnezia Boronin leiser. Ihre Stimme war kaum noch zu verstehen, und man musste sich konzentrieren.

Schließlich richtete sich Schwarczer auf. »Es stimmt, dass sie nach Feierabend noch bei Trapattoni war. Dort ist es auch zu Intimitäten gekommen. Sie hat manchmal geglaubt, dass der Italiener wirklich etwas für sie empfindet, da sie sich hier in Hannover sehr einsam und verlassen, aber auch schutzlos vorgekommen ist. Sie wollte sich gern ein wenig geborgen fühlen. Daher war sie sehr enttäuscht, als ihr Liebhaber sie am Mittwoch förmlich von der Bettkante gestoßen hat. Trapattoni hatte einen Anruf erhalten und sie direkt aus seiner Wohnung geworfen. Sie sagt, es sei demütigend gewesen, dass sie sich im Treppenhaus habe anziehen müssen. Abends hat Stupinowitsch sie an die Seite genommen und ihr gedroht, falls sie nicht so aussagen würde, wie sie es aus Angst getan hat.«

»Stupinowitsch.« Frauke ließ den Namen auf der Zunge zergehen. »Dann sind wir weiter ins Wespennest vorgestoßen, als wir geglaubt haben.«

Sie wurde durch die Weißrussin abgelenkt, die still zu weinen begonnen hatte. Frauke ließ sich dadurch nicht beeindrucken.

»Warum hat sie plötzlich so bereitwillig ausgepackt?«, fragte sie Schwarczer. »Alle in der Organisation haben Angst vor Repressalien. Was hat ihren Sinneswandel hervorgerufen?«

Der Kommissar druckste zunächst ein wenig herum. »Ich habe ihr erzählt, dass sie sich möglicherweise der Beihilfe zum Mord schuldig machen würde. In einem solchen Fall ist es nicht auszuschließen, dass sie einen Teil der Strafe in ihrer Heimat verbüßen muss. Und wem solches droht, der hat auch keine Angst mehr vor der Organisation.«

Frauke setzte sich auf die Bettkante und wollte die Hand der jungen Frau ergreifen, aber Agnezia Boronin entzog sie ihr sofort.

»Sind Sie für Ihre Dienste als Prostituierte entlohnt worden?«, fragte sie. Schwarczer übersetzte es ins Russische.

Die Frau schüttelte ihren Kopf.

»Nein«, erklärte der Kommissar. »Die Freier haben den Liebeslohn im Club entrichtet. Sie hat davon nichts zu sehen bekommen.«

»Da kommen eine Reihe von Straftaten zusammen«, überlegte Frauke laut. »Ich habe noch eine letzte Frage. Hat sie mitbekommen, dass im Club Viagra verteilt wurde? Ich meine die Fälschungen.«

Schwarczer musste diesmal nicht übersetzen. Frauke konnte die Antwort am heftigen Nicken der Frau ablesen.

Frauke stand auf. »Sie soll sich anziehen. Wir werden sie zum eigenen Schutz mitnehmen. Was dann geschieht, ist sicher nicht schön.«

»Zeugenschutzprogramm?«, fragte Schwarczer.

Frauke zog den linken Wangenmuskel in die Höhe, dass sich ihr Auge in einen schmalen Schlitz verwandelte, um ihre Skepsis auszudrücken.

»Ich fürchte, dazu spielt sie eine zu unbedeutende Rolle. Oft stoßen wir an unsere Grenzen, wenn wir erkennen, dass kleine Mitläufer häufig viel mehr unter den Folgen ihres Tuns leiden müssen als die Drahtzieher. Wenn wir ihrer überhaupt habhaft werden«, ergänzte sie mehr für sich selbst.

»Was gibt es Neues?«, wollte Madsack wissen, als er Frauke und Schwarczer auf dem Flur des Landeskriminalamts begegnete.

»Kommen Sie in fünf Minuten zu mir«, sagte Frauke. »Und bringen Sie Putensenf mit.«

Dem schwergewichtigen Hauptkommissar war die Neugierde ins Gesicht geschrieben. Er war schon nach drei Minuten bei Frauke im Büro, ließ sich ächzend ihr gegenüber nieder und breitete eine Handvoll Fruchtbonbons auf der Arbeitsfläche aus.

»Geistesnahrung«, sagte er mit einem schelmischen Schmunzeln und wickelte genüsslich eines der Bonbons aus.

»Sind wir hier beim Sabbelverein oder bei der Polizei?«, maulte Putensenf, als er in den Raum eintrat.

»Hellseher dürfen wieder gehen, Unwissende bleiben«, erwiderte Frauke und begann, nachdem auch Schwarczer dazugestoßen war, von dem Besuch im Untersuchungsgefängnis und dem Geständnis der jungen Weißrussin zu berichten.

»Bei mir gibt es auch Neuigkeiten«, fuhr Madsack fort, nachdem Frauke ihren Bericht beendet hatte. »Die Kriminaltechnik konnte einen Fingerabdruck, den sie auf dem Motorrad gefunden haben, zuordnen.«

»Massimo Trapattoni«, sagte Frauke und nahm dem Hauptkommissar das Überraschungsmoment.

»Woher wissen Sie das?«, fragte Madsack erstaunt.

»Bauchgefühl«, antwortete Frauke lapidar.

»Wenn Frauen von ihrem Bauchgefühl sprechen, heißt das meistens, dass sie schwanger sind«, knurrte Putensenf.

»Und wenn Sie von Ihrem Bauchgefühl reden, gärt wahrscheinlich das Bier, das Sie zu viel getrunken haben.« Dann drehte sie sich ostentativ zu Madsack um. »Wir können nachweisen, dass Trapattoni das Motorrad zumindest berührt hat.«

»Das ist als Beweis aber sehr dürftig«, warf Putensenf ein. Frauke überraschte die ruhige, sachliche Tonlage des Kriminalhauptmeisters.

»Mir ist noch etwas aufgefallen«, meldete sich Schwarczer zu Wort und fuhr fort, als Frauke ihm zunickte. »Als wir Trapattoni im Sexclub besucht haben, hat er ein Kaugummi ausgespuckt. Ein weiteres Mal bin ich ihm begegnet, als ich ihn hier im LKA verhört habe. Auch dabei hat er unablässig Kaugummi gekaut.«

Madsacks Augen leuchteten auf. Bevor Frauke ihren Gedanken aussprechen konnte, der auch Schwarczer gekommen war, erklärte der Hauptkommissar: »Wenn jemand ständig Kaugummi bearbeitet, wird er es auch benutzt haben, als er in der Lister Meile auf dem Motorrad saß und darauf gewartet hat, dass ihm der Unbekannte grünes Licht für das Attentat auf Sie gab.«

»Nicht auf mich, sondern auf Friedrich Rabenstein. Man hatte nicht vor, mich zu exekutieren, sondern wollte ein Zeichen setzen.« In der Zwischenzeit war man aber zu anderen Erkenntnissen gekommen, dachte Frauke für sich, und hat es schon auf mein Leben abgesehen.

»Das Warten bedeutet auch für einen Profi eine gewaltige Nervenanspannung«, setzte Madsack seinen Gedanken fort. »Da kann es durchaus sein, dass er das mit Kaugummi überbrückt hat.«

»Das er direkt vor der Tat ausgespuckt hat«, ergänzte Schwarczer.

»Wir haben Zeugenaussagen, die uns ziemlich genau den Ort beschrieben haben, an dem das Motorrad mit den beiden Männern gewartet hat«, schloss Frauke die Überlegung und sah Putensenf an.

»Eine gewagte Theorie«, erwiderte der.

»Ich habe eine Führungsaufgabe für Sie, Putensenf. Organisieren Sie ein paar Leute und suchen Sie den Ort ab. Sammeln Sie alles auf, was auch nur entfernt wie ein Kaugummi aussieht.«

»Bin ich denn der Leo?«, empörte sich Putensenf. »Ist das jetzt die Rache der *Frau*?«

»Nein, Leo«, sagte Frauke und lächelte süffisant. »Das ist eine klare Anweisung Ihrer Teamleiterin. Leiter*in*«, überbetonte sie die die letzten beiden Buchstaben.

»Ich habe in der Zwischenzeit den Bericht über den Tod von Kurt Buggenthin sowie dem zweiten Opfer der gefälschten Medikamente in Bad Bevensen erstellt und dabei auch die anderen Fälle erwähnt, in denen es Komplikationen nach der Einnahme des Präparats gab«, mischte sich Madsack ein.

»Das ist ein guter Ansatz. Den müssten wir noch ergänzen um …«, lobte Frauke, wurde aber von Madsack unterbrochen.

»Natürlich habe ich auch auf die Beziehung zum Verteiler Günter Blechschmidt, das Attentat auf ihn, auf den Kurierfahrer und die Durchsuchung des Umschlagplatzes in Göhrde verwiesen. Sie wissen – die abseits gelegene Feldscheune. Auch Necmi Özden taucht auf.«

»Ist der inzwischen wieder aufgetaucht, nachdem er angeblich mit der Tageseinnahme vom Wochenmarkt in Stöcken verschwunden ist?«

Betretenes Schweigen in der Runde sagte Frauke, dass zu diesem Punkt keine aktuellen Informationen vorlagen.

»Wenn Sie einverstanden sind«, wandte sich Schwarczer an Frauke, »würde ich das italienische Restaurant aufsuchen, in dem Sie Stupinowitsch, Rossi, den Anwalt und den Unbekannten angetroffen haben.«

»Gut«, stimmte Frauke zu.

»Das könnte ich doch machen …«, warf Putensenf ein. »Und er«, dabei zeigte er auf Schwarczer, »organisiert die Suche nach dem Kaugummi. Das war schließlich auch seine Idee.«

»Putensenf! Sie fahren in die Lister Meile und sondieren das Areal. Sie sind schließlich unser Experte fur klebrige Sachen. Wie sagen die Hannoveraner? Basta! Und Sie, Madsack, helfen mir bitte bei der Vorbereitung unserer nächsten Aktion.«

»Darf man erfahren, um was es sich handelt?«, fragte Putensenf.

»Ja«, erwiderte Frauke. »Heute Abend. Pünktlich um zweiundzwanzig Uhr. Hier auf dem Hof des LKA.«

»Überstunden?«

»Ja, Putensenf. Ihre Gattin hat mich angesprochen. So von Frau zu Frau. Sie möchte endlich einmal einen ruhigen und schönen Abend verbringen. Deshalb ziehe ich Sie aus dem häuslichen Verkehr.«

Unter den spöttischen Blicken seiner beiden Kollegen trottete Putensenf aus dem Raum.

»Ich besorge uns noch einen Kaffee«, sagte Madsack und folgte ihm. Kurz darauf kehrte er mit zwei Bechern zurück. Frauke war nicht überrascht, dass er auch eine Rolle mit Schokolade gefüllter Kekse dabei hatte. Dann begannen die beiden die Vorbereitungen für den abendlichen Einsatz.

Die Nacht war hereingebrochen. Frauke war immer wieder überrascht, wie dunkel es um diese Zeit in Hannover war. Im heimischen Flensburg zeichnete sich stets noch ein Schimmer Restlicht des Tages am Horizont ab. Dafür hing hier über der ganzen Stadt eine Lichtglocke, die sich in ihrer Intensität doch erheblich von Flensburg unterschied.

Kriminaloberrat Ehlers hatte sich Fraukes Vortrag geduldig angehört, nachdem sie gemeinsam mit Madsack das Konzept erarbeitet hatte. Er hatte den fast kahlen Kopf bedenklich gewiegt, sie gelegentlich mit einer Verständnisfrage unterbrochen und schließlich mit einem Blick auf die Uhr gemeint: »Das können wir in der Kürze der Zeit nicht mehr organisieren.«

»Doch«, hatte Frauke geantwortet. »Das haben wir schon. Uns fehlt nur noch Ihre Zustimmung.«

»Ich hätte es für angebrachter gehalten, wenn Sie mich *vorher* gefragt hätten.«

»Dann hätte ich Ihnen aber noch keinen fertigen Plan vorlegen können«, hatte Frauke erwidert. »Es war nicht absehbar, ob wir alle benötigten Ressourcen auch zusammenbekommen.«

Ehlers hatte nicht einmal Fraukes Aufzeichnungen zur Hand genommen. »Da fahren Sie ein ganz großes Geschütz auf. In einer stillen Stunde müssen Sie mir verraten, wie Sie als Neuling in Hannover und ohne langjährige Beziehungen die ganzen beteiligten Stellen zur Teilnahme animieren konnten.«

Als Antwort hatte Frauke es bei einem Lächeln belassen. Schließlich hatte Ehlers genickt und ihr viel Erfolg gewünscht.

Auf dem Platz vor dem unscheinbaren Eingang zum Landeskriminalamt stauten sich die Einsatzfahrzeuge. Irgendjemand hatte den Scheinwerfer an der Fassade des eingeschossigen Baus angeschaltet. Auf der gegenüberliegenden Straßenseite standen neugierige Bewohner der Häuser an ihren Fenstern und bestaunten die Szene.

Frauke stand mit den Einsatzleitern der Schutzpolizei und der Fahndungsgruppe Schwarzarbeit des Zolls zusammen und ging noch einmal die Vorgehensweise durch. Die Männer nickten, bevor sie in ihre Fahrzeuge stiegen und sich die Kolonne auf den Weg machte.

Putensenf hatte neben Frauke im Fond des VW Variant Platz genommen. Er würdigte sie keines Blickes. Deutlich war ihm anzumerken, dass er immer noch beleidigt war über den Sonderauftrag »Kaugummisuche« in der Lister Meile, obwohl Frauke ihn ausdrücklich gelobt hatte, nachdem Putensenf und die beiden Spurensicherer nach zwei Stunden mit einer Ausbeute von vier durchgekauten Gummis zurückgekommen waren.

Frauke wunderte sich darüber, wie oft man mit geschlossenen Augen durch die Stadt läuft. Wer achtete auf Kaugummi, das auf dem Bürgersteig klebt, wenn er nicht aus Versehen hineintrat und die zähe Masse sich im Profil des Schuhs festsetzte? Und Putensenf hatte gleich vier Stück sichergestellt. Sie warteten in der Forensik auf die Gegenprobe, die Trapattoni zu entnehmen war.

Frauke tippte Schwarczer auf die Schulter, der am Steuer saß. »Wir hatten noch keine Gelegenheit ... Waren Sie im italienischen Restaurant erfolgreich?«

Sie sah, wie der Kommissar kurz in den Rückspiegel blickte und dann erklärte: »Der elegante Mann war schon zwei, drei Mal dort, immer in Begleitung von Stupinowitsch, der dort anscheinend öfter verkehrt. Das Personal konnte sich daran erinnern, da sowohl der Mann wie Dottore Carretta sich mit den Mitarbeitern in ihrer Muttersprache unterhielten. Rossi war nur einmal dort, so glaubt man, und zwar an dem besagten Abend, als Sie die Gesellschaft dort angetroffen haben. Der Kellner hat mitbekommen, wie Rossi den Unbekannten mit ›Don Mateo‹ angesprochen hat, eine durchaus nicht mehr häufig anzutreffende Ehrbezeugung.«

»Galt das auch für die beiden anderen?«

»Offenbar nicht«, erwiderte Schwarczer. »Rossi hat den Anwalt ›Dottore‹ genannt. Über den Umgang mit Stupinowitsch konnte der Kellner nichts sagen.«

»Dann könnte der Unbekannte Mateo Zafferano sein. Das ist der Inhaber des Importunternehmens. Das würde auch erklären, weshalb Rossi ihn ›Don‹ nennt. Der Mann ist sein Chef.«

»Heißen in mafiösen Strukturen nicht alle Bosse ›Don‹?«, merkte Putensenf an.

»Das ist eine schöne Legende«, sagte Madsack, dem Frauke bereitwillig den Beifahrersitz überlassen hatte, da der korpulente Hauptkommissar Schwierigkeiten gehabt hätte, sich auf die enge Rückbank zu quetschen.

Es war nur ein kurzes Stück bis in die Reitwallstraße. Sie hatten ein Fahrzeug mit drei uniformierten Polizeibeamten vorausgeschickt, die den Hintereingang des Gebäudes zu einem umbauten Innenhof sichern sollten. Nach den Informationen, die Madsack eingeholt hatte, gab es neben dem Haupteingang keine weiteren Zugänge zu den Räumlichkeiten.

Die vier Fahrzeuge fuhren bis vor die Eingangstür des Sexclubs und hielten mitten in der Fußgängerzone. Erst jetzt schaltete der Fahrer des VW-Bullis das Blaulicht ein. Gespenstisch zuckten die Strahlenfinger über die Fassaden der Häuser. Hier tauchten keine neugierigen Gesichter hinter den Fensterscheiben auf.

Hinter der angekratzten, dunklen Holztür des Clubs rührte sich nichts. Für diese Unaufmerksamkeit würde der Türsteher Trapattoni sicher einiges von seinem Boss zu hören bekommen, vermutete Frauke.

Die Polizisten mit ihren kugelsicheren Westen und den Helmen sahen fast ein wenig unwirklich aus. Sie hatten sich im Halbkreis vor die Tür gestellt und bildeten die erste Reihe.

Frauke machte den Einsatzleiter auf den Zugang zum Treppenhaus aufmerksam, der ein Stück weiter ins Haus führte.

»Wir sollten damit rechnen, dass es noch einen Fluchtweg aus dem Club dorthin gibt.«

Der Hauptkommissar nickte und gab dreien seiner Männer Anweisung, sich dort zu postieren. Dann sprach er in sein Funkgerät und vergewisserte sich, dass die Rückfront des Hauses gesichert war.

»Wir sind bereit«, sagte er zu Frauke. Die stand mit ihren Männern in der zweiten Reihe.

Bis auf Madsack hatten sie ihre Dienstwaffen gezogen. Putensenf wirkte auf Frauke ungewöhnlich nervös, während Thomas Schwarczer offenbar durch nichts zu erschüttern war. Über Madsack musste sie lachen. Es sah aus, als würde sich der Schwergewichtige klein machen und hinter Putensenf verstecken wollen. In der dritten Reihe standen die Beamten des Zolls. Sie hatten ihre Dienstwaffen nicht gezückt, waren aber ebenfalls mit schusssicheren Westen geschützt.

Frauke sah noch einmal in die Runde, in die entschlossen wirkenden Gesichter der Männer und vier Frauen, zwei davon unter den Polizisten und zwei bei den Kollegen vom Zoll.

»Dann los«, sagte sie.

Einer der Beamten betätigte die Glocke. Nichts rührte sich. Das hatte Frauke nicht anders erwartet. Die Polizisten hatten keine Anstrengungen unternommen, sich zu verbergen. Nachdem der Beamte erneut die Türklingel in Bewegung gesetzt hatte und es weiterhin stumm geblieben war, hämmerte der Beamte mit dem Schlagstock aus Hartgummi gegen das Holz.

»Aufmachen, Polizei«, rief er laut.

Frauke hatte darum gebeten, dass bei dem Einsatz möglichst viel Lärm gemacht und Aufmerksamkeit erzeugt werden sollte. Sie wollte eine öffentlichkeitswirksame Aktion durchführen. Um die Geschäfte in Ruhe führen zu können, war der Organisation daran gelegen, möglichst unauffällig zu bleiben.

»Auch hartnäckige Freier scheuen das Bordell, in dem die Polizei eine Razzia durchführt. Mancher Kunde wird künftig verschreckt fortbleiben. Dies wäre eine unliebsame Beeinträchtigung der Geschäfte«, hatte sie in der Einsatzbesprechung erklärt. Und das wollte Frauke erreichen. Sie beabsichtigte, die Kreise der Organisation an allen nur möglichen Stellen zu stören.

Die Tür blieb verschlossen. Mit einem breiten Grinsen hämmerte der Polizist weiter gegen die Tür.

»Ich helf dir«, sagte ein Kollege und schlug ebenfalls gegen das

Holz, dass die Schläge von den Hauswänden widerhallten. Mit Genugtuung stellte Frauke fest, dass jetzt doch ein paar Neugierige hinter den Gardinen Stellung bezogen hatten und die wenigen Passanten, die hier unterwegs waren, ebenfalls mit Interesse die Polizeiaktion aus sicherer Entfernung verfolgten.

»Wir hätten die örtliche Presse dazubitten sollen«, sagte Frauke zu Madsack, der sich jetzt in ihrem Windschatten hielt. Sie hatte um diese Stunde mehr Lebhaftigkeit in der Straße des Lasters erwartet. Es wirkte alles sehr ruhig, fast ein wenig zurückgezogen. So als hätten sich die Bewohner, aber auch die Gäste vor dem Polizeieinsatz in Sicherheit gebracht.

Plötzlich wurde ihre Aufmerksamkeit auf die drei Beamten gelenkt, die das Treppenhaus bewachten. Ein Mann und in seinem Gefolge eine Frau versuchten, sich über diesen Weg davonzustehlen. Im fahlen Licht der Straßenbeleuchtung glaubte Frauke Massimo Trapattoni zu erkennen, während die leicht bekleidete Frau ihr unbekannt war. Der Widerstand, den der Türsteher entgegenbringen wollte, währte nur kurz. Mit wenigen Handgriffen hatten die Beamten ihn überwältigt und ihm Einmalfesseln angelegt.

Die beiden Uniformierten wollten gerade wieder ihr Klopfkonzert aufnehmen, als sich die Tür öffnete und eine kleine, gedrungene Gestalt erschien, beschwichtigend und erschrocken zugleich die Hände in Schulterhöhe hielt und mit unverkennbar italienischem Akzent sagte: »He, he, he. Was soll das?«

»Wir sind vom Wasserbauamt und wollen hier einen Sumpf trockenlegen«, meldete sich Putensenf aus dem Hintergrund, während Frauke ein rosafarbenes Dokument schwenkte.

»Dies ist ein Durchsuchungsbeschluss«, sagte sie und hielt dem Mann das Papier vor die Nase, das Kriminaloberrat Ehlers noch am Nachmittag besorgt hatte.

»Aber warum? Das geht doch nicht …« Die Geste, mit der er die vorwärtsdrängenden Beamten aufhalten wollte, war mehr symbolisch zu verstehen.

»Wer sind Sie überhaupt?«, fragte Frauke.

»Der Geschäftsführer.« Er fuhr sich mit der gespreizten Hand durch das lichte Haupthaar und schüttelte ungläubig den Kopf.

»Danielo Battaligia«, stellte Frauke fest. »Wo ist Trapattoni?«

»Der ist ... Verdammt. Ich weiß es nicht. Eigentlich ... Er hätte die Tür bewachen sollen, der Hund«, stammelte der Mann. Entweder wusste er nicht, dass sein Türsteher versucht hatte, durch den Nebenausgang zu entweichen, oder er war ein hervorragender Schauspieler.

»Wir können das Verfahren abkürzen. Wo ist das Viagra?«

Battaligia stellte sich dumm. Zunächst tat er, als kenne er das Präparat gar nicht, dann versuchte er, sich mit Verständigungsproblemen herauszureden, bis der erste Beamte mit einem Stapel gefälschter Arzneimittelpackungen auftauchte.

»Das war easy«, sagte er. »Wir haben es unverdeckt unter dem Bartresen gefunden.«

Battaligia sah Frauke verstört an. »Das ist vielleicht ein Fehler«, räumte er ein. »Aber manche Kunden verlangen danach. Das ist Service. Wir verdienen nichts daran.«

»Fehler?«, fauchte ihn Frauke an. »Sie haben keine Hemmungen, Menschen in den Tod zu schicken. Wissen Sie, dass Leute an diesen nachgemachten Arzneien gestorben sind?«

»Die sind doch echt, nicht falsch«, behauptete Battaligia.

Frauke sah dem Mann an, dass er log. Er konnte nicht einmal erklären, woher er die Medikamente bezog.

»Das ist eine wahre Fundgrube«, meldete sich ein zweiter Beamter bei Frauke und hielt ihr kleine Tütchen mit einem weißen Pulver hin. Der Polizist strahlte über das ganze Gesicht. »Das macht richtig Spaß. Ich habe schon lange niemanden mehr gesehen, der so blöd wie die hier war. Die haben alles auf dem Präsentierteller liegen.«

Frauke verstand es auch nicht. Für so dumm hätte sie die Organisation nicht gehalten. »Kümmern Sie sich um den hier«, sagte sie zu einem Beamten und zeigte auf Battaligia. »Den nehmen wir mit ins LKA.«

Während der Geschäftsführer des Etablissements laut protestierte, zog ihn ein Polizist am Ärmel vor die Tür.

Frauke hörte aus dem Inneren lautstarkes Schimpfen und Fluchen. Bisher hatte sie vom Eingangsbereich aus den Einsatz geleitet. Jetzt folgte sie den Beamten in das Innere. Der kurze Flur war dunkel. Von der Wand blätterte die Farbe ab. Es roch muffig. Den

Zugang zur Bar versperrte ein halbrunder schwerer Vorhang. Nur widerwillig schob sie ihn zur Seite. Zu gern hätte sie sich nach der Berührung mit dem schmutzigen Stoff die Finger gewaschen.

Sie fand sich in einem nur spärlich beleuchteten Raum wieder, dessen Stirnseite eine Bar einnahm. Drei Nischen und eine Handvoll Barhocker komplettierten die Einrichtung. Mattes rotes Licht sollte eine intime Atmosphäre vorspiegeln. Frauke erschien alles nur schmutzig und heruntergekommen.

Aus dem Hintergrund tauchte Putensenf auf. Der Kriminalhauptmeister sah Fraukes skeptischen Blick.

»Der hat doch glatt gelogen, wer eine solch düstere Spelunke ›Freudenhaus‹ nennt. Da kommt wirklich kein Vergnügen auf.«

»Was ist dahinten?«, fragte Frauke und zeigte auf den rückwärtigen Durchgang.

»Die Toiletten. Dagegen sind nicht gereinigte Bahnhofstoiletten ein Hort der Sauberkeit. Es gibt einen Poolraum. Ich möchte wetten, wer in das Becken taucht, hat morgen Syphilis. Eine schmuddelige Spielwiese, eine Küche, in der sich statt eines Kochs Kakerlaken aufhalten, ein Vorratsraum, in dem sich auch das Personal umzieht. Eine Treppe führt nach oben. Da befinden sich die Gesellschaftszimmer. Dann wäre da noch das Büro des Geschäftsführers.«

Frauke schüttelte sich. »In solchen Etablissements haben Männer Spaß?«

Putensenf bewegte den Kopf hin und her. »Wenn Sie solche Fragen stellen ... Da bin ich kein Mann.«

»Was haben wir gefunden?«

»Fünf Mädchen. Mit der einen, die sich durch den Nebeneingang davonmachen wollte, sechs. Sieben Freier. Außer denen da.« Putensenf zeigte auf die Bar.

Frauke sah ihn erstaunt an. »Wie geht das?«

»Vielleicht ist das billiger, wenn sich zwei Männer eine Frau teilen. Wir haben jedenfalls diese Konstellation angetroffen. Außerdem saß einer in einer Kabine und hat über einen Monitor ein anderes Paar beobachtet. Der hatte eine Rolle Kleenex dabei ...«, ergänzte Putensenf mit einem süffisanten Lächeln.

»Ersparen Sie mir unappetitliche Einzelheiten«, stoppte Frauke den Kriminalhauptmeister. »Sind wir fündig geworden?«

»Sie meinen, in Sachen Viagra? Ja. Im Büro des Geschäftsführers lag ein ganzer Berg von dem Zeug.«

»Gab es weitere Funde an Betäubungsmitteln?«

»Bisher nicht. Nur das, was die Kollegen hinter dem Tresen gefunden haben.«

»Und sonst?«

»Das Übliche. Keine Aufenthaltsgenehmigung, keine Arbeitserlaubnis. Einer der Gäste wurde gesucht, weil er eine Haftstrafe wegen wiederholten Schwarzfahrens nicht angetreten hat. Ich sag es ja nicht gern, aber die Razzia war ein voller Erfolg.«

»Ein Kompliment aus Ihrem Mund?«

Putensenf sah sich um. »Na ja. Hier hört es ja keiner.«

»Wer keine Papiere hat, wird mitgenommen«, wies Frauke ihn an.

»Ist schon veranlasst.«

Schnaufend stieß Madsack zu den beiden. »Das ist ein richtiges Dreckloch«, sagte er entsetzt und zog sich demonstrativ seinen Krawattenknoten gerade. »Wir haben die Gewerbeaufsicht und das Gesundheitsamt nachbestellt.«

Frauke nickte. Die Aktion würde hohe Wellen schlagen. »Was ist mit denen?«, fragte Frauke und wies zum Tresen.

»Die sind schon überprüft. Bei denen ist alles sauber«, antwortete Putensenf.

Frauke sah auf die Frau mit entblößtem Oberkörper, die hinter dem Tresen stand und die Gäste versorgte. Sie hatte die besten Jahre lange hinter sich und sah trotz der dicken Schminke verlebt aus. Frauke musste lächeln, als sie einen jungen Polizisten gewahrte, der seinen Blick nicht von der Barfrau lassen konnte. Auch Putensenf hatte es mitbekommen.

»Die Frau sollte ihren BH Marke Zauberflöte wieder anlegen.«

»Zauberflöte?«, fragte Frauke mit einer hochgezogenen Augenbraue.

»Ja«, erwiderte Putensenf mit einem breiten Grinsen. »Wenn sie den ablegt, geht der ganze Zauber flöten.« Dabei deutete er mit seinen Händen in übertriebener Weise an, wie sich üppige weibliche Rundungen links und rechts des Bauchnabels ausmachen würden.

Frauke steuerte die beiden Männer an, die am Tresen saßen und scheinbar unbeteiligt Bier tranken.

»'n Abend«, sagte sie.

Die beiden starrten sie aus glasigen Augen an.

»Oh God, what a nice place«, sagte der Größere mit schwerer Zunge.

»What, what, what?«, fragte sein Zechkumpan und hielt sich am Tresen fest, damit er nicht hintenüberfiel.

»Engländer?«, fragte Frauke Putensenf, der ihr gefolgt war.

Der Kriminalhauptmeister nickte. »Die werden keine schönen Erinnerungen an ihren Aufenthalt in Hannover mitnehmen.«

Frauke drehte sich um. »Madsack. Ich möchte, dass hier alles umgedreht wird. Jeder Winkel soll durchleuchtet werden. Ich möchte wissen, ob hier noch mehr verborgen ist. Illegale Medikamente, Drogen – das ganze Programm. Und sagen Sie allen Beteiligten, sie sollen möglichst viel Lärm machen. Das Ganze soll mit so viel Aufhebens wie möglich vonstattengehen.«

Der Hauptkommissar lächelte vergnügt in sich hinein und rieb sich die Hände. »Aber gern doch«, strahlte er.

Während Frauke und Madsack versuchten, Danielo Battaligia zu verhören, durchsuchten die im Einsatz befindlichen Beamten das Etablissement. Zusätzlich war noch ein Hundeführer mit einem Drogensuchhund angefordert worden.

Der Geschäftsführer des Bordells saß auf einem Barhocker.

»Ich will sofort meinen Anwalt sprechen«, wiederholte er ständig.

»Dottore Carretta«, stellte Frauke lakonisch fest.

Battaligia ließ es unkommentiert und drückte jede zweite Minute nervös auf die Wahlwiederholung seines schnurlosen Telefons.

»Das wirft kein gutes Licht auf diesen Laden«, merkte Putensenf im Vorbeigehen an, »wenn Sie die Nummer Ihres Anwalts schon fest eingespeichert haben.«

Mit den Beamten wollte Battaligia nicht reden. Das traf auch auf Massimo Trapattoni zu, der zudem die Zähne krampfhaft zusammenbiss als äußeres Zeichen dafür, dass er sich weigerte, eine DNA-Probe abzugeben.

Sie wurden durch den Einsatzführer der Schutzpolizei unterbrochen.

»Alle Mädchen, die hier beschäftigt werden, sind Illegale. Keine konnte ordnungsgemäße Papiere vorzeigen. Wir haben bei der

Durchsuchung der persönlichen Sachen bei einem Mädchen einen ukrainischen Pass gefunden. Die anderen können wir nicht zuordnen. Und Auskünfte geben sie keine.«

Frauke zeigte auf Battaligia und Trapattoni. »Die nehmen wir mit«, wies sie an.

»Wieso das?«, ereiferte sich der Geschäftsführer. »Ich muss mich hier um das Geschäft kümmern.«

»Heute wird kein Kunde mehr kommen«, entgegnete Frauke. »Und an Ihrer Stelle wäre ich mir auch nicht sicher, ob das Geschäft in der nächsten Zeit gut laufen wird. Das, was Sie hier betrieben haben, spricht sich schnell herum. In so etwas möchte kein Freier verwickelt werden.«

»Das wird Sie teuer zu stehen kommen«, schimpfte Battaligia.

»Sie auch«, erwiderte Frauke. »Igor Stupinowitsch wird es nicht gefallen, was Sie mit seinem Club angestellt haben. Prostitution, Menschenhandel, Drogenhandel, Umschlagplatz für gefälschte Medikamente.«

»Verstoß gegen die Sozialversicherungspflicht und vielleicht auch Steuerhinterziehung«, gab Putensenf seinen ungebetenen Kommentar ab. »Und *das* wird in Deutschland besonders hart verfolgt.«

»Sie können überlegen, was schwerer wiegt: das Strafmaß, das Ihnen die deutsche Justiz aufbürden wird, oder die Rache Stupinowitschs, der mit Sicherheit Sie für dieses Desaster verantwortlich machen wird.«

Battaligia war blass geworden.

»Das ist alles Humbug, was Sie erzählen«, sagte er mit schwacher Stimme und probierte erneut, den Anwalt zu erreichen.

Frauke ließ die beiden Männer abführen.

»Fuck you«, rief ihr Trapattoni zu, als ihn zwei stämmige Polizisten an den Oberarmen packten und hinauszerrten.

Frauke machte einen Rundgang durch alle Räume, sah den Beamten bei der Durchsuchung zu und erfuhr, dass man bisher nichts weiter habe finden können. Lediglich eine Heckler & Koch P9S sowie etwa dreißig Patronen 9 mm Parabellum.

»Wo haben Sie die Waffe gefunden?«, fragte sie einen Uniformierten.

»Im Büro. Sie lag im Schreibtisch.«

»Haben Sie Hinweise auf ein Gewehr finden können?« Frauke dachte an die Mordwaffe, mit der Friedrich Rabenstein erschossen worden war.

Der Beamte schüttelte den Kopf.

Ein anderer Polizist begleitete einen mit Handfesseln ruhiggestellten Schwarzafrikaner durch den Raum.

»Den haben wir in einer Abstellkammer gefunden«, erklärte der Beamte. »Der war für den Abwasch und die Küche zuständig.« Der Beamte schüttelte sich dabei. »Ein einziges Dreckloch. Und er hier«, dabei zeigte er auf den Dunkelhäutigen, »hat da auch noch gewohnt.«

Nachdem alle Personalien aufgenommen, die beschlagnahmten Drogen und Medikamentenfälschungen sichergestellt und die Mädchen abgeführt worden waren, blieb einzig die barbusige Frau hinterm Tresen übrig. Sie hatte ihre Blöße inzwischen mit einer halbdurchsichtigen Bluse verdeckt, ohne die üppigen Launen der Natur mit einem Büstenhalter zu bändigen. Frauke konnte sich nicht vorstellen, dass Männer an so etwas Gefallen finden würden.

Unwillkürlich schweiften ihre Gedanken kurz zu Georg ab. Sie hatte bei ihm noch nie bemerkt, dass er sie gemustert hatte, ihre frauliche Figur mit den Augen gescannt und seinen Blick auf den weiblichen Attributen hat verweilen lassen. Warum interessierte sich Georg für sie, wenn nicht in ihrer Eigenschaft als Frau? Bei aller Geheimniskrämerei musste ihm klar sein, dass sie doch hinter seine Identität kommen würde.

Frauke nickte der Bardame zu.

»Wir werden uns jetzt zurückziehen. Ich gebe das«, sie ließ ihren Blick durch das Lokal schweifen, »Etablissement wieder frei. Uns soll niemand vorwerfen, wir würden den Geschäftsbetrieb stören.«

»Pöh«, war der einzige Kommentar der Blonden, die sich in einen Whiskybecher zwei Fingerbreit eingeschenkt hatte und die goldene Flüssigkeit mit einem Schluck in sich hineinlaufen ließ.

ZEHN

Putensenf sah übermüdet aus. Ihm schien der nächtliche Einsatz am meisten zugesetzt zu haben. Frauke zollte ihm insgeheim Respekt, da er offensichtlich der Erste gewesen war, der am nächsten Morgen auf der Dienststelle erschienen war.

Frauke war im Eingang mit Schwarczer zusammengestoßen, der einen erstaunlich frischen Eindruck machte. Als sie beide im Gespräch vertieft an der offenen Bürotür von Putensenf vorbeikamen, hörten sie ein herzhaftes Gähnen. Frauke steckte den Kopf durch die Türöffnung.

»Moin, Putensenf. Gute Arbeit gestern.«

»Hä?« Der Kriminalhauptmeister sah erstaunt auf. Ihm war anzumerken, dass er kein lobendes Wort von Frauke erwartet hatte. »Hier heißt es ›guten Morgen‹«, erwiderte er dann. »›Moin‹ sagen die Typen, die dort oben bei den Pinguinen wohnen.«

»Pinguine wohnen im Süden«, belehrte ihn Frauke.

»In Bayern? Dort nennt man die mit dem Frack Kapellmeister.«

»Am Nordpol gibt es keine Pinguine.«

»Nicht? Da verkehren nur eiskalte Dobermänner.«

Frauke verzichtete auf eine Antwort und ging in ihr Büro. Erwartungsgemäß lagen noch keine Ergebnisse der Kriminaltechnik von der Razzia vor.

Sie nahm Kontakt zu Ehlers auf, der schon in groben Zügen über die Aktion unterrichtet war.

»Außerdem war es in der Hannoverschen Allgemeinen nachzulesen«, schloss der Kriminaloberrat. Er versprach, sich um die richterliche Anordnung zur Entnahme einer DNA-Probe vom Türsteher Massimo Trapattoni zu kümmern.

Aus dem Arrestbereich erhielt Frauke die Information, dass sich die in Gewahrsam genommenen beiden Italiener ruhig verhalten hatten. Battaligia hatte die Aufsicht jede Stunde damit genervt, dass er seinen Anwalt anrufen wollte. Man hatte ihn aber auf die Morgenstunden vertröstet.

Frauke war kaum in ihr Büro zurückgekehrt, als Madsack schwer atmend erschien und sich mit einem Ächzen auf dem Besucherstuhl niederließ. Er schwenkte einen Computerausdruck.

»Das ist die Anrufliste von Trapattonis Handy, das wir gestern sichergestellt haben. Genau genommen hatte der Mann drei. Doch dieses scheint das interessanteste zu sein.«

»Mit wem hat er gesprochen?«

Madsack schüttelte den Kopf. »Spannender ist, wer ihn angerufen hat.« Er legte eine kleine Kunstpause ein. »Ich habe die letzten gespeicherten Nummern zurückgerufen. Dabei gab es eine faustdicke Überraschung. Eberhard Annenmeyer.«

»Der Polizist aus Wittingen«, staunte Frauke. »Welche Verbindung gibt es zwischen dem so harmlos auftretenden Mann, der so tat, als wäre er über die von Bernd Richter vermittelte Hypothek unfreiwillig in die Sache hineingeraten, und Trapattoni?« Sie lehnte sich in ihrem Bürostuhl zurück und legte die Fingerspitzen auf die Tischplatte. »Haben Sie auch eine Uhrzeit?«

Madsack nickte. »Freitag. Am späten Vormittag.«

»Madsack.« Sie trommelte mit den Fingerspitzen auf der Tischplatte. »Wann war Annenmeyer im Untersuchungsgefängnis und hat Bernd Richter besucht?«

Frauke rief in der Justizvollzugsanstalt an und erhielt die Bestätigung, dass Annenmeyer genau zu dieser Zeit bei Richter war.

»Durchsuchen Sie alle Besucher?«, fragte sie.

»Natürlich«, entrüstete sich der Gefängnisaufseher.

»Auch Polizisten, wenn sie in Uniform kommen und sich ausweisen?«

»Wieso das? Sie haben die Frage nicht ernst gemeint.«

»Der Kreis schließt sich, Madsack«, sagte Frauke. »Annenmeyer hat gestanden, dass Dottore Carretta ihn angerufen hat. Der Anwalt hat ihn informiert, dass Richter in Untersuchungshaft sitzt, und ihn aufgefordert, unseren ehemaligen Kollegen zu besuchen. Da sich Richter und Annenmeyer von früher kannten, glaubten alle Beteiligten, wir würden nicht hinter die Kulissen sehen können. Das war ein äußerst geschickter Schachzug, einen Polizeibeamten ins Gefängnis zu schicken. Natürlich hatte Annenmeyer sein Handy dabei. Nicht er hat mit Trapattoni telefoniert, sondern Richter.«

Frauke sah den schwergewichtigen Hauptkommissar an. »Prüfen Sie sämtliche Handys von Trapattoni. Ich möchte wissen, mit wem der Türsteher direkt nach dem Anruf von Richter gesprochen hat.«

»Ja, schon, aber warum?«, fragte Madsack.

Frauke blieb ihm die Antwort schuldig. Am Freitagnachmittag war sie auf dem Weg zum Motorradtreff am Georgsplatz von den beiden Männern verfolgt worden und Georg begegnet. Sie war sich noch immer im Unklaren, welche Rolle der Mann spielte.

»Madsack. Fahren Sie umgehend nach Wittingen und befragen Sie Annenmeyer, ob es sich so abgespielt hat, wie wir vermuten. Kommen Sie nicht ohne Geständnis wieder«, fügte sie noch an. Sie sah dem Hauptkommissar an, dass er zu gern gewusst hätte, warum ausgerechnet *er* in die Kleinstadt fahren sollte. Aber Madsack verkniff sich, Frauke zu fragen.

Als der Hauptkommissar das Büro verlassen hatte, schloss Frauke für einen Moment die Augen. Welche Rolle spielte Bernd Richter, dass er noch aus dem Gefängnis heraus Anweisungen gab? Hatte Frauke etwas übersehen? Niemand hatte bisher an die Möglichkeit gedacht, dass Richter eventuell gar nicht im Auftrag, sondern aus eigenem Entschluss Lars von Wedell ermordet hatte, weil der junge Kommissar etwas entdeckt hatte, was Richter hätte gefährlich werden können.

Sie ließ Massimo Trapattoni in den Verhörraum bringen und bat Schwarczer, ihr ein paar Minuten später zu folgen.

Der Türsteher sah übernächtigt aus. Dunkle Ringe lagen um seine Augen. Die Haare standen ihm vom Kopf ab. Ein nervöses Zucken umspielte seine Mundwinkel. Als Frauke den Raum betrat, schien es für einen Moment, als würde er sich auf sie stürzen wollen. Der Beamte, der Trapattoni hergeführt hatte, machte einen Schritt auf den Italiener zu. Dann begann der Türsteher auf Italienisch zu schimpfen. Frauke verstand es nicht, aber auch ohne Kenntnis der Sprache war deutlich zu vernehmen, dass es eine Mischung aus Beschimpfungen und Drohungen war. Das wurde durch die lebhafte Gestik des Mannes unterstrichen. Er entwickelte eine ungeahnte Lebhaftigkeit und bewegte seine Hände wie ein Gebärdendolmetscher.

»Genug mit Ihrer Theatralik«, versuchte ihn Frauke zu bremsen.

»Theatralik?«, schrie Trapattoni und machte erneut einen schnellen Schritt auf Frauke zu. In diesem Moment öffnete sich die Tür, und Schwarczer trat ein. Der Italiener hielt mitten in der Bewegung inne und starrte auf den Kommissar. Das hatte Frauke bezweckt. Sie wollte Trapattoni ein wenig Furcht einjagen, der Türsteher sollte sich an die erste Begegnung mit Schwarczer erinnern, die für den Italiener ein schmerzhaftes Ende gefunden hatte. Zum anderen wollte sie wissen, wie die Erscheinung Schwarczers auf ein aggressiv auftretendes Gegenüber wirkte. Es beruhigte sie, dass der Kommissar offensichtlich Eindruck machte.

»Warum haben Sie Friedrich Rabenstein vom Motorrad aus mit einem Gewehr erschossen?«

»Sind Sie komplett bescheuert?«

Frauke klopfte eine Weile mit dem Druckknopf ihres Kugelschreibers auf der Tischplatte herum. Das »Klack-klack« schien Trapattonis Nervosität noch zu steigern.

»Lassen Sie das!«, schrie er und hielt sich mit beiden Händen die Ohren zu.

Frauke griff in ihre Handtasche und holte eine Packung Kaugummi heraus. Sie legte sie vor sich auf den Tisch und sah, wie Trapattoni davon abgelenkt wurde. Wie festgenagelt ruhte sein Blick auf dem Kaugummi. Frauke ließ ihn eine Weile zappeln, bis sie schließlich mit den Fingern schnippte und das Päckchen über den Tisch schob.

Froh über diese Ablenkung riss Trapattoni das Paket auf, wickelte zwei Streifen aus dem Stanniolpapier und schob sie sich in den Mund. Nervös zerknüllte er das Papier. Frauke ließ ihn gewähren. Als er sich beruhigt hatte, lächelte sie ihn an. Sofort war die Aggressivität wieder da.

»Eh, was soll das?«, rief Trapattoni.

»Wir haben ausgespienes Kaugummi gefunden. In der Lister Meile. Genau an dem Fleck, an dem das Motorrad gewartet hat, bis das Signal kam, dass ich im Eingang meines Wohnhauses stand und mich mit dem alten Mann unterhielt. Das war ein unverhoffter Zufall. So wurde der Plan kurzfristig geändert, und Sie haben Friedrich Rabenstein erschossen.«

Sofort verfiel Trapattoni wieder in seine Muttersprache und ließ einen ganzen Stapel von Verwünschungen über Frauke hereinbrechen.

»Wir haben die Moto Guzzi sichergestellt. Und auf der haben wir Ihre Fingerabdrücke gefunden. Was glauben Sie, wie begeistert Ihr oberster Chef Igor Stupinowitsch sein wird, wenn wir nachweisen können, dass mit seinem Motorrad der Mord vergeübt wurde. Eine Tat, die Stupinowitsch nicht angeordnet hat. Aber das ist nicht alles. Wir werden mittels des genetischen Fingerabdrucks auch nachweisen, dass Sie das Kaugummi ausgespuckt haben. Außerdem hat Agnezia Boronin gestanden, dass sie Ihnen ein falsches Alibi geliefert hat. Sie waren am Tattag miteinander intim, aber nicht so lange, wie Sie uns zunächst vormachen wollten. In Ihrem Alfa, Signore Trapattoni, ist Necmi Özden nach Lüneburg gefahren und hat die gefälschten Medikamente an den Verteiler ausgehändigt.«

»Wer ist dieser Özden?«, fragte Trapattoni.

»Das habe ich Ihnen schon erklärt.«

»Den kenne ich nicht. Ich habe meinen Alfa an Giancarlo Rossi verliehen.«

Und der hat zugegeben, dass Necmi Özden sich illegal den Wagen ausgeliehen hat, dachte Frauke. Seit der Türke – angeblich – mit der Tageseinnahme vom Wochenmarkt in Stöcken verschwunden war, fehlte von ihm jede Spur.

Frauke stand auf. »Sie sitzen ganz schön in der Tinte, Trapattoni.« Dann machte sie eine Geste des Halsabschneidens. »Flasche leer«, sagte sie und verließ den Verhörraum, gefolgt von Schwarczer.

»Der kann zurück«, wies Frauke den uniformierten Beamten an.

Sie hätte gern im direkten Anschluss Danielo Battaligia verhört. Doch der bestand auf der Anwesenheit seines Anwalts. So musste sie sich gedulden, bis Dottore Carretta eintraf. Der Advokat lächelte Frauke hintergründig an.

»Sie sind gut im Geschäft, Dr. Carretta«, begrüßte sie ihn. »Man kann fast sicher sein, dass Sie als Verteidiger auftreten, wenn wir einen Täter aus dem großen Umfeld der organisierten Kriminalität verhaftet haben.«

»Aber, Signora«, antwortete der Anwalt mit schmeichelnder Stimme. »Es gibt nicht viele Rechtsanwälte in Hannover, die Italienisch als Muttersprache haben.«

»Es gibt sicher jede Menge hervorragender Juristen, die im Strafrecht firm sind und sich für die Interessen ihrer Mandanten einsetzen.« Dann trug Frauke die Anschuldigungen gegen Battaligia vor.

»Das sind Missverständnisse«, versuchte der Anwalt zu beschwichtigen. »Hinsichtlich der Aufenthalts- und Arbeitserlaubnis mag es sein, dass mein Mandant nicht alle in Deutschland geltenden Bestimmungen kannte. Es gibt gravierende Unterschiede zwischen preußischer Regelwut und südländischer Gelassenheit.«

»Das, was Sie Regelwut nennen, bezeichnen wir als die Einhaltung von Recht und Gesetz. Und wer dagegen verstößt, hat die Konsequenzen zu tragen. Das ist bei Ihnen in Italien nicht anders. Wie erklären Sie den Besitz der Pistole, die wir in Battaligias Schreibtisch gefunden haben?«

»Signore Battaligia, bitte«, belehrte sie der Anwalt. Dann sah er seinen Mandanten an, der dem Gespräch bisher schweigend gefolgt war und dessen Augen zum jeweils Sprechenden wanderten. »Er«, dabei nickte Dottore Carretta zum Bordellbetreiber hin, »ist in einem Geschäftsfeld tätig, für das vielen Menschen das Verständnis fehlt. Es ist aber eine uralte Kultur, den Garten der Lust mit käuflichen Frauen zu verschönern.«

»Die mit falschen Versprechungen nach Deutschland gelockt und zur Prostitution gezwungen wurden.«

Der Anwalt schüttelte den Kopf. »Die der puren Not ihrer Heimat entflohen sind. Was leistet der reiche Westen für solche Menschen? Niemand fragt sie nach ihrer Qualifikation. Deshalb müssen sie ihren Körper verkaufen.«

Frauke lachte auf. »Sie wollen Ihren Mandanten doch nicht als Wohltäter darstellen?«

»In gewisser Weise schon«, sagte der Anwalt. »Niemand bestreitet, dass dabei auch Geld verdient wird.«

»Sehr viel«, fuhr Frauke dazwischen.

Dottore Carrettas Gelassenheit schien unerschütterlich zu sein. »Davon profitiert der deutsche Staat. Wenn jeder Unternehmer so viel an die Staatskasse abführen würde wie mein Mandant, wäre der Finanzminister der glücklichste Politiker Deutschlands.« Der Advokat blinzelte Frauke zu. Dann streckte er den Zeigefinger seiner runzeligen Hand in ihre Richtung aus. »Ihr Gehalt wird davon bezahlt.«

»Das ist eine köstliche Argumentation. Die Mädchen prostituieren sich, um die deutsche Polizei zu besolden.«

Der Anwalt sah sie mit ernstem Gesichtsausdruck an. *»Sì«* war sein ganzer Kommentar.

»Battaligia, den Sie hier als Wohltaten verbreitenden Unternehmer präsentieren möchten, ist doch nur ein Strohmann.«

»Was Sie so bezeichnen, nennt das deutsche Recht Geschäftsführer, genau genommen das GmbH-Gesetz.«

Frauke musterte ihr Gegenüber. Dottore Carretta hatte die Angewohnheit, beim Sprechen die Augen zusammenzukneifen. Frauke war sich nicht sicher, ob es ein Reflex war oder ob der alte Mann so geschickt agierte, dass er dem Gesprächspartner den Blick in seine Augen verschloss, weil sich dort Emotionen, aber auch die Anspannung zeigten, die etwas über die Seelenlage des Sprechenden verrieten.

»Ist es nicht ungewöhnlich, dass ein russischer Investor einen italienischen Geschäftsführer bestellt?«

»Warum? Wir leben in einer globalisierten Welt. Haben Sie etwas gegen Russen? Gerade hier in Hannover sollte man sich erinnern, dass der Exkanzler, der ja einen besonderen Bezug zu dieser Stadt hat, ein hoch dotierter Vertreter russischer Interessen geworden ist.«

Zumindest hatte die Gegenseite nicht geleugnet, dass Igor Stupinowitsch hinter dem schmuddeligen Bordell stand.

»Nun haben Sie auf geschickte Weise versucht, von meiner Frage nach dem Waffenschein für die Heckler & Koch abzulenken.«

Der Anwalt fuhr sich mit der Hand über die Augen. Dabei fielen Frauke die deutlich erkennbaren Altersflecken auf seinem Handrücken auf.

»Das ist ein wenig diffizil. Schön, die Pistole hätte angemeldet werden müssen. Signore Battaligia war in Sorge, dass man ihm keine Genehmigung erteilen würde. Deshalb hat er zum Selbstschutz die Waffe in seinem Schreibtisch aufbewahrt. Es gibt viele Neider. Und Verbrecher, die sich nicht davor scheuen, Überfälle zu begehen.« Der Anwalt zwinkerte mit dem rechten Auge Frauke vertraulich zu. »Auch mögen manche Leute das Gewerbe nicht, dem Signore Battaligia nachgeht.«

»Sie meinen: den Handel mit Rauschgift und gefälschten Medikamenten.«

»Damit hat mein Mandant nichts zu tun. Das schwört er.«

Frauke zog die Mundwinkel herab. »Meineid wird bestraft in Deutschland.« Es gelang ihr, den Satz voller Zynismus auszusprechen.

Der Dottore und Battaligia wechselten einen schnellen Blick. »Sie haben einen abgrundtiefen Hass gegen meine Landsleute«, erklärte der Anwalt. »Das ist eigentlich verwunderlich. Von einer Polizistin erwartet man etwas anderes als Ausländerhass …«

Frauke schlug mit der Hand auf den Tisch. »Das ist doch absoluter Blödsinn, was Sie erzählen. Kommen Sie mir nicht mit solchem Gerede. Wir verfolgen hier Straftaten aus dem Umfeld der organisierten Kriminalität.« Sie zeigte mit ausgestrecktem Zeigefinger auf den Anwalt. »Nennen Sie mir ein Feld, auf dem sich Ihre Mandanten nicht tummeln.«

Carretta blieb gleichbleibend freundlich. Offenbar gab es nichts, was ihn die Fassung verlieren ließ. »Vor dem Hintergrund der Vorurteile gegen Südeuropäer könnte es doch möglich sein, dass die Drogen und die Medikamente – was sagten Sie noch gleich? Sprays? Salben? – vor dem Eintreffen der Polizei noch gar nicht im Betrieb meines Mandanten waren.«

»Ich sprach weder von Salben noch von Sprays. Sie wissen genau, um welche Art von Medikament es sich handelt. Und dass die Polizei Ihrem Mandanten falsche Beweismittel untergeschoben hat … Das glauben Sie doch selbst nicht.«

Dottore Carretta drehte die Hand im Gelenk. »Wer weiß. Möglich ist alles. Vielleicht sollten Sie hierzu den Türsteher befragen.«

Frauke war nicht überrascht. Es war die schon oft angewandte Methode der Organisation, überführten Mitgliedern auch andere Straftaten zuzuschieben.

»Weshalb haben Sie«, dabei sah Frauke Battaligia an, »dem Polizisten Eberhard Annenmeyer aus Wittingen bereitwillig einen Kredit zur Finanzierung seines Hauses gewährt?«

»Ach? Der Mann ist auch bei der Polizei?«, tat Carretta anstelle seines Mandanten erstaunt. »Signore Battaligia ist Geschäftsmann. Und wenn er Kredite vergibt, erhält er Zinsen. Und zwar höhere, als er bei der Bank bekäme. Das ist eine typische Win-win-Situation. Der eine erhält einen Kredit zu guten Konditionen, der andere höhere Zinsen.«

»Annenmeyer hat gestanden, dass er dazu gezwungen worden ist, Bernd Richter im Untersuchungsgefängnis zu besuchen. Wir wissen sogar noch mehr.«

Dottore Carretta beugte sich ein wenig vor. Frauke merkte ihm an, dass er gern mehr erfahren hätte. Allerdings war der Mann zu gewieft, um auch nur eine Spur Unsicherheit erkennen zu lassen. Dennoch sah Frauke ihm an, dass er fieberhaft überlegte, worauf Frauke anspielen wollte.

Stattdessen sagte er: »Es handelt sich um korrekte Kreditverträge, die ordnungsgemäß durch die Buchhaltung gelaufen sind. Hier geschieht nichts Geheimnisvolles, das Sie so gern in die völlig legalen Geschäfte meines Mandanten hineininterpretieren möchten.«

Frauke beschloss, das Verhör zu beenden. Sie konnten Battaligia nicht zwingen, anstelle seines geschickten Verteidigers zu antworten. Und Dottore Carretta war aalglatt. Zu glatt, um sich eine Blöße zu geben. Dennoch hatten die Beamten durch die Razzia der vergangenen Nacht genügend Punkte, um Battaligia vor Gericht stellen zu können.

»Welche Verbindungen bestehen zwischen dem Sexclub und dem Gemüseimport?«, fragte Frauke.

»Natürlich keine. Wenn Sie darauf hinauswollen, dass Sie Herrn Stupinowitsch, Signore Rossi und noch einen Herrn in meiner Gegenwart in einem Restaurant getroffen haben, dann können Sie daraus nicht zwangsläufig einen Zusammenhang konstruieren, selbst wenn die Herren sich kennen sollten.«

Frauke verzichtete darauf, die Verbindung näher zu erläutern. Dottore Carretta spielte auf die Geschäftsverbindung zwischen den beiden an. Stupinowitsch kaufte Rossi das aus Italien importierte Gemüse ab.

»Sind die Geschäfte so bedeutsam, dass sich Mateo Zafferano persönlich nach Hannover bemüht?«

Der Anwalt zeigte sich nicht erstaunt darüber, dass Frauke den Namen des Inhabers kannte. »Sie sind tüchtig, Frau Dobermann«, sagte er und fügte kaum hörbar an: »Vielleicht zu tüchtig.«

Es klang wie eine Drohung.

»Verteidigen Sie auch Giancarlo Rossi, den wir uns als Nächstes vornehmen?«, fragte Frauke.

»Rossi?«, antwortete Carretta mit einer Gegenfrage. »Der führt die Geschäfte des Gemüseimporteurs. Was liegt gegen den vor?«

Nichts, dachte Frauke. Tatsache war, dass die Arzneimittel über Stupinowitsch geschmuggelt wurden, der Mann auch hinter dem Bordell stand und alle Spuren ausschließlich auf den Weißrussen und seine Geschäfte wiesen. Es gab lediglich zwei Verbindungen zwischen den beiden, Trapattonis Alfa, den sich Rossi angeblich ausgeliehen hatte, und Necmi Özden, der mit dem Wagen nach Lüneburg gefahren war, außerdem war der Türke spurlos mit der Tageseinnahme vom Stöckener Wochenmarkt verschwunden.

»Dann können wir jetzt gehen?«, fragte der Anwalt und stopfte die Unterlagen in seine abgewetzte Aktenmappe.

»Sie ja. Battaligia bleibt hier.«

»Ich lege Beschwerde ein«, protestierte der Anwalt.

»Gern«, erwiderte Frauke. »Sie kennen die Gepflogenheiten. Bitte in zweifacher Ausfertigung und beim Ausdruck anderthalbzeilig.«

Nach dem Verhör zog sich Frauke in ihr Büro zurück. Sie war froh, eine Weile nicht gestört zu werden. Es würde noch viel Arbeit bedeuten, die Fakten, die sie bisher zusammengetragen hatten, so aufzubereiten, dass sie gerichtsfest waren.

Schließlich meldete sich Madsack aus Wittingen.

»Annenmeyer hat gestanden, Bernd Richter im Untersuchungsgefängnis sein Handy überlassen zu haben.«

»Das muss die Aufsicht doch bemerkt haben«, schimpfte Frauke.

»Leider nicht«, antwortete Madsack leise. »Da der Besucher ein Polizist in Uniform war, hat man ihn nicht durchsucht und die beiden allein gelassen.«

»Typisch deutsch«, fluchte Frauke. »Vor einer Uniform stehen alle stramm.«

»Ich habe ein unterschriebenes Protokoll«, ergänzte Madsack. Es klang, als würde er um ein Lob betteln. Doch Frauke tat ihm nicht den Gefallen.

Sie überlegte, ob sie in die Stadt gehen sollte, um eine Kleinigkeit zu essen. Nach den unliebsamen Erfahrungen der jüngsten Zeit verzichtete sie aber darauf.

Frauke suchte Schwarczer in dessen Büro auf. »Kennen Sie Stupinowitschs Adresse?«

Der Kommissar nickte. »Der hat ein Apartment im Zooviertel, in der Scharnhorststraße.«

Frauke wiederholte den Straßennamen. »So hieß ein preußischer General mit Wurzeln im Großraum Hannover. Hoffen wir, dass Stupinowitsch nicht über dessen strategisches Geschick verfügt. Vielmehr ist zu wünschen, dass der Name Scharnhorst auf das angeblich unbesiegbare Schlachtschiff gleichen Namens verweist, das schließlich doch versenkt wurde. Dort, im Zooviertel, ist doch auch das italienische Restaurant, in dem sich Stupinowitsch mit Don Mateo getroffen hat?«

»Richtig. Das ist eine Gegend, in der überwiegend gut betuchte Leute wohnen. Sie ist im Krieg neben den Vororten weitgehend verschont geblieben, sodass sich zum großen Teil die ursprüngliche Bausubstanz erhalten hat. Die Nähe zum Zoo und zur Eilenriede sind ein zusätzliches Sahnehäubchen. Es verwundert nicht, dass Gerhard Schröder dort früher gewohnt hat.«

»Kommen Sie«, forderte Frauke den Kommissar auf. »Das möchte ich mir ansehen.«

Die Fahrt währte nur wenige Minuten. An der Ecke zur Gellertstraße residierten eine Anzahl von Anwaltskanzleien sowie das griechische Generalkonsulat.

Vor dem repräsentativen Haus mit der gewaltigen Magnolie und der bizarren Krüppelkiefer im Vorgarten bewahrte ein gepflegter Vorgarten Abstand zum Bürgersteig. Das Gebäude selbst war mit seinen Friesen und kunstvollen Verzierungen eine wahre Augenweide. Es wirkte gepflegt und freundlich. Die zahlreichen Details luden direkt zum Betrachten ein.

Frauke war nicht überrascht, dass sich kein Namenshinweis an der Klingelknopfleiste fand. Mit ein wenig Mühe fanden sie den Hausmeister, der sich zunächst beharrlich weigerte, ihnen behilflich zu sein.

»Brauchen Sie nicht so ein Papier, so ein Dingsbums?«, zeigte er sich starrköpfig.

»Wir möchten keine Hausdurchsuchung machen, sondern mit Herrn Stupinowitsch sprechen«, erklärte Frauke.

»Ja – aber … Wie ist das mit dem Datenschutz? Ich kann doch nicht jedem erzählen, wer in diesem Haus wohnt. Und wo.«

»Wir sind nicht *jeder*, sondern die Polizei.«

»Auf Ihre Verantwortung«, sagte der Mann und erklärte ihnen, in welcher Etage Stupinowitsch wohnte.

Es gab keinen Fahrstuhl. Sie nahmen die Treppe mit den Steinstufen und den dunklen Holzpaneelen an den Wänden.

Zunächst rührte sich nichts in der Wohnung, als sie klingelten. Es bedurfte mehrerer Anläufe, bis sie schlurfende Schritte hörten und eine tiefe Bassstimme fragte: »Wer ist da?« Offenbar hatte Stupinowitsch die Gegensprechanlage benutzt.

Schwarczer antwortete auf Russisch. Es entspann sich ein Dialog zwischen den beiden Männern durch die geschlossene Wohnungstür, in dessen Verlauf Schwarczer irgendwann einmal mit der flachen Hand gegen die Türfüllung aus geriffeltem Glas trommelte.

Dann wurde es wieder ruhig.

»Was ist los?«, ragte Frauke ungeduldig.

»Er sagte, er muss sich etwas überziehen.«

Sie warteten geduldig, bis sie hörten, dass umständlich aufgeschlossen wurde. Dann erschien Igor Stupinowitsch, in einen seidenen Morgenmantel gehüllt. Frauke betrachtete den Russen kritisch. Der Mann war unrasiert, die Haare ungekämmt. Es sah aus, als wäre er gerade dem Bett entstiegen. Sie fragte sich, was Stupinowitsch in der Zwischenzeit gemacht hatte. Das Ankleiden hatte mit Sicherheit nicht so lange gedauert.

»Polizei. Wir möchten uns mit Ihnen unterhalten«, sagte Frauke und zeigte ihren Ausweis.

Der Russe winkte ab. »Geschenkt«, sagte er. »Ich kenne Sie.«

»Woher?«, fragte Frauke misstrauisch.

»Vom Restaurantbesuch. Dort sind wir uns begegnet, als Sie mit einem Mann unterwegs waren.«

Frauke sah aus den Augenwinkeln, wie Schwarczer sie überrascht ansah. Auch Stupinowitsch hatte es bemerkt. Er sah offenbar eine Möglichkeit, Misstrauen zwischen den Beamten zu säen.

»Das war ein eleganter Herr. Wir haben uns gefragt, wie Sie zusammengehören«, stichelte er.

»Das habe ich mich auch gefragt, als ich Sie, Dottore Carretta, Rossi und Don Mateo Zafferano sah.«

»Wir sind Geschäftspartner.« Stupinowitsch winkte ab. »Aber das wissen Sie doch. Wir kaufen italienisches Gemüse.«

»Warum läuft das über Hannover? Sie könnten es direkt aus Italien beziehen, ohne den Umweg über die Bundesrepublik. Dann würde die Ware auch nicht vergammeln, nachdem sie hinter der weißrussischen Grenze in Hrodna eingetroffen ist«, zitierte Frauke die Aussage des Lkw-Fahrers.

Doch Stupinowitsch ignorierte die Spitze. »Die Lieferung über Hannover ist zuverlässiger.«

»Ihnen gehört der Sexclub in der Reitwallstraße«, stellte Frauke fest.

Stupinowitsch unternahm gar nicht erst den Versuch, es zu leugnen. »Kommen Sie mit durch«, forderte er die beiden Beamten auf, nachdem sie bisher auf dem Flur gestanden hatten. Er führte sie ins Wohnzimmer.

Frauke war erstaunt. Im Raum mit der hohen Stuckdecke, fast vier Meter hoch, glänzte und funkelte es wie in einem Museum. Schwere Ölschinken mit vergoldeten Rahmen, kunstvoll eingefasste Ikonen, dunkle Möbel mit geschnitzter Front und eine Sitzgruppe, die Louis XIV. gut zu Gesicht gestanden hätte. Alles wirkte barock und schwermütig. Es war kein einheitlicher Stil zu erkennen, sondern sah eher so aus, als hätte jemand versucht, sich mit viel Geld eine vermeintlich prunkvolle Umgebung zusammenzukaufen.

»Setzen Sie sich«, forderte Stupinowitsch die Polizisten auf. Frauke nahm neben Schwarczer Platz, während sich der Russe ächzend auf eine Chaiselongue niederließ, die zwar den gleichen gestreiften Samtbezug trug wie die anderen Sitzmöbel, aber trotzdem nicht harmonierte.

»Die Bar ist kein Sexclub«, versuchte Stupinowitsch klarzustellen. Immerhin leugnete er nicht, der Eigentümer zu sein.

»Bar?«, sagte Frauke in verächtlichem Ton. »Das ist ein Bordell. Und zwar ein besonders schäbiges.«

»Das ist Ihre Interpretation.«

»Wir haben bei der Razzia nicht nur illegal hier lebende Frauen vorgefunden, sondern auch Drogen und gefälschte Medikamente.«

»Ich habe davon gehört.«

»Nur gehört?«

»Sicher. Glauben Sie, ich habe es nötig, mich mit solchen Machenschaften von Kleinkriminellen auseinanderzusetzen?«

»Sie sind für die *großen* Dinge zuständig?«

Stupinowitsch ließ ein »Pah« hören, angelte nach einem Humidor und zündete sich umständlich eine Zigarre an. Er ließ sich Zeit und rauchte die Zigarre genussvoll an. Nach jedem vollen Zug, bei dem sich seine Wangen nach innen zogen, stieß er den Rauch kunstvoll in die Luft und besah sich die glühende Spitze, ließ die Zigarre leicht kreisen und nickte zufrieden über die feine weiße Asche, die auf ein außergewöhnliches Blatt schließen ließ.

»Ich bin Geschäftsmann. Wie Sie wissen, handele ich mit Obst und Gemüse. Die Waren sind in meiner Heimat heiß begehrt. Es sind die neuen Reichen, wie Sie es im Westen nennen, die, ohne auf den Rubel zu achten, Qualität kaufen.«

»Auf die scheinen Sie bei der Einrichtung Ihres Sexclubs nicht geachtet zu haben.«

Stupinowitsch schmauchte seelenruhig und genussvoll an seiner Zigarre. »Ich bin ein viel beschäftigter Mann. Es war unverzeihlich von mir, dass ich mich nicht persönlich um das Geschäft gekümmert habe. Battaligia hat es heruntergewirtschaftet. Dieser Mensch hat meinen guten Ruf ruiniert. Ich war schockiert, als ich von der Razzia hörte.«

»Ich wundere mich, dass Dottore Carretta noch nicht vorstellig geworden ist und in Ihrem Namen bei uns protestiert hat«, sagte Frauke, und der Zynismus troff aus jedem Wort.

»Sie meinen den Anwalt meines italienischen Geschäftspartners?«

»Mateo Zafferano.«
»Ja. Don Mateo. Carretta ist nicht mein Rechtsanwalt.«
»Sondern?«
»Dr. Eigelstein, Knappe & Collegen.«
Frauke warf Schwarczer einen schnellen Blick zu. Der Kommissar nickte unmerklich. Das hieß, er kannte die Kanzlei. Für Stupinowitsch unsichtbar streckte Schwarczer den Daumen in die Höhe. Daraus schloss Frauke auf die Seriosität der Kanzlei.
»Wann werden die sich bei uns melden?«
»Warum?«, fragte Stupinowitsch und zog seine buschigen Augenbrauen in die Höhe. »Ich sagte schon, dass es mein Fehler war, Battaligia zu vertrauen. Ich habe den Mann fristlos hinausgeworfen.«
»Sie wollen behaupten, Sie hätten von alldem nichts gewusst?«
»Ich habe so viele geschäftliche Interessen, da kann ich nicht jedem kleinen Laden hinterher sein.«
»Immerhin wurde dort mit Drogen und gefälschten Medikamenten gehandelt.«
»Ich habe gehört, dass hierfür der Türsteher verantwortlich ist, dieser …« Stupinowitsch schnippte mit den Fingern.
»Trapattoni«, half Frauke weiter.
»Ja, lustiger Name. Ich habe volles Vertrauen in die Polizei. Sie werden den Mann zur Rechenschaft ziehen.«
»Darf ich ehrlich sein? Ich bin erstaunt über Ihre Gelassenheit. Ich hatte erwartet, dass Sie sich laut über den Polizeieinsatz beschweren würden.«
»Das kostet mich viel Geld. Das tut weh. Dafür werde ich das Lokal umgehend renovieren lassen. Ich habe gehört, dass es dort grässlich ausgesehen haben muss.« Der Russe schüttelte sich demonstrativ, um gleich im Anschluss voller Wohlbehagen an seiner Zigarre zu ziehen. »Ich hoffe, mit neuem Personal wird man schnell vergessen, wie sehr der Ruf unter Battaligia gelitten hat.«
Frauke staunte über diese Reaktion. Ihr Plan, durch viel Aufsehen einen Dorn ins Fleisch der Organisation zu setzen, schien nur zum Teil aufgegangen zu sein. Wie mächtig waren die Hintermänner, wenn sie mit großer Gelassenheit das Etablissement mit anderen Tapeten an den Wänden weiterbetrieben? Tatsächlich gab es

derzeit keine stichfesten Beweise gegen Stupinowitsch, den Frauke für den Mann hinter den Kulissen hielt. Battaligia war nur ein kleines Licht und Massimo Trapattoni der Handlanger für die schmutzigen Geschäfte. Hatte die Polizei sich getäuscht? War die Organisation gar nicht südländisch geprägt, sondern gehörte zum Sammelbegriff »Russenmafia«? Sicher trug dazu bei, dass Stupinowitsch italienische Mitarbeiter beschäftigte. Wenn es wirklich keine Verbindung zum Gemüseimporteur gab, war das ein geschickter Schachzug. Dem widersprachen aber die Ermittlungsergebnisse. Das aufgebauschte Geschäft des Gemüseimporteurs und die nicht sehr erfolgreichen Stände auf den Wochenmärkten, die angeblich blendend liefen, deuteten auf Geldwäsche hin. Warum war Giancarlo Rossi so erbost, dass sein türkischer Mitarbeiter mit einer Tageseinnahme untergetaucht war?

»Wie erklären Sie sich den Transport von gefälschten Arzneien aus indischer Produktion über Weißrussland zu uns?«

»Das ist eine Unverschämtheit«, empörte sich Stupinowitsch. »Leider gibt es in meiner Heimat noch viele Leute, die unsaubere Geschäfte machen. Und wenn der Transporter, der meine Waren nach Weißrussland gebracht hat, auf dem Rückweg missbraucht wurde, so müssen Sie Rossi fragen. Der hat die Transporte organisiert und war dafür verantwortlich.«

Der Mann war aalglatt. Er wusste, dass die Polizei noch keine Beweise gegen ihn in Händen hielt. Frauke war davon überzeugt, dass Stupinowitsch bei Weitem nicht so unschuldig war, wie er sich gab. Frauke hielt ihn für einen der Drahtzieher, wenn nicht gar für den Boss. Andererseits resultierte der gegen sie gerichtete Hass, der sie auf die Todesliste der Organisation gebracht hatte, aus den Ermittlungen im ersten Fall, dem Mord an Marcello Manfredi, der Geldwäsche und dem Drogenschmuggel in den arabischen Raum. Dort waren nur Italiener involviert. War Stupinowitsch wirklich unschuldig? Sie hatte Zweifel, dass sich der Russe bei seinen Geschäften im legalen Rahmen bewegte. Aber …

»Für den Mord an Friedrich Rabenstein, einem harmlosen alten Herrn, wurde nachweislich Ihr Motorrad benutzt.«

»Es ist grauenvoll«, jammerte Stupinowitsch. »Der bedauernswerte Mann.« Er legte die manikürte Hand aufs Herz. »Ich war erschüttert, als ich davon hörte. Es war nicht rechtens, dass ich mein Motorrad zur Inspektion mit dem Gemüsetransporter hierhergebracht habe. Aber bei uns in Weißrussland versteht man sich nicht auf solche Technik. Ich habe kein Vertrauen in die dortigen Werkstätten. Wie hätte ich die Maschine sonst nach Hannover bekommen?«

Stupinowitsch hatte für alles eine Erklärung, auf jeden Vorwurf eine Antwort.

»Die niederträchtigen Mörder haben für diesen feigen Mord *mein* Motorrad benutzt. Ich weiß nicht, ob ich mich bei diesem Gedanken jemals wieder auf die Maschine setzen und die Fahrt genießen kann.«

Leider hatte der Mann recht. Es war nicht zu beweisen, dass Trapattoni sich nicht unberechtigterweise das Motorrad angeeignet hatte.

»Trapattoni, den wir als einen der Mörder von Friedrich Rabenstein überführt haben, war aber Ihr Angestellter, während das Motorrad beim italienischen Gemüseimporteur stand.«

»Ich habe gehört, dass die sich kannten – Trapattoni und Rossi. Da war etwas mit gemeinsamer Leidenschaft für Fußball. Trapattoni hat Rossi den Alfa geliehen. Ich nehme an, dass Rossi sich dafür mit der Moto Guzzi revanchiert hat. Der Lump. Mit meinem Motorrad.«

Frauke stutzte. Die Begründung war gut ausgedacht. Zu gut.

»Woher wissen Sie, dass sich Rossi den Alfa ausgeliehen hat, mit dem Necmi Özden nach Lüneburg gefahren ist?«

Stupinowitsch erstarrte für den Bruchteil einer Sekunde. Es bedurfte vieler Erfahrung, um das zu registrieren. Frauke hatte das Erschrecken wahrgenommen. Es geschah oft, dass sich Leute im Verhör durch Winzigkeiten verrieten, sehr häufig, weil sie ein aus ihrer Sicht gutes Argument noch einmal mit einem ihrer Ansicht nach besseren bekräftigen wollten.

»Das hat mir …« Stupinowitsch war ins Straucheln gekommen. »Wie das man sagt?«, radebrechte er und versuchte, es auf mangelndes Sprachverständnis zu schieben. Das war der nächste Fehler, da er während des ganzen Gesprächs keine Verständigungsprobleme zu erkennen gegeben hatte.

»Das weiß nur die Polizei«, half Frauke nach.

Stupinowitsch hatte sich wieder gefangen. Er lächelte milde. »Vielleicht ist es unklug, wenn ich es Ihnen anvertraue. Aber es stimmt nicht ganz, dass nur die Polizei darüber informiert war. Sonntagabend, als wir uns zufällig im Restaurant begegnet sind, da saß auch Giancarlo Rossi mit am Tisch. Und der hat es erzählt. Genau!« Ein zufriedenes Lächeln zeigte sich auf dem Antlitz des Russen. Entspannt ließ er sich auf die Lehne der Chaiselongue zurücksinken.

Das Argument zog. Was blieb, war die winzige Unsicherheit, die der Russe gezeigt hatte.

Stupinowitsch spitzte die Lippen und ließ den blauen Rauch in Kringeln zur Decke steigen. »Ich habe nichts, absolut nichts, mit dem Mord zu tun. Da es aber mein Motorrad war, fühle ich mich moralisch verantwortlich. Wenn ich aus christlicher Nächstenliebe dennoch etwas für die Angehörigen des alten Herrn tun kann, dann lassen Sie es mich bitte wissen.« Dann sah er auf die Armbanduhr, die für Fraukes Geschmack zu protzig und zu golden war. »Ob Sie mich jetzt entschuldigen würden. Die Geschäfte warten auf mich.«

Frauke stand auf. Schwarczer, der die ganze Zeit still dabeigesessen hatte, ebenfalls. Frauke hatte schon ein paar Schritte Richtung Zimmertür zurückgelegt, als sie sich noch einmal umdrehte.

»Ach, was ich noch sagen wollte. Hüten Sie sich vor Verstrickungen in Geldwäschegeschäfte. Wir haben eine heiße Spur. Es war eine interessante Erkenntnis für uns, dass man Geld auch mit Importgemüse waschen kann. Da bekommt der Begriff vom ›Gemüseputzen‹ gleich eine ganz andere Bedeutung.«

Stupinowitsch, der sich mühsam von der Chaiselongue erhoben hatte, lachte herzhaft auf.

»Inspektor Columbus«, sagte er. »Die Paraderolle von Peter Falk. Der hat es genauso versucht wie Sie: sich beim Hinausgehen noch einmal umgedreht und so trottelig getan.«

Frauke schenkte ihm ein Lächeln und bewegte den Zeigefinger hin und her, als würde sie einem kleinen Kind etwas erklären.

»Es sind die Kleinigkeiten, Herr Stupinowitsch, über die auch die großen Verbrecher dieser Welt stolpern. Inspektor Columbo, nicht Columbus!«

Im Landeskriminalamt wurden sie von Madsack empfangen, der aus Wittingen zurückgekehrt war.

»Günter Blechschmidt ist doch von zwei Unbekannten überfallen worden. Ich habe Bilder von uns bisher aufgefallenen Verdächtigen nach Lüneburg geschickt. Die Kollegen sollen Blechschmidt im Städtischen Klinikum in Lüneburg und seine Lebensgefährtin Frau Kohlschreiber befragen, ob sie möglicherweise die Täter wiedererkennen, die ihn zusammengeschlagen haben. Außerdem«, dabei strahlte Madsack, »liegt uns eine Auswertung von Trapattonis Handy vor.«

»Und?« Frauke war ungeduldig. »Machen Sie es nicht so spannend, Madsack.«

Der korpulente Hauptkommissar war ein wenig enttäuscht. Frauke wusste um sein Bedürfnis, wie ein kleines Kind gelobt zu werden.

»Kurz nach dem Anruf von Richter – mit Annenmeyers Handy – aus der Justizvollzugsanstalt hat Trapattoni wiederum jemanden angerufen.«

»Wer ist das?«

»Der Mann heißt Michele Buffolo. Er wohnt in der Nordstadt. Uns ist er bekannt wegen Körperverletzung und Verstoßes gegen das Betäubungsmittelgesetz.«

Frauke seufzte. »Ich werde am Sonntag wieder einmal in die Kirche gehen müssen, um mit dem Pastor endlich jemandem zu begegnen, der keinen Dreck am Stecken hat.«

»Da wäre ich mir nicht so sicher«, lästerte Putensenf, der hinzugekommen war.

»Dann sollten wir uns den Buffolo ansehen«, entschied Frauke.

»Ich habe schon veranlasst, dass man ihn holt«, entgegnete der Hauptkommissar.

»Gut«, lobte Frauke.

Madsack strahlte.

Frauke ließ sich vom Hauptkommissar das gespeicherte Profil und das passende Bild Buffolos auf ihren Rechner schicken. Als sie es auf ihren Bildschirm aufrief, erkannte sie den Mann wieder. Es war der südländische Typ, aus dessen Hosenbund der Stahl einer Pistole geblitzt hatte, als er sie mit einem Kumpan vom Kröpcke aus verfolgt hatte und sie Georg erstmalig begegnet war.

Merkwürdig, ihre Gedanken schweiften dahin ab, dass der geheimnisumwitterte Georg sich seit Sonntag nicht mehr bei ihr gemeldet hatte – seitdem sie Stupinowitsch, Rossi, Dottore Carretta und Don Mateo in dem italienischen Restaurant aufgespürt hatte.

Später meldete Madsack, dass der Italiener ins Landeskriminalamt verbracht worden war und in einem Verhörzimmer saß.

»Dann sollten wir beide ihn uns vornehmen«, sagte Frauke.

Sie erkannte Buffolo sofort wieder. Es war der südländisch aussehende Typ, der ihr gefolgt war. Als sie den Raum betrat, grinste er sie breit an. Buffolo hatte sich auf den Stuhl gelümmelt, die Beine weit von sich gestreckt und die Arme vor der Brust verschränkt.

Frauke erledigte die Formalitäten, nachdem sie das Aufnahmegerät eingeschaltet hatte. »Wir kennen uns«, eröffnete sie das Verhör.

Als Antwort erntete sie ein verschärftes Grinsen. Dann fingerte der Mann ein Streichholz aus der Brusttasche seines Designerhemdes, brach den Zündkopf ab und ließ den Rest zwischen den Zähnen hin und her wandern. Es sollte cool wirken. Dabei schätzte Frauke den Mann als nachgeordneten Handlanger für schmutzige Dienste ein. In Anbetracht der Art seiner Vorstrafen wurde ihr bewusst, dass von Buffolo und seinem schmierigen Kumpan vermutlich keine Gefahr ausgegangen wäre. Doch das war damals nicht erkennbar gewesen.

»Ist dir die Muffe gegangen?«, fragte er zwischen den geschlossenen Zähnen heraus und spielte auf diese Begegnung an. Ohne Zweifel fühlte er sich wohl in der Rolle des Machos.

Frauke lächelte ihn überheblich an.

»Ich duze mich nur mit Männern, denen ich schon einmal in der *Herren*toilette begegnet bin. Da haben Typen wie Sie vermutlich keinen Zutritt.«

An seinem Gesichtsausdruck war deutlich zu erkennen, dass ihn diese Beleidigung traf. Das Streichholz verharrte auf einer Position, und er beugte sich vor.

»Wollen Sie mich beleidigen?« Immerhin war er zum Sie gewechselt.

»Kann man jemanden beleidigen, der die Regeln der Höflichkeit nicht kennt?« Sie zählte die bekannten Vorstrafen auf. »Nicht wirklich viel, schon gar nicht bedeutsam. Was veranlasst ein kleines Licht, sich auf eine denkbar dumme Weise strafbar zu machen?«

Das Streichholz wanderte wieder zwischen den Mundwinkeln. Er bohrte sich demonstrativ mit einem Finger im Ohr und wollte lässig wirken.

»Ich höre schlecht. Was soll ich gemacht haben? Ich bin arglos mit einem Freund die Straße entlanggegangen. Habe ich Sie angequatscht?« Er schüttelte den Kopf. »So alte Ladys sind nicht mein Kaliber.«

»Sie werden für Ihre Dummheit zur Rechenschaft gezogen«, erklärte Frauke ihm.

An seinem Gesichtsausdruck erkannte sie, dass er ihr nicht folgen konnte.

»Es wird ein neues Verfahren gegen Sie geben. Unter Berücksichtigung Ihres Vorstrafenregisters wird der Staatsanwalt an die obere Grenze des Möglichen beim geforderten Strafmaß gehen. Ich werde ihm jedenfalls gut zureden.«

Er zeigte ihr den Mittelfinger. *»Fuck you.«* Dann grinste er wieder. »Und was soll ich getan haben?«

Frauke sah ihn eine ganze Weile an und zeigte einen leicht spöttischen Gesichtsausdruck. Das machte Buffolo nervös.

»Nun sag schon. Was habe ich verbrochen, hä?« Die Arme lagen jetzt auf der Tischplatte. Mit dem Zeigefinger tippte sich der Mann gegen die Brust.

»Unerlaubter Waffenbesitz.«

Er lachte höhnisch auf. »Lächerlich.«

»Durchaus nicht«, erwiderte Frauke, kramte ihr Handy hervor, ließ ihren Zeigefinger routiniert über die kleine Tastatur huschen, nickte zufrieden und zeigte ihm das Bild, das sie auf der Straße von Buffolo und seinem Begleiter aufgenommen hatte. Sie vergrößerte den Ausschnitt, und jetzt war deutlich die Waffe in seinem Hosenbund zu erkennen.

Buffolo sah auf das Display, dann auf Frauke. Er kniff die Augen zusammen, musterte wieder das Handy, und plötzlich schnellte seine Hand vor, und er versuchte das Mobiltelefon zu greifen. Doch Frauke war schneller.

»Ich sagte Ihnen doch. Sie werden wegen Dummheit bestraft.«

Wie sie es von anderen Verdächtigen mittlerweile gewohnt war, begann Buffolo auf Italienisch zu fluchen.

Ich werde diese Sprache doch noch lernen müssen, dachte Frauke, wenn ich mich länger mit diesem Umfeld beschäftigen muss.

»Wie gefällt Ihnen Beihilfe zum Mord?«

»Mord?« Buffolos Antlitz erstarrte zur Maske. »Ich und Mord?« Er schlug sich mit der flachen Hand gegen die Stirn. »Das ist absurd.«

»Wir wissen sehr viel, Buffolo. Wir können Ihrem Freund Massimo Trapattoni nachweisen, dass er einen harmlosen alten Mann erschossen hat. Und jener Trapattoni hat sich mit Ihnen in Verbindung gesetzt und Ihnen den Auftrag erteilt, mir zu folgen. Sie arbeiten eng mit ihm zusammen, mit dem Mafiakiller.«

Buffolo streckte beide Hände von sich. »Ich weiß nicht, was Sie gegen Massimo vorliegen haben. Damit habe ich nichts zu tun. Gut. Er hat mich angerufen und gesagt, mein Freund und ich sollen Ihnen ein wenig Angst einjagen. Sonst nichts. Ich bin doch nicht blöd. Nein. Mord – niemals.«

Dann fiel Frauke wieder Georg ein. War es wirklich ein Zufall, dass man sie förmlich Richtung Georgsplatz getrieben hatte, wo Georg sich als »Retter« erwies? Diese Frage hatte sich ihr schon öfter gestellt, ohne dass sie bisher eine Antwort darauf gefunden hatte.

»Massimo Trapattoni steht in der Organisation deutlich über Ihnen. Er hatte eine ganz andere Bedeutung.«

»Nix Organisation.« Buffolo hatte Frauke beide Hände wie zur Abwehr entgegengestreckt.

»Doch. Wir kennen die Struktur mittlerweile sehr gut.« Madsack warf ihr bei diesen Worten einen fragenden Blick zu. »Wir wissen, welche Rolle Ihr Freund Trapattoni spielt und von wem er seine Aufträge erhält. Das war einmal ein wichtiger Mann.« Der möglicherweise noch heute eine bedeutende Rolle spielt, fuhr Frauke im Stillen fort. Auch wenn er …

»Massimo hat davon gesprochen, dass ein hoher Polizeibeamter eine wichtige Rolle spielt. Er hat sich damit gebrüstet, sogar den Namen zu kennen.«

»Sie können gehen«, sagte Frauke zum überraschten Buffolo.

Der sah sie verdutzt an.

»Jaa – aaber«, kam es gedehnt über seine Lippen, von denen das Streichholz schon lange verschwunden war.

»So groß sind unsere Haftanstalten nicht, dass wir jedes kleine Licht darin unterbringen können. Und wenn wir Sie suchen, weil wir Sie vor Gericht stellen wollen, werden wir Sie finden. So wie die anderen Sie finden, wenn die erfahren, dass Sie mit der Polizei gesprochen haben.«

Sie lächelte Buffolo an. So schnell kann sich ein Machogehabe wandeln, dachte sie, als sie in sein graues Gesicht sah.

ELF

Frauke war nicht leichtsinniger geworden, obwohl sie schon geraume Zeit keine direkt gegen sie gerichteten Aktionen mehr hatte erkennen können. Der Mord an Friedrich Rabenstein war nur zum Teil aufgeklärt. Gegen Trapattoni lagen handfeste Beweise vor.

»Wir haben das Ergebnis der DNA«, sagte Madsack, als er in ihr Büro trat. »Eines der Kaugummis aus der Lister Meile, das Jakob Putensenf an der Stelle gefunden hat, an der nach Zeugenaussagen das Motorrad gewartet hatte, stammt von Trapattoni.«

Für sich allein war das ein schwaches Indiz, aber im Kontext mit den anderen Beweisen ergab sich mittlerweile ein sich der Vollendung näherndes Puzzle gegen den Türsteher. Auch wenn sie noch kein Geständnis vorliegen hatten, würde es für eine Mordanklage reichen.

Das nächste Puzzlcteilchen lieferte Mark Heidenreich aus Lüneburg.

»Zwei meiner Leute waren gestern bei Blechschmidt im hiesigen Städtischen Klinikum. Wir haben ihm die Porträts der möglichen Täter gezeigt, die ihn überfallen haben. Der Mann hat vor Angst gezittert, aber felsenfest behauptet, keinen zu kennen.«

»Das war zu erwarten gewesen.«

Heidenreich lachte. »Deshalb sind die Kollegen nach Salzhausen gefahren und haben Blechschmidts Lebensgefährtin ...«

»Frau Kohlschreiber«, warf Frauke ein.

»Richtig. Die war so erbost über den Angriff auf ihren Günter und hat, ohne zu zögern, zwei Männer aus der vorgelegten Galerie erkannt. Wir hatten diese noch durch ein paar weitere Bilder von Unbeteiligten ergänzt«, fügte der Lüneburger Hauptkommissar an. »Der eine war Trapattoni, der andere Necmi Özden.«

Frauke war nicht überrascht. Auch eine straff geführte Organisation verfügte nicht über ein unerschöpfliches Reservoir an Leuten, die zu jeder Gewalttat bereit waren.

»Trapattoni haben wir verhaftet«, sagte Frauke. »Nach dem Türken suchen wir.« Frauke war sich plötzlich nicht mehr sicher, ob auch Rossi seinen Mitarbeiter und die – angeblich – mitgenommene Tageskasse vom Wochenmarkt suchen würde.

»Mit dieser Erkenntnis sind meine Mitarbeiter noch einmal ins Klinikum gefahren. ›Blöde Kuh‹, hat Blechschmidt trotz Kieferbruchs über seine Lebensgefährtin geflucht, als wir ihn mit deren Aussage konfrontiert haben. Dann hat er es aber auch bestätigt.«

»Gute Arbeit, Heidenreich«, lobte Frauke den Lüneburger.

Dann lehnte sie sich zurück. Allmählich zeichneten sich alle Zusammenhänge ab.

Bernd Richter, der ehemalige Polizist, war kein gedungener Mörder, sondern spielte eine wesentlich bedeutendere Rolle in der Organisation, als sie bisher angenommen hatten. Ob er allerdings der entscheidende Drahtzieher hinter den Kulissen war, konnte Frauke noch nicht erkennen.

Die Organisation war auf vielen Gebieten tätig und hatte sich längst in vielen legalen Geschäftsfeldern etabliert. Mit immer schärferen Gesetzen engte der Gesetzgeber die Rechte der Bürger ein, kontrollierte unter dem Vorwand der Geldwäsche Konten- und Geldbewegungen, wusste, wer Unterschriftsvollmacht für welches Konto hatte, und erhielt automatisch Informationen über größere oder ungewohnte Geldtransaktionen. Mittlerweile waren die bürgerlichen Freiheitsrechte auf diesem Gebiet erheblich eingeschränkt. Big Brother konnte alle finanziellen Transaktionen seiner Bürger nachvollziehen. Allein dem eigentlichen Zweck, dem Entdecken kriminell motivierter Geldwäsche, diente es kaum. Die lief oftmals nach dem gleichen Muster ab.

Marcello Manfredi hatte ein nach außen legales Geschäft betrieben, bei dem schwarzes Geld in weißes getauscht wurde. Der Gemüsehandel und der angeblich so ertragreiche Verkauf auf den Wochenmärkten oder der lukrative Export nach Weißrussland ließen Geld aus kriminellen Geschäften wie dem Verkauf gefälschter Medikamente oder dem Drogenhandel, aber auch Erpressung und Schutzgelder in den legalen Kreislauf wechseln. Das Ganze war so ertragreich, dass die Hintermänner ohne Probleme brav ihre Steuern darauf entrichteten. Ein äußerst geschickt konstruiertes Netzwerk, schloss Frauke ihre Überlegungen ab.

Am Mord an Friedrich Rabenstein hatten mindestens drei Männer mitgewirkt, überlegte Frauke. Zwei hatten auf dem Motorrad gesessen, einer war Trapattoni. Als ehemaliger Carabiniere verstand der Mann auch mit einem Gewehr umzugehen, schon gar mit der verwendeten Mordwaffe G3, die nicht nur bei der Bundeswehr, sondern auch bei befreundeten Armeen und Polizeieinheiten im Einsatz war.

Trapattoni war nicht nur Türsteher, sondern auch der Mann für die schmutzige Arbeit. Offenbar scheute er keine Gewalt. Das hatte nicht nur der Mord, sondern auch der Übergriff auf Blechschmidt bewiesen. Frauke erinnerte sich zudem an das aggressive Auftreten Trapattonis gegenüber Schwarczer bei ihrem ersten Besuch im Sexclub.

Für Frauke waren das hinreichend Indizien für die Funktion Trapattonis in der Organisation.

Battaligia hielt sie für einen kleinen Handlanger, der unbedeutend schien und vordergründig als Geschäftsführer auftrat. Ohne jeden Zweifel war Igor Stupinowitsch einer der Drahtzieher im Hintergrund. Doch beweisen ließ sich das bisher nicht. Sie mussten den mühsamen Weg über die zweite und dritte Ebene gehen. Die Bosse hatten sich gut abgeschirmt.

Stupinowitsch war jedenfalls der Verantwortliche für die Beschaffung der illegalen Medikamente. Auch wenn Necmi Özden offiziell für Giancarlo Rossi als Arbeiter tätig war, hatte der Türke bei der Verteilung der Medikamente mitgewirkt. Und es gab eine weitere Verbindung zwischen Trapattoni und Özden. Der Alfa. Der Türke war mit Trapattonis Auto nach Lüneburg gefahren. War es ein besonders geschickter Schachzug gewesen, dem unwissenden Rossi das Auto zu leihen, während Özden aus dessen Obhut den Wagen zweckentfremdet nutzte? Das war eine Möglichkeit, Spuren zu verwischen.

Frauke war sich nicht sicher, ob die Organisation so dachte, nachdem sie an anderen Stellen hatte feststellen müssen, dass man gerade in kleinen Dingen Fehler gemacht hatte. Natürlich! Bernd Richter war Leiter der Ermittlungsgruppe organisierte Kriminalität gewesen. Er wusste, wie die Polizei arbeitete und dachte. Richter war nicht der Boss, sondern der »Chefstratege« der Organisation, der Taktiker bei der Abwehr von Maßnahmen der Ermittlungsbehörden. Deshalb war es ein schmerzlicher Verlust, als der Mann an der Spitze der Strafverfolgung plötzlich entlarvt wurde. Frauke verstand auch, weshalb man sie auf die »Todesliste« gesetzt hatte. Man machte sie für diese Aktion verantwortlich.

Zwischen Trapattoni und Necmi Özden bestand eine Verbindung, und beide waren für Stupinowitsch tätig. Gemeinsam hatten sie auch Günter Blechschmidt überfallen. Warum, fragte sich Frauke, sollte der Türke nicht der zweite Mann auf dem Motorrad gewesen sein?

Giancarlo Rossi war keineswegs ein Unschuldslamm. Er war in der Geldwäsche tätig, hatte aber womöglich nichts mit dem illegalen Medikamentenvertrieb zu tun.

Nun fehlte noch einer in diesem Puzzle. Wer war der Mann, der Frauke beobachtet hatte und Trapattoni und wahrscheinlich Necmi Özden auf dem wartenden Motorrad die präzisen Anweisungen erteilte, als das Attentat auf Friedrich Rabenstein verübt wurde?

Frauke erinnerte sich an den unbekannten Mann mit der Sonnenbrille im Haar, den sie zwei Mal im Hauptbahnhof gesehen und der sie einmal bis zum Straßencafé am Kröpcke verfolgt hatte, der unauffindbar verschwunden war, als sie ihm nacheilen wollte und durch die japanische Reisegruppe aufgehalten wurde.

Sie mussten die Fahndung nach Necmi Özden intensivieren. Doch zunächst wollte sie Giancarlo Rossi aufsuchen, um ihn mit dem Vorwurf der Geldwäsche zu konfrontieren. Sie spielte mit dem Gedanken, eine ähnlich spektakuläre Aktion wie im Rotlichtviertel zu starten und dabei viel öffentliches Aufsehen zu erregen. Doch Kriminaloberrat Ehlers würde ihr mit Sicherheit die Zustimmung verweigern.

»Putensenf, kommen Sie«, forderte sie den Kriminalhauptmeister auf, nachdem sie unverhofft in dessen Büro aufgetaucht war.

»Geht es nicht ein wenig freundlicher?«, knurrte er.

»Nein. Nun machen Sie.«

Fast widerwillig folgte er ihr. »Wohin?«

»Ich möchte Rossi befragen. Er soll uns eine plausible Erklärung für die wundersame Geldvermehrung liefern. Ich vermute dahinter eine Geldwaschanlage.«

»Wir zwei gegen die Mafia«, brummte Putensenf. »Die werden richtig tief beeindruckt sein, wenn eine Frau und ein Seniorpolizist dort auftauchen.«

Die sind beeindruckt, sagte Frauke zu sich selbst. Sonst hätte Friedrich Rabenstein nicht sterben müssen.

Sie überließ Putensenf das Steuer des Dienstwagens. Zumindest in diesem Punkt durfte er seine, wenngleich auch oft nur gespielte, Aversion gegen Frauen im Polizeidienst ausleben, die seiner Meinung nach nicht ans Ruder gehörten.

An der Zufahrt zum Großmarkt stießen sie auf denselben Pförtner, der ihnen schon früher Schwierigkeiten bereiten wollte.

»Gehen Sie zur Sitzung des Ortsverbandes Ihrer Partei, wenn Sie diskutieren möchten«, riet ihm Putensenf. »Und jetzt machen Sie die Luke auf. Aber fix.«

Das schien den Mann beeindruckt zu haben. Er ließ die Schranke in die Höhe schweben.

Auf dem Gelände herrschte die gewohnte Betriebsamkeit. Sie mussten Gabelstaplern, anderen Förderfahrzeugen und emsig hin und her eilenden Leuten ausweichen.

»Bei dieser Hektik sollte man meinen, die Bananen gammeln im Stundenrhythmus«, sagte Putensenf.

Der Stand des italienischen Gemüseimporteurs unterschied sich auf den ersten Blick nicht von anderen. Trotzdem wirkte er eine Spur ruhiger. Im Glaskasten, der als Büro diente, saß Johanna mit glühenden Wangen hinter ihrem Schreibtisch, ignorierte das Klingeln mehrerer Telefone und versuchte, einem in radebrechendem Deutsch antwortenden Arbeiter zu erklären, welche Tätigkeit er verrichten sollte. Der Mann hatte die Hände tief in die Taschen seiner Latzhose vergraben und grinste die Kontoristin an.

»Nix verstehen«, sagte er breit. »Warum du als Frau wollen befehlen? Wo sein Chef, eh?«

Frauke sah Johanna an, dass sie kurz vor Ausbruch der Tränen stand. Hilflos, fast resignierend versuchte sie, dem Arbeiter verständlich zu machen, welche Waren zu einer Lieferung zusammenzustellen seien.

Ohne die Hände aus den Taschen zu nehmen, hob der Mann die Schultern bis auf Ohrenhöhe an. »So geht nicht«, erklärte er.

»Ja, wie denn?« Johanna war am Ende ihrer Kräfte.

»Wenn du Frau Befehle willst geben, du musst wissen, wie.«

»Pass mal auf«, mischte sich Putensenf ein. »Bei uns macht es keinen Unterschied, ob der Boss eine Frau oder ein Mann ist. Ist das klar?«

»Was du willst?«, fragte der Arbeiter mit drohendem Unterton.

Putensenf hielt ihm den Polizeiausweis vor die Nase. »Es gibt zwei Möglichkeiten. Entweder machen Sie jetzt das, was die Dame sagt, oder Sie haben viel freie Zeit und können mir eine Unmenge Fragen beantworten. Wie heißen Sie? Wo wohnen Sie? Haben Sie Ihre Steuer bezahlt? Wo ist die Arbeitserlaubnis? Die Meldebescheinigung?«

»Eh, schon gut, Mann«, sagte der Arbeiter und hob beide Hände in die Höhe. »Ich mach ja schon.« Dann drehte er sich um und verschwand in die Halle.

»Danke«, stöhnte Johanna und schenkte Putensenf einen langen Blick. Sie holte tief Luft und atmete durch. »Ich schaffe das nicht. Ich bemühe mich, aber heute läuft alles schief.«

»Wo ist Ihr Chef, Herr Rossi?«, fragte Frauke.

»Das ist es ja. Den kann keiner vertreten. Der hat alles im Griff.« Sie sah hilflos aus. Jetzt stahl sich eine Träne aus den Augenwinkeln und lief an der Nase abwärts. »Der ist nicht gekommen. Das hat es noch nie gegeben. Einfach so – ohne sich zu melden.«

Frauke stutzte. »Haben Sie ihn nicht telefonisch erreicht?«

»Nein. Nicht zu Hause. Und auch nicht auf seinen beiden Handys.«

Frauke ließ sich die Telefonnummern geben und versuchte es selbst. Vergeblich.

»Wo wohnt er?«, fragte sie.

»Ich weiß nicht genau«, stammelte Johanna. »Ich müsste nachsehen.«

Umständlich kramte sie in ihrem Schreibtisch. Wie unter einem Peitschenhieb zuckte sie zusammen, als das Telefon erneut schnarrte. »Da ist es nicht.« Sie legte den Zeigefinger an die Unterlippe und dachte nach. »Vielleicht da«, murmelte sie und durchsuchte einen Aktenordner, den sie einem Regal entnommen hatte. Plötzlich fuhr ein erleichtertes Strahlen über ihr Gesicht. »Da.« Ihr Finger tastete das Papier ab und fuhr an einer unsichtbaren Linie entlang. »Schmöckwitzweg.«

»Wo ist das?«

Johanna zuckte mit den Schultern. »Weiß ich nicht«, gestand sie.

Frauke sah Putensenf an.

»Ich bin Polizist, keine Verkehrsauskunft«, grummelte der zurück. »Es mag sein, dass Sie in dem Dorf, aus dem Sie kommen, jede Straße kennen. Aber Hannover ist eine Stadt. Eine *Landeshauptstadt*«, schob er betont hinterher.

»Kommen Sie«, forderte Frauke ihn auf und eilte aus dem Büro zum Auto zurück. »Übrigens hat das *Dorf* einen Namen: Flensburg.«

»Gibt's es dort noch etwas anderes außer der Buchungsstelle für Punkte?«

»Das sollten Sie doch wissen. In Flensburg sind die Erotikversender beheimatet. Oder kaufen Sie woanders?«

Der Pförtner sah sie verbissen an, als sie erneut an seiner Schranke hielten.

»Wollen Sie mich verarschen?«, fragte er.

Putensenf nickte ernst vom Beifahrersitz. »Genau. Was sollten wir sonst mit Ihnen anfangen?«

Frauke ließ sich vom GPS-System leiten, in das Putensenf die Adresse eingegeben hatte.

Der dichte Verkehr forderte seinen Tribut. Es ging ausgesprochen zähflüssig voran.

»Sonderrechte?«, hatte Putensenf gefragt und das mobile Blaulicht in der Hand gehalten. Aber Frauke hatte abgewinkt.

Sie mussten einmal quer durch die Stadt fahren, vom südwestlichen Zipfel zum nördlichen Stadtrand.

Der Schmöckwitzweg lag im Stadtteil Sahlkamp, einem Gebiet, das aus Mehrfamilienhäusern und Einfamilienhausbebauung bestand. Nördlich der Durchgangsstraße Kugelfangtrift, neben der auch die Straßenbahntrasse entlangführte, bogen sie in ein Areal mit kleinen Straßen ein, in dem dicht an dicht der Traum vieler Menschen Stein geworden war. Hier wohnten keine Millionäre, und kein Haus ähnelte Georgs Anwesen.

Die Straße war so eng, dass nur auf der rechten Seite ein schmaler Gehweg entlangführte. Langsam ließ Frauke das Fahrzeug über den mit zahlreichen Flicken ausgebesserten Asphalt rollen. Sie suchten nach der Hausnummer. Bei den dicht zugewachsenen Gärten war es manchmal schwierig, das kleine Schild zu entdecken. Sie fanden das gesuchte Haus am Ende der Straße, dort, wo sich der Weg zu einem kleinen Platz öffnete und die Straße mit einem Knick nach rechts fortsetzte.

Giancarlo Rossi wohnte in einer Einliegerwohnung in einem der Häuser.

Nach dem zweiten Läuten öffnete ein Mann mit deutlich gelichtetem Haupthaar die Haustür.

»Zu wem wollen Sie?«, fragte er.

Frauke sah auf den Namen der zweiten Klingel. »Herr Schmidtbauer?«

Er nickte kurz. »Wollen Sie zu uns?«

»Wir möchten zu Herrn Rossi.«

»Der ist nicht da.« Schmidtbauer sah auf seine Armbanduhr. »Der arbeitet um diese Zeit.«

»Heute nicht«, erwiderte Frauke.

»Doch. Das macht er immer«, beharrte der Vermieter. »Er muss meistens vor Mitternacht zur Arbeit. Auf dem Großmarkt. Dort ist er Chef.«

»Würden Sie uns bitte öffnen?«, bat Frauke, und als der Mann sie irritiert ansah, ergänzte sie: »Polizei.« Sie zeigte ihm ihren Dienstausweis und sah das kurze Erschrecken in seinen Augen aufblitzen, als Schmidtbauers Blick beim Öffnen ihrer Handtasche auf die Dienstpistole fiel.

»Ja. Sicher. Ich muss nur schnell den Zweitschlüssel holen.«

Wenig später kehrte er zurück und ging die knarrende Holztreppe voran. »Komisch«, murmelte er, als er öffnete. »Das macht er sonst nicht. Ich meine, dass er nicht abschließt.«

Putensenf zupfte Schmidtbauer am Ärmel und zog ihn vorsichtig zurück. »Lassen Sie uns das machen«, sagte er und zog seine Dienstwaffe. Auch Frauke hatte ihre Pistole gezückt und durchgeladen.

»Es ist besser, Sie gehen in Ihre Wohnung«, sagte sie.

»Ja – aber … Das gibt's doch nicht.« Schmidtbauer stand mit offenem Mund hinter den Beamten und sah sie mit weit geöffneten Augen an. »Das gibt's doch nicht«, wiederholte er, drehte um und stapfte die Treppe abwärts.

Putensenf stieß die Tür mit dem Riffelglaseinsatz mit der Fußspitze auf und lauschte in den kleinen, dunklen Flur mit der eingebauten Garderobe. Nichts rührte sich. Dann bewegte er vorsichtig einen Fuß vor den anderen. Dabei hielt er die Waffe mit beiden Händen in Kopfhöhe. Die erste Tür rechts führte in den Wohnraum. Er war nahezu spartanisch eingerichtet. Ein lichtes Regal an der Wand war mit einer Handvoll CDs und ein paar Wohnaccessoires bestückt. In der Ecke stand, auf dem Fußboden, ein Fernseher. In der Mitte des Raumes stand ein Glastisch, um den sich drei Freischwinger gruppierten.

In einem saß Giancarlo Rossi. Er hatte die Füße weit von sich gestreckt. Die Arme lagen auf den Lehnen, den Kopf hatte er zurückgelehnt. Der Mund war geöffnet, als schliefe er. Dagegen sprach der große dunkle Fleck auf der linken Seite seines dezent gestreiften Hemdes mit dem offenen Kragen, der ungefähr in der Mitte zwischen Herz und Schultergelenk seinen Ausgangspunkt genommen hatte. Deutlich war das Einschussloch zu erkennen. Von dort war das Blut ausgetreten und hatte sich großflächig rund um diese Stelle vom Stoff des Hemdes aufsaugen lassen.

»Warum hat der Mörder nicht ins Herz geschossen?«, fragte Putensenf.

»Vielleicht war er kein Profi«, antwortete Frauke. »Oder die Distanz war zu groß. Den Tötungswillen erkennt man aber daran.« Frauke zeigte auf den zweiten Einschuss, bevor sie sich darüber beugte. »Aufgesetzt«, erklärte sie. »Das ist ganz deutlich zu erkennen.«

Sie sah Putensenf an. »Ich stelle mir das so vor: Der Mörder zielt auf Rossi, der ahnungslos im Sessel hockt. Er trifft ihn nicht ins Herz, sondern ein wenig versetzt. Dieser Schuss hätte nicht unbedingt tödlich sein müssen. Das erkennt auch der Täter. Deshalb tritt er an Rossi heran, beugt sich über ihn, setzt die Waffe aufs Auge und drückt ab, um ganz sicherzugehen.«

»Das ist ja eine brutale Hinrichtung«, sagte Putensenf. Ihm war anzumerken, dass er trotz aller Erfahrung schauderte.

»Das ist die Sprache, Putensenf, die die Organisation benutzt. Wir haben es mit eiskalten Verbrechern zu tun.«

Putensenf schluckte.

»Wir sollten uns in den anderen Räumen umsehen«, sagte Frauke. Sie gaben sich gegenseitig Deckung. Es war nicht anders zu erwarten gewesen. Die Wohnung war leer.

»Benachrichtigen Sie die Kollegen«, sagte Frauke. »Spurensicherung et cetera.« Sie zeigte auf Rossi. »Die sollen sich jeden Quadratmillimeter seiner Kleidung vornehmen. Aus dem Schusskanal, soweit ich das erkennen kann, ist zu sehen, dass sich der Täter über sein Opfer gebeugt hat, als er ihm ins Auge schoss. Dabei *muss* er etwas verloren haben, was wir für die DNA verwenden können. Mit Sicherheit irgendeine winzige Hautschuppe.«

»Haben wir den Fall, ich meine, bis auf diesen Mord, jetzt aufgeklärt?«, fragte Putensenf und zeigte auf das Gewehr, das dekorativ auf dem Glastisch lag.

»Ja«, erwiderte Frauke. »Aber anders, als die Gegenseite es uns weismachen möchte. Ich gehe davon aus, dass dies die Mordwaffe ist, mit der Friedrich Rabenstein erschossen wurde. Trapattoni war der Schütze. Denken Sie daran, dass er früher Carabiniere war und mit Sicherheit eine exzellente Ausbildung an der Waffe genossen hat. Mit der Präsentation des Gewehrs will man uns weismachen, dass Rossi der Täter ist. Da war ein Stümper am Werk.«

Sie beugte sich über das Gewehr. »Sehen Sie? Es ist geölt, dass jeder Oberfeldwebel seine helle Freude dran hätte, wenn seine Soldaten ihre Waffen so pflegen würden. Ich möchte wetten, wir finden nicht eine Spur am Gewehr. Wenn Rossi wirklich der Mörder wäre, würde es keinen Sinn machen, dass er die Waffe gründlich reinigt und dann vor sich hinlegt.«

»Also halten Sie Rossi für unschuldig?«

Frauke schüttelte den Kopf. »Nein. Er war am Mord an Rabenstein beteiligt. Sie erinnern sich, dass zwei Leute auf dem Motorrad saßen und einer die Tat dirigiert hat. Das war Rossi.«

»Wie kommen Sie darauf?«

Frauke erklärte ihm ihre Gedanken zu den Verbindungen zwischen Rossi, Trapattoni und Necmi Özden. »Es wird Fleißarbeit sein, bis wir herausgefunden haben, über welche Handyverbindung

Rossi auf der Lister Meile die Anweisungen zum Attentat auf Rabenstein erteilt hat. Und wenn wir alle Gespräche aus dieser Funkzelle analysieren müssen …«

Putensenf stöhnte auf. Ihm war bewusst, dass Polizeiarbeit oft aus unendlich vielen kleinen mühevollen Schritten bestand.

»Und wer waren die Auftraggeber?«, fragte Putensenf.

»Igor Stupinowitsch ist einer der Bosse. Ich vermute, dass auch Don Mateo Zafferano keine weiße Weste hat. Es ist kaum vorstellbar, dass Rossi Geld gewaschen hat, ohne dass Don Mateo es mitbekam. Sehen Sie sich doch um.« Frauke ließ ihren ausgestreckten Arm in die Runde kreisen. »Wohnt so jemand, der den dicken Rahm abschöpft?«

Putensenf schüttelte bedächtig den Kopf.

»Wir werden noch viel zu tun haben, bis wir die Ermittlungsakten in diesem Fall schließen können, mein lieber Putensenf.«

Ein Strahlen huschte über das zerfurchte Gesicht des Kriminalhauptmeisters.

»Den Tag streiche ich mir im Kalender rot an«, sagte er leise. »Mein *lieber* Putensenf …«

Frauke ließ unerwähnt, dass sie Bernd Richter für einen wesentlich bedeutsameren Akteur hielt, als es bisher den Anschein hatte. Außerdem gab es noch zwei Unbekannte, über die sie bisher geschwiegen hatte. Wer war der Mann mit der Sonnenbrille im Haar, der ihr immer dann begegnet war, wenn es brisant wurde? Und auch hinter dem Namen Georg machte sie ein unsichtbares Fragezeichen.

Sie suchten noch einmal Herrn Schmidtbauer auf.

»Was ist da los?«, fragte er ein wenig atemlos.

»Es war ein Unfall«, erklärte Frauke ausweichend. »Hatte Herr Rossi Besuch?«

»Manchmal.«

»Kannten Sie die Leute?«

»Vom Ansehen. Gelegentlich waren Frauen da. Na ja.« Schmidtbauer neigte ein wenig den Kopf in Fraukes Richtung und zwinkerte mit dem Auge. »Er ist Italiener.«

»Wurden Namen genannt?«

Schmidtbauer schüttelte den Kopf. »Nur Vornamen. Und dann haben die meistens Italienisch miteinander gesprochen. Nur gestern. Da war einer da, mit dem hat er Deutsch gesprochen. Obwohl das auch ein Ausländer war.« Schmidtbauer schüttelte sich. »Man blickt ja nicht mehr durch. Hier laufen so viele Ausländer herum, da wundert es einen überhaupt nicht.«

»Was?«

»Na ja, ich meine nur so«, wich Schmidtbauer aus und beugte sich über Fraukes Handy, das sie aus der Tasche gezogen und in dem sie geblättert hatte.

»War das der Besucher?«, fragte sie.

Der Mann betrachtete aufmerksam das Bild. Dabei kniff er die Augen ein wenig zusammen. Dann tatschte er mit der Fingerspitze auf das Display, sodass ein fettiger Abdruck zurückblieb.

»Genau. Der war ein paar Mal hier. Auch gestern.«

»Hat es Streit gegeben?«

»Nö. Ich habe nichts gehört.«

»Oder andere Geräusche?«

»Ich sagte schon. Nein! Nichts.«

Es mochte gut sein, dass Schmidtbauer nichts gehört hatte. Dem Mord musste nicht zwangsläufig eine lautstarke Auseinandersetzung vorausgegangen sein. Das würde auch der Lage am Tatort entsprechen. Rossi war ohne Vorankündigung eiskalt erschossen worden. Und ihre Anstrengungen würden sich auf den mutmaßlichen Mörder konzentrieren. Schließlich hatte Schmidtbauer Rossis türkischen Mitarbeiter Necmi Özden einwandfrei identifiziert.

Warum war Rossi in der Organisation in Ungnade gefallen?, fragte sich Frauke. Özden war ein Handlanger und hatte mit Sicherheit nur einen Auftragsmord ausgeführt. Galt Rossi, der skrupellos die Regieanweisungen zum Attentat auf Friedrich Rabenstein erteilt hatte, plötzlich als unsicherer Kantonist? Zweifellos hatte Rossi an einer für die Organisation wichtigen Stelle gesessen. Die Hintermänner hatten aber schon oft bewiesen, dass sie auch vor der Liquidation ihrer eigenen Leute nicht zurückschreckten, wenn es um die Sicherheit des inneren Zirkels ging.

Frauke verstand auch, weshalb man allmählich nervös wurde. Es war der Polizei inzwischen gelungen, einen beträchtlichen Teil der Strukturen aufzubrechen.

»Was ist da oben denn nun tatsächlich geschehen?«, fragte

Schmidtbauer, und Frauke hörte deutlich die Neugier aus seiner Stimme.

»Rossi ist ermordet worden«, sagte sie kalt.

Das Entsetzen sprang förmlich aus Schmidtbauers Augen.

»Ermordet? In … unserem … Haus?«, stammelte er.

Die Mitarbeiter der zuständigen Fachdienste hatten die Ermittlungsarbeit am Tatort aufgenommen. Der Notarzt wollte sich nicht festlegen und hatte sich vorsichtig und unverbindlich geäußert. Er konnte sich aber vorstellen, dass der Todeszeitpunkt ungefähr mit der Zeit übereinstimmte, zu der Schmidtbauer den Besuch Necmi Özdens bestätigt hatte.

Vom Büro aus intensivierte Frauke noch einmal die Fahndung nach dem Türken, der dringend wegen des Mordes an Giancarlo Rossi und der Beihilfe zum Mord an Friedrich Rabenstein gesucht wurde. Außerdem wurden ihm weitere Straftaten zur Last gelegt; er war an der Misshandlung von Günter Blechschmidt beteiligt, und sie konnten ihm die Zugehörigkeit zu einer kriminellen Organisation nachweisen.

Doch zunächst brannte Frauke eine andere offene Frage unter den Nägeln. Wer war Georg?

Sie stieg in ihren roten Audi A3 und fuhr zur Königstraße. Der folgte sie bis zum Emmichplatz mit den sehenswerten herrschaftlichen Villen. Ihr Weg führte sie an der Eilenriede vorbei. Dem Gefühl nach und wie sie es versucht hatte, auf der Karte zu rekonstruieren, bog sie irgendwann links ab, um kurz darauf wieder rechts um die Ecke zu fahren.

Sie atmete tief durch. Bis hierher war die Rekonstruktion erfolgreich. Sie erkannte die Brücke mit der eigenwilligen Konstruktion wieder, auf der die Straßenbahn hielt. Hier müsste sie die Straße nach links verlassen. Es folgten noch zwei Schwenker nach rechts und links. Zunächst war sie unsicher, ob sie noch auf dem richtigen Weg war, bis ihr auf einem gesonderten Gleisbett links neben der Fahrbahn eine grüne Straßenbahn entgegenkam. Das passte. Kurz darauf unterfuhr sie eine Brücke, über die der Autoverkehr rauschte. Die Autobahn. Bei der rasanten Fahrt auf dem Motorrad hatte sie es nicht feststellen können.

Isernhagen! Sie befand sich außerhalb der Landeshauptstadt in der Nachbargemeinde, die wegen des ruhigen dörflichen Flairs bei gut betuchten Hannoveranern als Wohnsitz sehr beliebt war.

Hier war Georg kurz nach der Brücke rechts abgebogen. Die erste Straße hieß Lindenallee. Langsam ließ sie ihren Audi die Straße entlangrollen. Enttäuscht wendete sie am Ende der ruhigen Wohnstraße. Sie hatte Georgs Anwesen nicht entdecken können. Auch auf der Rückfahrt konnte sie nichts sehen, was ihr bekannt vorkam.

Sie folgte der Hauptstraße und entschloss sich, in die übernächste Straße einzubiegen, den Birkenweg.

Sie war noch nicht weit gefahren, als sie abrupt auf die Bremse trat. Sie hatte Georgs Haus gefunden. Ruhig und friedlich lag es da. Nichts rührte sich. Der Vorgarten war gepflegt, als hätte der Gärtner ihn gerade verlassen.

Frauke betätigte die Glocke, und ein tiefer melodischer Gong ertönte. Es klang, als hätte jemand ein Glockenspiel in einer Kathedrale in Betrieb gesetzt.

Als wenn Georg auf sie gewartet hätte, öffnete er die Tür und strahlte sie an.

»Willkommen, Frauke«, sagte er mit seiner tiefen, angenehmen Stimme.

Sie betrachtete ihn. Auch heute trug er ein Seidentuch im offenen Hemdkragen. Der Dreitagebart wirkte in dem Gesicht mit den markanten Zügen ausgesprochen attraktiv. Georg sah aus, als wäre er den Seiten eines Lifestylemagazins entsprungen. Er war nicht nur eine attraktive, sondern auch eine gepflegte Erscheinung. Im selben Moment schämte sie sich, dass sie ihm in lässiger, fast ein wenig nachlässig wirkender Kleidung gegenübertrat. Doch Georg schien das nicht zu stören. Er breitete die Arme aus. Ihr »Hallo, Georg« ging in seinem »Ich habe dich schon früher erwartet« unter.

Er hatte sie geduzt.

»Ich musste dich finden«, sagte sie und versuchte, kühl zu klingen.

Er lachte. »Ich hatte nie Zweifel daran, dass du mich finden würdest. Wenn nicht, wäre ich ein wenig enttäuscht gewesen.«

»Wie kommst du darauf?«

»Männliche Eitelkeit«, entgegnete er leichthin. »Auch Adams Jünger lassen sich gelegentlich gern schmeicheln.«

Er hatte immer noch die Arme ausgebreitet und streckte sie jetzt nach vorn, ihr entgegen. Dann machte er einen halben Schritt vorwärts. Instinktiv machte auch sie einen Schritt in seine Richtung, bis sie sich trafen und Georg sie im Arm hielt. Sie spürte die Wärme seiner Hände auf ihrem Rücken, es war ein angenehmes Gefühl, Georg so nah zu sein und seinen dezenten Herrenduft zu riechen. Langsam legte sie den Kopf ein wenig in den Nacken und schloss die Augen, als er sie brutal an sich riss und zur Seite stieß.

Sie hätte nichts gegen einen emotionsgeladenen Ausbruch gehabt, die Eruption vielleicht aufgestauter Gefühle, aber die Heftigkeit, die Georg an den Tag legte, war nicht unerwartet, sondern jenseits ihrer Vorstellung. Sie stemmte sich gegen seine Brust und wollte sich losreißen, aber Georgs Angriff war zu überraschend gewesen. Sie staunte über seine Kraft, als er sie ins Haus zog und zu Boden riss.

Dann hörte sie es zwei Mal hinter sich krachen.

Frauke musste nicht hinsehen. Sie wusste auch so, dass Geschosse in Holz und Wände gefahren waren und als Querschläger umhersirrten.

Sie versuchte, in ihre Umhängetasche zu greifen, doch Georg lag halb auf ihr und hielt sie umklammert. Mühsam befreite sie sich von seinem Griff.

»Lass das!«, schrie sie ihn an, bekam endlich ihre Hand frei und tauchte in die Tasche. Frauke spürte den kalten Stahl, zerrte die Pistole hervor, musste noch einmal Kraft aufwenden, um die andere Hand unter Georgs Körper hervorzuziehen, und riss dann den Verschluss der Waffe zurück. Das alles war in Bruchteilen von Sekunden geschehen, obwohl es ihr wie eine Ewigkeit erschien.

Sie drehte sich um, drückte dabei auf Georgs Knie und lugte vorsichtig um die Ecke.

Jetzt sah sie den Angreifer. Der Mann trug lederne Motorradkluft und einen schwarzen Helm. Das Visier war hochgeklappt. Nur schemenhaft konnte sie den Blick der dunklen Augen erfassen, die im Schatten des Helms lagen. Der Mann hatte beide Arme vorgestreckt und zielte in dem Augenblick auf Frauke, als sie knapp über dem Fußboden um den Türpfosten linste.

Der Todesschütze hatte fast das Podest vor der Tür erreicht. Ihn mochten zwei Meter von Frauke trennen.

Es war mehr ein Reflex als eine wohlüberlegte Tat, als Frauke abdrückte. Sie zielte auf den Mann. Wie von einer unsichtbaren Hand gehalten, blieb er stehen, erstarrte in der Bewegung, als wäre er mitten im Herzschlag zu Granit geworden. Noch immer hielt er seine Waffe mit dem aufgesetzten Schalldämpfer auf Frauke gerichtet. Sie sah in das dunkle Mündungsrohr, aus dem das todbringende Geschoss entweichen würde. Es kam ihr riesig vor, so als würde es sie verschlucken wollen.

Die Augen des Schützen nagelten Frauke mit einem stechenden Blick fest. Sie sah, wie sich langsam der Finger um den Abzug zusammenkrallte, zurückfuhr, dann aber kurz vor dem Druckpunkt einhielt. Für einen Moment verharrte der Finger in dieser Position, bis er sich kaum merklich zu entspannen schien und in unendlicher Langsamkeit wieder nach vorn glitt. Dabei war der Blick des Mannes unablässig auf sie gerichtet, dieser kalte Blick.

Die drei Finger, die um den Schutzbügel des Abzuges lagen, lösten sich langsam, dann gab der Daumen nach. Die Pistole knickte vornüber ab, hing für einen Herzschlag am Zeigefinger und rutschte dann aus der Hand. Polternd fiel sie zu Boden.

Frauke vermochte nicht zu sagen, wie lang dieser Augenblick war. Vermutlich hatte sich das alles in einer Zeitspanne abgespielt, die zu kurz zum Messen war.

Geistesgegenwärtig hob sie ihre Pistole und gab einen Schuss in die Luft ab.

Der Mordschütze starrte sie immer noch an. Dann griff seine linke Hand zu der Stelle knapp neben dem Schulterblatt, an der Frauke ihn getroffen hatte. Es war ein glücklicher Schuss gewesen. Sie hätte den Mann auch ins Gesicht oder ins Herz treffen können.

Jetzt knickte der Mordschütze in den Knien ein, fasste sich aber wieder, starrte wie gebannt auf seine linke, blutverschmierte Hand, knickte erneut ein und versuchte, sich umzudrehen.

Der Schock über den Treffer und die Energie, die davon ausging, hatten ihn aber gelähmt. Frauke stieß mit den Füßen Georgs Bein weg, das sie behinderte, zog sich am Türrahmen hoch, und dann stürzte sie sich auf den Schützen. Sie hatte Necmi Özden auch durch das offene Visier hindurch erkannt.

Sie packte den Türken und riss ihn zu Boden. Er stöhnte laut auf, leistete aber keine Gegenwehr. Sie drückte ihn zu Boden, ohne dabei Rücksicht auf die Schmerzen zu nehmen, die den Mann durchfließen mussten.

»Hab dich«, sagte sie atemlos. Sie konnte sich nicht davon abhalten, den ledergekleideten Körper noch einmal auf den Boden zu drücken. Erneut schrie der Türke auf. Es war ein bekanntes Phänomen, dass Menschen, die kaltblütig anderen zusetzten, selbst extrem wehleidig waren.

Frauke hielt Özden auf dem Boden fixiert und sah über die Schulter zurück. Dort rappelte sich Georg gerade auf. Er sah Frauke an, die den Türken festhielt, dann zu den beiden Waffen, die auf dem Boden lagen.

»Wag es nicht«, rief ihm Frauke drohend zu.

Georg sah sie aus großen Augen an. Es lag ungemein viel Ratlosigkeit in diesem Blick. Dann nickte er.

»Ich hole Hilfe«, sagte er und verschwand im Halbdunkel seiner Diele.

Kurz darauf kam er zurück.

»Rettungsdienst und Polizei sind verständigt«, erklärte Georg. Dann kniete er sich neben Frauke nieder.

»Alles okay?«, fragte er, und Frauke hörte Besorgnis in seiner Stimme.

»Nichts ist in Ordnung«, sagte sie.

Sie ärgerte sich, dass sie alle Vorsichtsmaßnahmen außer Acht gelassen hatte. Sie war so sehr mit der Verfolgung der Spur zu Georgs Haus beschäftigt gewesen, dass sie nicht auf etwaige Verfolger geachtet hatte. Oder war Necmi Özden ihr gar nicht gefolgt? Sie wusste es nicht.

Der Türke hatte möglicherweise mehrere Menschenleben auf dem Gewissen. Seine Kaltblütigkeit hatte er bei der Ermordung Giancarlo Rossis gezeigt. An dieser Stelle endete seine tödliche Karriere. Und seine Auftraggeber würde Frauke auch zur Strecke bringen. Nun erst recht. Eine Frauke Dobermann machte man nicht ungestraft zur Zielscheibe.

Georg hatte sich über Özden gebeugt und besah sich das Einschussloch. Fraukes Geschoss hatte den Körper durchschlagen und war durch das Schulterblatt wieder ausgetreten.

Georg fasste Frauke am Oberarm und zog sie sanft zur Seite.

»Lass mich mal«, sagte er bestimmt, griff in die abgewetzte Ledertasche, die im Fachhandel unter der Bezeichnung »Doktortasche« geführt wird, und zog eine stabile Schere hervor. Vorsichtig versuchte er, Kleidungsfetzen von der Wunde wegzuschneiden. Dann suchte er wieder in seiner Tasche, zog eine Kompresse hervor, löste die Verpackung und drückte die Mullbinde auf die Wunde, aus der das Blut pulsierend hervorschoss.

»Sie werden gleich versorgt«, sagte Georg in beschwichtigendem Ton zu dem bewegungslos daliegenden Özden. Zu Frauke gewandt fügte er an: »Nimm ihm den Helm ab.«

»Verstehst du etwas davon?«, erwiderte Frauke mit einer Gegenfrage. »Er wollte uns ermorden.« Dabei nickte sie in Özdens Richtung.

»Dich«, antwortete Georg betont. »Dich wollte er ermorden. Mich leitet ausschließlich der humanitäre Gedanke. Den Helm«, forderte er sie nachdrücklich auf.

Frauke befreite den stöhnenden Türken vom Helm.

Georgs Blick wanderte über das Leder der Motorradkluft.

»Was suchst du?«

Georg sah sie nicht an. »Du hast zwei Mal geschossen«, sagte er und ließ seinen Blick weiterwandern.

»Der erste war ein Warnschuss«, antwortete Frauke.

Georg ließ von Özden ab und sah sie lange an.

»Soso, ein Warnschuss«, sagte er. Er sprach in einer ungewohnten Tonlage.

Frauke war sich nicht sicher, ob Georg ihr Manöver mitbekommen hatte. Doch das war nicht die einzige Frage, die sie beschäftigte.

Wie konnte sie Igor Stupinowitsch als Drahtzieher im Hintergrund das Handwerk legen? Welche Rolle spielte der inhaftierte Bernd Richter?

Und … wer war Georg?

Dichtung und Wahrheit

Der Wunsch eines Autors ist es, dass die Leser der Handlung folgen, sich das Geschehen vorstellen können und im Kopf dazu passende Bilder entstehen lassen.

Doch alle Schilderungen sind ausschließlich meiner Phantasie entsprungen. Figuren, Unternehmen, Einrichtungen und die Straftaten existieren nicht in der Wirklichkeit. Und wenn sich Überschneidungen ergeben, wären die rein zufällig und nicht beabsichtigt.

Für die Mitarbeit an diesem Roman danke ich denen, die alle oder viele meiner Bücher mit klugem Rat begleitet haben, insbesondere haben mich diesmal bei der örtlichen Recherche unterstützt: Antoinette von Schwarzkopf, Netty und Malte, Birthe und Philipp Traue.

HANNES NYGAARD

Hannes Nygaard
TOD IN DER MARSCH
Broschur, 240 Seiten
ISBN 978-3-89705-353-3

»Ein tolles Ermittlerteam, bei dem man auf eine Fortsetzung hofft.« Der Nordschleswiger

»Bis der Täter feststeht, rollt Hannes Nygaard in seinem atmosphärischen Krimi viele unterschiedliche Spiel-Stränge auf, verknüpft sie sehr unterhaltsam, lässt uns teilhaben an friesischer Landschaft und knochenharter Ermittlungsarbeit.« Rheinische Post

Hannes Nygaard
VOM HIMMEL HOCH
Broschur, 240 Seiten
ISBN 978-3-89705-379-3

»Nygaard gelingt es, den typisch nordfriesischen Charakter herauszustellen und seinem Buch dadurch ein hohes Maß an Authentizität zu verleihen.« Husumer Nachrichten

»Hannes Nygaards Krimi führt die Leser kaum in lästige Nebenhandlungsstränge, sondern bleibt Ermittlern und Verdächtigen stets dicht auf den Fersen, führt Figuren vor, die plastisch und plausibel sind, so dass aus der klar strukturierten Handlung Spannung entsteht.« Westfälische Nachrichten

www.emons-verlag.de

Charles Brauer liest
TOD AN DER FÖRDE
Ein Kriminalroman von
Hannes Nygaard
ISBN 978-3-89705-645-9
4 CDs

Hannes Nygaard
TODESHAUS AM DEICH
Broschur, 240 Seiten
ISBN 978-3-89705-485-1

»Ein ruhiger Krimi, wenn man so möchte, der aber mit seinen plastischen Charakteren und seiner authentischen Atmosphäre überaus sympathisch ist.«
www.büchertreff.de

»Dieser Roman, mit viel liebevollem Lokalkolorit ausgestattet, überzeugt mit seinem fesselnden Plot und der gut erzählten Geschichte.«
Wir Insulaner – Das Föhrer Blatt

www.emons-verlag.de

M E M O N S V E R L A G

Hannes Nygaard
KÜSTENFILZ
Broschur, 272 Seiten
ISBN 978-3-89705-509-4

»Mit ›Küstenfilz‹ hat Nygaard der Schleiregion ein Denkmal in Buchform gesetzt.«
Schleswiger Nachrichten

»Nygaard, der so stimmungsvoll zwischen Nord- und Ostsee ermitteln lässt, variiert geschickt das Personal seiner Romane.«
Westfälische Nachrichten

Hannes Nygaard
TODESKÜSTE
Broschur, 288 Seiten
ISBN 978-3-89705-560-5

»Seit fünf Jahren erobern die Hinterm Deich Krimis von Hannes Nygaard den norddeutschen Raum.« Palette Nordfriesland

»Der Autor Hannes Nygaard hat mit ›Todesküste‹ den siebten seiner Krimis ›hinterm Deich‹ vorgelegt – und gewiss einen seiner besten.«
Westfälische Nachrichten

www.emons-verlag.de

H A N N E S   N Y G A A R D

Hannes Nygaard
TOD AM KANAL
Broschur, 256 Seiten
ISBN 978-3-89705-585-8

»Spannung und jede Menge Lokalkolorit.«
Süd-/Nord-Anzeiger

»Der beste Roman der Serie.« Flensborg Avis

Hannes Nygaard
DER TOTE VOM KLIFF
Broschur, 272 Seiten
ISBN 978-3-89705-623-7

»Mit seinem neuen Roman hat Nygaard einen spannenden wie humorigen Krimi abgeliefert.« Lübecker Nachrichten

»Ein spannender und die Stimmung hervorragend einfangender Roman.« Oldenburger Kurier

Hannes Nygaard
DER INSELKÖNIG
Broschur, 256 Seiten
ISBN 978-3-89705-672-5

»Die Leser sind immer mitten im Geschehen, und wenn man erst einmal mit dem Buch angefangen hat, dann ist es nicht leicht, es wieder aus der Hand zu legen.« Radio ZuSa

Hannes Nygaard
MORD AN DER LEINE
Broschur, 256 Seiten
ISBN 978-3-89705-625-1

»›Mord an der Leine‹ bringt neben Lokalkolorit aus der niedersächsischen Landeshauptstadt auch eine sympathische Heldin in Spiel, die man noch häufiger erleben möchte.« NDR 1

Hannes Nygaard
STURMTIEF
Broschur, 256 Seiten
ISBN 978-3-89705-720-3

»Wieder einmal hervorragend recherchiert. Kleine Kabinettstückchen sind die Gespräche zwischen Lüder Lüders und dem namentlich nicht genannten Ministerpräsidenten des Landes Schleswig-Holstein.« Radio ZuSa

»Atemberaubende Spannung, exakte Ortskenntnis, unverkennbarer Regionalbezug.« Lübecker Nachrichten